赵焰文集卷一：徽州文化散文精编

思想徽州·徽商六讲

SIXIANG HUIZHOU
HUISHANG LIU JIANG

SIXIANG HUIZHOU
HUISHANG LIU JIANG

赵焰文集卷一：徽州文化散文精编

思想徽州·徽商六讲

赵 焰◎著

时代出版传媒股份有限公司
安徽文艺出版社

图书在版编目（CIP）数据

思想徽州·徽商六讲/赵焰著.—合肥：安徽文艺出版社，2017.4
(2021.5重印)
（赵焰文集卷一：徽州文化散文精编）
ISBN 978-7-5396-6027-1

Ⅰ.①思… Ⅱ.①赵… Ⅲ.①散文集－中国－当代 Ⅳ.①I267

中国版本图书馆CIP数据核字(2017)第044815号

出 版 人：段晓静	策　　划：朱寒冬
特邀编辑：温　湲	图片摄影：张建平
责任编辑：张妍妍	装帧设计：张诚鑫

出版发行：时代出版传媒股份有限公司　www.press-mart.com
　　　　　安徽文艺出版社　www.awpub.com
地　　址：合肥市翡翠路1118号　邮政编码：230071
营 销 部：(0551)63533889
印　　制：安徽新华印刷股份有限公司　(0551)65859551

开本：880×1230　1/32　印张：16.375　字数：330千字
版次：2017年4月第1版
印次：2021年5月第2次印刷
定价：68.00元(精装)

（如发现印装质量问题，影响阅读，请与出版社联系调换）
版权所有，侵权必究

总 序

　　一直以为自己是一个性情浮躁之人,定力较弱,喜新厌旧。自己的写作也是,虽然笔耕不辍,不过文字却五花八门、难成系统,既涉及徽州,也涉及晚清、民国历史;有散文、传记,也有长篇小说、中短篇小说、中国文化随笔什么的。文字全是信马由缰,兴趣所致,写得快活和欢乐,却没想到如何深入,更不考虑流芳人间什么的。回头看自己的写作之路,就像一只笨手笨脚的狗熊一路掰着玉米,掰了就咬,咬了就扔,散了一地。

　　写作幸运之事,是难逃时代的烙印:文明古国数十年,相当于西方历史数百年——我们的少年,尚在农耕时代;青年时代,千年未遇的社会转型光怪陆离;中年之后,电子信息时代五光十色……童年时,我们只有小人书相伴;中年后,手机在手,应有尽有。少年时,我们赤着脚在田埂上滚着铁环;中年后,我们在高速公路上开起了汽车。少年时,喜爱的姑娘浓眉大眼大圆脸;中年后,美人变成了小脸尖下巴……世界变化如此之快,除了惊奇、欣喜,就是无所适从。

人生一世,各种酸甜苦辣麻缠身。写作呢,就是一个人挤出来的茶歇,泡上一杯好茶,呷上一口,放空自己,不去想一些烦心事。现在看来,这样的活法,使我的内心丰富而坚强,虽然不能"治国、平天下",却可以"正心、诚意、修身、齐家"。我经常戏言:哪里是勤奋,只是做不了大事,也是把别人打牌喝酒的时间,拿去在纸上胡涂乱抹罢了。这话一半是戏谑,一半也是大实话。世界如此精彩,风光各有人在,有得就有失,有失就有得。不是谁都有机会成为弄潮儿的,做不了传奇,做一个时代的观察者和记录者,或者做一个历史深海的潜水员,都是一件很好的事情。

一路前行中,也有好心人给我掌声,也为我喝彩——写徽州,有人说我是"坐天观井":坐中国文化的井,去观徽州文化的天;写晚清,有人说我将历史写作和新闻写作结合得恰到好处;写小说,有人说我是虚实结合,以人性的视角去觉察历史人物的内心……这都是高看我了。对这些话,我都听在耳里,记在心里,视为鼓励。我也不知道哪对哪,只是兴之所至,耽于梦幻罢了。写作人都是蜘蛛,吐了一辈子丝,网住的,只是自己;也是蚕,吐出的丝,是为自己筑一厢情愿的化蝶之梦。对于写作,常识告诉我,目的是为了自己的内心,不是发财,也不是成名,而是写出真正的好文字;要说真话,必须说实话——花言巧语不是写作,自欺欺人不是写作,装腔作势不是写作。真话不一定是真理,不过假话一定不是真理。在这个世界上,说真话和说实话并不容易,很多人不知道什么是真话,很多人不敢说真话。怎么办?借助于文字,直达心灵。灵魂深处的声音,肯定是真话。

自青年时代开始写作,写写停停,停停写写,不知不觉地,就到了知天命之年,不知不觉,也写了三十多本书了。庆幸的是,我的书一直有人在读,即使是十几年前写的书,还有不少人在读在转。想起张潮的一句话:少年读书,如隙中窥月;中年读书,如庭中望月;老年读书,如台上玩月。其实写作也一样:少年写作,充满期望;中年写作,惯性使然;老年写作,不得不写,因为已无事可做。的确是这样,天下没有不散的筵席,可以对话的人会越来越少。写作,是对自己的低语,也是对世界的呓语。

写作没有让我升官发财,却让我学到了很多,得到了很多,也明白了很多。我明白最基本的道理是"我思故我在",明白最高妙的境界是"无"。通过写作,我不再惧怕无聊,也不再惧怕"无"。我这样说,并不玄虚,是大实话,也是心里话。

感谢安徽文艺出版社,将我一路掰下的"玉米棒子"收集起来,出成文集。文集如家,能让流浪的文字和书籍,像游子般回归。不管它们是流浪狗、流浪猫也好,还是不记得路的鸽子、断了线的风筝也好,家都会善待它们,让它们排排坐、分果果,靠在入院的墙上晒太阳。晒着晒着,就成了葳蕤蓬勃的太阳花了。改一句张爱玲的话:人生,其实是一袭华美的锦袍,绣满太阳花,也爬了一些虱子。当人生的秋天来临的时候,晒着太阳,展示锦袍,也捉着虱子,应有一种阿 Q 般的美好。人活一世,本质上都得敝帚自珍,充满自怜和自恋的乐观主义精神,否则哪里活得下去呢?虽然文字和所有东西一样,终究是落花流水,不过能心存想念、心存安慰,又何尝不是一件美好的事情呢?

　　文集又如大门关上的声音,让人心存忐忑,仿佛身后有追兵,一路嗷嗷叫着举着刀剑砍来。面对此状,我更得如狗熊一样奔跑,得拼命向前,拼命跑到自己的最高点,然后像西西弗斯一样摔下来。

　　感谢缘分,感谢相关助缘之人,为我半生的写作,作一个总结和了断。这是一部秋天奏鸣曲,畅达之中,有平静的惬意和欢喜。

　　是为序。

赵焰
2017 年 3 月 8 日

本卷序　苍白的乡愁

| 一幅图 |

在我的印象里,外公和外婆一直端坐在老屋堂前八仙桌的两旁,静穆无声,就像是一幅巨大立体的古代容像。

他们似乎一直是老人:外公长得白白净净的,有着稀稀拉拉的胡须,说话慢条斯理,永远是慈眉善目的;而外婆呢,似乎总是有倾诉不完的怨气,只要一开口,便用一口难懂的歙县话大声地数落。平日里,很少看到他们走出那个黑漆漆的大门,一有空闲,他们总是喜欢端坐在那里,一动不动,就像土地庙里的一对菩萨。

老了,也许只剩下沉默和思想了。外婆的心思是好揣摩的,无非家庭,无非生计;而外公呢,这个十来岁就开始"下新安",后来又壮志未酬的"老徽商",对于自己的人生,会不会有着失意的懊恼?或者,有着对宿命的怀疑?——总而言之,他们应该是在反刍吧,人与牛一样,在很多时候,是需要反刍的。当所有的事情都已经做完,无须再做的时候,他必定会选择沉默和端坐,反刍岁月,内心忧伤。

| 一物件 |

20世纪70年代,外公、外婆的家已近一贫如洗了。我小时候只见过几枚老银圆,很漂亮,沿着边猛一吹气,侧耳聆听,便能听到风铃似的清脆响声。后来,银圆不见了,拿去换钱了,一枚银圆,当时能换八元人民币。我能得到的,只是一些铜板。铜板很漂亮,上面有一些字,"光绪""咸丰"什么的。铜板是我们用来"打币"的:把一分、两分的人民币硬币放在青砖上,用铜板去打,打下来的,就归自己了。铜板是无孔的,铜钱则是有孔的。铜钱我们都瞧不上眼,在一些角落和路边,经常会看到一些生锈的铜钱。铜钱,就像历史的弃儿。

那一年夏天,我忽然迷上了斗蟋蟀。有一天,在老宅的旮旯里逮到了一只蟋蟀,顺手就放进了一只玻璃瓶子。泥菩萨似的外公忽然开口,他对舅舅说:你找几只蟋蟀罐给他,让他放蛐蛐。于是,舅舅不知从哪个角落拖来一个脏兮兮的大木橱子,里面竟然有数十个蟋蟀罐子!有的是陶砂制的,有的是青石刻的,看得出,是有些岁月的了。我挑了一个最漂亮的:似乎是用龙尾石雕刻的,比一般的蟋蟀罐要小,因为小,根本就不能放蟋蟀,一放进去,就跳出来了。但我喜欢这只罐子,它小巧、精致、漂亮,盖子上刻有一个人物,身着明代官袍,线条流畅;罐底下,有着篆刻印,大约是制作者的图章。

这个蟋蟀罐至今还留在我的身边,放在我的柜子里。前些年有一次拿出来赏玩,盖子落在地上,打碎了,随后又用胶水粘上,算是破相了。有时候偶然瞥到这个物件,我会突然想:当年这个蟋蟀罐到底是谁的呢?它比外公的年纪大,甚至要比外公的外公年纪都大。这个罐子那样精致,那样漂亮,当年的主人一定对它爱不释手吧?但爱不释手又能怎么样呢?物还在,人已去。两厢渺渺,物我两忘。

人真苦,童年如白纸,命终复空旷。我们生而支离破碎,只能依靠各种各样的物件来修修补补。

| 一本书 |

如果说"心想事成"的确有的话,那么我与《歙事闲谭》这本书的结缘,还真是心想事成。

2004年左右,正是我对徽州有着浓厚兴趣的时候,我阅读了很多有关徽州的资料,发现很多资料都出自许承尧所编撰的《歙事闲谭》,但我一直没找到这本书。那一天,我们去了徽州,把车停在屯溪老街边的延安路上买东西,顺便就进了旁边一个小书店,就在书架上看到了上下两本《歙事闲谭》——这样的感觉,不是"心想事成",又是什么?

《歙事闲谭》其实就是怀旧。怀旧的心思,除了追溯尘封的人物和事件,还得触摸一些过去的品质:清洁、专注、端庄、认真、静美、自然和真实。那些不怀旧的人,总是显得肆无忌惮、无所畏惧。他们都是没有故乡的游子,是漂泊在这个世界上的萤火虫。在《歙事闲谭·自序》中,许承尧这样阐述他编撰的初衷:"垂老观书,苦难记忆,因消闲披吾县载籍,偶事副墨,以备遗忘。"他所说的"以备遗忘",不是针对个人,更像是对未来。也因此,这本书更像是回忆,是一个老人对前世徽州的回忆和总结。眼中有大美者,内心必有敬畏和惜缘。

许承尧是老徽州最后的"三昧真火"。当老徽州注定逝去,新的世界携着锋利、快速和浮躁扑面而来的时候,也许,最佳的选择,就是躲进书斋,用一种温润的回忆来消解这个世界的寒冷。

回忆,是怀念,是留存,更是确立一种根基。许承尧的用意,我想就在于此。

| 一段话 |

现在回忆某些久远的事件和场景,我会不由自主地眩晕,像跌入空蒙,飘荡于云雾之中——从2000年开始,我陆续写了一些有关徽州的书,比如2004年的《思想徽州》、2006年的《千年徽州梦》、2007年的《行走新安江》以及穿插其间所写的《发现徽州建

筑》(与张扬合作);然后,又因为喜欢徽州老照片的缘故,在2010年写作了《老徽州》。写这些书的初衷,是想以自己自以为是的思想,撞击一下徽州,然后去触摸徽州文化的内里。这样的感觉,就像一个妄自尊大的年轻人,以吃奶的气力,试图晃动千年古寺边上硕大古老的银杏树——然后喘着粗气,听头顶上叶子窸窣的响声——值得庆幸的是,这些书出版之后,大约是切合现代人的阅读口味和思维方式吧,不时地会听到一些肯定,引发一些共鸣。有点小得意的同时,也会让我诚惶诚恐、羞赧生怯。

感谢安徽文艺出版社,是他们给这一套书穿上了新装。沉静的包装风格,对于文字和思想来说,是一个非常好的结局;尤其是对于我淡淡的乡愁来说,这是一种很好的"小团圆"。

徽州就是一个人、一幅图、一物件、一本书、一杯茶、一朵花……当安静地看,用心地品,用思想去解剖,用体温去摩挲,用禅意去赏玩,当所有的一切都不可避免地商业化,带着他们的人、事以及心思时,一个人,如果能独守空灵,借助于某种神明,用内在的纽带试图去连接那一片安谧的气场,就该是一种幸事吧?这样的感觉,与其说是思念的流露,不如说是乡愁的排遣。一种坠落于时空变幻中复杂情感的宣泄。

徽州从未消逝,它只是和流逝的时光在一起。

目录

总　序 / 001

本卷序　苍白的乡愁 / 005

思想徽州

却道天凉好个秋——开篇的话 / 003

桃花源里人家 / 012

秋雨西递 / 022

澄明婺源 / 032

书院春秋 / 042

清明胡适 / 053

边走边叹——关于朱熹与徽州 / 073

徽州人 / 084

漫漫徽商路 / 104

何处是归园——关于赛金花 / 131

最后的翰林 / 157

家族史 / 167

中央电视台20集电视专题片《徽州文化》解说词 / 176

徽商六讲

序 / 247

第一讲 徽商的故事 / 254

"三言""二拍"中的徽商 / 255

汪惕予砸琴 / 261

汪孟邹这个人 / 265

第二讲 徽商的形成 / 273

徽州的由来 / 276

徽商产生的时间 / 280

为什么会形成徽商 / 282

"十三四岁,往外一丢" / 286

无徽不成镇 / 294

康乾盛世与徽商繁荣 / 299

清朝的商业状态与马戛尔尼访华 / 303

徽商的状况 / 310

徽商的种类 / 314

徽州的茶商 / 318

徽商赚钱的方式 / 323

第三讲 徽商在扬州 / 326

"徽骆驼"就是"徽老大" / 327

盐商为什么有钱 / 335

扬州徽商的状况 / 338

鲍志道与江春 / 343

徽商与园林 / 353

扬州"二马"与藏书楼 / 358

徽商与"扬州八怪" / 364

扬州的徽州烙印 / 369

曹寅与两淮盐商 / 374

潜规则 / 378

盐商的没落 / 386

第四讲　徽商的代表人物 / 388

海商汪直 / 390

胡宗宪与汪直 / 398

许姓"海盗"群 / 404

"红顶巨贾"胡雪岩 / 409

第五讲　徽商的特点 / 414

中国人的特点 / 417

徽商的特点 / 421

贾而好儒 / 427

徽商汪然明与李渔 / 437

弃商为儒 / 442

仁德之气 / 445

聪明理性 / 449

徽商的负面典型 / 452

第六讲　徽商的没落 / 454

汪氏家族的衰亡 / 456

思想的不支持 / 460

制度的不支持 / 468

专制的摧残 / 473

黄山大狱 / 479

数字概念的模糊 / 484

战争的摧残 / 487

苛捐杂税 / 491

外国资本的冲击 / 496

历史的经验和总结 / 503

思想徽州

却道天凉好个秋
——开篇的话

在浮躁而虚荣中,见不到真正的徽州,也见不到真正的徽州精神。徽州就是在不断飞扬的尘土中慢慢变得模糊。这样的变化使我每一次到徽州都有一种新的茫然,也由此有一种越来越浓重的陌生感。

| 一 |

任何事情都是有着缘起的。2004年的秋天,我来到了黟县的塔川,站在漫山遍野的红叶前,我感到徽州是那样的明朗,那样的热烈和自然,又是那样的清明。而在以往的感觉中,徽州总是显得那样沉郁,那样滞重,总觉得它与身边的世界相比,就像是一个暮气沉沉的老者,在夕阳之中渐行渐远。我曾经生活在徽州,离

开徽州后，又无数次到过徽州，但在我的感觉中，徽州一直神秘莫测，我一直没有感觉到徽州真正的心跳。它的脉音似乎一直是那样的轻微和低沉，让人难以捉摸。它似乎属于另外一个时代，它的精气神，它的呼吸和体味，都散发着过去的气息。投影在这个时代，它只是表现为断垣、残壁、老树、夕阳，再就是废屋碧苔、老月青山、白发布衣，似乎这一切才是徽州，一个破碎斑斓的梦。

对于徽州，曾经有无数人问我：你喜欢徽州吗？我总是喃喃无言。对于这块生我养我的地方，对于这块我异常熟悉又异常陌生的地方，是很难用喜欢或者不喜欢这样单薄的词汇去表达的。我对于徽州那种复杂的情感，甚至就像我对待中国历史的态度，或者就像我对于自己人生的感觉，年届四十，已然"却道天凉好个秋"了。我曾在自己的文章中无数次地写到过徽州，别人甚至把我归于"黄山派"作家当中。在2002年的时候，我还为中央电视台撰写了20集的电视专题片《徽州文化》，但由于受到种种限制，有些关于徽州的心声、一些个人的揣测和看法，似乎并没有写进去。实际上我最注重的，是对于徽州富有个人体验的感受和那种血脉相连的直觉。我知道，一个人对于一个地方的感受，绝不只是单单的字面意思，更多的，是游走在文字边缘的喟叹，是魂魄在字里行间的舞蹈。在一个地方生活得久了，地域灵魂就会与人的灵魂合而为一，只有在夜深人静的时候，在万物归一的时候，它们才会悄悄地浮上来，彼此之间对视凝望。

徽州越来越热了。现在，当年沉寂静谧的徽州已成为一块炙手可热的地方,每天有无数游客以及文人骚客拥向徽州,几乎每一个到过徽州的人都会着迷于当地的颓垣碎瓦、荒草冷月,叹服那里博大精深的文化,沉醉当地人那样一种悠然自得的生活方式。他们搜寻着徽州的古迹,一知半解地诠释徽州,说一些陈词滥调,随意抒发一些情感。他们哪里懂得徽州呢? 他们多浮躁啊! 他们的浮躁,还会带来徽州的浮躁。这样的浮躁使得现在的徽州越来越虚假,越来越圆滑,越来越虚荣。徽州越来越脸谱化,越来越戏剧化,甚至越来越时尚化。在急功近利的解说词中,我们见到了太多的臆想和水分,见到了太多的杜撰和粉饰。真正的徽州正变得远去,接踵而至的,只是图片徽州、文字徽州以及电视徽州。这样的徽州就像春蝉蜕下的皮,只有一具徒有其表的空壳。在浮躁而虚荣中,见不到真正的徽州,也见不到真正的徽州精神。徽州就是在不断飞扬的尘土中慢慢变得模糊。这样的变化使我每一次到徽州都有一种新的茫然,也由此有一种越来越浓重的陌生感。

| 二 |

2002 年底一个最严寒的日子,大雪纷飞,我从合肥赶到歙县,去给外公奔丧。外公去世的时候已 89 岁了,他曾经是一个徽商,很小的时候,就跟很多徽州男儿一样,下新安江到了浙江。他先是在浙江兰溪给人打工,后来又到了金华,帮当地人经营布店。

年纪轻轻的外公当时非常落魄,那时正是家族从峰顶跌到谷底之时。我曾经在我的大舅那里看到过一个厚厚的黄皮册,那是外公的祖上在浙江湖州开钱庄时的账本,从账本上看,当时汪家在湖州相当兴旺。但汪家后来缘何从峰顶跌入谷底?这对于我们来说一直是一个谜。外公一直是个不太爱说话的人,对于自己的身世,他似乎知之甚少,也没有多大兴致去谈论这件事。徽州人对于自己的家世,总有点讳莫如深。就这样,老汪家的变迁成了永恒之谜。到了新中国成立后,因为子女众多,生活艰难,又要求割裂历史,所以对这样的话题就更没兴趣了,更懒得把这段过去的、无用的历史了解得更清楚。就这样,时光荏苒,我们的家族史,便与绝大多数的徽州家族史一样,成了永远的断章。

外公死的那一天,天气极冷。在皖南,这样滴水成冰的日子可以说是百年罕遇。母亲说外公是想故意折腾一下我们。这个一辈子谦恭少语、在县里很有名的政协委员"汪老好"也许对一生的落寞心有不甘,越是心有不甘,就越要折腾一下他最亲密的人,以便让他们留下一个刻骨铭心的记忆。我们家一直是人丁兴旺的,外公去世那几天,远房近邻都来了,更显济济一堂。因为是善终,倒没有什么特别哀伤的成分,大家只是在静穆中把一切程序走完。丧事请了县里的几位"乡绅"般的人物来主持,他们对徽州民俗非常稔熟。外公在敦实的棺材里躺着,我们依次排列,每人手里托着一小杯白酒,然后把手指伸进杯中,蘸点酒,洒在外公的嘴唇上。由于紧张,轮到我时,我的手指一下子碰到了外公的嘴唇。外公的嘴唇冰凉,那似乎是另外一个世界的感觉。我这才意识到,他真的是属于另外一个世界的人了,连体温都不一样了。这样的老徽州真是走了。

外公的墓地选择在离县城5里路左右的慈姑老家。送葬那一天,我因急事赶回合肥。后来听舅舅们说,葬礼进行得非常隆重。我知道出葬的时间,那天清晨,远在合肥的我似乎也能听到出葬时高亢的唢呐声。平日里不擅言谈的外公一辈子内敛无比,虽然他亲历身世的跌宕浮沉以及国运的大起大落,但他一直到死,都表现得异常平静。但我觉得,一生坎坷的外公在逆来顺受地走完自己一生之后,在离开这个世界时,肯定会发出一声尖厉的长啸!

| 三 |

徽州一直是有弱点也是有局限的。

这一直是我想说的。也是我在所有的文章当中想表达的。因为现在对于徽州的理解似乎有意无意地陷入了一个误区——我们把一些过去的东西想象得太美好,在肯定它历史价值的同时也高估了它的人文价值。

实际上,不仅仅是对于徽州,对于中国文化来说也是如此。如果把徽州文化放在世界文明的平台上看,就能看出它的很多软肋和弱点,比如它精神高度相对较低,它一直未能有突破的勇气,它暗藏的小气和促狭……从很小的时候起,我就不喜欢住徽州的那种古民居。

当时,我的外公外婆家在歙县斗山街,几乎每年我都要在那里住上很长一段时间。徽州的老房子让我感到压抑,那种刻意的做作和修饰,那种暗藏着的狭隘心理,那种居住在里面的局促和压抑,还有那种在局促和压抑浮面的宁静和自得……徽州的老房子有太多违背人本的东西,它一点也不阳光,不健康,像一个阴鸷古怪的老人。当然,用一种文化优秀的东西去否定另外一种文化中的劣根性是不太成熟的表现,因为所有的文化并不都是完美的。但我觉得一种优秀的文化以及一个优秀的民族应该以一种放松的态度来对待世界上的万事万物,宽容、诚恳、好学,然后加以自我完善。也正是在这样的指导思想之下,我觉得对于徽州文化,对于中国传统文化,包括我们身边的一切,我们都应该站得更高,去重新审视和认识,因为它们都是人类的文化,是人类进步和提升的阶梯。

如果从严格的意义上来说,徽州文化并不算是一种很独立的文化,它从属于中华文明,从地域上说,应该是中国古代东南文化的一个支脉。只不过是由于地理位置等方面的原因,它保存得比较好一些,也遗留得完整一些。徽州文化与附近江浙的很多地方文化在以前可以说是紧密相连的,只不过外面的世界改变太多,而徽州又相对僻远,很多原汁原味的东西保存得完整一些,所以在更大程度上能够呈现比较完整的面貌。这样的状况曾经使徽州自卑,现在又让徽州引以为骄傲,但在更广的范围里,还是应该更客观地认识自己的位置,自始至终保持一种清醒的姿态。

徽州的局限性是由于朴素、简单、早熟而又自满、自得、自享和自闭造成的。实际上,这种朴素、简单、早熟、自满、自得、自享和自闭在某种程度上又有很多无奈。当徽州得益于徽商的发达,资金回流精心构筑自己的"桃花源"时,他们在思想上也陷入了一个深深的误区,那就是,他们自以为在人生的圆觉度上达到了一定的高度,已经通达所有的人情世故了,所以就想着在一个山清水秀的地方与山水共融。这样的想法,从更高的精神层次上看,未免有点幼稚和天真,有点自欺欺人的成分。

对于生产以及社会进步的阻碍之处不提,单就精神上来说,徽州人的精神并不是一种真正的远行,而是在向前走过一段路程之后,便不由自主地画了一个小圆,然后就自以为圆融了——这样的状态,很像是化蝶为蛹的感觉。蝴蝶虽然飞得不高,却以为遍知世界。然后自我成蛹,然后自我幻变。

我们不能说它是一种低层次的轮回。但就世界范围来说,徽州显然没有达到山尖上鹰的沉静,它只能是青山绿水中蝴蝶的安详。

当然,就徽州文化而言,它是离不开中国文化及思想这一块大土壤的,也离不开中国政治和经济的整个环境。当年在外的徽商纷纷迁移回乡,购田置业,没有扩大再生产,除了当时社会限制之外,还在于当时的中国人在精神上找不到进一步对待财富的支撑点。如果一个民族在精神上无法支撑财富的重量，那么经济的发展必然会是一句空话。这当然是一个很大的话题了。

| 三 |

所以我一直想以一种较为独特的方式来写徽州，以一种独特的视角来对徽州进行观照。这样的方式不是泛泛的介绍，也不是自以为是的臆断，而是源于一种发现，一种贴近的理解，一种毫无芥蒂的沟通。那种与徽州之间的心有灵犀，以及在这种明白之中的诚实、客观和宽容，都是我想努力做到的。在很多时候，我感觉自己就像是一个懵懵懂懂的孩子，蹒跚在徽州的山山水水之间，我的眼中闪烁着单纯，也闪烁着智慧。智慧在本质上不是复杂，而是永远都是与单纯为伴。我看到了青山绿水，也看到了坍墙碎瓦，更看了无形的足迹以及徽州的心路历程。我想探寻的是一种结果，为什么徽州会变得如此这般，为什么徽州人会变得如此这般。任何一种存在，都是有着充足理由的，把它放在因果的链条之中，把它放在真理的普照之下，那种反射出来的光亮，必将绚烂动人。

就如同我们这一次来徽州，我们走的是一条相对生僻的路线。先从合肥到铜陵，绕青阳经太平湖，然后从现在黄山区（原太平县城）的边上滑过，经过郭村、焦村，翻过一个很大的山，然后就直接进入了黟县。当我们的车从大山的隧道里穿行而出的时候，眼前豁然开朗,极目远眺,一下子就见到了大片粉墙黛瓦的村庄。

我们是从"后门"进入徽州的。我的文章,也要以一种"后门"突入的方式,一下子直指徽州的内核。然后,徽州便在我的目光之中,摇曳多姿,满地金辉。

桃花源里人家

也许对于中国哲学和伦理来说,注重的是社会,不是宇宙;是人伦日用,不是地狱天堂;是人的今生,不是人的来世。这样的思维方式决定了人们只是想寻找一些安慰,至于那种深层次的大宁静,至于真正意义上的"桃花源",似乎谁也不愿意多想,谁也不愿意领会太深。

| 一 |

宏村对我来说并不陌生。

我曾多次来过这里,也曾细细地研究过这个村落的历史和结构。整个村落依山傍水而建,最令人惊叹的重要环节是抓住了"水口",让山涧之水顺坡而下,然后沿着每家房屋修建水渠,使得清澈见底的山水能从每户人家的门口经过,不仅方便了居民的生活,而且有利于民宅的防火。

宏村形成村落的时间大约在南宋,发达却是在明代。自明朝永乐年间起,外出徽商纷纷返乡,带来了大笔资金,就想着如何精心打造自己的家园。据记载,宏村的规划专门请了县城的风水先生何可达,他在详细审察山川走势后,确定了宏村在整体上按照"牛"的形状进行建设的方案,村庄设计成牛形,设有"牛肠""牛胃""牛肚"等"器官"。

这样精致而大胆的设计,堪称绝妙手笔。根据何可达的设计,村民先把村中那口仅有的小泉窟,按照民间"花开则落,月满则亏"的传统说法,开掘成半月形的水塘,取名为"月沼"。然后水接上游,引出西流的活水,南转东出,经各家各户门前流淌,又经过月沼,最后流回溪水下游。

这就形成了迂回每家门口的水渠。村民们利用天然的地势落差,使水渠中的水流始终保持活性,同时在上游设置水闸,控制水的流量,这样,水渠之水就能长年不枯。

宏村的风水布局从一开始就有着强烈的理想色彩和实用价值,也表明村庄的建设者们有很强的经济实力。据说,永乐年间建设村庄的时候,时任山西粮运主簿的宏村人汪辛,就为家乡的水系建设捐献了一万两白银。然后,各界人士纷纷捐款。强大经济实力的支撑,使得这个小小的、位于群山环绕当中的村庄变得不同凡响,由此也使宏村成为徽州古村落的代表。

有人说宏村是"中国画里的村庄",的确是这样,宏村流水潺潺,树影婆娑,远山朦胧,青瓦粉墙,难怪很多游人会把这里当作陶渊明的"桃花源"。

二

一直有人在争论黟县与陶渊明《桃花源记》的关系。

东晋诗人陶渊明在41岁那年,曾经在安徽与江西交界的彭泽县担任县令。现在,安徽省东至县的部分地区,就归当时的彭泽县管辖。处理政务之余,生性散漫的陶渊明更喜欢寄情于山水,他在东至县的牛头山上,亲手种下两株菊花,真正开始了"采菊东篱下,悠然见南山"的恬然生活。但陶渊明在彭泽县待的时间并不长,80多天后,陶渊明便对尔虞我诈的官场没了兴趣,辞去了县令,回到家乡务农,开始了真正的隐居生活。这段经历,陶渊明曾经在那篇著名的《归去来兮》中描述过,这写的正是他在彭泽县当了80多天县令后回家的感受。他在文中写道:"乃瞻衡宇,载欣载奔。僮仆欢迎,稚子候门……携幼入室,有酒盈樽……富贵非吾愿……聊乘化以归尽,乐乎天命复奚疑!"文中表达的是陶渊明回家后的一身轻松和欢欣。而在几年后,陶渊明完成了《桃花源记》的写作。

在我看来,陶渊明对桃花源的向往,似乎并没有多少矫情的成分。这与当时社会的道教和佛教的日益兴盛有关。中国文化和思想发展到东汉时,儒学的强调进取以及简单意义上的积极应世显然不能应对人们越来越复杂的思想。因此,当佛教传入以及道教兴盛之时,那种直接面对彼岸、完全不同价值观的思维方式给中国知识分子以强大的冲击,让他们在对人生表达疑问的同时,也有意识地调整自己的人生追求和生活方式。陶渊明即是这样。由于对人生有了进一步的认识,陶渊明等很明显地把人生目标由功名转为趣味,要求"及时行乐",要求"快乐每一天",要求回到原始和自然的混沌状态中去。正是在这样的思想下,陶渊明写作了他的《桃花源记》,表达了他对那种自然状态下快乐生活的向往。

世间是否存在一个真实的桃花源?桃花源究竟在哪里?这也就成为后人争论不休的话题。有人推断,陶渊明在彭泽时生活的牛头山与黟县直线距离不过70多公里,山重水复之间,陶渊明极可能到过黟县,便依着黟县的风情风貌写作了《桃花源记》。这种说法很是大胆。但我觉得最基本的一点就是,陶渊明是一个文学写作者,作为一个文学写作者,他完全可以按照自己的人生理想来进行桃花源的虚构,所以桃花源不可能是一个完全的实景。当然,在写作过程中,陶渊明有可能借用一些看到过的景象加以描绘,借景抒情,但这很明显是一个创造过程。所以从最根本的意义上来说,关于桃花源的场景究竟来自何方,完全是一种无意义的考证。很多问题,把它放在一个最基本的层次上加以考虑,反而会变得简单起来。

| 三 |

现在,如果白天的宏村还让人看不清晰的话,那么,夜晚的宏村就别有一番真味。

白天当然是雷同的,是嘈杂的,是功利的,是属于导游以及小商小贩的,是属于应景文章与生硬解说词的。而夜晚的宏村呢,在褪去这些嘈杂的表象之后,会不会又恢复它的本来面目,重新变得深沉安静呢?

正是雨后,天黑得非常纯粹,但宏村的晚上却很明亮,南湖边不知从什么时候起,已经装上霓虹灯了,湖中的荷叶在灯光的照射下,婆娑着,暧昧着,也虚假着。时已深秋,那些应该是快要枯干的荷叶吧,在光影中,竟有点像水墨画的样子。与漆黑的夜相比,彩色的灯光过于浅薄和热情,但在商品经济的大潮中,宏村当然会收起历史的矜持,卖弄起风尘女子的媚眼。在明明灭灭的灯光里,我们在宏村的巷道中行走着,虽然已是夜晚,但还有那么多游人,跟我们一样,在夜的宏村游历。跌跌撞撞中,我们经过了一个很大的门,门楣上高悬"承志堂"的牌匾。我想起来了,这间屋子,我曾经来过很多次,它可以说是宏村乃至徽州比较有代表性的建筑。它完全就是由财富堆积起来的,屋舍占地2100平方米,建筑面积3000平方米,整个屋子的工艺非常考究,甚至到了登峰造极的地步。屋内都是异常精细的木雕,镀金饰银,金碧辉煌。

木雕有戏文图,有吉祥图,有百子图,还有官运亨通图、财源茂盛图。设施也很完整,整个屋子,不仅有美化环境、陶冶性情的花园、鱼塘,而且有打麻将的"排山阁"、抽鸦片的"吞云厅",一切可谓应有尽有。据说,当年屋主人汪定贵在建造屋舍时,仅用于木雕表层的饰金,即费去黄金百余两。

关于汪定贵的具体身世以及个性特征,似乎史书上记载得并不翔实,只是说他曾经是一位徽商,在积累了巨大财富之后,人生目标遭遇了城墙,只好归乡退隐。他先是花了很多钱捐了一个五品官,然后,又花了很多钱和精力修筑自己的屋舍。可以想象的是,虽然汪定贵隐于山水了,没于村落了,但在骨子里,他却无时无刻不做着功名的美梦。那种对功名的欲望、对名利的追逐,并没有因为隐匿而变得淡泊,欲望只是从明处转到了暗处,从思想渗入骨髓,从白天的幻想变成了夜晚的游梦。

宏村还有很多汪定贵,徽州也还有很多汪定贵。正视世间,又有几人有陶渊明那样的通透和旷达呢?对于中国文化而言,进与退,似乎永远是中国人的一个两难命题,而中国人一直习惯于在这样的两难中自作聪明地游刃着,也平衡着。宏村,乃至整个徽州,一直游离摇摆于这两种思想,当前进的步履遭遇"此路不通"时,只好退而寻求另外一种心安之路。而这两种看似截然相对的思想,在徽州,恰到好处地找到了自己的平衡支点。

我们从宏村出来的时候,天又开始下起了雨,阴冷逼人。我突然想起,当年风水先生何可达测量风水准备大规模建设宏村的时候,正是 15 世纪的永乐年间。几乎是与此同时,在西方,达·伽马航海,哥伦布航海,麦哲伦航海。从宏村的开始建设到 19 世纪末年的汪定贵,在宏村这个弹丸之地上,投入了多少财富,囤积了多少财富,又腐烂了多少财富呢?无数的财富都用于细得不能再细、考究得不能再考究的木雕、砖雕、石雕上,用于别出心裁的暗藏和自恋上,用于诗词的排遣以及麻将、大烟上。而与此同时,在地球的那一边,用财富打造的却是威猛的战船,航行在太平洋、大西洋上,势不可当。

当欧洲列强威猛的战船航行在茫茫大海上去追逐财富时,我们却在把财富囤积在群山深处,竭力构筑着自己的"桃花源"。在重重叠叠的群山之中,人们是看不到海的,我们就这样与世界渐行渐远,南辕北辙。

| 四 |

从表面上来看,现在宏村附近的塔川,似乎更像是当年的桃花源。

当车从宏村边上滑过,一转弯,远远地,就能看到一个小小的村庄掩映在一片红色之中。那便是塔川了。到了村口,映入眼帘的是五棵巨大的古树,它们分别是樟、榧、枫等,每株都需数人合抱才行。这样的老树是村庄最好的点缀,就像一篇好文章,开头肯定有几句不凡的语句。老树是最有生命力的东西,也是最有灵性、最富有神秘意味的,它的存在往往让人不敢小觑。塔川村口古木形态各异,仿佛是自然的精灵,有这样的老树矗立在村口,这个地方肯定是有点不凡了。

这是一座孤零零的小山村,只有 30 来户人家,它位于宏村到木坑竹海景点途中,距宏村仅 2 公里。它的著名,是因为在它的村前村后,生长着很多乌桕树和枫树,一到秋天,便有漫山遍野的姹紫嫣红。因为有着这样的美景,自然吸引了不少的城市人。

塔川整个村子倚山而建,层层叠叠,错落有致,远远望去,好像一座巨型宝塔藏身在山谷之间,掩映在浓荫丛中。也许正是这样,它才得名"塔川"吧。进了村庄之后,我们很轻易地就把塔川走了个遍,这是一个典型的徽州小山村,恬淡、古朴、安静、寡欲,与附近宏村的人丁兴旺相比,塔川显得非常破败,已经看不到什么完整的古迹了。并且与宏村全民皆商的风气相比,塔川人竟然连生意的概念也是如此淡薄。当我们提出让房东吴老师给我们在当地买只土鸡煨汤时,吴老师竟然面露难色,他说,村里人绝不卖生蛋的母鸡,再贵也不卖。还真的是这么回事,我们在田野里散步的时候,碰到了几个当地人,当我们提出要高价买他们的老母鸡的时候,他们竟然表现得不屑一顾——这真有点桃花源似的感觉,犟头偏脑偏又认真异常,谁又会相信,这是在商品经济氛围浓郁的现在呢?

在这样的山村居住,自然也会变得古朴纯情。我们也一下变得天真起来,我们在村前的山野中漫步,猜测各种农作物的名字,然后嬉笑着互相贬损。我们似乎忘却了城市给我们的很多压力,仿佛回到了遥远的童年时光。当我们来到一个破旧的小学校前的空地上时,每个人都放下了矜持,有人甚至不由自主地打起了童年时所学的少林拳,另一些人则在操场上玩起了"跳房子"的游戏,直到我们筋疲力尽、气喘吁吁。可是当我们的兴奋劲过后,彼此询问谁愿意在这里待上一段时间时,每个人都犹豫起来:"最多一个礼拜吧,毕竟,太寂寞了!"

夜一降临,塔川就变得非常安静了。我们在房东吴老师的老屋子里喝着带来的酒,几乎没有什么下酒菜,我们就着粗茶淡饭聊着天。吴老师说村里的年轻人都到外面打工去了,因为村子太小,地也少,只好靠打工挣点钱。我们跟吴老师一边谈天一边看电视,在那间破旧的老屋子里,电视竟然能够收到很多境外台,我们看了一会儿凤凰台直播的阿拉法特葬礼的报道,然后大伙都感到阴冷得不行,便一个个早早休息了。

在塔川的夜半时分,我竟突然醒了,醒来不是由于声音,而是因为过于寂静。寂静真的会给人压力,让人心慌意乱。我很想起床走到户外去,但窗外一直沥沥地下着雨。有好几只飞蛾看见灯光,从窗缝里挤了进来,也许,它们长期处在寂静的氛围中,受不了,想接近灯光,接近热闹。而我们这一行人,却想着重归宁静,寻找宁静。我突然想到,宁静从来就是与热闹相伴而生的,无所谓热闹,就无所谓宁静;无所谓宁静,也就无所谓热闹。似乎每一个人面前都存在着一座无形的桥,从寂寞走向热闹,就叫名利桥;

从热闹回归寂寞,则叫奈何桥。对于陶渊明时代的文人而言,的确是存在着一个桃花源的,那是中国文人的最高理想,是由老庄一脉延续下来的,代表着农业社会的人文理想,代表着对古朴和自然的向往,是一种纯精神的东西。但那种反向的追求,就一定能让人心安愉悦吗?

也许对于中国哲学和伦理来说,注重的是社会,不是宇宙;是人伦日用,不是地狱天堂;是人的今生,不是人的来世。这样的思维方式决定了他们只是想寻找一些安慰,至于那种深层次的大宁静,至于真正意义上的"桃花源",似乎谁也不愿意多想,谁也不愿意领会太深。

我们就在塔川度过了令人难忘的一宿。待我们第二天上午乘车离开时,蓦然回首,才发现那些绯红的乌桕树,竟然有着另一番景象。那哪里是树呢,远远地看去,那些田野里的乌桕树,三三两两的,分明就是一朵朵硕大无朋的花。树也是可以成为花的,只要它安安静静地一直生长,总有一天会如花一样绚烂。

秋雨西递

对于中国文化而言,最缺少的,是真正的人文主义、宗教精神和慈善情怀所组成的一种可触可摸的暖流……而对于西递人本身来说,很明显,他们是认识不到这样的短处的。他们只是在这样无形的压力下变得孱弱,变得敏感、多疑而多虑。他们只能用他们的方法来理解社会,理解世界。

| 一 |

在西递的那两天,天一直阴阴地下着雨。

每次来,都要在西递的老街上走一走,这次也不例外。由于秋雨连绵,西递就如同雾中的版画似的,也如一个淋湿的旧梦:阴冷、湿润、隔膜。漂亮的是西递街道上的那些石板路,因为水冲走了灰尘,它们显得前所未有地干净,如黛玉一般晶莹。

尽管天气极差,西递还是一如既往地热闹,很多游人和我一样,打着伞,跟在导游后面,一家老房子、一家老房子地参观。因为雨下得大,视线不免有点模糊,很多地方看不真切,连态度也很难保持庄严安详,在这样的天气中哪能细细地聆听导游的解说词呢,只是匆忙地跟在队伍的后面,一边有意无意听着,一边询问着房东们的真古董仿古董假字画,或者独自想着心事。也许,进入历史的方式就应该是这样随意吧,历史就是阴雨,就是幽暗,就是真假难辨的古董,就是雨中的黟石——它的本质是那样的捉摸不定,不能让人轻易明白,也不会让人轻易进入。

| 二 |

西递的诞生竟然有着一个类似"赵氏孤儿"的故事。

据胡氏宗谱记载,现在西递大族胡姓原本是唐代皇族的后裔。公元904年,唐昭宗李晔受梁王朱温的威逼,仓皇离开长安。东逃行至河南陕州时,皇后何氏生下一个男孩。李晔深知此去洛阳凶多吉少,便命何氏将婴儿用帝王衣服包裹起来,设法藏匿在民间。当时,歙州婺源人胡三正在陕州做官,为了替朝廷分忧,胡三便丢弃官职,接纳太子,悄悄潜回家乡婺源。李晔到了洛阳三年后,朱温篡位,自立梁朝,李晔一家全部被杀,唯有逃离虎口的太子幸免。而在婺源,胡三将太子改姓胡,取名为昌翼,昌是吉祥平安,翼为翅膀,意思是吉祥平安地飞离虎口。

再后来，胡昌翼长大成人了。按照中国传奇的习惯延续，似乎下半部分就是李氏孤儿知晓家世，然后报仇雪恨什么的。但什么也没发生，故事便戛然而止。这当中的原因只有两种可能性，一是胡昌翼极想报仇，但能力远远不及，所以选择了放弃；二是因为胡昌翼懂得了太多的人情世故，懂得了高处不胜寒，所以再也不愿意铤而走险，于是选择了韬光养晦，在平庸中与生活握手言欢。这样一直到胡昌翼五世孙的时候，胡家人由婺源迁到了西递安居——胡昌翼也就成了西递胡氏的第一世祖——但胡家对祖宗并没有忘怀，他们一直把自己当作是帝王子孙，并在祠堂里供奉着李世民像。现在，在西递的追慕堂里，我们仍然可以看到唐太宗画像悬挂在高高的龛台上。

跟中国绝大多数村庄一样，西递就这样诞生了，它有了自己的历史，也平平淡淡地进行着自己的历史，像一首毫无特色的弦乐曲，缓慢地、平白地演奏下去。

一直到明朝，西递的历史才放出光华，从15世纪中叶一直到19世纪中叶，西递的发展可以说是跃上了一个高峰。

鼎盛时期的西递据说有10000人，这比现在的西递人口还要多上3倍。可以想象的是，当时那么多胡姓人聚集在这块地方，肯定相当繁荣。这当中的原因自然是徽商的兴起。由于生存压力巨大，西递人开始离家出门，去外地经营自己的产业，西递商人主要以经营钱庄和商铺为主。在外赚了钱之后，便回家买田置业，光宗耀祖。西递，在大笔资金进入之后，当然会有很大变化。

这时期最具有代表性的人物叫胡贯三,他是胡姓第24世祖,清朝道光年间人。据说,胡贯三曾经营36家典当行和20余家钱庄,遍及长江中下游地区,资产折合白银500余万两,财产居于江南巨富第6位。

不仅如此,在胡贯三身上,还体现了徽商的一个重大特点,那就是官与商的紧密相关。现在,西递村口的那座"走马楼"就与胡贯三有关。当年胡贯三与朝中宰相、同为徽州人的曹振镛结为儿女亲家。有一年曹振镛从歙县来西递走亲戚,出于面子的需要,胡贯三耗费了很多物力财力,大兴土木。仅在村口,就修建了壮观的"走马楼"和"迪吉堂"。当曹振镛应邀登上走马楼,凭栏眺望远山近水时,胡贯三的心里充溢着从未有过的满足。不仅如此,胡贯三还捐出巨资,在曹振镛的家乡歙县,建造了横跨练江的大石桥。官与商就在这种亲情结合中达成了默契和互助。徽商就是在这种勾结中,畸形地发展,然后,又畸形地毁灭。当然,胡贯三之所以大兴土木,挥金如土,除了炫耀个人财富之外,我想还有一个很重要的心理因素,那就是自卑——在那个时代,金钱在权力面前的自卑。

现在,走在西递的街道上,随处可见的是商品经济的浓郁气息。几乎家家在向游人介绍荣光的同时,也积极地兜售着真假文物,还有一些职业文物贩子不停地纠缠着游人。因为没有祖先那样可以挥霍的资本,所以也就没有祖先那么从容不迫了。一座村庄、一个家族、一段荣光、一条伤疤,就是在这样的缠缠绕绕中,变得晦涩而暗淡。昔日的光华悄然远去,成为一个模糊的背影,让后人费思量,却难忘。

| 三 |

相比于宏村,西递显得更加精致。我们在西递的巷道上走着,处处干净清秀,很见章法。从表面上看,西递似乎是素朴和安静的,但这种素朴和安静却是内敛和压抑的结果,在骨子里,满是精巧的心思和算计。

西递民宅的对联就是这种人与人之间精细思量的集中体现。比如说履福堂的几副对联:"世事让三分天宽地阔,心田存一点子种孙耕""忍片刻风平浪静,退一步海阔天空"。从表面上看,这对联似乎显示了宽厚平和、清静忍让的生活态度,但进一步推想,主人显然对于人与人之间的关系有着许多思考。

另外一些对联,更可以看出对人与人之间关系的关注了,比如:"能吃苦方为志士,肯吃亏不是痴人""快乐每从辛苦得,便宜多自吃亏来""事临头三思为妙,怒上心一忍最高""忍一时之气,免百日之忧""君子不忧还不屈,丈夫能屈也能伸""知事少时烦恼少,识人多处是非多""惜衣惜食惜财兼惜福,求名求利求己胜求人"……

这些对联,当然是徽州人感悟生活所得,在经历了太多的坎坷和磨难之后,西递人自然对于人生有着自己的心得和感受。但不可否认的是，这些对联中隐藏着极强的犬儒成分，对世故极为精通，同时也防人如防盗。虽然这种理解是一个整体，但人与人之间的那种盘算、那种防备、那种彼此关起门来的竞争和算计，却昭然若揭。

也许对于当时的大环境来说，这样不讲原则的坚韧和隐忍是成功不可或缺的手段和方法，但这样的方法我还是觉得太具功利色彩了，是站在私利的立场上，没有把对人的要求放到更高的层次上。这并不是一种真正的道德教化，而只是一种狭隘的方法论教育，是一种极坚固的庸俗社会学。西递人，站在他们的角度上，正好把这样的世故和庸俗发挥到了极致。

当然，这种实用犬儒是极为有效的，也是无可厚非的。但这种存在的确有着很多缺憾。对照着西递人的处世哲学，我们似乎可以看出，中国文化过于关注人伦日用了。一个民族，一个国家，一个人，如果把精力和智慧都过分地用在人情世故上，那么就会在整体上失去天真活泼、浑朴野趣、真实诚恳，就会在大方向上失去创造力，失去坚韧和勇敢，也会失去生命激情和理想情怀。

对于中国文化而言，最缺少的，是由真正的人文主义、宗教精神和慈善情怀所组成的一种可触可摸的暖流。中国文化从不缺少圆润和智慧，它所缺少的，就是那种执着的勇敢和一意孤行，还有做事的理性、方法。

而对于西递人本身来说，很明显，他们是认识不到这样的短处的。他们只是在这样无形的压力下变得孱弱，变得敏感、多疑而多虑。他们只能用他们的方法来理解社会,理解世界。这样的感觉就像是一艘航行在大海上的船只,在没有方向、失去信心的情况下,他们唯一的希望就是寻找到一个平静的小港湾安顿下来,一边修整着船帆船舷,一边看着远去的孤帆远影,既自得意满,又怅然若失。

| 四 |

我在去西递的时候,手边正巧带的是一本马克斯·韦伯论中国宗教的书。在这本书里,韦伯明确指出:欧洲资本主义的种种特征其实早就存在,而直接导致现代资本主义产生的,则是一种强大的精神力量的出现。韦伯在分析了中国18世纪的经济状况后指出,其实当时在中国,完全有着发展资本主义的经济基础,但中国却未能进入资本主义,这当中有着诸多的原因。例如,没有官职保障的财富无法成为社会荣誉的基础,没有法律地位的企业难以成为城市的主角,没有经济代价的国家义务取消了自由劳动市场,没有宪章契约的同业行会不敢进入自由的竞争,等等。

但中国缺少真正意义上的开放的宗教精神,显然是最重要的原因之一。

韦伯还说,直接导致现代资本主义产生的,是一种强大的精神力量的出现,那就是基督新教的伦理道德、行为准则。他说,以前的天主教靠的是神秘主义的拯救、赎罪、忏悔理论,通过祈祷让人们相信可以在天堂得救,因此人们的精神与商业经济长期对立。而改革后的新教则认为灵魂的得救不是要依靠教会和仪式,而是有赖于内心的纯净和工作的勤勉。这种积极入世的态度,有力地支持了商人以资本流通、会计核算而获得利润的经济行为,推动了工商企业的发展。这也证明,新教伦理就是一种资本主义精神。应该说,韦伯的这些论述,是对欧洲宗教改革的最高评价,也是对西方文明的准确揭示。

西递人的对联以及他们的生活方式揭示了一个现象,那就是,在中国文化当中,长期以来在心理上、思想上是与财富相对立、不相融的。这表现为财富在所谓文化面前的自卑,经济在人生目标前的软骨,实利在审美情趣中的孱弱。中国商人在所谓文化面前总体上的自卑以及财富所缺乏的精神力,直接导致了经济发展与意识形态的脱节。而西递,正是这种状态的缩影,在文化、道德、伦理、审美等方面的挤压面前,西递就像炉中烧就的薄瓷,精致、美丽、脆弱、自鸣得意,同时又不堪一击。

五

那天晚上,由镇上安排,我们仟讲了西递的"旷古斋"。

这是一家北京人购下的老屋,装饰一新后,交给了两位当地人代为经营。它的装潢非常考究,既保存了徽州民居的古色古香,又设计了一些非常有情调、有创意的布局,比如在一楼的堂前设置了酒吧;细节也是一些与徽州有关联的东西,比如吊灯的灯帽用的是划船的舢板等等;而且还安装了卫生间,生活和居住非常方便。据说,1995年那个北京人购下这所房子的时候,只花了5万元,但他后来花了30万元把旷古斋装饰一番,现在有人出价80万,他也没卖。

住在这样古色古香的屋子里,透过雕花的窗棂,风景便如画一样悄然潜入。窗外远处是青色的野山,不远处是黛色的屋顶,更近一点的则是大片翠绿的竹林。这样的景致让人顿生欢喜。夜色降临后,万籁俱寂,不知怎的,我却对陌生的静谧感到了不踏实。这样的静是可以给人压力的,它让人心虚,似乎人身上的每一个细胞都醒过来,都想独立自主地游走一番。与这样的清醒比起来,平日在城市里的行动更像是在睡眠,最起码,身上的很多器官,或者是毛孔,都是在昏昏地沉瞑着。

窗外一直淅淅沥沥地下着雨,秋雨中的西递似乎也安睡了,但我却一个人在黑夜中睁着眼。对于西递,对于徽州,我有着太多杂乱的碎想。现在,也许我能趁着寂静,安安静静、绵绵密密地想一想西递,想一想徽州的历史。

一直到走的时候,才听当地人说,从山坡上向下看,西递村是一个完整的船形。他们阐述说,之所以这样设计,是风水上的原因,西递这个地方比较缺水,想以船来招水;再就是,西递的胡姓想的是自己家族有朝一日,能乘风破浪航行于大江大海。也许,这只"燕雀"还是有着"鸿鹄之志"的。但我却有另外一种想法,我想的是,西递人也许是要取"同舟共济"的意思吧。从遥远的中原躲避兵燹而来,生活在这群山环绕的偏僻之地,家族子弟在一起,自然要抱团结盟。这个村落起先肯定是不想平庸的,也是有着想法的,但在庸常了很多年后,真的就变平庸了。平庸是因为什么呢?是缺少出世的情怀,是缺少济世的理想。一个人,一个村落,甚至一个国家,如果没有理想,没有情怀,即使再会算计,再会修身养性,智慧的庸常终有一天会变成真正的平庸。

澄明婺源

所有的文化现象都来自人类心中的愿望,人类的情感与精神是没有障碍的,是相通的。如果明白了这些,我觉得这世界上的很多东西根本就没有分别。界线是人为的,是别有用心的,是一知半解的,是自以为是的。分别心是所有障碍的根源。

| 一 |

在婺源,给我留下最深印象的,是这里的水和树。

进入婺源,第一感觉就是这里的植被相当茂盛,尤其是与村庄相依的山峦,生长着一簇簇参天古树,虬枝苍劲,直耸云霄。与徽州其他县相比,婺源水网密布,河水不仅清,也深,缓缓地流动着。婺源的古村落,往往都选取山坳之中的一片开阔地,村落都有水系包围,水系或清清浅浅,或湍急迂回。以山水为血脉,以草木为骨架,村庄掩映于山麓水畔,点缀于古树幽篁之间。这样的景象,当然美极了。

我是第一次来婺源,但对于婺源,却有着强烈的向往。一直听说婺源很漂亮,甚至自诩为"中国最美的乡村",自信如斯,应该有点理由吧。一看,真觉得此言不虚,婺源是可以当得起这样的称谓的。

婺源曾是徽州的一府六县之一,直至民国期间,才划到江西,之后反反复复,辗转于皖赣两省。在徽州,婺源是一个交通极不方便的偏僻之地,即使是现在,从屯溪到婺源,还要3个小时的车程。交通的不便也可能是行政建制上造成婺源归于江西的重要原因吧。但婺源在整体上与徽州其他地方一致,那不仅仅表现为相似的村落房屋的建筑风格,更表现为雷同的风土人情和地方文化。相较于徽州其他地方,也可能是婺源历史上经商者的实力相对较弱,婺源的村庄显得稍小,建筑也不够堂皇气派。正因为如此,婺源农村给人的感觉更宁静,也更自然一些。

这一次我们选的导游也好。我们原本是找黄山市著名作家李平易同行的,但李平易推荐说,还有一个人比他熟悉得多,是个画家,几乎跑遍了婺源山山水水,也住遍了婺源的大小村落。就这样,我们认识了画家王焘,在他的引导下,我们看到了最美的婺源。

王焘眼中的婺源是一幅幅美丽无比的中国画。在他眼中,观看婺源乡村是有角度的,也是有色彩变幻的。他帮我们选取最佳角度去观察婺源。这样的感觉就如同面对一幅幅中国画,在我们眼前不断掠过的是飞挑的檐角、鳞次栉比的斗拱以及高低错落、层层叠叠的马头墙。这些斑斑驳驳的印迹,一直在向我们彰显着曾经的矜持与荣光。

| 二 |

对于婺源各处的徽州民居,我看得并不是很认真。我是在徽州长大的,这些老房子于我早已没有什么新鲜感了。并且我一直不喜欢徽州的许多东西,比如,老房子阴森的氛围,硕大而压抑的祠堂。那样的建筑,无论是在建筑思想还是从实用价值上,都有着很大的缺陷。我甚至觉得,徽州古民居承载了太多的教条和传统,压抑了创造力,压抑了人性,也压抑了人们的生活。在此屋檐下生活的人们,个人的空间太小,他们的全部生命,都属于父母、家庭、宗族、伦理等层层叠叠的关系。这样的东西太重了,它会压得人喘不过气来。我也一直不喜欢那些中进士中举人的家伙。这些家伙,一辈子皓首穷经,然后谋得一官半职,整个生命相对于真理,相对于这个世界的内部规律都非常远。他们的唯一安慰便是在晚年的时候回到故乡,在山清水秀的地方觅得一个居所,一边舔着自己的伤口,一边发出人生的喟叹。即便如此,他们也是多疑多虑,心理阴暗着。在徽州的很多地方,虽然整体结构上呈现出的是从容清秀,但在骨子里,却一直有着那种浓重的戒备和

敌意。徽州民居在建筑风格上所呈现出的封闭和内敛,实际上正是徽州人阴暗心理的无意识流露。

相对于徽州的歙县、黟县,婺源的民居不是很显赫,村庄也显得并不堂皇,正因为如此,婺源有着一种难得的野趣,在破败中显得更真实。不像现在的西递、宏村,那种扑面而来的欣欣向荣的商品气息,让人受不了。或许是因为在婺源,自然的力量要强大些吧。到处都是绿色,都是河流,都是茁壮茂盛的古树,在这样的背景下,村庄所代表的人的力量只能成为点缀。在人与自然的相倚与对峙中,因为自然的茁壮,人力自以为是的东西便会败退。就像在阳光下,阴影会变得孱弱一样。那种生命中最纯朴的东西便会熠熠闪光。婺源的好,在于本真,在于水,在于古树,在于天、地、山、水、树、人之间的和谐。

| 三 |

对一个地方真正的了解,莫过于对"地方心灵"的研究了。研究"地方心灵",最好的方法不是去图书馆,也不是去博物馆,而是应该真真实实地在当地生活,去认识那地方的人。探究那种沉积在当地人心理结构中的文化传统,探究传统与形成、塑造、影响心理结构和思维模式的关系,包括道德自律、人生态度、直观才能等;或者去关注当地人在文学、艺术、习俗等文化现象中的表现,它包括整体的心理结构和精神力量,也包括地方伦理学和地方美

学。这些才是"地方心灵"真正的东西。只有对一个地方的"地方心灵"真正明白了,才可以说是真正懂得了这个地方。这样的方法,是深入一个地方的唯一途径。

一直以为徽州文化从根本上来说,是儒的。那是一种积极入世的精神,执着而实在,低调而倔犟。那种对仕途的追求、对成功的追求,以及为人处世的道德感和人情世故的平衡感,都可以说是这种文化的体现。再加上商业文化对徽州人的影响也比较大,使得徽州人更理性务实,为人精明,工于算计,人生的负重较多。但所有的东西都不是单一的,徽州人在表面精进的同时,深埋在进取心之下的,应该还有另外一层思想,那就是山水共融的愿望。

一直在想,对于积极进取的儒学以及追求隐匿避世的道学来说,究竟哪一种更符合人类的本质呢?似乎两者都是,两者又是密不可分的。人类来自自然,又进化为社会。社会意味着竞争,而自然则是回归。在骨子里,每个人都带有亲近自然的回归愿望,这愿望是带有母性意味的。而同时,人在社会进程中又带有某种控制欲,带有明显的权力和控制意识,要求秩序,这样的意识也促进了"儒"的产生。这两种东西一直是相伴而生的。其实对于徽州人来说,"儒"的进取,是理性的,是社会的,是宗族的;而"道"则是个人的,是直觉的,是天然的,是油然于心的。儒和道,看似不相融,其实却是可以相融的。因为儒也好,道也好,它们都是人类情感和欲望的延伸,它们的源头都是人类最初的欲望和想法。儒与道更像是一艘船上的两把桨,儒是前行的保障,道则是平衡的杠杆。只不过这两者方式不一,到了一定的关口,分叉了,形成了两条河,各自有着自己的流向。而在本质上,它们却一直相缠相生着,它们是同一个事物的两个方面,是镜子的正面和反面。

婺源的汪口村是一个给我留下很深印象的地方。那不仅仅是因为汪口村风景极美,也不仅仅是因为俞氏宗祠中的木雕让人叹为观止,而是因为汪口村有着极好的水口以及横贯河流的古代水利设施——平度堰。平度堰又叫曲尺堰,据《婺源县志》记载,是由清代经学家江永设计。江永一直被称为"婺源先生",他算是清代徽州数一数二的大儒,也曾经是戴震的老师,或者说,和戴震亦师亦友。当时由于汪口村位于两河交界之处,水流回旋凶险,水患连连。江永便根据河水的走向,对河段和水面进行了全面的考察和观测,设计出很科学的曲尺堰,对水患进行治理。整个地坝采用青石、卵石砌成,既平缓了汹涌的水势,又便于河流通船放水。工程竣工之后,水患立即得到根治。即使是在200年之后,平度堰仍然如巨龙般静静地横卧在永川河上。

值得注意的是江永这个人,史书上一直写他"长于比勘,深究三礼",其学以考据见长,开皖派经学研究之先河。但可能与戴震一样,江永的经学是幌子,实际上他更热衷的是"义理"。江永一直居于婺源山野之中,胸罗星宿,博古通今,一辈子闲云野鹤,终身布衣。在他的身上,似乎既有"儒"的入世追求,也有着"道"的出世精神。在我看来,他设计平度堰只是小试身手,他更多的本领,却因为得不到展现以至于无法流惠于世。在徽州,诸如江永这样的"高人",还有很多。他们多隐匿民间,逍遥山水,不问世事。这样的态度,既是中国知识分子的机智,也是中国知识分子的狡黠。不能"立功"于社会,便躲进自然的天地里自娱自乐。当然,绝大多数的逃避者都是故作姿态,是一种无奈,在失败中消除了志向,渐渐地又把这种消除当作了志向。但可以肯定的是,婺源显然是实现这一志向的一个最佳所在。婺源随处显示的人与自然的亲密,那种在河网密布、流水清澈、古木参天中显示的人的自由自在,可以说是"绝圣弃智"的最佳场所。相忘于江湖,移情于山水,在青山绿水中,建立起鸳瓦粉墙的小村落,然后采菊东篱,终老南山,肯定不失为一种大境界的选择。徽州人往往就是在进取的主旋律中,吟唱着《桃花源记》,终结于白发渔樵、废殿碧苔以及小桥流水,在一种最寻常的生活中,达到物我两忘,达到灵魂的自慰和升华。

在徽州,这种平衡的确立,是不需要宗教的力量的,甚至不需要哲学和思想的支撑,因为自然已足以让落魄的人得到消解和平衡。一个人,在这样美丽的山水共融中,一切烦恼和恐慌都会烟消云散。这样的方式从骨子里来说,不是宗教,而是美学——自然美也是有着作用的,它同样也可以缓解紧张,让人格得到升华。

就普遍意义来说,中国古代文化的实质是专制强权下的"明儒暗法"或者"明儒暗道"。在权力结构中,表现为"明儒暗法";就个人来说,则表现为"明儒暗道"。"明儒暗道"或者"亦儒亦道"，是中国人飞行的两只翅膀。但对徽州人来说，似乎自然美已取代了"道"的意义。在美丽的山水中，徽州人似乎不需要参悟义理，就可以明白；不需要思想的传播，就已懂得。在这样的前提下，徽州人当然有很好的平衡感，因此也能飞得很高。

| 四 |

比较婺源的诸多地方，我最喜欢的，要算是彩虹桥那一带了。在这里，有着清澈见底的河流，两岸高树掩映、倒影婆娑，水面上不时漂过一叶扁舟，载着捕食的鸬鹚，宁静而悠闲。尤其横跨河流的彩虹桥，漂亮而富有诗意，它不仅起着交通的作用，还显示了很多人性关怀：宽宽的桥面，廊桥可以挡风遮雨，两旁是可以憩息的栏椅，桥上面还安放了许多石凳石桌，让人感到亲近、自然、妥帖。所有的景象，都让人感到舒适和纯净。在这样的地方栖息，仿佛时光都是没有意义的，所有的纷争和嘈杂都离得很远。在彩虹桥边，我们禁不住此情此景的诱惑，一个个情不自禁跳进河里。在河中浮水的感觉真是好啊，凉风吹拂，身轻如燕。水一直荡涤着，亲切而熨帖。除了我们，还有许多嬉戏的孩童，甚至还有来游玩的老外。在水中，我突然想，从进化论来说，人一定是由鱼变的，因为人对于水的亲近感与生俱来，仿佛是来自远古残留的记忆。这时候抬起头来，眼前是秀丽而古旧的廊桥，再往上，则是蓝蓝的天，蓝蓝的天上白云飘。这样的感觉让我一下子回到了20

多年前，回到了小桥流水的童年；甚至在恍惚之间，竟不知前世今生了！

那天晚上，我们选择居住在彩虹桥边的旅馆里。吃过晚饭，我又来到彩虹桥上坐着，我似乎舍不得离开它了。桥上没有什么风，但还是很凉快。那天正好是阴历十五，月亮又大又圆，悬在空中。桥下的河水一如既往地汩汩流淌着，万物在这里，都有着一种无与伦比的和谐。我在桥上坐傻了。后来我回到房间，房间里也凉快，根本用不着开空调。我就在习习的夏风中翻看一本《爱乐》杂志，上面介绍着希腊籍"歌剧女王"玛丽亚·卡拉斯。我突然想，有很多东西，看似矛盾，有区别，不统一，其实，那往往是自缚手脚。就如同此时此刻，如果在彩虹桥边，突然响起卡拉斯咏唱的《蝴蝶夫人》，一定也会非常美妙动听。我甚至觉得它会比那些地方小调和傩戏更美。那样的感觉，仿佛会穿透时空，给你带来一种无障碍的慰藉——所有的文化现象都来自人类心中的愿望，人类的情感与精神是没有障碍的，是相通的。如果明白了这些，我觉得这世界上的很多东西根本就没有分别。界限是人为的，是别有用心的，是一知半解的，是自以为是的。分别心是所有障碍的根源。人类的思维和情感就如头顶的星空一样普照世人，美好的东西，则如天空上凝聚而成的雨水一样，是可以在任何一个地方飘飘洒洒的。

彩虹桥的好在于清澈。不仅仅是说它的水清澈，而是它更接近天然，有着一种源头的澄明和质朴。在这样的源头之中，似乎连思维都是异常清澈的,它会让人的思想变得更加清澈,也更加澄明。

我很喜欢婺源这个地方,因为它让人豁然开朗,让人更清晰地明白了很多东西。

书院春秋

书院是一种气象,也是一种气场。书院给徽州带来的不仅仅是人才,更重要的,它也在为这个地方积淀着底气,为这个地方培养一种人格力量,形成宁静畅达的地域灵魂。

| 一 |

去雄村的时候,是在炎热的夏天。那一次正好是从婺源回屯溪,我忽然想,去看一看雄村吧,这个名气很大的徽州村落,我竟一直没去过呢!于是就去了雄村。没想到雄村居然离屯溪很近,车在高速公路上行驶半个多小时,然后一拐,经过一段蜿蜒的山路,就到雄村村口了。

雄村是那种典型的徽州村庄,在村口,有一座雄伟的大牌坊。村落不大,据说目前尚不到 2000 人。但这个小村风景优美异常,它位于两条龙脉交汇的开阔地上,清澈的练江从它的旁边流过。在江边,有一片茂密的桃树林格外引人注目,虽说现在不是桃花盛开的日子,但完全可以想象春天时的姹紫嫣红。这一块风水宝地在长达上千年的历史中一直人才辈出,确实"所在为雄"。有一位叫作曹元宇的雄村游子曾作了一首《题雄村图》,对故园做了颇为自得的描述:

练江蜿蜒村前绕,上接岑山下义城。
竹为饰山疏更密,云因护阁散还生。
……

诗中的"竹为饰山"指的就是村中的竹山书院。因为竹山书院是雄村最有名的建筑,自然成了雄村的象征。走进竹山书院后,我大吃一惊,没想到这座相当有名的书院竟如此破败,霉苔荒草,野墙断垣,只有园子里的很多株桂花树在落寞地疯长,阴阴的,带有野气。乡政府的人介绍说,原先竹山书院系协议承包给别人搞旅游开发的,但对方一直没有真正投入,乡政府又不便再介入,所以就成了目前这样的局面。

这样的场景不免让人心事重重。我在破败的书院里徜徉着,揣摩石碑上斑驳的文字,想象清晨来临,当柔和的亮光开始映在古旧的瓦檐上时,书院里便会有琅琅的书声泛起,掺杂在练江的雾霭之中,单纯、清脆、缥缈。那该是怎样的一番情景呢?

二

书院是一种气象,也是一种气场。竹山书院是一座二进三楹的学舍建筑,正壁悬有蓝底金字板联一副:"竹解心虚,学然后知不足;山由篑进,为则必要其成。"这副对联既解释了竹山书院名称的由来,也寓意治学和处事的态度。"篑"是盛土的竹器,"山由篑进",指山由一点点的泥土堆积而成。这样的比喻,跟荀子《劝学》一样,阐述的都是一种学习的道理,也是一种做人做事的道理。

竹山书院的建造同样受助于徽商。寓居扬州的两淮八大盐商之一的曹堇饴称富宇内,曾奉命接驾第二次南巡扬州的康熙皇帝,这达到了他荣光一生的巅峰。曹堇饴读书不多,但却向往晨钟暮鼓的读书生活,向往着"学而优则仕"。而于商,总有一种挥之不去的自卑和无奈。在曹堇饴辗转病榻、弥留之际,他再三地嘱咐儿子曹景廷、曹景宸,"当在雄溪之畔建文昌阁,修书院"。

18世纪中叶,乾隆年间一个春天的上午,阳光明媚,由曹景廷、曹景宸兄弟捐资建造的竹山书院终于矗立在雄村村口。这一天可以说是雄村人的节日,四邻八乡的人都来了。而后,这幢清丽优雅的书院便成了曹姓子弟进军仕途的演练场。后来,族人曾立下规矩,中举的人可以在院内种植桂花一株,以示嘉勉。故而书院的清旷轩,又有"桂花厅"的别称。从建成到现在,园内已长有数十株桂树,平日里郁郁葱葱,而到初秋之时,满庭桂花,香飘数十里,整个雄村都可以嗅到书院的芬芳。嗅香思源,这香气,无形中也成了激发子弟的一种动力。

从雄村走出的名宦当首推曹文埴、曹振镛父子尚书。曹文埴25岁考中传胪(即第四名进士,居状元、榜眼、探花之后),在内廷为官多年,官至户部尚书。清代,编纂《四库全书》时,乾隆皇帝任命他为总裁之一。他偏房所生的儿子曹振镛,更是直接在竹山书院就读,刚成年就考中进士。关于曹振镛的苦读,雄村至今还流传着一则故事。曹振镛在竹山书院就读时,顽劣异常,不肯用功,其姐十分着急,规劝他:"你不读书,将来如何登堂入室,承继父业?"曹振镛夸下海口:"他日我定为官,且胜吾父。"姐姐激他:"你若为官,我当出家千里之外为尼。"曹振镛从此潜心攻读,后一举中榜,并官至军机大臣,权倾朝野。其姐为不食言,坚持要出家,曹振镛苦劝无效,又怕姐姐在千里之外孤苦伶仃,只得借当地俚语"隔河千里远"之意,在雄溪对岸建了一座慈光庵供其姐修行。

现在,与竹山书院隔着河流的对岸的山上,一抹绿树修竹之中,坐落着寂静的慈光庵。当年,曹振镛的姐姐就一直在这座尼姑庵里出家至死。这样的故事又能说明什么呢?说明一个人对另外一个人的牺牲?说明为一种价值观所必须付出的代价?

| 三 |

尽管竹山书院里桂树满园,但在我眼中,它并不算一个很出色的书院,只算是一个比较合格的科举工厂。真正散发着思想光华的,是明代之前的那些徽州书院,在那里,才能依稀看到闪亮的火花。

1998年,我曾去过位于绩溪县龙井村的桂枝书院遗址。

这个书院是宋景德四年(1007年)绩溪人胡忠建立的,它是绩溪历史上第一个书院,也是安徽省最早的书院。据说,这个书院是在苏辙的倡导下兴建的,当年苏辙曾任绩溪知事,受他的影响,当地文风蔚起,书院大兴,社学和私塾也纷纷建立。由于岁月久远,桂枝书院现在已是颓垣碎瓦、荒草冷月,只有残留的碑文,昭示着昔日的荣光。我不知道桂枝书院的山长是谁,谁又曾在这里讲过课。但可以肯定的一点是,河流的源头,水总是清的。桂枝书院创办的宗旨不是为了科举,为了功名,而是为了超世脱俗的精神追求。

没有资料能翔实地介绍桂枝书院的风貌。但可以肯定的一点是,既然题名为"桂枝",想书院里必定满园丹桂。这也难怪,宋朝的读书人一直把置身于宁静闲适的大自然、寄情于山水作为自己的生活理想,追求着精神上的相对独立。因此,自然恬淡的心境和宁静幽美的山水悠然合一,正好体现了理学人士对于自身的超越。

同时兴建于宋朝的,还有位于徽州府的紫阳书院。在这里,朱熹曾经做了两次非常著名的讲演,在徽州引起了轰动。在此之后,紫阳书院重建,宋理宗亲自为书院题名,紫阳书院成为徽州最有人气的地方。紫阳书院昌盛之时,书院里刊刻着朱子的《白鹿洞书院揭示》,王阳明也为书院题词。在很长一段时间里,紫阳书院一直是新安理学的中心,就像一盏灯,照亮着徽州的山山水水。

宋代徽州共有书院15所,除一所官办之外,其余的均为民办。而宋代之后,民间书院更是像雨后春笋一样兴盛,书院的出现,使读书、教书成为一种乐趣洋溢的社会性活动。歙县的师山书院、斗山书院,休宁的东山书院、天泉书院,婺源的明经书院、福山书院,祁门、绩溪的东山书院等,在当时都远近闻名。尽管这时候的书院有着各种各样的不足,比如对科学技术的忽略、轻于务实、流于清谈等,但却有着自由讨论学术、交流思想的传统,并且可以自由地批评官府、批评官员,甚至可以直接向皇帝提出道德要求。这些早期书院的存在,在一定意义上,对于拓宽中华民族甚至人类的思维宽广度都有着异乎寻常的意义。

一个个经天纬地之才,就这样从一座座书院中成长出来。徽州也因此成为"东南邹鲁"。在此时,书院给徽州带来的不仅仅是人才,更重要的,它也在为这个地方积淀着底气,为这个地方培养一种人格力量,形成宁静畅达的地域灵魂。

四

但到了明代之后,随着统治者的狭隘和严酷,徽州和中国其他地方一样,在文化上也急骤堕落。明朝更像是地主或者干脆是地痞流氓在统治,律政不守信用,教育机械浅薄,书院大都摒弃了高妙的思想,转而以八股求功名了。这样的倒退,不仅仅是教育的倒退,也是一个民族智力的倒退。

我一直对于明王朝比较看低。在这个王朝里,君王低劣而阴暗,大臣昏庸不作为,制度严酷而暴戾。统治者既没有政治理想,也很少有政治手段,只是靠着愚民和残忍来维系统治。它一方面用严刑峻法扼杀思想自由、扼杀创造力、扼杀商品流通;另外一方面又滥用道德伦理的力量,通过大力旌表的方式,以虚名延伸统治。徽州遍地的牌坊、匾额等,都出自这样的背景之下。明王朝统治的277年,包括政治、文化、经济在内的几乎所有东西都裹足不前,有的甚至转而倒退。而这时候,正值人类历史进入关键时期,科学和理性挣脱了长长的昏暗,坚定地抬起头来,眼前一条金光大道。在欧洲,表现为经过文艺复兴,进入近代史的阶段,科学精神抬头,自由文化兴起,人文思想昌盛。但中国呢?明王朝之前,中国的文化和经济还在世界上有着优势,但经过一个漫长的明王朝之后,已经被世界潮流远远地抛在了后面。

明王朝就是这样没有跟上时代的步伐。在世界科学化的潮流中,按理说,教育应该朝着更符合社会进步的方向努力,但明王朝倒行逆施地搞起了八股科举,以生硬的道德纲常束缚全民族的思想。在这样的情形下,徽州书院的性质发生了根本性的变化,思想的火花暗淡,灵魂在慢慢丧失,自身的文化特色被庞杂而强势的社会风习所埋葬。以自由文化起头办起来的书院,慢慢地变成了科举制度的小作坊。

当然,以徽州人原先的智力,对付八股的"小儿科",自然是不在话下。从1647年到1826年的近200年时间里,徽州府共产生了519名进士,在全国科甲排行榜上名列前5前6名。而与此同时,江苏省却只产生了一甲进士94名,其中有14名出自徽州;浙江一甲进士59名,有5名是徽州人。徽州当地"连科三殿撰,十里四翰林"或者"一门九进士,六部四尚书"之类的科举故事,不胜枚举。但这样的"辉煌旧梦"又有什么意义呢?人民就那样懵懂着,死心塌地地陷入了一种僵死的游戏之中,与世界的潮流背道而驰。要是没有徽商这泓活水,这块插满牌坊的土地更会像坟墓一样死气沉沉。

这种僵死的八股科举对于社会进步几乎是毁灭性的。我们甚至可以套用英国哲学家罗素对于伽利略案的评价:这个案件"结束了意大利的科学,使得科学在意大利历经几个世纪未能复苏"。同样,这种僵死的八股科举方式,"结束了中国长达上千年的求知精神,并且使得知识分子精神在中国历经几个世纪都难以复苏"。也正是从明朝开始,"文字狱"开始流行,特务机构的"东厂""西厂"检控成灾,中国缺乏基本的、健康的人本环境,科学文化的近代化也变得无从起步,一代又一代的读书人争先恐后地当起了专制政权的"家奴"。言论自由的扼杀,以及教育方向的误导,最终造成了人格变异、创造力萎缩、良知缺乏,各种猥琐和卑劣欢呼雀跃。

徽州变得沉寂了。在明朝统治的数百年中,徽州几乎没有产生过一个具有代表性的思想家。这样的局面一直延续到清朝,清朝建立后,在吏制和科举上,仍旧沿用明朝的老一套。只是在清朝乾嘉年间,徽州才出现了一批颇引人注目的学者,他们是婺源人江永,休宁人戴震,歙县人程瑶田、洪榜等。不屑于八股的他们,一直试图建立自己的教育体系。在我看来,他们才是真正的饱学之士,因为他们的治学精神,是真正"求真求是",是"治国、齐家、修身"的事业。在一片科举的洪流中,只有他们,固守于偏僻的书院或乡村,积薪传火,战战兢兢地维系着一脉微弱的火种。

| 五 |

在到雄村之前,我们还去了对岸不远处的柘林村。去柘林,是为了看汪直墓。前不久,传闻汪直的墓碑被砸,我们很想去看看事情的真实情况。经过一番打听,我们找到了汪直墓。只见墓上堆满了许许多多柴火,也许,当地村民是想以这样的方式来回避一些矛盾吧。正午的汪直墓周围非常安静,我们掀开了那些柴

火。汪直墓碑其实没有被砸,被砸的只是据说是汪直后人的日本人在一边立的一个纪事碑。我们在墓前拍了几张照片后,仍把那些柴火还原了。也许,该尘封的东西还让它尘封一段时间吧,很多历史还不是露面的时候,还要继续躲在黑暗中,品尝自己的孤伤。

我在想的是,汪直出生在柘林,那么他在少年时就极可能渡河来过雄村,甚至极可能在雄村上学。当然,这样的情形只是假设,并且毫无意义。因为汪直的一生,实在与徽州提倡的东西南辕北辙。但在雄村出生的尚书曹文埴是知道老乡汪直的,也了解汪直。曹文埴在主持《明史》编纂时,就曾经为明朝时牵涉进严嵩案的胡宗宪翻案,把胡宗宪的奸佞帽子给摘了。胡宗宪是绩溪人,是曹文埴的徽州老乡。曹文埴这样做,不知道有没有乡情的因素在内。曹文埴在了解胡宗宪的身世时,肯定知道胡宗宪杀害他更近的老乡汪直一事。对于这个大逆不道的老乡,曹文埴在面对时肯定心情很复杂。不过,他还是不敢斗胆给汪直翻案,毕竟,对于汪直,不仅明王朝不能接受,清王朝同样也不能接受。

曹文埴不愧为科举制度生产出来的精英。就做官、做人来说,他显然要比汪直,甚至比胡宗宪都要聪明得多,也圆滑得多。他在朝廷做着大官,而他的兄弟在扬州做着大生意,官商勾结,名誉地位赚钱都不误,居然还深得皇帝的宠信。当年乾隆皇帝六下江南,有好几次,都是曹文埴出面在扬州承办一些差务。而当曹文埴在朝廷当了几十年命官之后,眼见得靠山摇摇欲坠时,曹文埴便"见好就收",主动提出告老还乡。这样的"世事洞明",那些毕生专注于"大学"的鸿儒哪能达到呢？这种扭曲人格的本领，非得是打小有科举"童子功"才能练就的。

现在，昔日的竹山书院静静地安卧在练江边上，风光旖旎，一派安宁。在雄村，已很难从当今的世景感受到昔日的荣光和典雅了。历史渐行渐远，当年的荣光和高贵仿佛像没有出现似的，剩下的，只是一具空巢，这样的气韵一旦割碎，就会烟消云散，很难复原，像历史的诸多旧梦，无法挽留，也无法重温。

清明胡适

对于胡适,我一直有很大的兴趣。在这个人的身上,隐藏着很多值得大力推崇的东西,譬如清明和理性,中庸而平和。他的人格本身,就是东西方文化的集大成者。而这样的人竟然出于徽州,竟是从这样狭小闭塞的小山村中走出去的。

| 一 |

去了很多次上庄,但从来没有写过上庄和胡适。原因是一直对这个地方、对这个人,都有着隔膜,战战兢兢,不敢说,也不好说。对于胡适,我一直有很大的兴趣。在这个人的身上,隐藏着很多值得大力推崇的东西,譬如清明而理性、中庸而平和。他的人格本身,就是东西方文化的集大成者。而这样的人竟然出于徽州,竟是从这样狭小闭塞的小山村中走出去的。每次到上庄,我

都会想,究竟是什么力量和缘分使得胡适成为这样的一代宗师呢?他理性、内敛、宽容、温文尔雅,饱读诗书、满腹经纶,但同时他又有着最清明的思想和追求,有着最浪漫的方式。他一辈子看似平和,却异常执着;在最大的追求上一直郁郁寡欢,满腔无奈。他倡导的清明、民主、知性在这个国家中发展得非常艰难。就个人来说,他是那样的富有魅力,尤其是深得知识女性的仰慕,但同时,他又有一个裹小脚的旧式太太,而且他自认为很完美。他拒绝了无数倾慕和爱意,但偶尔失足。在他的一生中,他看起来总是那样平静,似乎人生任何的波澜对他来说都是细小的涟漪,一切矛盾都在他的思想和操守中轻而易举地融化。但所有的一切就那么风平浪静吗?他的内心真的有如此强大的力量吗?毕竟,一个最伟大的人,也有着最基本的欲望和要求,有着难以平衡和割舍的牵挂。而这个人,是怎样达到这种表面的平衡呢?

  胡适是怎样的一个人呢?这似乎一直存在着争议,不仅仅是官方评价,即使在民间、在学术界,也存在着很大的争议。相比较而言,争议最小的,算是胡适的做人了,"胡适大名垂宇宙,小脚太太亦随之",这是林语堂对胡适婚姻的精辟戏说。一个普遍的看法是,胡适一开始只是一个传统的书生,有着惊人的勇气,敢为天下先,而后才成为一个有着"浩然之气"的大儒,成为一个睿智的长者。在他身上,集中体现了中国知识分子的一些美德,尤其是儒学,在胡适的身上表现得淋漓尽致。胡适可以说是既"成功"又"成仁"的典范。"成功",指的是知识分子对于事业的追求;而

"成仁"，则是内心和人格的自我完善。从传统的意义上来说，胡适的一生完全符合儒家的人格模式，他的思想和行为体现着中华民族清醒冷静而又温情脉脉的中庸心理："克己复礼、不狂暴、不玄想、善领悟、重经验、好历史、以服务于现实生活的和谐稳定为目标、珍视人际、讲求关系、反对冒进、轻视创新……"这种人格的最终形成不单单是个人自我修炼的结果，更多的是传统巨大力量的影响，是那种无形中存在的巨大传统力量，将一个内心敏感、带有叛逆性的徽州乡下青年最终变成了一个带有完全中国人格的"大儒"。

胡适的人生轨迹以及他性格的形成原因，一直是我感兴趣的。也正因如此，我对上庄那块地方充满热情。我以为，胡适相对完美人格的形成当然有很多原因，但不可否认的一点是，胡适内心当中最本质的东西，与徽州有关，与他的成长经历有关。

| 二 |

胡适的童年是在绩溪上庄度过的。在上庄，仍存有胡适曾经居住的老屋，洁净、简陋，算不上富丽堂皇，看得出，当年胡适的家境一般。对于上庄，胡适一直怀有很深的感情。20世纪60年代初，漂泊了近半个世纪的胡适，仍常常念叨自己的家乡，在那本《胡适口述自传》中，第一章的标题就是《故乡和家庭》，接下来的第一句就是——我是安徽徽州人。在书中，胡适描述了很多关于

家乡的事情,对于徽州的山山水水,这位儒雅的徽州人总是无法割舍。而在胡适早些时候亲自撰写的《四十自述》中,胡适更是像一个文学青年一样,几乎是在用小说的手法描述着他的童年往事,生动活泼,记忆犹新。

胡适1891年12月17日出生在上海。胡适的母亲是胡适父亲(胡传,又名胡铁花)的第三任妻子,双方年龄相差30多岁。胡适出生两个月后,由于他父亲赴台湾省上任,胡适便随母亲迁居到台湾。不久,《马关条约》签订,台湾被割让给日本。胡适父亲在回家途中于福建病故。3岁多一点的胡适跟母亲辗转回到了老家绩溪上庄,直至胡适14岁时离开,胡适在上庄一共待了9年多。胡适在上庄的这一段时间是相对平静、充满乐趣的。在玩耍的同时,胡适系统地跟着塾师习诵了《孝经》、《小学》、"四书"、"五经",还阅读了《三国》《水浒》《七剑十三侠》《红楼梦》《儒林外史》《聊斋》《夜雨秋灯录》等古代小说,到11岁时,胡适已经开始阅读《资治通鉴》这样的书籍了。少年的经历,使得胡适特别早慧,他写道:"所以我到14岁来上海开始作古文时,就能作出很像样的文字了。"

胡适的父亲胡传死时,胡适母亲仅仅23岁。当年胡适的母亲自己做主嫁给胡传做续弦,在上庄,很是引起了一番议论。等她回到上庄时,已是物是人非,既是寡妇,又是当家的后母,处境非常艰难。但胡适的母亲有着徽州女子的典型性格,她自尊、识大体、顾大局、忍辱负重。她把全部的希望,都寄托在聪明懂事的胡适身上,她一直盼望着胡适读书成名,甚至叮嘱他每天要拜孔夫子。胡适很小就感到了生活的压力,感到前途的压力、岁月的艰难。聪明而懂事的胡适每晚放学总要对孔夫子像作一个揖,也许对于胡适来说,最初的偶像就是这个终身相伴的老者。就这样,胡适的母亲以她的坚韧和得体影响着少年胡适,也使胡适养成了平和、善良以及清明的性格,非常懂事,非常能体谅人,也能够自我牺牲。胡适写道:"如果我学得了一丝一毫的好脾气,如果我学得了一点点待人接物的和气,如果我能宽恕人,体谅人——我都得感谢我的慈母。"

| 三 |

正是这种善良而顺从的个性,以及对母亲强烈的感恩心态,使得胡适即使在留学荣光之时,仍遵从母亲的意见,迎娶了附近江村的小脚女子江冬秀。

绩溪上庄所倚的,是一道很高的山峦,那道山峦背后,就是旌德江村。当年,胡适就是从这里步行约 20 里,去江村迎娶了小脚女子江冬秀。

胡适与江冬秀的结合是典型的包办婚姻。胡适 13 岁那年随母亲到姑婆家走亲戚,正好与江冬秀的母亲相遇。江母见胡适眉清目秀、异常聪明,就提议结为秦晋之好。胡适的母亲起先没答应,这当中主要的原因是江冬秀(1890 年生)长胡适一岁,又属虎;同时双方的家境也不相配。但不久,胡适的本家叔叔,也即江冬秀的老师为此多次游说,并且进行了八字测算,发现二人很契合。于是在1904年,胡适、江冬秀由双方母亲做主缔结了婚约。这时候胡适只是一个懵懂少年,又没有经过什么世面,当然也顾不得表达什么意见,一切都是母命难违;或者一切都由母亲做主,也懒得理会了。

一直到1917年胡适从美国专程回绩溪奉命成婚前,胡适都没有见过江冬秀。对于此桩婚姻,胡适到美国后,也曾一度想悔婚,但他挡不住母亲的坚持。可以这样说,胡适并不是一个情商很低的人,甚至可以说,他一直敏感多情。在美国时,胡适就有一个美国女友韦莲司,双方的交往也达到了情浓意切的程度,但因为家中有订婚的妻子,胡适还是做出了痛苦的选择。与此同时,另外一个留洋女子也颇得胡适的好感,那就是才女陈衡哲。陈衡哲当时在美国潘萨大学读书,专攻欧洲历史。还是因为这样的背景,这段堪称绝配的爱情最终成了泡影。

胡适坚守包办婚姻最主要的原因是为了母亲,出于孝道。因为胡适一直很善良,在对待母亲的意见时,他甚至可以说相当懦弱。并且,胡适甚至有某种程度的恋母情结,他对母亲十分尊敬,而又深感母恩无以回报,只好认可母亲包办的婚事,因为这是对母亲恩情最好的报答。胡适在给其美国女友韦莲司的书信与日记中,就曾讨论过"容忍迁就"与"各行其是"的问题,"在家庭关系上,我站在东方人的一边,这主要是因为我有一个非常非常好的母亲,她对我的深恩是无从报答的。我长时间离开她,已经使我深感愧疚,我再不能硬着心肠来违背她"。而母爱让他觉得负重太多,这是一种"近乎基督教的原罪,这个罪是无论如何都赎不清的,和江冬秀结婚,只是赎罪于万一罢了"。除了长期受儒学"忠孝节义"的思想影响以外,还有"诚信"——对于胡适来说,既然母亲已经订下婚约,就应该信守承诺。当胡适的家乡谣传胡适已在美另娶时,胡母在给胡适的信中要求澄清,胡适于1915年10月3日写了一封8页的长信,力辩谣言之无稽,其中说道:"儿久已认江氏之婚约为不可毁,为不必毁,为不当毁。儿久已自认为已聘未婚之人。儿久已认冬秀为儿未婚之妻……"胡适在"不可毁""不必毁""不当毁"的旁边密圈加点,以示其诚,由此可见他信守之意是何等坚定。

就这样,1917年,胡适专门从美国赶回到绩溪上庄,在那间简陋的屋子里,与江村女子江冬秀完婚。我不知道胡适在新婚之夜见到江冬秀的感受,但可以推断的一点是,当胡适见到还算是眉清目秀的江冬秀,不禁会为自己感到庆幸吧!

婚后,在短暂的生活中,胡适从江冬秀的身上,看到了母亲的影子,这使得他有了不少安慰。

不久,胡适回到北京,留下江冬秀独自照看生病的母亲。直到1918年,江冬秀才离开上庄,去了北京。这对新婚夫妇的生活一开始当然是不和谐的,但精明的江冬秀很快就摸清了胡适的弱点,这位大学教授就是要面子,要虚荣。几个来回的争夺之后,书生胡适很快就有了自己的应对措施,而聪明的江冬秀也相应调整了策略。于是,这个家庭最起码在场面上看起来是和谐而幸福了。

一对男女,只要在一起生活了,彼此之间,很快就会水乳交融。这交融,不仅仅是生理上的,还有着不分彼此的亲情。

江冬秀是位典型的徽州女人,勤劳、宽容、坚韧、会生活。她会做胡适最爱吃的徽州一品锅和徽州面饼。除此之外,江冬秀还可以在很多事情上显示出泼辣的男儿气,给文弱的胡适以精神上的支撑。胡适很快就接纳和适应了江冬秀,甚至表现出某种依赖。在胡适看来,江冬秀对生活的理解更直接,也更切实可行,而且在大是大非上绝不糊涂,有着非常好的"大局观"。对江冬秀,胡适变得"久而敬之"。胡适自己解释这句话时说:"久而敬之这句话也可以做夫妇相处的格言。所谓敬,就是尊重,用现在的话来说就是尊重对方的人格。要能做到尊重对方的人格,才有永久的幸福。"

对于江冬秀,胡适越是到晚年越有溢美之词。胡适说她"不迷信、不看相、不算命、不祭祖先。她的不迷信在一般留学生之上"。在双方相处当中,江冬秀反对胡适走仕途以及不给功名压力的态度尤其让胡适赞赏。胡适一直受自由主义思想的影响,在回国之初就反复表明远离政治、不做官的态度。这对一个徽州人来说,尤其难得。同样,江冬秀对仕途也很厌恶。胡适 1938 年任驻美国大使后,曾在信中表明态度:"现在我出来做事心里常常感到惭愧,对不住你。你总劝我不要走上政治路上去,这是你帮助我。若是不明大体的女人一定巴望男人做大官。你跟我20年,从来不作这样想。"还曾说:"我只能郑重向你再发一愿:至迟到战争完结时,我一定回到我的学术生活去。"作为一个旧式女子,江冬秀能有迥异于世俗的胸襟见识,十分难得。她在给胡适的信中说:"再不要走错了路,把你前半生的苦功放到冰泡里去了,把你的人格、思想,毁在这个年头上。"当然,江冬秀的不劝勉胡适做官主要是从家庭的安全和稳定考虑,因为当时中国社会动荡,政治风险莫测。以女人的直觉,她当然不愿意自己的丈夫去蹚这浑水。也许跟所有文化水平不高的妇女一样,江冬秀所要的,只是一个丈夫,至于其他的,都是可有可无的。但正是因为这点,胡适对江冬秀由衷地敬重。

　　胡适与江冬秀就这样成为一对典型的生活夫妇。也可能正是从江冬秀这里,胡适找到了港湾的感觉,让他安全而亲切。这样的婚姻,可能缺少的是爱情,但有的却是默契和亲情,而且相濡以沫。对于很多共同生活的人来说,爱情可以说是一种奢侈品。胡适的修养和性格决定了他会容纳很多人,如果不是江冬秀,换上另外一个人,他同样也可以与她快乐地生活,白头偕老。

| 四 |

　　一个人的情感与理智时常分离着,尽管胡适是一个谦谦君

子,在他的内心中,仍然抑制不住欲望和冲动。并且,胡适清秀儒雅、声名远播、温厚机敏、魅力十足,身边一直有着很多倾慕者,甚至不时收到一些情书。1926年,汤尔和曾赠胡适一诗,戏说的就是胡适周旋于红袖之间的情形:"蔷花绿柳竞欢迎,一例倾心仰大名。若与随园生并世,不知多少女门生。缠头拼掷卖书钱,偶向人间作散仙。不料飞笺成铁证……"

1923年的金秋时节,在杭州著名的赏桂胜地——烟霞洞,每天都有一对青年男女沿着幽静的山道携手而行。男的西装革履,戴着金丝眼镜,文雅而风流;女的端庄淑雅,活泼而不失羞涩。他们或轻轻私语,或开怀朗笑,将湖光山色尽融于彼此炽热的恋情之中。

这对男女,便是胡适与曹诚英。

曹诚英也是安徽绩溪人,小胡适11岁。她是胡适三嫂的妹妹。1917年,胡适归乡结婚,曹诚英正好是伴娘。1919年曹诚英嫁人,3年后因未生育离婚。1923年4月,胡适到了杭州的烟霞洞,烟霞洞位于西湖边的南山之侧,有庙宇多处。

在此地的绩溪同乡都来看他,曹诚英与汪静之结伴也来了。曹诚英虽然也曾与汪静之有过难以言说的情感纠葛,但从辈分上说,曹是汪的姑母,且与汪的妻子符竹因关系甚好,所以彼此之间都不敢越雷池一步。

胡适见到曹诚英后,爱慕之心油然而生,多情的胡适写了首诗《怨歌》寄寓自己的情思。曹诚英见诗后异常欢欣。曹诚英在与汪静之结伴来几次后便独自上烟霞洞了。她与胡适畅游西湖，同登西山。几周之后，两人暂时分开。6月，胡适复去烟霞洞，曹诚英正值放假，这一次，胡适租了烟霞洞和尚庙的房间，以养病为由，每日让寺僧执炊送餐，整天与小佳人寄情于山水，一住就是3个多月，直到岁末才恋恋不舍地返回北京。回京之后，胡适原想与江冬秀解除婚约，谁知江冬秀一听此言，要死要活，甚至拿出菜刀相胁。胡适哪里见过这个阵势呢？一下子慌了手脚。正好这个时候，诸多祸事一一袭来：其侄思聪病死；爱女素菲病重，几经反复，次年不幸亡故。胡适大病一场，病好之后，他的心情也渐趋平静，从此不再提分手之事。这年秋天，他写下一首《如梦令》："月明星稀水浅，到处满藏笑脸。露透枝上花，风吹残叶一片。绵延，绵延，割不断的情线。"

而曹诚英呢，在此情况下只得斩断情愫，她在汪静之家中感伤地说："过去我为丈夫守节，从现在起，我要为胡适守节了。"果然，在此后的数十年中，曹诚英孑然一身，用寂苦孤独实现了诺言。

如今，在快到上庄的公路边，有一个很不引人注目的坟墓，长满萋萋青草，墓碑上写着"曹诚英先生之墓"。曹诚英在临终之际立下遗嘱要把自己的墓地选择在去上庄的路边，她是幻想着有朝一日胡适在回老家的时候能够彼此相望。

我不知道曹诚英真正的内心世界。这个人，也许从那一天起，她的感情世界便不再示人了，留下的，只是生活的印记。在那段短暂而美好的情缘之后，曹诚英发奋读书，后来在胡适的帮助下于 1934 年到美国留学。1936 年曹诚英回国,先后执教于安徽大学、四川大学、复旦大学及沈阳农学院,终身未嫁,直至 1958 年从沈阳农学院退休。在生命的最后几年,她回到老家绩溪,住在县城一个亲戚家,几乎谢绝了与外界的一切来往,沉浸于孤独和回忆之中。她曾委托汪静之将她珍藏着的一大包与胡适的来往资料,在她死后焚化。也许,她还是思念这个人吧,忘不了那段刻骨铭心的经历。岁月留给她的,最终是化蝶的相思。

| 五 |

胡适曾经写过一首小诗《回家》,描写了他对上庄的美好感受:"疏疏落落的几声雁鸣,在耳的九曲弯道中,扰乱了我做梦的次序。或者,是月先坠入小溪,然后小溪流出故乡。或者,是小溪先流出故乡,然后月才坠入小溪。"

现在看来,这首诗写得并不是太好。当时的胡适更多地像个小有情调的小知识分子,有点情怀,也有一点酸腐,却敢大胆地表现。这也难怪,那时候的中国,不仅仅是在军事上、在政治上,被突如其来的西方强权打晕了,在文化上,也失去了自信,鸿儒们头晕目眩、哑口无言。剩下的,只是一些年轻后生的激情鼓噪。"新文化运动"时的胡适与陈独秀,一个像"狐狸",一个像"刺猬"。胡适侧重于文学革命,偏重于情感表达;而陈独秀似乎更偏重于政治,更注重于探求根本。在当时,胡适就是那样幼稚而妄为地表达着,中国文化那么博大精深的东西他没有去理会,中国文化当中那么多的阴毒与世故他没有学到,他不屑于传统,一心想着与前人划清界限,只是以雪莱那样单纯而透明的姿势矫情地表达着。

胡适的伟大在于他是一个开风气者。开风气者往往是浅薄而单纯的,是肤浅而广泛的,却具有历史性的意义。胡适的"胆大妄为"还表现为另外一方面,他可能是想模仿罗素写《西方哲学史》,竟在1919年推出《中国哲学史大纲(上卷)》,这样的举动在当时让很多人目瞪口呆。

平心而论,胡适在旧学根底、新学知识、思想深度、理论突破等方面,即使是在晚年,也不属上等水平。他同辈、前辈、后辈中的好些人,无论是学问的扎实程度,还是见解的深厚度,都要比胡适好得多。但由于胡适特殊的社会及先锋地位,决定了胡适成为国学精进的"旗手"。并且,在胡适身上,有一种清明的本质,使得他在很多的认识上总能够胜人一筹。这样的清明,与其说是学术和思想上的,不如说是人格上的。从胡适的《中国哲学史大纲(上卷)》可以看出,具有划时代意义的地方在于他对历代圣贤有着一种最本真也最清明的判断,而且极其准确客观。这种认识本身就具有革命性的意义。我一直认为,胡适的伟大之处,在于他思想上的领先,在于一种天生良好的触觉与真正的世界视野的结合。这样的方式,决定了胡适对万事万物有一种最本真也最符合规律的看法。正是那种最清明的本质,决定了胡适的人生走向,也决定了他的生命轨迹。

胡适曾经写过很多有关戴震的文章。从文章上看,胡适对戴震是异常推崇的。在戴震身上,胡适似乎产生了诸多共鸣。这是对的,胡适在人生道路上与戴震存在很多相同之处,他们都是知识界的领袖人物,一辈子孜孜不倦于学问义理,同样清明而敏锐,同样低调而儒雅。联想到更早一点的朱熹,我觉得对于徽州来说,也许隔上个数百年就会出现一个标志性人物,不仅仅是学术上的,更多的是人格上的。这片山川河流是有灵气的,灵气积淤,就要化气成形。我们不妨把它归结于地理的宿命吧。

实际上,一直觉得有必要将鲁迅与胡适放在一起来讨论与思考。这样的探讨,不是要说明"中国知识分子的两种不同选择",而只是单纯地表明一下各人的性格不一,并由此产生的方法不一,以及地理环境对人性格的影响。绍兴出不了胡适,徽州也出不了鲁迅。与鲁迅的思想深度、毫不妥协、坚韧不屈等诸多品质相比,胡适是渐进而理性的。如果把鲁迅的犀利、深刻看作激进思想的表达,那么不妨把胡适看作是介于激进与保守之间的温和状态。二人的区别,正如钱理群所说的:"鲁迅是体制外的、批判的立场,胡适是体制内的、补台的。"他们只是认识的方式不一样,行动的方式不一样。也许对于胡适来说,他所处的地位和名望,以及他的性格,会让他更多地考虑如何去解决一些社会问题,而不是简单地批判或斗争。应该说,对于鲁迅和胡适这样的方式,我觉得都是可取的,一个社会的进步,需要的是不同的促进方式。他们的方式,正如同镜子的两面,那是相融共生的。

胡适就是以自己清明的方式来"济世"。他的思想和人格决定了他在矛盾激烈的中国只能成为政治的边缘人物。当然,胡适从来就不是简单的否定主义者,他是清晰地知道方向的人。与胡适相比,很多看似很深刻的人其实都是单方面的否定,并不知道否定之后的肯定是什么,但胡适知道。胡适的清明本质让他知道社会的走向,但他似乎并不急于表明,也不急于纠正。他从没表现出急躁的情绪,只是微笑地等待,他一直像一个先知。他明白结果会怎么样,也明白自己的无可奈何。在这样的情况下,他所要做的,就是平心静气地等待。这样的等待,可以说是大智者的守株待兔。

| 六 |

还是想再说一下胡适的"婚外情"。为什么我对胡适的情感如此关注呢?那是因为只有在胡适付出的真情中,才能表现出他立体的一面。从表面看来,胡适所有的行动都是那样聪明,那样合理,呈现于表面的是丝绸一样的光滑。但因为残留的蛛丝马迹,胡适也会变得生动起来,就可以从神坛上走到地面。很多事情的发生是不可避免的,当事物存在着不可避免的动因时,它就是一种缘分,是命中注定的一"劫"。

这一段情,余英时在解剖胡适日记的时候已经说得很清楚了,那就是胡适在就任驻美国大使之前,与杜威当时的秘书、后来的妻子罗维兹之间的亲密关系。罗维兹是一个性格开朗、有活力,同时又非常善解人意的美国女子。1937年10月,胡适受国民党中央政府的委派,赴美争取抗战支持。到美国后,胡适四处奔走演讲,取得了美国很多民间社团的支持,但毕竟缓不济急,无助于国家的危难。胡适的心里非常焦虑。在胡适心情最郁闷、情感最脆弱也最烦躁的时候,罗维兹走进了他的生活。在此之后,两人经历了一段热恋,除了见面之外,双方书来信往,非常频繁。年届五旬的胡适,在这样的情况下,哪里招架得住这样热情如火的"俏佳人"呢?"老房子"一下子失火了。从他们俩的书信来往看,他们就像一对热恋中的青年男女,如胶似漆。

1939年9月,罗维兹和格兰特结婚。在此之前,胡适出任驻美大使,出于身份和形象的原因,这段情缘慢慢地淡下去了,但在更隐秘的状态下一直保持着关系。1941年,罗维兹的丈夫去世。胡适和罗维兹的关系一直保持到1946年他卸任驻美大使一职回国。在胡适离开纽约之后6个月零6天,罗维兹嫁给了大她45岁的胡适的老师兼朋友杜威。是年,罗维兹42岁,杜威87岁。这一段令人大吃一惊的婚姻究竟同她与胡适之间的情感"后遗症"有没有关系,已无人知晓。很多东西,除了天知地知之外,所有的酸甜苦辣,也只有当事人自己无言地咽下了。

当然,胡适与罗维兹的这一段情缘,绝不能与韦莲司的关系相提并论,更不能与同曹诚英的缠绵悱恻同日而语。这段经历,只是从另外一个角度说明胡适的真实。其实,恬淡而温厚的胡适也是充满欲望的;或者说,他一直无法阻止自己的欲望。正因为欲望张扬着,也哆嗦着,所以我觉得胡适是苦的,他的性格决定了他不可能去轰轰烈烈。在很长时间里,胡适一直头顶光环,一直具有社会的榜样性。这样突出的社会地位,使得他一直承担生活之重,委曲求全。这个看起来极其温文尔雅的知识分子虽然在表面上呈现了平静和坦然,但无疑,在内心深处,他却一直浅斟低唱。虽说一直有着"突围"的想法,但善良的他绝不想伤害任何一个人。也许这样的遗憾,只能怪罪于婚姻本身吧!其实,婚姻制度也是不完美的,在不完美的前提下,只能是"花自凋零人叹息"。

当然,也可能对于胡适来说,这样的事只是生活和事业中的"小事",但"小事"往往格外让人伤痛。就像是一根细小的木刺刺入身体,它会切入年轮,与岁月一同生长,让人刻骨铭心,成为永远的悲欢离合。

| 七 |

这段时间,我一直喝的是绩溪朋友送我的名茶"金山丝雨"。我一边喝着"金山丝雨",一边阅读诸多有关胡适的资料,这样的方式,似乎是巧合,也似乎是缘分。"金山丝雨"正好是上庄的茶。与其他的绿茶相比,它的味道不是太酽,不是那种很深的浓,但很清新,有着飘然的芳菲。据说,胡适生前一直爱喝的,就是产于上庄的"金山丝雨"。这也难怪,这样的感觉会让他感到亲切。也

许,他能够从茶中嗅到家乡独特的味道吧。

一个地方的地理和人文环境,对人的性格影响,应该是巨大的。同样,胡适也不例外。在胡适身上,集中体现了徽州人普遍的性格,那就是聪明、敏感、谦和、诚实而踏实。徽州人尽管从普遍的意义上缺少"敢为天下先"的性格,但在绝少部分人身上,却暗藏着执拗而固执的性格,表面平和内心坚定地走自己的路,比如朱熹、戴震等。在胡适身上,同样体现了这一点。胡适表面是谦和的,是彬彬有礼的,是温文尔雅的,但同时,他又是激越的,是富有进攻性的,是敢为天下先的。

我忽然想,也许胡适性格中最本源的成分是来自徽州吧?是山清水秀的徽州,带给了他清明的本质,也带给了他健康而明朗的内心。在这样的内心中,一切东西都清清朗朗、干干净净,流动着音乐,生长着和谐。这样清明的内心决定了胡适有着非常好的"智的直觉",也使得他能够用一种简单而干净的方式去观察最复杂的事物,对万事万物的认识有着最直接的路径。

如果说中年之前的胡适是依靠他"智的直觉"和无畏击打出"新文化运动"闪电的话,那么当那种闪电消失的时候,胡适便变得平和起来,也随之平庸起来。从根本上说,一个平衡感极好的人往往都是一个缺乏大才气的人,因为才气本身就是不平衡的表现。胡适也深深明白这一点。自此之后,胡适潜心学术研究,他很想通过训诂来弥补着自己才气的不足。平心而论,他的学术成就不是很高。他最倚靠立足的,是他的品行。他从没有具体的敌人,他的敌人就是专制和愚昧,而对具体的人,他从不计较,一笑了之。他永远追求个性解放、人的自由,但他本身从不在这种行为中率先得益。因为他知道在单骑突进的情形下,这种自我解放本身带来的结果往往是对别人的伤害。或许,只有行为相对保守,才更有理由去弘扬个性解放和自由。

胡适就是这样一个人。正因为内心的清明,他与周围人,与周围的环境,与时代,一直有很大的距离。这样的状态使得他在很多事情上只好忍让着、等待着、宽容着。其实一个理性、清明的人是最苦的,因为他从没有机会颠覆自己,只好一直忍让、宽容、回避。这种内心的平衡一直敏感着,当合理成为一种习惯的时候,疯狂的能量都会没有了,剩下来的就是逆来顺受,心若止水。这样的情形,是一种大境界呢,还是一种自我欺骗?

也许在一个进入平和状态的社会当中,胡适的思想才会让人们更清楚地认识,更自然地接受。

我一直以为胡适是一个伟大的书生。伟大书生的意义在于,他们有着比较完整的天下意识、宇宙感悟,有比较硬朗的主体精神和理性思考,并且对现实永不满意。他们不是破坏者,对人类的走向一直抱有善良而美好的愿望,权力欲不强,不自私,不心狠手辣,并且一直努力按照理想来架构社会。在我眼中,对于中国来说,孔子、孟子、苏东坡、朱熹、王阳明、王夫之等就是这样的伟大书生;在西方,古希腊的苏格拉底、柏拉图,法国的孟德斯鸠,美国的托马斯·杰弗逊等也是这样的伟大书生。对于一个国家、一个朝代来说,遭遇这些伟大书生是幸运的。尤其是中国,在纷乱的历史争斗中,绝少有这样的书生掌权,他们只是在政治的边缘做着一些无足轻重的工作。中国封建社会的历史在绝大多数时间里,一直由一些心狠手辣、有着人格缺陷的独裁者掌握着、控制着,内心的狭隘与封闭使得中国政治在更大的程度上一以贯之地崇尚暴力、阴谋和争斗,崇尚你死我活、毫不妥协。这样的结果,使中国历史的变幻只是简单意义上的改朝换代,一直很少有真正意义上的物质、思想以及人文的进步。

我一直考虑的问题是,尽管中华民族的文化给这个民族的科学、思想、观念形态、行为模式带来了很多进步,但它在适应迅速变动的近代生活和科学上存在着诸多弱点和不足,以至于这个古老的民族在近代化的道路上如此艰难。正因如此,我觉得,也许对于当前的中国来说,在保存自己文化优点的同时,如何认真研究和注意汲取德国哲学思辨的惊人的深刻力量、英美经验论传统的知性清晰和不惑精神文化、俄罗斯民族忧郁深沉的超越要求等,以重建现代中国异常健康而清明的人格,是尤为重要的。中国文化以及中国人格必须跃上一个新的高度,这应该是一件非常迫切的事情。一个国家的真正崛起,最终建立在这个民族人格意义的变化以及上升的前提下。

也许,这就是我对胡适思想和人格感兴趣的真正原因。正是从胡适的身上,我看到一种清晰的属性,意识到那种清明信号的传递。

边走边叹
——关于朱熹与徽州

这样的变形,当然不能怪罪于宋明理学本身。真正的罪魁祸首应该是那些别有用心的统治者,还有我们自身理解力上的局限。也许,对于既没有宗教背景,也缺少形而上思维习惯的中国传统文化来说,思想的偏差已经变得习以为常了。任何一种源头清澈的思想,在这片土地上,都会变形扭曲地生长。

| 一 |

在婺源,一直在想的,是婺源人朱熹。

其实,婺源只能算是朱熹的老家。朱熹的生平很简单,他出生在武夷,6岁到14岁时,随父亲朱松来徽州府(今安徽歙县)读书。父亲去世以后,朱熹又随母亲回到武夷山。在此之后,朱熹科举中第,在外当了几年小官,又在朝中待了几十天后,便重归武夷。从此之后,他一直就住在武夷那个地方,间或出外讲学授业,直至终老武夷,魂散九曲。

但朱熹对自己的家乡一直怀有强烈的情感。朱熹曾经两次到婺源,一次是1150年,当时朱熹刚刚20岁,才考中进士,荣归故里。看见家乡如此美丽,朱熹不由得诗兴大发:"郁郁层峦夹岸青,春溪流水去无声。烟波一棹知何处,鹈鸪两山相对鸣。"除此之外,朱熹写婺源的还有一首诗比较有名,那是朱熹有一次回婺源省亲,经过县城北门朱绯堂的时候,看到幽静而美丽的景色,禁不住吟道:"半亩方塘一鉴开,天光云影共徘徊。问渠哪得清如许?为有源头活水来。"

1176年,朱熹第二次回婺源省亲。这时候的朱熹自以为已经参透了天地之"理",由一个白面书生成为真正的"大儒"了。其时,他在一首诗中写道:"沉沉新秋夜,凉月满荆扉。露泫凝余彩,川明澄素晖。中林竹树明,疏星河汉稀。此夕情无限,故园何日归。"绝大多数书中,人们都解释这首诗是他对故乡的思念和缅怀。我以为,这时候的朱熹关切的,已不仅仅是现实的家,还有精神上的家园。这首诗表现的,应该是他对人生终极意义的疑问。

婺源人一直以朱熹为骄傲。在婺源,留有许多有关朱熹的传说和遗迹。在婺源的"文公阙"里,有一口古井,据《婺源县志》记载,当年朱熹父亲朱松出生的时候,井里面气涌如虹,经久不散。朱熹出世的时候,远在千里之外的这口井更是紫气贯天,不绝如缕。当地人于是给它命名为"虹井"。在婺源南部的九老芙蓉山，至今还有朱熹祖母的坟墓。据说，朱熹曾在南宋绍兴二十年（1150年）的时候回乡扫墓，当时亲手栽了24棵杉树。从此之后，九老芙蓉山也被称为"文公山"了。经过800年的风风雨雨，现在还剩下16棵参天杉树，被称为"江南杉王群"。

除了婺源，在徽州的其他地方，也有很多有关朱熹的遗迹。我曾去过歙县的紫阳书院，当年，朱熹就曾在这里读书。而在黟县西递村的敬爱堂，正中壁板上悬挂着的一个巨大的带有象形意味的"孝"字，据说也是出自朱熹之手。除此之外，在徽州的很多书院里，都供奉着朱熹的画像或雕像。

除了两次去婺源外，朱熹还曾专程来徽州讲学。可以想象的是，朱熹的谆谆告诫，肯定会让徽州的学子受益匪浅。朱熹说："穷理之要，必在于读书。"朱熹还说，"读书无疑者，须教有疑，有疑者，须教无疑"，甚至提出"大疑则大进"。但我一直担心的是，当时的徽州人能真正地懂得他的教义吗？一个如此深邃的人，他的学问和想法，以及他的心路历程绝非一般人所能明白。于是，在沟通过程中，误解必定不可避免。就如同婺源乡亲在朱熹祭奠祖母之后，竟在朱熹栽下的24棵杉树上大做文章，说24棵杉树代表着"二十四孝"。这样的解释与朱熹的思想完全南辕北辙。他们捕捉不到朱熹的灵魂，只是捕风捉影异想天开。这一切，不免让人啼笑皆非。

朱子的确是晦涩难懂的。即使是在自己的老家，朱熹也变得面目模糊,彻底异化——伟大的思想是最容易被世俗歪曲的——大众最善于变形,善于臆度,善于扭曲。于是,在婺源人乃至徽州人眼中,朱熹变得高高在上,变得不食人间烟火,仿佛成了一个身披皂衣、手执拂尘的老道,古板木讷,虚情假意,就像丢弃在杂草丛生、蛛网密布的废弃庙宇中的一具木偶。

| 二 |

一个与清丽的徽州有着血脉联系,并且一直居于神秀武夷的人,怎么会是一个迂执而腐朽、呆板而木讷的学究呢?当然不会。天地澄明,所造就的人必然明澈,这是谁也懂得的道理。

对于朱熹,我想,最好的路径就是从他的文章、诗词以及其他一切散发着思想火花的地方去感悟他。

一个人,能写出"万物静观皆自得,四时佳兴与人同""等闲识得春风面,万紫千红总是春"这样绝妙的佳句,必定是一个内心生动的人,一个率性的人,一个热爱生活的人,一个有着大境界的人。

首先,这个人肯定是不平凡的。少年时期的朱熹有着很重的书生气,对待人生,有着强烈的浪漫色彩。这一点,可以从他的诗中读出。朱熹23岁那年写过一首诗《过武夷作》:"弄舟缘碧涧,栖集灵峰阿。夏木纷已成,流泉注惊波。云阙启苍茫,高城郁嵯峨。眷言羽衣子,俯仰日婆娑。不学飞仙术,累累丘冢多。"一个具有大胸襟的人,早年必定是有着浪漫的情怀,朱熹也不例外。也许正是这种理想主义的情怀,造就了朱熹后来强烈的思辨能力和悲天悯人的思想,以及强烈的责任感。

关于朱熹的性格,能表明的还有《宋史》所记载的朱熹与宋孝宗的一番谈话。当时朱熹被推荐给宋孝宗,面对皇帝,朱熹肯定想以自己独树一帜的思想来打动皇帝,于是便有了一番惊世骇俗的表白:"大学之道在乎格物以致其知。陛下虽有生知之性,高世之行,而未尝随事以观其理,即理以应事。是以举措之间动涉疑惑,听纳之际未负蔽欺,平致之效所以未著。"可以看出,朱熹的表白充满一股英气,有点急吼吼的味道,也充满着自以为是的傲气。史书并没有记载皇帝当时的感觉,但可以猜测的是,被"一介布衣"的朱熹开门见山地指出自己的致命弱点,宋孝宗当然会不太高兴。也许"性格决定命运"吧,这样的性格,哪里能容于小心谨慎的官场呢?这也就决定了朱熹必定会以一种民间思想者的身份度过自己寂寞的一生。

关于朱子学说,我很难用简洁的语言加以表述,实际上,也没有必要。他的全部学说,可以概括为对"理气"和"心性"的悟道,并以此来规范社会的行为。理气论即是现在之宇宙论和形而上学,而心性论则是由宇宙论形而上落实到人生哲学的具体化。值得特别指出的一点是,朱熹的这种思维方式,与当时农业社会的简单、狭隘以及故步自封的普遍思维是完全不一样的。最起码,朱熹认识到了这个世界有着一些规律性的东西,并要求遵循规律来办事。这样的想法,对于一直故步自封、亦步亦趋的中国文化来说,就像思维方式上的一道闪电,有着振聋发聩的醒世作用。

我一直认为,朱熹的思想,对于中国古代传统思想是具有划时代意义的。也许正是从程朱理学开始,中国开始有了自己的系统哲学,那是一种系统的形而上,一种富有逻辑性的深入思考。而以前的孔孟,包括老庄以及诸子百家,侧重的是一种对人生的看法,稍稍带点思辨的色彩,便转向伦理了,普遍缺少的是细密严谨的思辨体系……关于这一点,我不想说得太多,我想说的是,一个沉湎于形而上冥想的人往往都是有着大境界的人。在青山绿水之中,在与天地的对话与交流之中,通过静心和冥想,朱熹显然觉察到某种规律性的东西了,他觉察到了,想表达,更想深入。一个认识到规律的人显然只臣服于规律,臣服于自然以及社会的法则。朱熹就是这样。而他的全部济世思想,就是想遵循这种法则,按照法则去架构自己的理想社会。

| 三 |

一个伟大的人物必定是清晰的,但同时,他又有更大的迷茫。

清晰,是对世界万事万物有着合乎规律的认识,有着异常准确的"智的直觉";而迷茫,则是那种深入之后的无助。对于朱熹来说,这种清晰和迷茫同样也存在着。从朱熹的思想历程来看,他对世界的理解和感悟,同样存在着一个从小清晰到大清晰,最后又重归于迷茫的过程。人与理的关系就如同人与景的关系一样,虽然能够了然,但一切却在"灯火阑珊处"。也许,世界的本质就是这样吧。朱熹毕生都在搭建着很大、很广的思想架构,分类越来越细,思维越来越缜密。但他最终还是失去对思想的控制。朱熹将他所明白的东西讲清楚了吗?一部分清晰了,另一部分则更模糊了。

在这样的情形下,面对越来越迷茫的形而上思考,朱熹的思维无法向前了,他只能将自己的学说拐了一个弯,将思想的锋头转向了社会本身,转向了对人性的自省与自律。朱熹在得出"宇宙之间,一是而已,天得之而为天,地得之而为地,而凡生于天地之间者,又各得之以为性,其张之为三纲,其纪之为五常,盖此理之流行,无所适而不在"的结论之后,突然大胆地提出"天理流行,触处皆是;暑往寒来,川流山峙,父子有亲,君臣有义之类,无非这理"。就这样,朱熹把伦常纲要提高到万事万物同等规律的地位上。这实际上是一种浅尝辄止的思想后退,前行不了,便后退了。我真的不知道朱熹的思想初衷,这是一种变节吗?或许还是传统伦理的巨大力量,将他又拉回道德律上。

也正是因为如此,决定了朱子学说在身后的变形,决定了朱子学说在更大程度上必定充当封建道德宪兵的作用。对于朱熹在内的宋明理学来说,或许其初衷是为了探索天地人之间的奥秘,探究天地人之间的关系,或者是借助更多的思考和探索来破除外来宗教带来的仪式感以及诸多宿命色彩的教义。但他们失败了,他们思考和探索的结果,却授人以柄,变形为更大的错误。

在徽州,这种变形后的朱熹的思想同样对当地习俗有着重大的影响。徽州随处可见的那些"忠、孝、节、义"的牌坊就是这种理解的具体体现。在徽州的棠樾牌坊群附近,有着一个极具特色的清懿祠(女祠)。走进祠堂,扑面而来的是令人窒息的气息,那种对徽州女人身心的摧残,让人不忍卒看。而这一切,都基于对朱熹理学的忠诚和教条。

这样的变形,当然不能怪罪于宋明理学本身。真正的罪魁祸首应该是那些别有用心的统治者,还有我们自身理解力上的局限。也许,对于既没有宗教背景,也缺少形而上思维习惯的中国传统文化来说,思想的偏差已经变得习以为常了。任何一种源头清澈的思想,在这片土地上,都会变形扭曲地生长。庸常化、恶俗化,甚至彻头彻尾地罪恶化。就像河流,在它的上游,往往是清澈本真的,而流着流着,就变得浑浊恶臭了。而我们往往就一直沐浴在这样浑浊的河流中,我们看不到清澈的源头,忘记了思想的本源。

| 四 |

在婺源那几天,我一直思考着朱熹"偶像化"的原因。除了朱熹提出的"心性"观符合统治阶级的利益,甚至因为朱熹姓氏本身让明王朝大力推崇之外,我想另外一个重要的原因就是:一个民

族最推崇的东西,往往是它自身最缺乏的东西。正本清源地说,在朱熹的思想中,一直存在着与中国主流儒学相悖的东西,那就是强烈的内省意识以及精神上的探索和超越能力。对于张载、朱熹以及后来的王阳明来说,我一直觉得他们的思维方式从某种程度上说暗合着古希腊的哲学传统,在方式上讲究理性以及缜密思维,在内容上讲究与万事万物规律的沟通。具体地说,以朱熹为代表的宋明理学,更接近康德的哲学思想。因为他们的思想都有着形而上的基本特征,并且将伦理提高为本体地位,以重建人的哲学。

除此之外,我觉得程朱理学在思维方式上也极具进攻性。这里的进攻性,是指思维或思想上的探索精神。这样的方式与我们的普遍国民性不一样,与孔孟思想一脉相承下来的思维习惯不一样。对于一贯不太重视人本的中国思想史来说,这样的思想方式有着巨大的意义。我一直以为,朱熹最可贵的并不是他的思想,也不是他的体系,而是他在探索精神和方式上的巨大突破。那种无畏的探索精神以及思想的拓展努力,是永远值得推崇的。

一个人,只有在思想上有着巨大的探索精神,才会有巨大的思想和心灵空间。对于一个国家、一个民族来说,同样也存着一个如何拓展自己的思想和心灵空间的问题。人类文明,只有在深邃而广袤的空间中才能长成参天大树;在狭窄的河流中,是无法航行文明的巨轮的。

| 五 |

这个炎热的夏天,我在徽州的村落里游历着。在很多书院里,都能看到朱熹的画像。从画像上看,朱熹目光炯炯,长髯飘飘,一派浩然之气。徽州一直以好儒著称,几百年间,科举人才辈出,可那些人当中,又有几人有着朱熹的强烈探索精神以及广阔的心灵世界呢?绝大多数的求学者,都是为功名死读书,幻想着有朝一日金榜题名一飞冲天。知识的道路被禁锢在一条狭隘的路径中,两边都扎起了坚固的篱笆,既没有蓝天白云,也没有清风皓月。在朱熹曾经求学过的歙县紫阳书院,曾出过明代徽州唯一的状元——唐皋。对于这个人,我实在是没有什么研究兴趣。这样的人是不会有雄才大略的,也不会有广阔的胸怀。他只是那个封闭的、落后的农业王朝的寄生者、维护者以及执行者,是"克隆"而生的木偶人。

对于朱熹和徽州,我突然产生一个大胆的论断:因为有着徽商,有着朱熹,其实徽州在中国历史文化上的地位还可以再高很多的。因为朱熹和徽商都可以成为改变中国历史的要素,一个从经济上,另外一个从思维方式上。因为到了朱熹的时候,中国思想史已经发展到一个紧要关口,传统的思维方式面临选择和革命,而朱熹所代表的理性和缜密思维完全可以给中国文化带来革命性的变化,从而影响和改变中国文化的思维习惯,继而发展和改变中国的历史。同样,徽商兴起的时候,中国社会的进步与发展正面临着新的选择,面临着生产关系与生产力、上层建筑与经济基础之间的巨大改变。只可惜,朱熹和徽商在节骨眼上都没有促成历史发生巨大改变,中国的走势一如既往地按照自己的惯性保守而缓慢地前行着。历史的变化往往带有宿命的意味,随时都可以发生,也随时可以擦肩而过。天兮,时兮,命兮,运兮,对于这样的错失机遇,怪就怪我们自己还没有准备好——在历史前进的脚步声中,如果我们仍旧没有准备好,我们还会错失新的机遇。

2002年夏天,我曾去过武夷山,顺便也参观了隐屏峰下的朱熹故居——"武夷精舍"。从"武夷精舍"登高远望,可以看到秀美的九曲溪在脚下蜿蜒流淌,阴雨的时候,身前左右都是缠绕变幻的云雾;而当天气晴朗的时候,呷着茶坐在门前,可以一直放眼看得很远。朱熹在"武夷精舍"落成之际,很是兴奋,曾一下子写诗12首,我最喜欢的是第三首《隐求斋》,那首诗中有这样几句:"晨窗林影开,夜枕山泉响。隐去复何求,无言道心长。"

是啊,"隐去复何求,无言道心长"。遵循一个人的思想的确是太难了,那样的情形,就如同走钢丝,一不小心,就会掉落在错误之中。也许朱熹早就明白别人会对他不理解,以及历史会产生的错误吧,一切都是那样的无可奈何,唯有"我思故我在"。

在婺源,在徽州,我一直胡思乱想。我一直见不到真实的朱熹。我只感觉到一个渐行渐远的影子,听到一个灵魂在边走边叹。

徽 州 人

当然,就徽州人而言,由于植根于一个复杂的、多层次的、有活力的历史之上,他们的很多行为方式,都带着很深的历史烙印,带有习俗、文化、环境和地理的影子。而之后的大背景呢,是统一的中华大文化。

| 一 |

在徽州生活那么久,我也算是一个徽州人吧。对于徽州人,我几乎能从人群中一下子挑出他们。在徽州人身上,真是有一种独特的味道。尽管他们不引人注目,那么低调内敛,但他们身上一直残留着一种独特的气质。你只有曾经生活在徽州,才会对这种独特的气质异常熟悉,就如同我们熟悉徽州山野里氤氲的气息一样。实际上不仅仅是徽州人,任何一个地方的人,他们都会带

有那个地方的烙印，带有那个地方的气味，而且随时随地都散发着"信息"。只不过徽州因为地理位置的原因、人口流动的原因，气息似乎更统一一点，也更完整一点，这也更容易让人去感知这种整体风格。

徽州人大多是貌不惊人，有着普通得不能再普通的身材以及五官。他们很少有剑拔弩张、英气逼人的时候，他们看起来总是貌似平和，貌似谦逊，甚至有点"猥琐"；他们是很深刻地懂得温良谦恭的，也懂得道德、敬畏以及距离的关系。他们可以恭恭敬敬，也可以以礼相待，但在这些行动中总是无形地保持着距离；徽州人很少结伙抱团，集体意识较差，在更多的时候总是特立独行；他们一般来说是不太具有进攻性的，总是被动地防御，很少主动地去进攻别人；他们通常是不善言谈的，很少见到有徽州人夸夸其谈、胡天海地、言过其实的。他们做的永远比说的多，想的永远比做的多。但外表的谦逊并不能代表骨子里的提防和倨傲，徽州人总是在外部毫无抵抗的同时用内心偷偷地打量你，发掘出你的弱点，揣测如何与你相处。他们的心永远是敏感的，也是丰富的。这也是徽州文化积淀的心理前提。

因为徽州人一直是比较低调的，也就比较难以了解。那不仅仅是因为他们生活在崇山峻岭之中，交通不便，身影不露。人们对于那浓重的方言也无法懂得，对于他们的文化以及生活习俗也不甚明白。我曾接触过一些南下的老同志，他们在新中国成立之后就由组织安排到徽州地方工作，但他们在徽州生活了几十年后,仍是感觉自己身处异乡。他们共同的感觉是:真是搞不懂徽州人!他们的不懂,不只是听不懂徽州人说的话,更是不了解徽州人的处事原则以及心理状态。他们感到与这个地方,与这些当地人,心理上总是隔了一层——看似薄薄一张纸,其实却是厚厚的墙板!

日常生活往往代表生活的本质。了解一个地方的人,首先必须了解这个地方的日常生活。因为人们的思想和行为都表现在日常生活里,不论一个人如何卓越,他的感觉和思维方式总是与他的经验有密切联系,与他的生活环境以及文化传统有关。除此之外,还有经济行为、家庭活动、宗法活动等,它们像齿轮一样互相啮合在一起,而在这些齿轮的缝隙中,往往会养成人的性格。在我的感觉中,徽州人是很有心计的,他们很少将自己的心思暴露在外,大都在内心里很清晰,有着自己清清楚楚的"小九九"。这些心思可能是关于家族多年规划的,也可能是关于自己人生走向的,或者是一些提不上台面的隐忍追求。徽州人是很固执的,他们很少能听进别人的意见,大多是一些目标异常坚定、毅力非常强、韧性非常好、行动非常小心而又异常执拗的人。他们的家庭观念很重,有着强烈的责任感和敬业精神,能吃苦耐劳。他们的虚荣心是在成家立业光宗耀祖方面,他们很少跟外人谈论自己的私人生活,让别人看到的也只是有关自己的一团祥瑞景象。他们一直低调处事,走到哪里,都不太愿意成为焦点人物,总是甘当配角,逃避公众的视线。他们更习惯于充当幕后的操盘手,而不是在前台抛头露面。在跟外界交往时,他们一直怀有警惕,警惕得如一头山野里的黄麂。这可能是因为他们长期接触到的环境而产生的感悟,财富不仅仅是烫手的,同时又是危险的。同样,外面的世界是精彩的,但外面的世界也是危险的。一般来说,徽州人是很在乎经济利益的,很在乎锱铢得失。这可能与徽商的传统有关,他们的发迹大多是由辛勤和节省而得到的,很少有发不义之财的。在政治上,他们一般不是很在行,只是靠勤勉和小心赢得口碑和地位;他们永远不是大玩家的那种,绝没有玩乾坤于股掌之中的王者之气,只是累于政治、累于关系,永远只是做官做得很沉重的刀笔之吏。

这些年,徽州大热了。国内外游人大批拥向这里。徽州随着山清水秀的风光,随着粉墙黛瓦的民居,随着民风民俗闻名遐迩。但徽州人还是隐藏在这些热点后面,一直"犹抱琵琶半遮面",他们像溪水中的一尾尾小鱼一样,潜于水之下。一如既往地淡定,一如既往地从容。人们在很多时候提到了徽商,但徽商只是一个概念,它抽象而遥远,仿佛与眼前的徽州人毫不相干。对于这个概念下的具体个体,对于那些活生生的徽州人,人们却没有直接而具体的概念,一切都是烟雨朦胧。

当然,就徽州人而言,由于植根于一个复杂的、多层次的、有活力的历史之中,他们的很多行为方式,都带着很深的历史烙印,带有习俗、文化、环境和地理的影子。而之后的大背景呢,是统一的中华大文化。在这一片星空之下的任何人,他们的性格特征,都是与中国文化紧密相关的,在他们的身上总体呈现着的,必然是中国文化的特质。特殊性永远包含在普遍性之中。明白了这些,对徽州人的认识,就容易找到一个突破口了。

| 二 |

应该承认,地理环境对性格的影响是巨大的。这一点,在徽州似乎特别明显。徽州的山地和丘陵占十分之九,土地贫瘠,群山环绕,交通极不方便。由于地理环境的影响,徽州人在很大程度上具有山里人的很多特征,比如说在总体性格上比较质朴、内向、固执、有主见、特立独行、执着、耐得住寂寞等。但同时,徽州人也有着山里人狭隘和小气的一面,具体表现为缺乏集体意识、倔强、不随和、难沟通、容易打个人的"小算盘"、气量小、敏感,有时显得斤斤计较、目光短浅等。

但徽州的山水环境显然有它的特殊性。徽州独有的山水使得这一块地方的灵性远远高于其他地方。在这片土地上,有神奇的黄山,有灵秀的齐云山,有重岚叠翠的大鄣山。黄山是一朵奇葩,她将徽州的灵秀推向了一个极致。而徽州的水是这块土地上最具有灵性的东西。从表面上看,徽州的河流是宁静的,但她的内在仍是不安分的,是躁动的。徽州的水系是开放的,它一直四向辐射:"北境水阳江、青弋江、西境秋浦河,均流入长江;南境阊江、婺水,南流折入鄱阳湖;东南境马金水流入浙江金兰盆地,联结闽粤之要冲；东境新安江、武强水，东注钱塘、东海。"徽州的水在很大程度上承载了徽州人文上的意义，可以说，它既不仅仅成为徽州人挟资四出的走廊，也不仅仅促使了徽州在经济和文化上的发展，同时在更大程度上造就了徽州人与其他山里人不同的开放和灵动的性格。"仁者乐山，智者乐水"。这当然只是一方面。同样，山可以成就一个地方仁爱的性格，水也可以赋予一个地方智慧。徽州的山水就是这样，它除了给徽州人带来敦厚的一面外，还给徽州人带来了聪明和灵动的一面。自然与人类在某种程度上是有着宿命关系的。一等的山水，必然会产生一等的人物。因为这样的灵性哺育，也就比较容易解释为什么徽州会产生朱熹、戴震、胡适、黄宾虹等大师级的人物了。这些人都可以说是集天地之精华而生长的，在他们身上，都有着一股与生俱来的混元浩然之气。吐纳着山川之灵气，孕育于山川之虚谷，当然会一飞冲天了。

同样，由于地理环境的影响，徽州人在性格上也表现得极其精细。这当中一个突出的表现是徽州文化中民间艺术异常兴盛，也达到了一定的高度。徽州"三雕"闻名于世，不仅仅是技艺的过硬，同样，承载一个精细工艺的内心也是至关重要的，那就是安静、不浮躁、热爱劳动、心若止水。与其他地方的人相比，徽州凡是需要在技艺和耐心上下功夫的东西总胜人一筹，除了建筑上的"三雕"之外，还有"文房四宝"、工笔画、工整的书法、厨艺以及制茶、制药等等。凡是需要技艺、耐心以及聪明的，徽州人总比别人做得更好。

这里，我想别出心裁地比较一下徽州人与日本人的相同点。我的一个朋友多次去日本，他说徽州的自然地理环境实际上跟日本很像，都没有特别开阔的平原地带，山都不高，袖珍似的，但特别有灵气，特别有味道。虽然由于经济以及社会变化各方面的原因，徽州人整体上与日本人相差比较大，但仍有很多"质"的东西相同。比如他们既"顺服"，又叛逆，表面看起来很随和，其实内心执拗、脾气倔强等。此外，性格敏感、内敛、做事精细、严谨而刻板，包括悭吝等等，都可以说是他们的共同点。这同时也是山民的某些性格，也是封闭性的性格。相比较而言，日本先是受佛教文化影响，后来又受西方理性科学的影响更多一些，强调"本心"和"自然"，也强调做人的"义务"和"责任"，内心的张力似乎更大一些，领悟力、想象力、灵活性以及思维的宽广度都上了一个层次。而徽州人由于受儒学和礼教的影响，离"本心"比较远，更注重社会的纲纲条条，也力求"克己复礼"，似乎更规矩一点，思维上显得拘谨而狭隘，放不开。除此之外，其他一些因素的影响也造成了区别，比如说环境，日本濒临海边，海洋开放的方式对日本的影响也巨大，等等。

| 三 |

人的性格，似乎一出生就带有历史的痕迹，就像贴身相连的

"胞衣"。徽州人也是如此。徽州人的来源分为三个阶段：一是秦汉时期，由于东南地区推行中原社会管理模式，一些名门望族南下入住徽州，徽州最早的姓氏汪、程、方等诸姓都是在秦汉时迁徙过来的。二是三国两晋南北朝时期，当时的吴国曾对徽州土著进行战争，在徽州一带设立了新都郡。在此前后，中原一批望族也频频迁入徽州，他们当中有的是逃避战乱和纷争，有的则为流连徽州山水，有的则是受任为官。三是隋唐时期，由于历代的开发，江南经济得到了很大发展，一大批北方人继续迁入徽州。

一个地方往往有人物承载着神灵的角色，徽州也不例外。这个人就是汪华。隋唐时期，徽州出现了土著与移民之间的纷争。隋末，歙县人汪华率兵起义，他接二连三地攻取了歙、宣、杭、睦、婺、饶六州，称霸一方，自称吴王，并于武德四年（621年）归顺大唐。此后，汪华被唐朝授予歙州刺史，总管六州军事，封越国公。在此任上，汪华一统徽州，使原先错综复杂的社会矛盾得到缓和，人民安居乐业。后来，汪华卒于长安，唐朝谥封他为"忠烈王"。按照他的遗嘱，他的尸体被运送到了歙县安葬，而他的弟子们也定居在徽州。汪华可以说是历史上对徽州影响非常大的一个人，他的出现使徽州历史上移民和土著的积怨消失，各宗族之间开始和平共处，繁衍生息，徽州也变得平稳安定起来。这样的结果对于徽州的影响是巨大的。正因如此，后人立祠崇祀，将汪华奉为"汪公大帝"，或者称为"太阳菩萨"。徽州至今还流传着祭祀汪华的风俗。

徽州的历史渊源，意味着徽州人出身的不凡，而且比较有历史内蕴。这也就不难解释徽州人为什么在骨子里总暗藏着一丝或有或无的傲气。同时，由于是分批迁入，徽州人大都聚族而居，家族气氛格外浓郁。徽州"八大姓"，原先一个姓有一个姓的祖居地，一个姓有一个姓的总祠堂。比如说歙县篁墩为程氏世居，棠樾为鲍氏世居，唐模为许氏世居，江村为江氏世居，潭渡为黄氏世居，黟县西递为胡氏世居，屏山为舒氏世居，绩溪西关为章氏世居，上庄为胡氏世居……这些村庄原先不仅不准杂姓迁入，连外村人婚嫁迎娶，也得绕道而行。

这样的排他以及警惕的状况，可以说是典型的移民心态和宗族心态。这就不难解释徽州人在更多的时候为什么对陌生人、陌生事抱有警惕的态度。因是逃避战乱兵燹，自然对外人存有很强的戒备心理，凡族人总爱抱成团，这自然形成了徽州较为浓烈的宗族心态。

在迁入徽州的这些人当中，还有一部分人因为受到佛道思想的影响，有着浓烈的避世心态，这也在某种程度上影响着徽州人的性格，造就了他们特立独行的做派，影响着徽州文化。在黟县宏村和西递，很多对联正是这种思想的表现，比如说："知事少时烦恼少，识人多处是非多。""养成大拙方是巧，学到如愚乃是贤。""得山水情其人多寿，饶诗书气有子必贤。""德从宽处积，福向俭中来。""静者心多妙，飘然思不群。有花方酌酒，无月不登楼。""花能解语还多事，石不能言最可人。""屋小仅能容膝，楼高却可摘星。""是是非非地,明明白白天……"

这样的对联,实际上是对人生与世界的一种理解和感悟,以及感悟后自己的人生信条。在经过巨大的恐惧和颠沛之后,当人们来到这青山绿水的桃花源,将一切纷扰和争斗撂在一边,与自然直接面对时,往往就有一种"相看两不厌"的深层沟通和对话。昔日的纷乱和今日的宁静,恍若隔世。这时候就会产生许多心灵感悟,很多对联,就是发自心灵的喟叹。这样的对联,体现的正是徽州人渴望与山水相融的处世心理。

也可能正是因为直接面对自然就能得到的抚慰,所以徽州自然的美学意义取代了宗教。既然自然与人的关系能使人在更大程度上得到平衡,那么宗教也就显得无关紧要了。这也是为什么徽州寺院相对较少、烟火味相对较淡。

由于大批移民迁入时间的不同、来源的不一,徽州人在总体上呈现共同性格的同时,也因为地方的不同呈现出一些区别。当地流传甚广的一句话是"黟县蛤蟆歙县狗,祁门猴子翻跟头,休宁蛇,婺源龙,一犁到耪绩溪牛",说的是徽州各县人性格的区别。这样的说法,如果细细地辨别一番,是有一定道理的。

| 四 |

我在写作《徽州书院》的时候,许若齐兄打电话给我说:"一定要把徽州书院与东林书院的对比写上,为什么在徽州,出不了东

林书院似的读书人呢?"我也有同感,因为徽州人一直似乎是"顺民",对于政治,他们很少有激越的主张,更愿意与政治保持距离。即便是在回避不了的时候,也很难见到他们的血性和胆略。一方面,对于政治,徽州人显然缺乏思想的高度;另一方面,他们更像是采用了商业上的做法,那就是遵循既定的规则,取其利而得其用,从不打算去改变规则,或者自己谋求制定规则。了解了这些,也就明白为什么在明清时期徽州有那么多的书院,又那么重视读书和科举了。徽州人似乎更注重的是实利,对于政治的党派以及争斗,他们往往敬而远之。他们更愿意潜心读书钻研学问,"学以致用",以此来改变自己的生活,或者特立独行,保持着内心的主见。

商业文化对徽州人的影响也是巨大的。虽然说明清时代的商业状况缺乏足够的竞争,缺乏现代商业的概念,更像是一种民生的事业。但即便如此,那种在长期经营工作中培养出来的对于金钱的敏感和热衷程度,以及金钱对生活浸淫所产生的影响,还是相当巨大的。商业改变了徽州,改变了徽州的生活,也改变了徽州的社会风尚,甚至改变了徽州人。徽州人一直把自己商人的地位称为"朝奉",这当中内在的根本在于借助这样的名称确立自己的正统地位。在徽州,商业的社会风气和习惯无所不在。对于金钱的追逐以及商业活动中捉摸不定的机遇与起伏使得很多徽州人有着强烈的宿命思想,也有着由自卑反弹出的自尊。比如说在西递,几乎家家户户的大门都像是一个"商"字,人要进门,就必须得从"商"字下过。金钱毕竟在社会生活中起至关重要的作用。从徽州民居的建筑思想,也可以看出暗藏在徽州人身上的很强烈的聚财心理。徽州民宅大门的朝向都是向北,因为从五行上看,北为水,水象征着财运,表示着聚财;而南方为火,火则不代表财运。徽州人一个共同的特点是不爱露富,不张扬,这点从建筑上也可以看出,徽州民居从外部上看总是平淡无奇,但却极其重视内部建设,一些精美异常的石雕、木雕和砖雕都深藏不露,其浮华和精细程度,让人叹为观止。这样的精美物件,只是关起门来独自玩味,这实际上也包含着一种狭隘而阴暗的自尊甚至自虐的心理。

有人曾经说,在徽州人的身上,还有着与犹太人很相近的某种特征。比如在绝大多数时间里很少关心政治、无血性和火性、聪明、理智、见机行事、很少冲动,此外还有比较悭吝的特点等。这也是对的。商业文化对这两者的影响都很大。徽州人与犹太人的起源以及发家过程中的很多相似之处在一定程度上铸造了他们的性格,也使得他们有着很多的类同点。

由于有钱、勤勉、重实利,同时又比较悭吝,再加上性格上的内敛、不善于沟通,以及中国民间长期以来由传统文化所造就的"仇富"心理,所以在明清时代,普遍的社会意识——对徽州人,尤其是对徽商的看法并不太好。当时一些很有名的话本小说,比如冯梦龙的"三言"(《警世通言》《喻世明言》《醒世恒言》)以及凌濛初的"二拍"(《初刻拍案惊奇》《二刻拍案惊奇》),包括后来的

《儒林外史》等,都有这样的反映。在这些书中,对徽州人以及徽商都有很生动的记载和描绘,而态度大都褒少贬多。这当中最著名的便是《警世通言》第三十二卷《杜十娘怒沉百宝箱》中的孙富,文章这样写道:"却说他舟有一少年,姓孙名富字善赉,徽州新安人氏。家资巨万,积祖扬州种盐。"在书中这厮靠着有几个钱,活生生地拆散别人的爱情,硬要霸占杜十娘。徽商中有这样的负面形象,便怎么也高大不起来了。

不过这些话本着实反映了徽州人在当时社会中的状况。《二刻》第三十七卷中的徽商程采,到辽阳投机倒把,买进卖出发了大财;《初刻》第四卷中徽商程德瑜,至川、陕作客贩货,大得利息。由此可见徽商的足迹遍布中国,"无徽不成镇",名副其实。

"二拍"中也写了徽州当地人的故事,如《二刻》第二十八卷,写的是徽州府富商程朝奉饱暖生淫欲,谋街边卖酒妇不得,白吃了一场官司;《初刻》第二卷《姚滴珠避羞惹羞 郑月娥将错就错》的故事则比较离奇:徽州府休宁县苏田乡姚氏之女姚滴珠嫁与屯溪潘甲为妻。不久,潘甲出门做生意,滴珠与公婆不和便想回娘家。走的路线是乘船过河。结果被摆渡的扣下,渔利给一个相当有钱的吴大做暗妾,姚滴珠终究立场不大坚定,应允了。婆娘两家却为此大打官司,造成两年之久的悲欢离合。

这样的故事本身算不上曲折动人,但徽州风情却在作者笔下活灵活现。对于徽州人,在话本里,凌濛初是这样评价的:"徽州人因是专重做商的,所以凡是商人归家,只看你所得归来的利息多少为重轻。得利多的，尽皆爱敬趋奉；得到少的，尽皆轻薄鄙笑，就如读书求名中的中与不中光景一般。是谓实情。"这样的评价，在不经意中，总透露出一股鄙夷味。这反映了一个时代的风气。那个时代的风气是重文轻利、重仕轻民、重农轻商的。

　　正因为时代的风气以及社会的态度，所以徽州人在这种强大文化的压力下自觉渺小，尽管有钱，但在更多的状况下非常自卑。因为自卑，所以性格上也就更狭隘、更内向，也格外要求自尊。在这样的心理状态下，也就不难理解徽商为什么"贾而好儒"了。因为在当时的社会环境下，徽州人总体上想获得财富积累，害怕风险，也不愿意扩大再生产，只好转为购买土地。商人转化为地主，再以良好的教育培育子弟转入科举从政的道路。这似乎变成了一条固定的道路。对于徽州人来说，"贾"是不得已而为之，"好儒"才是真实的想法。徽州人的"贾而好儒"，实际上更多的是一种无奈，是一种社会存在决定下的集体意识。

| 五 |

　　宗法制度是徽州人性格形成的另一个紧箍咒。在徽州，每一个聚集而居的家族都有一部甚至数部家谱。当一个家族经过数代繁衍，人口压力超过了当地的生态承载能力之后，这个家族的一部分就要开始考虑迁徙，以开拓新的生存空间。这样，随着人口的增长和迁徙，大宗派生出小宗，小宗又新派出更小宗，就像大

树屡开新枝一样。

而家谱也因此变得厚重起来,以枝丫方式分为通谱、世谱、总族谱、分族谱、统宗谱、大同宗谱和小宗谱等等,一姓一氏的谱牒往往多达成千上万种。但族人们仍乐此不疲,精心打造。这样的良苦用心,当然源于他们对宗族的重视,对血脉的一往情深。

宗法制度当然不是徽州的特例。但由于徽州独特的地理以及人文环境,徽州宗法制度较其他地方更为兴旺和完整。在漫长的历史中,对于历经战乱颠沛的徽州人来说,也许只有血脉之亲才能让他们安全,保证同宗民众相互认同,相互帮助和保护。在这样的情况下,无论是面对外部入侵,还是协调族内纷争;无论是承担重大建设工程、重大活动,还是遭受自然袭击与灾害;无论是在家务农,还是浪迹他乡经商……都需要宗族力量的支撑。相比较而言,友情显然是缺乏信任的,是远远低于亲情的;至于其他的,就更不值一提了。徽州人宗族血脉的关系体现在诸多的方面,即使出外经商,也是"父携子,兄携弟"。这样的原因是由于那个时代契约关系不稳妥,法律以及相关条文不完善,因此只有依靠血脉关系才能保持自身的稳定和信用。这样长期渗透于徽州人身上的习惯和传统,也从另一方面影响着徽州人的性格。在现在的徽州人身上,仍可以清楚地看到这些意识的残留,比如说对外乡人的不信任,对宗族之外的怀疑;家中大小事很少示于外人,媳妇、女婿永远有着外人的感觉,家族之事,外人针插不进水泼不进;长辈对小辈,一直保持着距离和威严。这种宗族之间的联系与庇护的力量是很大的。正是这种宗族之间不可分割的关系，造就了徽州人较强的宗族观念。

儒学和礼教应该说是对徽州人影响最大的文化。它们使得徽州人在更多的时候表现得亦步亦趋，刻板而规矩。朱熹的思想和学说在徽州既渗透到日常生活的细枝末节，也渗透到人的行为和骨子里。由于徽州人对"程朱理学"的理解有很大的偏差，将朱子的学说理解死了，进入了"窄门"，这就更加重了徽州人行为和意识的沉重和狭隘。这样的结果必定使人忽略本心，忽略了人性的力量，自我压抑的成分多，自身行为和思想被很多纲纲条条束缚。徽州人很崇尚文化，但绝大多数人对于文化的真正含义理解得似乎并不太透彻，生吞活剥的结果是极容易造成人格的迂腐和执拗。这样完完全全沉耽于"儒"，长久地浸淫在儒的泔水中往往会造成人格的发酵变质，突出的变化在于从"小儒"变成"酸儒"，或者干脆变质为"腐儒"——过分在意一些细枝末节而忽视大局大方向，并且津津乐道执迷不悟的为"酸儒"；入世很深，没有文化的力量和大气，却受到文化负面羁绊的为"小儒"；忽视时空变化，仍执着于陈芝麻烂稻草，因而拥有一颗霉得长毛的心的为"腐儒"。在徽州，我们经常会看到这样的人：他们懂一点文化，但文化并没有使他们聪明，反而让他们变得愚蠢，变得自命不凡；他们很难沟通，没有开放而谦逊的心态，也很难跟上时代的步伐——这些，都可以说是文化负效应的表现。尤其是明清以来的"八股科举"，对徽州的影响甚至说打击几乎是致命的，它使很多徽州读书人变得迂腐而狭隘，在人格上也变得残缺不全。

这样的社会环境决定了后期的徽州人很难有轻灵之气，既难产生超凡脱俗的陶渊明，也难产生愤世嫉俗的八大山人。在这样的狭隘的思维中，既不会有"采菊东篱下，悠然见南山"的心境，也不会有"梦久不知身是蝶，水清安识我非鱼"的困惑，更不会有"雪满山中高士卧，月明林下美人来"的洒脱，当然也少了"一览众山小"的情怀。徽州的文化从明清之后因为教育以及徽商的影响，就很少有徽州人"离地三寸"的洒脱和轻灵了，也很难看到大气和从容，他们变得实在而功利，有时候甚至有点势利了。慢慢地，徽州人的整体性格也滑向边缘化、平庸化了。

| 六 |

在徽州民间传说中，有一个非常有意思的人物。这个人物，一贯以刁钻爱恶作剧著称，但他同时又是一个喜剧形象，甚至可以说是正面形象。在徽州，街头巷尾、村头村末一直流传着这个人的故事。每次人们在谈论时，总带着愉快，带着赞许。这个人就是"烂肚宝"。关于"烂肚宝"的故事有很多。比如有个故事说"烂肚宝"跟人打赌，说能让一个漂亮的小媳妇替自己系裤带，而且是在光天化日之下。有一天，"烂肚宝"看见那个漂亮的小媳妇从村口沿着木桥出村，"烂肚宝"就手捧十几个鸡蛋走上木桥。两人面对面时，"烂肚宝"一声咳嗽，裤带松了，裤子掉了下来。小媳

妇一下子红了脸,进退都不能。"烂肚宝"便嬉皮笑脸地说:"你只有替我系了,我手上捧着鸡蛋呢!"漂亮的小媳妇只好红着个脸,上前去,把"烂肚宝"的裤带系好。

"烂肚宝"的故事在徽州流传极广,徽州人也极喜爱这个桀骜不驯、幽默油滑的小人物。在市井以及家庭中,每一次讲述都会使听、讲双方乐不可支,脸若莲花。从表面上看,这种放肆与幽默的方式似乎与徽州人的性格很不相像,但实际上,正是因为徽州人在普遍意义上表现出古板和正经,才会使这样截然不同的东西有着生存的气候,也有着生存的土壤,因为所有的力量都有反作用力,而且需要一种排遣方式。徽州人正是普遍缺乏"烂肚宝"的这种"泼皮"精神,所以才会在潜意识里对这种"泼皮"精神格外羡慕。这样的对立方式,就如同保守规矩的英国为什么会产生诸多叛逆者,而德国那么理性、严谨的民族却会产生希特勒这样的自大狂和疯子一样。

一切事物都有潜在的对立力量。它自身越偏颇,它的对立面也会越偏颇;积蓄的正面能量越大,那种反作用力就越强,爆发力也就越强。与徽州普遍的"温文尔雅"与"顺从"背道而驰的,也有着截然相反的代表人物,那就是方腊(《宋史》说方腊是浙江淳安人,比较肯定的说法是方腊的祖籍为歙县)和汪直。这两个人物都是历史上大逆不道的人。他们的性格,似乎也天生地与徽州普遍的性格不同。汪直"少任侠,及壮,多智略,善施予,以故人宗信之"。而方腊呢,显然是一个天生有反骨的人,他还有着徽州人少有的宗教信仰,并且能运用宗教作为武器来进行反抗。这两个人在绝大多数时表现出来的人格特征以及行为方式都与徽州人很不相同,但他们都是正宗的徽州人。也许正是徽州这种相对挤压也相对平衡的空间,让他们产生特别巨大的反作用力。这样的存在,似乎是一种反证,也是一种强烈的对比。不仅是自然界,在社会关系上,同样也能体现出一些公理的。

相同的例子还有胡适和陶行知。在胡适身上,既有徽州人严谨勤勉、恪守传统的一面,同时又具备徽州人极缺乏且不具有普遍性的东西,那就是自由主义的思想,通达、智慧的性情以及非常好的大局观。当然,优秀的人格是超越地域限制的,在他们身上,很难看到地域因素的限制。胡适性格的形成源于他开阔的视野、丰富的经历、深厚的学问以及深邃的思考。但仍然可以肯定的是,在他身上,还是体现了徽州人两极的东西,一种明处的顺从和遵循,一种暗处的叛逆和反抗。

陶行知同样也是徽州的一个特例。陶行知身上那种"捧着一颗心来,不带半根草去"的无私情怀以及宗教思想,也是一般徽州人身上难以看到的。陶行知从不算计,甚至能舍弃自己,他表现出的都是熠熠闪光的"大我"。也许,这样的思想与陶行知的经历有关,是他接受的另外一种教育让他拥有了博大的情怀。但仍然可以肯定的一点是,正是由于徽州那种本来清明的东西让他的内心有着非常好的底质,而后来他的思想,正是基于这样的基础之上。

总而言之,徽州人毕竟是一个广大的群体,它的承载者又是如此复杂,而且时间跨度极大。这让我们对徽州人下定义如此艰难,因此,这样的标签不应贴在一个规定死了的群体上,而是体现为一种无形的心理定式和秩序。这种心理定式和秩序吸纳并放逐着在这块土地上出生的无数人,他们是整体的,也是个人的;是静止的,也是运动的;是可以捉摸的,也是匪夷所思的;是约定俗成的,也是随机变化的。

让我们正视"徽州人"三个字,也让"徽州人"发扬光大。因为这个群体影像还得由活生生的现代人继续书写。

漫漫徽商路

现在,徽商就如我们头顶上曾经掠过的雁群一样:虽然宏伟壮观,但对于现今来说,徽商是早已消逝的空谷足音。在徽州,每次想到那些落寞苍凉的徽商,看到那一幢幢曾经雄伟的大屋慢慢变得腐朽,我总是嗅到一股墓穴的味道。

| 一 |

在渔梁小街上走来走去,见到的,似乎都是老人。

这是一个看起来极为平常的小镇。破败而寂静,虽然它离歙县县城只有3里路,但感觉相当偏僻。

我很早就来过这里了,那还是童年的时候。那时的水要比现在清得多,氛围也宁静得多。渔梁当时给我的感觉就像是一个童话剧里的场景,神秘而宁静,亲切而温馨。给我留下很深印象的是那条古街,窄窄的,滑滑的。街面全是由青石板铺成的,行走在上面,能听见自己清脆的足音,就像啄木鸟尖喙撞击树干的响声。而在清晨甚至上午,渔梁一直浓雾弥漫,宁静而遥远,像栖于水边的一个千年之梦。

渔梁的著名,是因为有座古老的坝。渔梁坝横跨新安江,虽说是青石板筑成的,但现在已呈黑色了,那是一种岁月的底色。它建于宋朝,构建之精巧,让人匪夷所思。坝不是完全垒成的,石头与石头之间,都有榫头。正因如此,千年之后仍巍然矗立。坝的存在给渔梁增添了一道美丽的景观,斜阳西照渔舟唱晚时,这坝看起来有别具一格的美,古朴而富有质感。实际上不仅仅是古坝,渔梁的一切都给人这样的感觉。尤其是这里的老人,态度安详,举止沉静,那是岁月磨砺的结果。当然,岁月也磨砺出他们的麻木,他们的知天乐命、屈辱和隐忍。这些都是人生的馈赠。

如果站在坝上看渔梁,老房子层次分明,像一首古老的歌谣,被分成了很多声部。渔梁的房屋一律是青瓦白墙翘屋檐,沿着山势铺陈下来,到水边突兀地停下,一副惊诧的模样。在白天,渔梁整体的黑色显得特别刺眼,像是一幅刻得很深的版画。而在夜晚,所有的东西都是黑色的,水天一色,一切都天衣无缝地掩埋在未知之中。

实际上徽州很多东西都是未知,都是空蒙。现在的徽州,从某种意义上来说,就像是蝉蜕下来的壳。当年,渔梁曾是徽商水路出走的一个重要码头,无数船只栖集在这里。据说,当年渔梁

思想徽州·徽商六讲 | 105

的街道长达 2 里,远远长于现在的小街,街道两旁布满酒馆、客栈、商店,到处都是徽商、水手、脚夫和往来的客人,妓女在街边招徕,一派繁华兴旺的景象。当年徽州有八景,"渔梁送别"就被列为一景。但它指的不是兴旺,而是在码头送别亲人的悲凉。时人有诗描绘道:"欲落不落晚日黄,归雁写遍遥天长。数声渔笛起何处,孤舟下濑如龙骧。漠漠烟横溪万顷,鸦背斜阳驻余景。扣舷歌断频花风,残酒半销幽梦醒。"在诗中,晚日、归雁、渔笛、孤舟、云烟、鸦背、斜阳、残酒、幽梦等,无一不是在诉说着离别的伤感。断肠人在天涯啊,毕竟,在当时,从商不是阳关道,只是背井离乡的"奈何桥"。

出生于茶商家庭的胡适曾经描述过徽州人出行的情景。他回忆说,徽州人从前出门远行,送行的人要早上请他吃饭,吃饭之后,大家送他出村。到了桥头,远行的人向送行的道谢作揖后,就上桥了。徽商出门,往往背着一个口袋,里面装着干粮,有时候就是简单的炒米,到一地方,只要向别人要点水喝,就可以聊以充饥。在徽商中还流传着一句话:出门带着三条绳,可以万事不求人。意思是说徽商出门总带着绳索,身背的行囊坏了,或者货物绳子断了,都用得上自备的,必要时还可以用它来上吊……很明显,当时不少徽州人就是抱着"不成功,便成仁"的信念投身于商海的。

我舅公也曾是那长长队伍中的一员:1940 年他 16 岁时,就离开家乡,到金华去打工。出发前,亲朋好友对他抱有很大希望,并拿祖上和身边的很多事激励他,希望他成就一番事业。他当时暗下决心,一定要出人头地,否则将无颜见江东父老。正是在这样的信念下,舅公在外面的世界里辛辛苦苦积攒着财富。先是在金华给人当伙计,然后辗转杭州。就在他积蓄了一点资金回到金华盘下一爿小店准备实现发家致富愿望时,日本鬼子来了。舅公无奈只好回到家乡歙县,暂时避一避危险。等到抗战胜利,舅公再次下新安来到金华,想一切从头再来。但很快,新中国成立了,公有制实行了,舅公不得不放下了自己的老板梦,回到了家乡,当了一名国营百货公司的小职员。

舅公一直对自己的人生有着一种不服气的感觉,也耿耿于怀。在他晚年的时候,政策好了,可以勤劳致富了,但舅公却已经老了。老了的舅公每天在县城八眼井附近那个长着高大石榴树的院落里踱步,品咂着人生的命运,时而兀自叹息。

历史就像幽灵,只有相信,他们才会存在。对于今天的渔梁来说,现在的情景就像是水面上的波光,而当年的热闹和繁荣早就沉于水里了。它们就像水底的淤泥一样,跟水草纠缠在一起,只有游来游去的鱼偶尔才能撞击一下,惊醒一片昔日的春花秋月。

| 二 |

一个初次走进徽州的外地人肯定会大吃一惊——那么多富

庶大宅，竟然藏在这偏僻的东南山区。单就那一个个村落的规模、环境，所注重的风水和水口，那种浑于天然的整体布局，就不是一般的财力所能达到的。比较有名的是黟县宏村，当初在建造之时，据说首期资金就在百万两白银以上。而在徽州，原先与宏村相媲美，甚至比宏村更考究的村落还有许多。在徽州的古村落中，大宅鳞次栉比，祠堂雄伟壮观，牌坊高矗入云。更值得一提的是那些深宅大院，竟那样别有洞天：几乎家家户户都有精美的"三雕"、家具、陈设、书画，还有很多价值连城的宝物。

这的确是曾经富庶的地方，那富，不是一般的占有，而是富甲天下，是笑傲江湖，是殷实海内外的。记得初次接触徽商历史的时候，翻开厚厚的典册，从那些正史、野史字里行间读到的东西，真是令我大吃一惊，我从没想到徽商在历史上竟然是那样的辉煌。以乾隆时为例，在扬州从事盐业的徽商资本有四五千万两白银，而清朝最鼎盛时的国库存银不过七千万两。徽商之富，令乾隆皇帝都发出"富哉商乎，朕不及也"的感叹。就商业繁荣来说，在当时的社会里，徽商仿佛是"一枝独秀"，或者"独占鳌头"，他们比晋商更富，人数也更多。他们的光亮，似乎真的是可以照亮全中国。在明代，最大的徽商已拥有百万巨资，超过1602年荷兰东印度公司最大船东勒迈尔的实力；在清代，徽商的商业资本已激增至千万两之巨，其经营的资本额，已达到了当时商业的巅峰。

徽商辉煌的前提是，随着财富与文明的积累，传统的农业社会开始松动，一些经济行为和经济现象以抑制不住的方式悄然出现。明中期之后，中国东南部经济快速发展，城镇日趋繁荣，传统的经济状态发生了一些变动，其标志是以贩运奢侈品和土特产品为社会上层集团服务的商业向贩运日用百货、面向庶民的商业转化。在这个过程当中，徽商异军突起，登上了经济的大舞台，叱咤商业风云。从明朝中叶的完全兴盛开始，徽商的发达一直持续了300多年，形成了中国历史上一个奇迹。

我一直相信历史和人生的宿命意义。这个世界的因与果，绝对不是那种简单的一一对应，当中必定掺杂着许多复杂、不可捉摸的因素。这正如人健康状况的神秘性一样。一切历史事件，尤其是大事件，都不可避免地难以诠释。对于徽商的成因，专家学者众说纷纭。有很多人认为徽州的地理和自然环境是徽商兴盛的一个重要原因，徽州靠近东南发达地区，致富的机会多，人众田少，有着发展经济的局限性，因此就被迫走向山外的广阔空间。这是最主要的。另外古徽州相对薄弱的封建思想基础也是从商的有利因素。徽州"山高皇帝远"，封建专制的控制比较薄弱。

这就使得徽州人有着相对务实和超脱的意识，而意识，往往是行动的先觉条件——这样的解释都是对的。但我一直觉得在这样的过程中有着偶然性的作用。以上的条件在很多地区都存在，为什么崛起的偏偏是徽商呢？在必然性中，必然有相当多的偶然成分，带着神秘和宿命，让人无法解释。就这样，地处偏隅的徽州以谁也无法解释得清的原因，成为天下财富的摇篮。

当年徽商的足迹遍布全中国。而从徽州外出的线路主要有四条:一是东进杭州,入上海、苏州、扬州、南京,渗透苏浙全境;二是抢滩芜湖,控制横贯东西的长江商道和淮河两岸,进而入湘、入蜀、入云贵;三是北上,通过大运河往来于京、晋、冀、鲁、豫之间,并远涉西北、东北等地;四是西挺江西,沿东南进闽、粤,有的还以此为跳板,扬帆入海从事海外贸易。

在这些线路当中,最普遍的是东进杭州,然后渗透江浙。从徽州到浙江的主要道路有两条:一条是以新安江为路线,走水路,沿着新安江到达浙江建德、淳安,然后到达杭州,然后再转到苏州、上海;另一条则是走陆路,即所谓"徽杭古道",翻山越岭,从现在的绩溪县伏岭乡境内,到达浙江的临安县(今临安市),然后再走向浙江的其他地区。徽州人走出家门之后,一般来说,先是经营徽州本地生产的茶叶、木材和文房四宝,而后贩卖外地的粮食、棉布、丝绸、瓷器等,然后再是"奇货无所不居"。

2002年,我曾经参与过一场"寻访徽商故道"的大型采访活动。活动是从徽州出发,然后下新安,经过浙江兰溪、金华、义乌,再到杭州、上海,然后再走苏州、扬州。这一带,曾是当年徽商活动频繁的地域。沿着这条线路,我们行程有半个多月,走了4000多公里。每到一地,我们尽一切可能寻访到当年徽商遗址,寻访当年的徽州会馆以及散落在当地的徽商。由于时间相去久远,当年的遗址已很难看到,有的也辨不真切。对于当年的具体情形,我们大都只能从讲述者的描绘中去感知雪泥鸿爪,去分辨它依稀的景象。

我清楚地记得那一次走"徽杭古道"所留下的强烈印象。那是一个冬天,风无比凛冽,打在人脸上生疼。车在山脚停下之后,我孤身一人走上了往日的徽商古道。这条蜿蜒的山路显得很落寞,要间隔很长时间,才能看到一两个人。当年,这条古道上每天都有徽州人进进出出,为生存和致富奔走不停。我沿着石级,顺山势蜿蜒而上。石级是由石条嵌入石壁内筑成,石条足有一半凌空而悬,令人心悸目眩。当走到"徽杭古道"的关口时,我已是气喘吁吁,浑身无力。关口在半山腰,是用石头堆积成的一个石隘,上面不知是谁题的字——"江南第一关"。一边是万仞峭壁,另一边则是万丈深渊。往东看,古道弯曲向上伸展,酷似天梯。我知道沿着这条路继续往前走,就是浙江临安县,然后就是杭州。徽州人当年在经过这个关口时,很多都会情不自禁地流下眼泪,因为故乡已被抛在身后,而眼前的茫茫山道,极可能就是人生的不归路。那一天,在关口的北风呼啸中,我仿佛听到依稀传来的民谣:"前世不修,生在徽州,十三四岁,往外一丢。"这首民谣,正是徽州人出外经商时悲苦心情的真实写照。

| 三 |

对于徽商,现在的徽州人,绝大多数是说不出个所以然的;对于曾经活跃在外地的徽商来说,就更是如此了。那一年我们从上海外滩沿江往南浦大桥方向走,走到那个叫"多稼路"的公共汽车

停靠站,向右一拐,便感到时光一下子倒退了近百年。那里是一片低矮破旧的房屋,很多人无所事事地坐在狭窄的街面上晒太阳、嗑瓜子、聊天,就连开出租的司机也将车停在拐角处,一伙一伙地打扑克。这条狭窄弯曲的小街就曾经是老徽商栖集的地方。从街名和地址就可以看出:会馆码头街、会馆街、会馆后街……行色匆匆的我们找了一圈后,根本无法确定哪一幢旧房子跟徽商有关,但可以肯定的是此地当年随处都有徽商的足迹。

当年在上海,徽商可真是惊天动地!清末在上海做生意的徽商,就有好几万人。在上海,他们不仅仅从事棉织业、木材业,还从事着典当行、造船业,甚至海上贸易。同时,徽商中的盐商由于财力雄厚,对上海地区的经济发展起着至关重要的支持作用。明朝成化年间就有人说:"松(江)民之财,多被徽商搬去。"确实道出了实情。在上海地区驰骋了数百年之后,一直到近代,徽商才慢慢地退出。

但上海还是有一些无形的徽州印迹留传下来。比如现在的上海本帮菜,就有很重的徽菜的影子。当年徽商大兴于上海之时,由于徽商有钱,又喜欢重油重色的家乡菜,一时间,徽菜馆如雨后春笋般冒了出来。即使在20世纪30年代时,上海还有500多家徽菜馆,有一些还非常有名。比如位于老西门的丹凤楼,据《徽馆琐忆》描述:此楼"千余只座席常常爆满……夜间厨师为次日生意所做的准备工作,从打烊起要忙到东方发白,店伙晚上只睡二三个钟头。为此,灶间里不得不常备一大壶西洋参供店伙饮用"。从这样的记载中,也可见当时徽馆的繁荣。

对于现在很多文章描述的徽商的经营手段以及发达原因,我很不以为然。那些文字大多是出于政治或宣传的功利,对当年的徽商过于美化,甚至认为当年徽商的财富完全是靠诚信以及辛苦所得来的。这当然不完全是事实。马克思就说过,没有一种财富是靠完全诚实而得来的。徽商同样也是如此。在徽商经营的过程中,勤勉和诚信当然是有的,但同时,不可避免地要运用一些与道德伦理相悖,却可以带来经营效益的方针和策略。对于这样的方式,我们应该以平常心来看待。商业手段与道德原则从某种程度上来说,是相融的东西少,并行的东西多,它们在绝大多数时间里就如铁轨一样平行延伸。两者在理念与方式上所造成的差别是很正常的,完全没有必要把它们硬拧在一起。

万历《歙书》曾经把徽商的经营方式归纳为五种:一是走贩,二是囤积,三是开张,四是质剂,五是回易。在这当中,走贩,即长途贩运,占据了相当重要的位置。徽商把本地的木材、土特产贩运到江浙等地区只是他们的第一步。更多的是,他们还把太湖流域的丝绸,南方的茶叶、棉布运到全国各地;把皖南、闽、浙山区的木材从杭州转运到北方。其次的手段便是囤积。徽商每到一地,当粮食、棉花、蚕丝等农产品大批上市的时候,便乘机压价收购,大批囤积,在市场短缺时再抛出,从中赚取丰厚的利润。清朝咸丰时,黟县人余士鳌经营商业,"其为贾也,术习计然,故善居积"。余士鳌的资本曾在太平天国时期损失殆尽,而他居然又以剩下的

50两银子作本,不断地买进卖出,最终重振雄风。明人蔡羽在《辽阳海神传》中曾经描写过徽商程宰囤积致富的故事:正德年间,程宰与其兄长途贩运赴辽阳经商,不幸亏本折利,耗尽了本钱,一时穷困潦倒。后来程宰在辽阳海神的启示下,从事囤积居奇。先是囤积了黄檗、大黄等药材,连本带利共得纹银500余两。然后又是囤积彩缎、粗布。短短的四五年间,程宰就由一个小商人一跃成为腰缠万贯的大富商。

在与社会的交往中,特别是在与统治者阶层相处的过程中,徽商也表现出了比其他商帮更多的过人之处。在金钱与权力的交往中,捐赠、依附、奉迎与仰攀自然是必不可少的手段。徽商也是如此。清时康熙、乾隆两位皇帝多次南巡,每次南巡,两淮盐商都全力报效,捐出百万以上巨资来搞接待。有一个故事可以看出徽商对于权力的攀附:乾隆皇帝有一次沿着大运河到了扬州,在参观完瘦西湖后,十分随意地说了一句:要是有个白塔,几乎就是京城的北海了。结果徽州大盐商江春听到了,连夜召集能工巧匠用盐垒出了一个与北京北海一模一样的白塔。等到第二天扬州的地方官再邀乾隆前往瘦西湖游览时,画舫缓缓进入,坐在舱里的乾隆一下子看到了湖边凭空多了一座白塔。这时候的乾隆,除了惊喜感叹之外,对于徽商,可能还会多出三分警惕来。

由于慷慨,也由于"贾而好儒"的表象,当权者与徽商的心理距离缩短,权力和金钱顺理成章地联姻了。徽商顺利地拿下了最赚钱的买卖,那就是经营盐业。在当时商品经济日趋发展的条件下,由官府直接经营盐的生产与运销的办法已经越来越行不通了。国家为了维护榷盐制度,保证盐利的收入,就必须取得商人的帮助,因此也不得不给商人一些特权和利益。这样的联姻,从本质上来说,是一拍即合的事情。盐商在取得这样的垄断特权之后,更是翻云覆雨,高价卖盐,贱价收盐,垄断专营,从而暴富天下。这样赚来的钱,要比那些做小本生意的同乡多出好多倍,也来得轻松而潇洒。明朝万历年间,时人说:"新安大贾,鱼盐为业,藏镪有至百万者。"清朝时徽人汪交如、汪廷璋父子,汪应庚、江春、鲍志道等都成为"富至千万"的大盐商。这样的行为,虽然归结于投机,但商业规则本身就是讲究利润的,倒也无可厚非。这时候的徽州盐商,就像一头头嗅觉灵敏、凶猛异常的野兽一样,能很快地从制度的漏洞中发现商机并迅速致富。这样的事例,说明徽商对于商机有着非常好的敏感度和把握能力,这同样也是"胜人一筹"的表现。

| 四 |

关于徽商的特点,现在比较一致的看法就是"诚信、节俭、贾而好儒"。的确是这样,在文化上,徽商有着一整套的理念;在架构上,徽商普遍带有一种血缘和地缘关系,外出闯荡往往是父带子、兄带弟、亲帮亲、邻帮邻;在经营中,徽商相对注意商业道德,讲究"以诚待人,以信接物,以义为利,仁心为质";从出身上说,徽

商奉行"以儒为体,以贾为用"的信条,追求儒为名高,贾为利厚,儒贾结合、官商互济,因而形成了"贾而好儒、弃儒为贾、亦贾亦儒"的重要特色。

但我觉得,这些特点都不是徽商成功的关键要素,而是中国传统文化中对于道德的普遍要求,是儒道在商业中的体现,也是当时商业文化的普遍特点。只不过因为徽州是"程朱理学"的老家,徽州人在商业活动中的自律更严格一些,比较注重道德行为规范。而且徽商在经商中标榜的"诚""信""义",还可以带来更多的商业利润。作用如此,何乐而不为?于是,徽商在此后的商业活动中,便将这种道德规范自觉化,也广告化了。

值得一提的是儒学对徽商的影响。任何一种社会现象都需要一种"内心的观照"。儒学特别重视对知识的探求,比较崇尚理性思维与实践伦理,有着积极的入世态度。这样的方式,与商业活动中所强调和需要的很多东西是一脉相承的。

实际上徽商真正的特点,或者说在成功当中真正起决定性作用的,是徽商有比较好的文化功底,在于"练达明敏"。跟其他地方的人相比,徽州人受教育程度较高。因为有文化,徽州人自然在审时度势、运筹决算、进退取舍乃至整个经营活动中胜人一筹。这些知识和教育,可以说是比原材料、资本、劳动力更为重要的东西。文化知识水平同一个人的气质、才干是密切相关的。这也是马克思所说的"抽象力"。在商业行为中,诸如采购、运销、积贮、贩卖,都是需要这种"抽象力"的。

文化上的先进决定了徽商在先决条件上的优势。除此之外，徽商较早地探索和运用一些较为先进的经济制度和方式，这也有助于他们的竞争。比如说当时徽商中已经出现了"牙商"，即职业经理人的方式，还有股份制、资金委托代理人等经营形式，等等。在商业组织形式上，徽商的所为已有很多与现代商业模式相同了。这种先进而创新的机制，必然使徽商在商机发现以及实际操作上胜人一筹。

在徽州所涌现的无数商人当中，有一个人最具有代表性。在他的身上，不仅体现了徽州人的很多品质，体现徽商的经营特点，也体现了徽州人的价值观和人生追求。所以几百年来，他一直是徽州的骄傲和楷模。这个人就是"红顶巨贾"胡雪岩。

在杭州城东南的元宝街，有一座豪华无比的大宅。这座大宅坐北朝南，占地10亩，建筑面积近6000平方米。进入院内，但见迷宫般的大宅，金雕银砌，亭台楼阁曲折通幽，重楼叠嶂，极得江南园林之妙。这就是当年资产高达3000万两白银、号称"中国第一富商"的胡雪岩的大宅。胡雪岩是绩溪人，跟许多徽州人一样，他很小的时候就单独出门做学徒了。胡雪岩先是到杭州阜康钱庄当学徒，因为勤奋、肯吃苦，慢慢地被擢升为"跑街"，深得店主器重。在胡雪岩身上，集中地体现了徽商的很多特点，那就是聪明、踏实、会抓机遇。有一则故事是这样说的：胡雪岩在钱庄当学徒期间，有一天，看到一个穷困潦倒的书生在店里晃悠，胡雪岩便上去跟他闲聊，发现这个书生非常有才华，也很有抱负，将来一定有机会做官。因为书生缺上京赴考的盘缠,胡雪岩便偷偷地借出钱庄的500两银子给他。这个书生就是后来的浙江巡抚王有龄,他成为胡雪岩看中的"潜力股"。事情败露后,胡雪岩被赶出钱庄,靠乞讨度日。王有龄很快当上了官并回到杭州,这时候胡雪岩正在街头流浪。王有龄当然不会忘恩负义,便拿出钱财来资助胡雪岩。靠着王有龄的资助,胡雪岩很快在杭州开了属于自己的钱庄。在此基础上,胡雪岩抓住了一个又一个机遇,财富也如滚雪球一样越滚越大。此后四五年中,胡雪岩又跟左宗棠拉上了关系。左宗棠在王有龄之后担任浙江巡抚,带兵在安徽和浙江与太平军殊死决战。胡雪岩出色地完成了在三天之内筹齐十万石粮食的任务,给了左宗棠以极大的支持。之后,胡雪岩又倾囊相助调任陕甘总督的左宗棠平定新疆叛乱。正因为如此,胡雪岩在左宗棠的保举下受到朝廷的嘉奖,被封为布政使,赐红顶戴,紫禁城骑马,赏穿黄马褂。

胡雪岩有很多故事通过电视剧以及高阳的小说流传甚广,我在这里就不想说得太多了。胡雪岩的起家显然有着某种代表性,那就是勤劳、诚信、节俭、聪敏,具有超前的眼光,能将金钱与权力紧密地结合在一起。也正因为如此,他才能够在生意场上高歌猛进。

在杭州的胡庆余堂,店堂内高高悬挂着两块巨大的金匾,一为对外的宣言:"真不二价";另一为对内的警戒:"戒欺"。旁有跋云:"凡百贸易,均着不得欺字;药业关系性命,尤为万不可欺。

余存心济世，誓不以劣品弋取厚利。惟愿诸君心余之心，采办务真，修制务精，不致欺余，以欺世人，是则造福冥冥，谓诸君之善自为谋也可。""采办务真，修制务精"正是胡雪岩的办店宗旨。我不知道胡雪岩大力提倡这些的初衷，但由诚实和信用所创造的品牌，不仅可以带来好的名声，还可以带来丰厚的利润。这样一举几得的事情，又何乐而不为呢！

在徽州，正因为胡雪岩在各方面的"完美"，所以他成为每一个奋斗的徽州人的榜样。在胡雪岩身上，闪烁着徽商的双重追求光环：一是成功地占有财富；二是在主流社会找到了自己的一席之地。

| 五 |

在人们的感觉中，明清时代的徽商就像是一艘硕大无朋的巨轮，乘风破浪，势不可当。但这艘"泰坦尼克"号为什么突然间"触礁沉没"，而且会一下子无影无踪？关于徽商衰落的原因，跟它的兴起一样，曾有各种纷纭的说法。但我想，任何事情的成因都与它自身以及所处的时代有关。每一个主体都暗藏着生长和摧毁的双重力量。徽商同样也不例外。

2002年我曾在扬州探访过异常壮观的徽商旧址——汪氏小苑。这座小苑占地3000多平方米，建筑面积约1580平方米，存有老屋近百间，横为三路，纵为三进，中轴相贯，两厢相对，有供小孩读书的"春晖室"、长辈起居的"树德堂",还有正房、耳房、船厅、边廊、浴室、仓库等。在建筑风格上,既有马头墙、青砖黛瓦的徽派风格,又有一些西洋建筑的痕迹,堪称中国古典住宅园林中的精品。这幢大宅是当年的徽商汪竹铭于清末时购地建造的。在大宅里,汪竹铭的后人、时年83岁的汪礼珍打开了话匣,向我们叙述了一个徽州盐商起家、辉煌以及破落的家族故事。这一切,正浓缩了近代徽商的兴衰史。

汪家原先在徽州,以从事衣装制作及销售为业,19世纪初,为徽州服装名商八大家之一。到了太平天国时,徽州饱受兵燹,汪氏产业付之一炬,汪礼珍时年20岁左右的曾祖父、曾祖母无奈只好来到扬州。与他们一道前来的,还有大批徽州人。当时的扬州,虽说康乾盛世已逝,但徽商仍旧很活跃,扬州城内就有好几个徽宁会馆。一开始,汪礼珍的曾祖父投身到盐号当伙计,含辛茹苦,勤劳致富。到第二代汪竹铭时,鱼跃龙门,已成为扬州晚清盐业史上屈指可数的人物了。

汪礼珍的祖父汪竹铭是一个非常能干的人。作为父亲唯一的传人,汪竹铭读书之后一直从事盐务经营。30岁时,汪竹铭买下了当时很有名的盐店老字号"乙和祥",又在行盐招标中,一举夺得了外江口岸中商机最为活跃的江宁、浦口、六合的食盐专销权,一下发迹起来。谈及此事,汪礼珍老人深有感触地说:"我的曾祖父、祖父创业维艰,生活节俭,终身不赌、不纳妾,几乎不曾有一天享受。"

然而，一个人根本无法改变一个时代。到了晚年，汪竹铭已明显地感到自己所从事的盐业的艰难，由于社会转型，当时的盐商已明显地在走下坡路。汪竹铭卒于1928年，享年68岁。长子汪泰阶继承了汪竹铭的事业，全面接起盐号，此时的盐业更是风雨飘摇——政弊、官贪、课增、费滥、产减、销绌、枭狂。汪泰阶在扬州盐业的回光返照中疲于奔命，仅仅过了8年，便不堪重负，心力交瘁，于1935年因心肌梗死早逝，时年只有47岁。

汪泰阶的英年早逝，给汪家笼罩上了一层浓重的阴影。这时候，汪家决定不再抱着僵死的淮盐业，决心在商海中另觅疆场。不久，抗日战争爆发了，扬州沦陷，数百年的"乙和祥"在炮火中轰然倒塌。汪氏家族只好离开了扬州，逃难上海。汪竹铭的二儿子汪泰麟独具慧眼地在上海菜市口、三址坊一带，置了三个弄堂的房地产，开始了更大规模的创业。而汪礼珍的父亲汪泰科则来到南京，立志光大汪氏皮货业，在南京的三山街，以前店后厂的方式，兴办了"庚源皮货"。由于经营有方，"庚源"很快成为南京皮货的龙头老大，并被指定为外访或接待的首选服装。但不久，南京被日本鬼子占领，"庚源"的所有财产被日军抢烧一空！汪泰科孑然一身避祸上海，积郁成疾，不满50岁就早早地离开了人世。

排行第四的汪泰弟，最年轻，也最有活力，他所从事的是金融业。抗战前，他是扬州中国银行行长；抗战爆发后，他和他的银行迁至上海。1942年，由黑道中人吴四宝出面，逼他迁银行去重庆，汪泰弟不从。几天后，汪泰弟遭人绑架后撕票。他的死，一直是一个谜……就这样,汪家从一穷二白到兴盛,又从兴盛到衰败,也只是一百年的时间。这一百年就是一个圆,它让汪家起点变成了终点。只剩下一个堂皇破旧的汪氏小苑,昭示着那一段峥嵘岁月。

扬州汪家的家世有着非常典型的代表性——命运多舛。在风云变幻的时代面前,徽商们根本不是这艘巨轮的驾驭者,只能是随波逐流的船客,财富没有给他们赢得足够的底气,他们的命运不在自己的手里。太多的世事无常让他们无助落寞,苍凉绝望。

我一直对部分史书上所说的中国"明朝中叶出现资本主义萌芽"的说法持异议。原因在于,我一直觉得资本主义萌芽的实质不应完全表现为现象和苗头,而在于整个社会是否有着支持生长这种东西的思想、力量、制度和规则,在于是否有"资本主义的精神",即韦伯所说的普遍有助于资本生长的社会思潮,比如认为赚钱不是坏事,而是好事,是人生的目的,而不是人生的手段。并且这样的"精神"是与科学兴起、社会进步以及人文思想相配套的。明朝中叶,虽然在商品经济的交换中出现了一些新的现象,但在当时,社会的意识形态以及上层建筑完全不具备支撑这种新兴事物生长的环境和土壤。从制度上说,明王朝只是一个尚未开放的农业社会,缺乏最基本的现代组织;从意识形态上说,包括徽商在内的所有人,没有现代的商品经济意识,都是把财富当作人生的一种手段而不是最终的目的,只是考虑有朝一日通过财富来改变自己的人生,而对于从商,一直有着一种浓重的自卑心理。编撰于万历年间的《歙志》就这样评论徽商现象:"成弘之前,民间稚朴少文,甘恬退,重土著,勤穑事,敦愿让,崇节俭。而今则家弦户诵,夤缘进取,流寓五方,轻本重末,舞文珥笔,乘坚策肥。世变江河莫测底止。"显然,这本志书体现的就是一种正统立场上的价值观。

在这样的情形下,可以想象的是,财富本身就像是沙漠里的植物一样,只是偶尔地生长出来,在战乱与动荡面前,这种商业生活本身就像柔弱无比的羔羊一样,任人宰割。

商人的地位同样也是如此。在明朝初年,已经显示出暴力对财富无常的掠夺了。这当中最典型的案例莫过于沈万山事件了。沈万山是富甲江南的大商人,朱元璋定都南京后,筹募资金准备修筑城墙。沈万山爽快地应承了修筑城墙的三分之一费用,还主动要拿一笔钱来犒赏三军。沈万山的举动让朝野震惊不已,朱元璋没有想到民间的资本力量会如此强大,这种强大就是一种危险啊,朱元璋立即下令要将沈万山斩首。最后的情景是沈万山全部资产被没收,本人被流放到云南。同样,这样的掠夺也发生在许多徽商身上。明清时,朝廷、地方动辄就以"佐国之急"的名义勒索徽商。万历年间,"师征关西,徽州盐商吴仰春输银三十万两"。徽商在各种"捐输"上,多者一次达几百万,少者达数十万。清朝时,歙商江春的"百万之资"被征到了"家屡空"的境地。万历年间,徽商程思山"挟资重洛阳,为汝宁王所吞噬"。以明朝中叶到

思想徽州・徽商六讲 | 123

清朝建立这段时间为例,明朝自万历年开始实行的矿监税,就是对民间资本的大肆掠夺。矿监税肆虐之处,都是徽商辏集之地。特别是朝廷授意的在大江南北"大作奸弊",多次制造冤假错案,广为株连,许多徽商倾家荡产。天启时,魏忠贤专门派人驻扎歙县,"搜通邑实之户毒而刑之"。这样的行为,很明显是掠夺,更是抢劫。在这样的"快刀"政策之下,徽商又如何能茁壮成长呢?

除了明目张胆的掠夺,历史上每一次暴力撞击,首当其冲的,还是那些财富堆积的地方。李自成攻克北京之后,"谓徽人多挟重赀,掠之尤酷,死者千人"。徽州巨商汪箕就是丧命于大顺军的刀剑之下。清兵南下,铁蹄马踏,苏浙、湖广惨遭蹂躏,而这些地区又恰恰是徽商最为集中的地区。多铎率兵攻打扬州时,徽商汪文德拿出银30万两,妄图以钱使清兵"勿杀无辜",结果仍发生了"十日屠城"的惨剧。当时有人评价说:"明末徽人最富厚,遭兵火之余,渐遂萧条,今乃不及前之十一矣!"

既然外面的世界凶险异常,徽商只好无奈地收拾行囊,踏上了回乡之路。出门的道路很艰辛,回家的路却更沉重。也许只有在偏僻的老家,并且将黄澄澄白花花的资本转换成黑色的土地时,才会让人感到安全和踏实。人,有时对于土地的依附,并不是由衷的,而是身不由己。但家乡就一定是安全的吗?太平天国兴起,曾国藩驻军祁门,自咸丰四年到同治二年,清军与太平军在徽州地域激战次数就达40多次。躲在山坳里的徽商,同样也逃脱不了动荡和毁灭。

在那样的社会背景下，财富显得如此孱弱，就像一只丧家犬一样，落魄挨打，走投无路。尽管它貌似很强大，实质上却羸弱无比。它就像山野里的蕨草一样，永远长不高，成不了参天大树，它只能是一岁一枯荣，好不容易拼命地开放一个季节，只要寒流一来，它很快就会凋谢，就会枯萎。在我看来，徽州至今所留下的那么多的黛瓦粉墙的老房子，就是那些枯萎的花枝，它们真正的灵魂，早就随着岁月一去不复返了。

与此同时，徽商"贾而好儒"的负效应也表现出来了。"好儒"使得儒商在经营过程中无法专注，无法一心一意。由于儒学在价值观与追求目标上与商业文化有着本质的区别，它的封建伦理内涵，它的封闭性、凝固性、内省性，在商业发展到一定程度之后，那种强大的阻滞作用就呈现出来了。也就是说，儒学的价值观与理念已经承载不了财富的积累了，它会让人在面对大量的财富时缺乏坚定的内心力量，形成不了坚定的商业人格。这样的表现是，人在面对巨大的财富时容易恐慌，在落寞时委顿，在失败时缺乏坚韧。一个人迷茫时是不可能坚定地走自己的路的，一种集体的思潮也是如此。当儒学觉得没有力量去掌控财富的时候，它就会自然而然地选择逃避，以一种消极的方式对待财富。徽商大批回乡购田置业，由商人转化为地主就是这种方式的直接体现。在这种思潮的掌控之下，商业资本不向产业、金融方面发展，而是回流到土地。这是一种逃避，更是一种败退。

正是在这样的情景下，无数徽商转变为地主。这些徽商"摇身一变"之后的目标就是全力培养子弟读书,走科举仕途之路。徽州人明显是懦弱的,他们只会用聪明的脑袋盘算着自己的前程。由于缺乏主体意识,谁也没认真考虑一下个人资本与国家之间的关系,没有因为实力的膨胀去尝试着探索一下资本下一步的出路,或者想方设法地改变一下自己的地位与权力。他们从不怀疑自己所处环境的不合理性,就那样死心塌地按照儒学道德的要求,一声不吭地做"顺民"。从这点意义上讲,徽商可以说是兴于"好儒",同样也是衰于"好儒"。

反观西方,欧洲因为瓦特发明了蒸汽机,直接开启了工业革命,从而告别了手工业时代;有关资本、财富等理念已经深入人心。此后,世界列强进入中国。无论是从组织形式、管理模式还是从经营理念上,中国的商业已经远远落后了。有一个事例似乎正好说明了这种落后——当年欧洲诸国的商人在江南经营丝绸,与胡雪岩形成正面竞争,他们用机器生产的绸缎质量更好,价格更便宜。胡雪岩当时采取的是什么办法呢?他不愿改弦易辙,更不甘心屈服,便以徽商最古老也最传统的方式,囤积生丝,垄断居奇,企图迫使外商高价收买。但胡雪岩过高地估计了自己的力量,也过分相信了传统的办法,各国外商联合拒买胡雪岩囤积之丝。最后,胡雪岩资金链断裂,不得不贱售其丝,遂致破产。一代徽商就这样败得体无完肤,这是技术与资金的失败,更是商业理念与思想的失败。

传统而原始的徽商们正如木质结构的驳船或舢板一样,经不起冲击。自此之后，茫茫大海中，再也看不到中国的船只，只有那些高大威猛的西洋铁舰，横行驰骋，所向无敌。

历史上盛极一时的徽商就这样慢慢暗淡了。他们如流星一般，在天宇上划过一道道闪亮的痕迹，然后就归于沉寂。此后他们就存在于山野老林里，在小桥流水人家中，在濒水或不濒水的某个小镇，或者在密密麻麻的家谱中。他们的身影与他们的经历一样归隐了、暗淡了、消失了，只留下那些空荡荡的老房子，散发着一股避世的、腐朽的、诡秘的气味。

| 六 |

2002年"寻访徽商故道"过程中，我带着好几本黄仁宇的书。黄仁宇是站在"大历史"的角度来看待中国历史的，因而他有着一种世界的视野。另外，在这些书当中，黄仁宇还有一个独特的视角，那就是以经济为出发点，从经济基础、生产力的角度去研究中国历史，研究中国历史的兴亡和更替。黄仁宇认为，农民战争以及动乱实际上都是经济濒临崩溃的一种表现。在那本《中国大历史》的第十七章，黄仁宇在分析中国经济的长期停滞不前的状态时，提出了一个重要的观点，那就是：中国历史上的法律与组织形式是对资本积累的最大限制。

实际上，黄仁宇的观点并不算太新颖。在黄之前，就有一些人提出了同样的观点，但在很多方面并没有将其具体化。黄仁宇的观点与中国封建社会的状况是吻合的。徽商的历史同样说明了这一点。虽然坚硬的封建制度对商品经济的发展有着明显的压制,但同样令商品经济发展感到窒息的,还有无所不在的"主流思想和意识"。可以说,在封建时代占绝对主导地位的"王圣思想",绝对不会给商品经济的发展带来自由的空间,虽然可能在短时间里会使某一种经济现象繁荣昌盛。

我从小生长在徽州,对于徽州的很多东西都是耳熟能详,但关于徽商,即使有过那么大的辉煌,在史书上,也难得见到生动的记载,在民间,也少有流传的故事,有的只是纲纲条条,甚至一些略带嘲讽的言辞。徽商的风云历史,就这样尘封于岁月之中了,也像时间遗弃下来的几丝雨滴,微凉着现在的光阴。

这样的情景,或许归因于历史的记载者不屑一顾,或者他们懒得浪费笔墨?我现在明白了,是因为那个时代的价值观和人生观在作祟。在他们的意识中,主流的东西才是白昼,而徽商所做的一切,在这样的价值观面前,似乎一直像黑夜一样,自惭形秽,羞于见人。

明白了这些,也就不难解释为什么徽商那么"克己复礼"了。不可否认的是,金钱作为一种现象,在社会发展过程中一直是有着相当力量的。它会不知不觉地改变着社会存在以及意识中的很多东西。尽管徽商力求内敛,一直隐藏在一些文化现象的后面,但金钱还是促成很多事情发生重大改变。徽州文化之所以发达,主要是由于徽商这个金钱的"酵母"。正是因为徽商雄厚的经济实力,才使得很多东西在徽州开出"花"来。比如说"新安画派""扬州八怪"等。正是因为徽商资本的哄抬,才出现了大热的艺术品市场,才有了名噪一时的艺术家。京剧的兴盛,"徽班进京"的背后,同样是金钱的力量。人们在注意这样的现象时,往往只是注意表面的光华,对于水底的潜流,往往都是有意无意地忽略了。我一直存有疑问的是,中国传统的主流意识,为什么要忽视甚至鄙夷金钱的力量呢?金钱与思想一样,都是可以承载很多东西的,也是有着巨大力量的。一个鄙夷金钱的民族,跟一个鄙夷思想的民族一样,一定是短视的,也是无法真正强大起来的。

现在,徽商就如我们头顶上曾经掠过的雁群一样:虽然宏伟壮观,但对于现今来说,徽商是早已消逝的空谷足音。在徽州,每次想到那些落寞苍凉的徽商,看到那一幢幢曾经雄伟的大屋慢慢变得腐朽,我总是嗅到一股墓穴的味道。当时有一句谚语非常有名:"生在杭州,玩在苏州,葬在徽州。"徽商的大批返乡,从本质意义上来说,都是把徽州当成"墓地"来看待的。从繁华的都市回到偏僻的徽州,实际上也是一种安葬啊,是心灵的深埋。在这里,聆听不到世间的脚步,也感受不到时代的脉搏,更无法呼吸到海洋的气息。安静的徽州就像是一个巨大的坟场。在这里,徽商可以安居乐业,白天呼吸着新鲜空气,夜晚则透过头顶的天井,一睹满天星光灿烂。这样的情景,是一种遗忘,是一种逃脱,也是一种"安乐死"。

人生永远是一个圆,有时,终点变成起点,真是一件惨痛的事。在写作此文的过程中,虽然还是初秋,我总不时感到一种彻骨的寒意从心底蔓延上来。我为那段中国历史深深叹息。

何处是归园
——关于赛金花

世事如棋,天道轮回,转来转去总是转不出这样的思维方式。那种文化的阴翳,以及民间的浅薄、人心的苔藓也在这样的过程中毕现。明白了这样的历史渊薮,也就明白了赛金花的"横空出世"以及她后来的香火不绝,似乎是一件最自然不过的事了。

一

到黟县,一心想看的,是那个红红火火的"赛金花故居"。

早就听说黟县在大兴土木修建赛金花的故居了,几次到宏村,半路都经过那个矗立着"赛金花故里"的路牌,却一直失之交臂。所以这次到徽州,当朋友问我有什么打算时,我立刻就说,去赛金花的故居看一看吧。

于是就去了。由县城出发，不一会就到了一个类似于江南园林的建筑。一进门，即见假山曲径，并以长廊相接。园林内古木新枝，翠竹摇影于其间，藤蔓垂挂于其上，满园子相映成趣。虽然屋舍的一切都是仿古的，解说词也尽量往赛金花的家世上靠，但还是能看出这座屋子的绝大部分物件都是后来制作的。当然，这个"假古董"的确做得不错，不是内行人，还真分不出个究竟来。有人介绍说，这座园林是一外地老板所建，他曾在黟县县城搞房地产开发，赚了钱之后，便兴建了这样一座徽式庄园。

赛金花故居取名为"归园"，导游解释说，赛金花一直向往回到黟县的家乡，所以有此一说。我漫不经心地听着导游的解说。现实给我们的历史总是别有用心、太多功利。商业像个巨大的魔兽，它不仅仅在现实中一路高歌，而且正慢慢地渗入历史，以它的方式吞噬着时光的阴影，混淆着视听。虽然归园悬挂着很多赛金花的照片，也配备许多言之凿凿的说明，但这个平民女子的真面目还是浑然难现。一个小女子真的有那样"惊天动地"吗？我深表怀疑。要是赛金花有朝一日来到这堂皇气派的"归园"，看到这里的说明和评价，或许连自己都羞赧得不敢认了。

从照片上看，赛金花一点也不具巾帼气，只是一个温婉的小女子。按现今的审美标准来看，她根本算不上天姿国色，只算是小家碧玉型，秀气而乖巧，有点楚楚可怜罢了，而晚年的赛金花就显得更为寻常了，不仅没有高贵的风韵，甚至连风尘气也消失殆尽，只像是一个最普通的市井妇女，眉宇之间满是紧张和烦躁，甚至带有暴戾之气。但就是如此一个女子，竟然在百年历史幽暗的山谷中，激起一片喧哗和骚动，以至于现在还有不绝于耳的回声。

| 二 |

赛金花的身世，归园上是这样写的：郑彩云，艺名赛金花，清同治十一年（1872年）10月9日生于安徽黟县二都上轴，父名郑八哥，祖父在苏州经营当铺。12岁时，由于母亲病故，遂随父到苏州。后经熟人引见，最初化名"傅彩云"，成为花船上陪客调笑不陪宿的"青倌人"。光绪十三年（1887年），适逢前科状元洪钧回乡守孝，对彩云一见倾心，遂纳为妾，洪时年48岁，傅彩云年仅15岁。不久，洪钧奉旨为驻俄、德、奥、荷四国公使，其原配夫人畏惧华洋异俗，遂借诰命服饰给彩云，命她陪同洪钧出洋。19世纪90年代初，同洪钧归国，不久洪病死。1894年，傅彩云在送洪氏棺柩南返苏州途中，潜逃至上海为妓，改名曹梦兰。后至天津，改名赛金花。1900年八国联军攻陷北京时，居北京石头胡同为妓，曾与部分德国军官有过接触，也曾改换男装到皇家园林西苑（今中南海）游玩。1903年在北京因虐待幼妓致死而入狱，解押苏州，后出狱再至上海。晚年生活穷困潦倒，1936年病死于北京。

这样的编年史显然是后人整理的。最初，有谁知道赛金花这个人呢？而赛金花的传奇般露脸，竟然是在一系列的小说中。清末曾朴的市井小说《孽海花》中首先出现了赛金花这个人物，不过在书中叫傅彩云。在小说中,曾朴对彩云颇多美化,在赴德就任"公使夫人"期间,彩云不但很快学会了欧语,其美貌和聪明也引起了普遍轰动。《孽海花》上说,甚至德国皇后也与她合影留念。当然,这样的市井小说忘不了男欢女爱,狎妓嫖娼。《孽海花》也写了赛金花与一个德国青年军官瓦德西在柏林邂逅的情事。

《孽海花》是典型的"谴责小说"。国破山河在,稍有良心的知识分子便会由恨生怨,由怨又生出很多不恭来,于是想着通过小说来说怪话、发牢骚,含沙射影,尽讽刺之能事。小说首要的攻击目标自然是那些身居高位的国家栋梁。那些"栋梁"表面上"高雅斯文",但其实谁又把国家当个事呢!在书中,那些庙堂之人表面上冠冕堂皇,背地里却整日考据版本,赏鉴古玩,饮酒狎妓。傅彩云的相对美好,正是为了反衬中国男儿的低下和丑陋。

紧接着,赛金花又出现在《孽海花续》当中。《续》是"燕谷老人"张鸿所写。这部小说又提到赛金花,说赛金花在送灵回南的途中潜逃到上海,重操旧业当了妓女,挂牌接客,名声大噪。

小说《孽海花》以及《孽海花续》都没有涉及赛金花在庚子事变中的"义举"。也可能当时的曾朴与张鸿尚没有听说民间的传闻;或者是,当时的民间还没有这样的议论。也不知是从什么时候起,北京城关于赛金花的传说不胫而走,说八国联军进入北京后,赛金花因为通晓欧语,得到了西人的宠幸,而她在西洋时就与联军总司令瓦德西相识。此次异国重逢,旧情复发,于是赛金花也就凭借这一层特殊关系,力劝瓦德西少扰百姓。拜倒在她石榴裙下的瓦德西自然满口应允,这也就有了联军进京三日抢掠后的平静,而"辛丑和议"之成,同样也得益于赛金花的幕后周旋。

这样的传说无疑在某种程度上有着"振奋人心"的意味。一个中国最底层的小女子,就那样轻巧地摆平了虎狼之师的总司令,当然值得大快人心。但传说究竟来源于何处?最初是出自赛金花的口述,还是雾成于其他通道?现在看来,这已是百年悬案了。但以讹传讹之后,街头巷陌一下子议论纷纷,民众不仅愿意相信这样的传闻,更愿意沸沸扬扬地推波助澜。传说像流感一样迅速蔓延,而微妙的大众心理无疑加快了传播的速度。

到了另一本清末小说《九尾龟》,传说一下子变成白纸黑字,并且写得活灵活现,甚至都有"文革"时"高大全"的影子了。赛金花到紫禁城与瓦德西叙旧,看到国人眼中神圣的皇家宫苑被联军占领,面目全非,本能的爱国心由此被唤起:"我虽然是个妓女,却究竟是中国人,遇着可以帮助中国的地方,自然要出力相助。"因为华德生(影射瓦德西)请她作翻译文案,赛金花借此劝说华德生不要虐待中国人,释放被押的中国官员。更为人称道的是赛金花使出她的娇媚手段,帮助中国的议和大臣洪中堂(影射李鸿章)说服华德生在和约上签了字。乱世之中,一个风尘女子如此深明大义,救百姓于水火之中,自然赢得一片交口称赞。

到此时为止,赛金花便以一个爱国的"末世名伶"姿态登上了历史舞台。这样招摇生动的故事,真是"天造地设"啊!赛金花可以说是在适当的时间、适当的地点所出现的最适当的人物。有了这么多适时的机缘和心理，就不难明白为什么赛金花会迅速地走红民间，也会迅速地扬名中国大地了。

一个爱国妓女的"大模样"就这样形成了，这似乎是中国版的《羊脂球》，又是一个近代版的《桃花扇》。

| 三 |

但在之后的一段时间里，有关赛金花传说的真实性一直没有得到证实，尤其是正统官方，对于赛金花的所谓贡献只字未提。虽然这当中有这样那样的猜测，民间辨析的声音也逐渐热闹起来。不过，赛金花故事的"讽喻"意味一直让人觉得不太舒服。所以在赛金花因为"虐婢"事件被捕之后，市井中关于赛金花的议论似乎一下子又倒了个个。不过一阵波澜之后，有关赛金花的议论又淡下去了，甚至在很长时间里，坊间与报刊上都没有再出现"赛金花"这个名字。新的市井故事每天都会诞生很多，人们总是习惯于每日"追蜂捕蝶"，慢慢地开始淡忘赛金花了。但没过多久，20世纪30年代初发生的一件事，又使赛金花的故事变得沸沸扬扬。

起因是北大教授刘半农——这个在五四运动时期冲锋陷阵的留洋语言学博士，有一日忽发奇想，突然想去采访一下很多年前"庚子公案"的主人公赛金花。刘博士带着他的学生商鸿逵到北京的老胡同，登门造访赛金花畅谈"天宝遗事"。

这时候的刘半农是什么身份呢？到了20世纪30年代初，刘半农已经从北大教授的位置上退下来，和周作人一般，做做打油诗，自号"桐花芝麻室大诗翁"。处于这样状态中的刘半农，想从赛金花这样的老妪身上挖出点东西来，也不算很奇怪的事。

除了刘半农极浓烈的"名士"个性之外，社会环境也是另外一个"孵坊"——九一八事变后，日本人占领东北后又向华北步步进逼，中国民间抗日呼声高涨，中国政府却奉行不抵抗政策。也可能正是在这样的社会背景下，刘半农想重新以赛金花这个"古董"去刺激一下民众和当局。而这时候的赛金花在经历了一系列的变故之后，正蛰居在北京一个旧胡同的四合院里。这些曾经的变故包括：1912年，赛金花回到上海认识了曾任江西省民政厅厅长、参议员的魏斯灵；1918年6月20日，45岁的赛金花与魏在上海结婚，证婚人是护国军第二军总司令李烈钧。但不久，魏病死，魏家人认为赛金花红颜祸水，对她奚落嘲讽，赛金花只好又去了北京。"美人自古似名将，不许人间见白头"。虽然赛金花少、中年时并非美貌如仙，但也在中人之上，可到了晚年，生活艰辛，竟然蜕变成一老妪。从赛金花晚年的照片和手书的字迹就可以看出，赛金花的人与字都尽显粗陋，不堪入目。有一个例子似乎能说明赛金花的生活状况甚至品位。赛金花晚年穷困潦倒之际，时任山东省主席的韩复榘很倾慕赛金花大名，特地召见她一次。哪知这一见，让韩复榘大倒胃口。韩复榘寒暄两句后，便给她一些钱挥之令去。但赛金花却受宠若惊，居然请人捉刀写了一首诗表示感激,其中有两句:"多谢山东韩主席,肯持重币赏残花。"其实韩复榘只是给她一张十元的纸币而已。赛金花如此市侩,可见一斑。

也正是此时,刘半农从胡同深处挖掘出了这个"宝贝",甘愿自己埋单请赛金花翔实述说当年的旧事。刘半农提问,赛金花回答,他的学生商鸿逵在一边记录。在这个过程当中,刘半农也发生了一些意外,1934年刘半农外出考察感染热病突然去世。不久学生商鸿逵将《赛金花本事》整理出版,书的封面竟是赛金花亲自题写。这本书出版之后,赛金花又变得大热起来。胡适在当时惊呼道:"大学教授为妓女写传,这史无前例。"

对于这本书,《赛金花本事》中刘半农的一句话可以彰显他的初衷:"本世纪初,中国出了两个活宝:一个卖国,一个卖身;一个可恨,一个可怜;前者是西太后慈禧,后者就是名妓赛金花。"很明显,刘半农是把这本书当作一个反讽的工具来写作的。

新一轮的"赛金花热"明显带有错综复杂的"集体无意识"。很快,"赛金花热"传播到全国各地。1935年,上海"四十年代"剧社率先上演《赛金花》的话剧,由夏衍编写,王莹饰主角赛金花,夏霞饰女仆顾妈。该剧连演了22场,观众达30000人次,轰动一时。与此同时,在北京,熊佛西也编撰了同为《赛金花》的剧目上演,演出同样火爆。一个妓女的命运和责任一下子引起了国人强大的共鸣。而这些话剧的思想,夏衍的一句话足以说明:"庙堂上的大人物的心灵还不及一个妓女。"于是赛金花自然在这样的哄抬中变得理想化了,精神化了,甚至在某种程度上符号化了。

舞台上的赛金花凛然伟岸，真实中的赛金花依旧落寞悲惨。令人奇怪的是，大出风头的赛金花并没有因为自己的风头与名声改变命运，甚至连原先答应给她的稿费都没有收到。她仍旧寡居于北京居仁里16号的平房里，一主二仆，靠借外债度日。此后不久，赛金花又因为拖延房租，被房东告到法庭，法庭限其迁出。因为这样的晚年生活，所以也难怪赛金花晚年的照片中尽显暴戾之气，毕竟，生活的压力是可以让一个人彻底脱胎换骨的。

一冷一热，世态炎凉。这种巨大的反差意味着什么呢？真实是真实，谎言是谎言，符号是符号，似乎人们在潜意识里从来就分得清清楚楚。反差的形成，似乎不是人们无意忘却，而是人们有意地忽略。

| 四 |

一直到1936年12月4日凌晨赛金花于北京胡同她的破屋里去世，人们才幡然想起舞台上光彩夺目的主人翁还残留着一个原型。当天下午，北京的《大晚报》这样写道："艳闻洋溢时代角色（眉题）赛金花晨病故（主标）享年六十二岁，症为衰老气喘，身后殓葬费用一切皆无所用。"赛金花逝世时的情景，陈谷的《赛金花故居迁吊记》写得更详细："时天已甚冷，无法加煤，炉火不温，赛拥败絮，呼冷不已……赛氏将死前一日，不食不言，进以鸦片烟，亦摇首弗欲，后乃示意欲食藕粉，仅哺一勺，而哇出之。后此不发

一言,气绝时为子夜,尚能以无光之眼瞪视两仆。"一代"名伶",就这般凄惨地告别了人世。

各界人物恍过神来的时候,也是他们登台做戏的时候。很快,京城的一批社会名流粉墨登台了,梅兰芳等四大名旦,马连良等四大须生,还有齐白石、徐悲鸿、李苦禅等众多画家,他们有的义卖筹款,有的捐款捐物。斯人已去,其言也善。赛金花的事迹再一次口口相传。

名流和民众提议将赛金花的棺木葬于陶然亭风景区最优美的地方,似乎这样的地方最适合流芳百世。陶然亭的和尚也情愿赠地皮一方,为赛建墓。

赛金花就这样安歇于陶然亭的花团锦簇之中了,在她的周围,一派鸟语花香、姹紫嫣红。据说,齐白石为她题写了墓碑,张大千以她为题作了一幅"彩云图"。更多的名流纷纷为她撰文题词,有的抒"风华之情",有的抒"政治之情",有的抒"抱负之情"……赛金花本身一下子变成一个剧场,正剧、喜剧、活报剧,都在这里热热闹闹地上演。值得一提的是 1937 年北京沦陷之后,汉奸潘毓桂还硬要替赛金花墓树一个碑,在碑上,镌刻着潘自己做的碑文,在文中,潘毓桂以赛金花"媲美于汉之明妃和戎"。这样肉麻的吹捧,想必赛金花地下有知,也会起满身鸡皮疙瘩的。

事情并没有到此结束,赛金花飘然远去很多年后,仍旧是一片花影重重,这样的现象甚至一直持续到现今。在后人为她的树碑立传中,情节也是越来越神秘、越来越离奇。越来越多的人都想蹚"风流的浑水""涉外的浑水""爱国的浑水"……

一个赛金花的历史,似乎浓缩着中国历史和文化的很多东西。

| 五 |

在写作这篇文章的过程中,我翻读了很多有关赛金花的资料,阅读之下不由得大吃一惊。我没有想到有关赛金花的资料是那样繁杂,也是那样的莫衷一是、正反不一。在中国历史上,为一个如此女子引起的争论,也算是绝无仅有了。争论的焦点主要集中在:一是赛金花在"庚子事件"中是否有着制止联军杀戮的作用?如果有,到底起多大作用?从延续的说法来看,赛金花所做的"善行",似乎全是民间传说或者由她自述。在曾繁的《赛金花外传》中,赛金花是这样有声有色描绘的:"后来我便借机和瓦德西将军说:'杀死克林德公使的并不是北京的民众,更不是慈禧太后……北京的百姓受义和团的蹂躏,已经民不聊生,今更受联军的肆意残杀,更何以堪,将军还要下令安民,肃整军纪才好。'瓦德西第二天便下令不准士兵违律妄行,京里的居民,此后才可以不致再遭遇到屠戮之苦。这是联军入京第五日的事,第五日之后,京民便得安宁了。"在赛金花晚年,当她看完陕西易俗社演出的《赛金花》一剧后,似乎自己都感到羞赧了,她这样说:"一、余与德将统帅八国联军之瓦德西,虽有一段情缘,但斯时系在清皇宫之

仪銮殿上,爱史为人生秘密中之秘密,闺房中事,岂能为局外人道?该戏关余与瓦德西之钟情,未免描写太过。二、阻止外兵屠杀民众,及劝德公使克林德夫人应允中国议和之事,余不过斯时见外兵屠杀我国人民,一时激于临时情感,随时向瓦一说,并非预有若何救国之成竹在胸,而出于有计划爱国举动也。该戏演来,少失真相,虽十分夸奖我,但于我良心上,诚为不安。"

二是赛金花究竟跟联军统帅瓦德西是否认识?在这一点上,曾朴的《孽海花》是持否定态度的,曾朴说赛的私通对象瓦德西是"一个雄赳赳的日耳曼少年,风采奕奕,一身陆军装束,很是华丽"。这显然不是后来的联军统帅、时年68岁的德军元帅瓦德西。而赛金花自己对此事的说法似乎有点前后不一,在《赛金花本事》中,据赛金花自述,"我同瓦以前可并不认识"。但在曾繁的《赛金花外传》中,赛金花在访谈中又是这样说的:"那年(在德期间)结识了瓦德西将军,他和洪先生是常常来往的。故而我们也很熟识。外界传说我在八国联军入京时才识瓦德西,那是不对的。"

三是赛金花与瓦德西究竟有没有肉体关系?这一点也很关键。在《赛金花本事》中,赛金花专门为此事进行了辩白:"他们说我,天天夜里和瓦德西一同睡在西太后的龙床上,有一天,睡到半夜,着起火来,我俩都赤裸着身子,由殿里跑出。这简直是污辱我,骂我。我同瓦的交情固然很好,但彼此间的关系,却是清清白白;就是平时在一起谈话,也非常地守规矩,从无一语涉及过邪淫。"但1934年《申报》访问赛金花时,赛金花的回答却有点有意的暧昧,当记者问道:"你在皇宫住了几天?"赛金花答:"我与瓦德西住在仪銮殿(此殿即今日中南海之怀仁堂),共四个月,他走的时候要带我回德国去,我不愿意。他又叫我随便拿宫中宝物,我也没敢要。"按照正常推理,这样紧密的关系,那非得是有点事情不可的。

可以肯定的一点是,所有有关赛金花前后不一的东西其实都是赛金花自己说出来的。对于一个风月场上的老手来说,这样习惯性的诳语似乎太正常不过了。一个下层人物,有时胡乱编几句谎言,借机来抬高自己的身价,本来也无可厚非。不过似乎连赛金花自己也没有想到,她的诳语一下子成为"千古绝唱"。

| 六 |

其实在早年有关赛金花的诸多辨析中,有一个人已经对赛金花的标榜做了正本清源的说明。但不知为何,他言之凿凿的材料并没有引起应有的重视,而是作为一家之言,慢慢被人们忽略。这个人就是齐如山(1875—1962)。齐如山早年曾经留学欧洲,归国后,一直在京城从事戏剧文化工作,也曾是梅兰芳的搭档,为梅兰芳写过很多剧本。齐如山在"庚子之乱"时曾经和赛金花有过一些接触,他是实话实说,简洁清楚。我就照录:"在光绪庚子(1900年)到辛丑一年多的时间,我和赛金花虽然不能天天见面,

但在一星期之中，至少也要碰到一两次，所以我跟她很熟，她的事情颇知一二……我跟刘半农倒畅谈过一次，不过我同他谈的时候，他所著的《赛金花》一书，将要脱稿。我说我相信赛金花没有见过瓦德西，就是偶尔见过一两次，她也不敢跟瓦德西谈国事。第一，她那几句德国语就不够资格，就说她说过，瓦德西有这个权可以答应这些事情吗？瓦德西确是各国联军的总司令。但这种司令是哪一国官级高，哪位就担任此职。所以由天津往北京的时候，总司令是英国人，瓦德西到得很晚，到京约一个月之后，德国陆军才到，才换他为总司令。这种司令仍不过是只管军事，至于一切国事的交涉，仍由各国公使秉承各国政府的意旨进行，或主持。

"在庚子那一年，赛金花倒是偶尔在人前表功，她倒是没有见过瓦帅，她总是说跪着求过克林德夫人（克林德在此之前被义和团所杀——编者注），所以夫人才答应了她。她这话没有对我说过，她知道我知道她的底细。我料想她没有见过克林德夫人，我虽不能断定，但以理推之，却是如此。因为她庚子年在北平，不过是一个老鸨子的身份，一个公使夫人怎么能接这样一个人呢？再说我也常见克林德夫人，总没碰见过她。或者有人说，为什么德国武官愿意跟她来往呢？这就另作别论。一群少年的军人，他们什么都不管，只要是女的他们就欢迎，何况会说几句德国话呢。所以同她来往的人都是中尉、少尉，连上尉都很难碰到一个。因为上尉已经是一连之长，举动上便需稍微慎重，因为中尉、少尉得

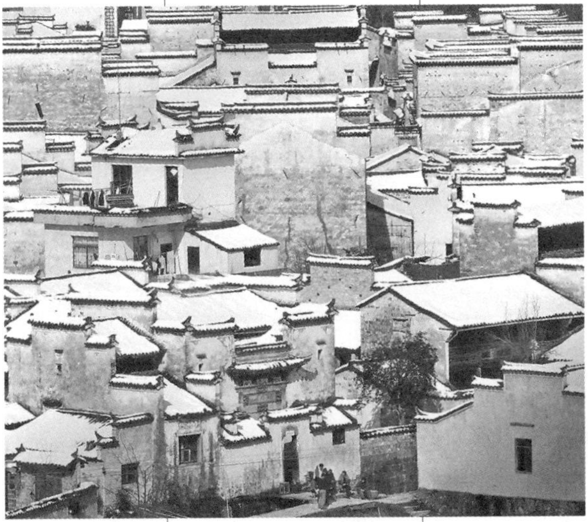

算他的部下,在路上碰见,有点不好意思的……当时半农听了我这些话,似乎有动于衷,他这本书永远没有给我看过,也或者为此。然自此之后,便没有再谈过这件事情,听友人说,后来半农对别人也不多谈了。"

齐如山还描绘了庚子之时与赛金花同时见到瓦德西的情景,齐如山当时受人之托,在德军里当翻译。"一次同一位军官到中南海,见紫光阁前,月台上堆满了书籍,山堆大垛,乱七八糟。我问这是怎么回事,适管理此事一军官由阁中出来,说是要用此阁养马,所以把书都扔出来,问我要不要,他可以管送,不要钱。我说一来我没有那么多房间去盛他,二来将来政府回来也许有罪过。他很相信,且领我到阁中看看。一进门便见赛金花同两个军官在里面。我同她说了几句话,忽见瓦帅同一军官从南边走来。与赛金花一起之军官,很露出仓皇之色,商量躲避之法,我便出来。瓦帅见我是个中国人,问和我同行的军官,我是何人。军官代答,并说我说很好的德国话,我便对之行一敬礼。瓦帅很客气,问我去过德国么,对以没有。他问我在哪个学校学的德文,当即告彼,又说了几句话就走了。又有一次在瀛台,又遇到赛同别的两个军官。我跟赛正说话,又远远地见瓦帅同站岗的士兵说话,这两个军官也露出不安之色,其一说瓦帅不会进来,后瓦帅果然走了。这两次赛金花都没敢见瓦帅,所以测度她没有见过瓦帅。就是见过也不过是一二次,时间也一定很短暂,至于委身瓦帅,那是绝对不会有的。再说那样高级的长官,也不敢如此胡来。"

齐如山在文章中还记述了其他几件事,比如说,赛金花手下的一个叫刘海三的人因为带着德国兵到处敲诈,被德国临时知府科德斯拿获,赛金花无法,便找到齐如山去求情。齐去了,科的回答是:"案情很重,没办法,他毁害你们中国人啦!"仍然将刘海三枪决了。齐如山是这样评价赛金花的:"由此可以知道她对于德国人没有办法。并且可以看出她言谈动作还很轻佻,仍是一种妓女作风,没有一点公使的身份。如此她与外国人往来不过是玩玩闹闹,不会有高尚的交接,更不会有什么高尚的言谈,何况是国际大事呢。"齐如山还说:"赛之德语稀松得很,有些事情往往求我帮忙,实因她不及我,但我的德语,也就仅能对付弄懂而已。"

齐如山的文章对当时赛金花的身份和境况已说得很清楚了。在读完他的文章之后,在此之前关于赛金花的诸多疑问似乎一下子消失,事实一下子变得清晰起来。联军进京之时,30来岁的赛金花只是充当一个老鸨的角色,有时替联军的下级军官们拉拉皮条(想必也会亲自上阵吧);有时帮他们买买东西,组织一点粮草。充其量也就是这些事情了。但问题在于,一个简简单单的事情就这样变得越来越复杂,也变得扑朔迷离,甚至升腾起诸多光环。这样的结果,难道只是因为赛金花的虚荣心吗?后来我想清楚了,所有的事情都不是无来由的。这样的结果,源于中国文化当中一个重要的情结,源于无数文人美丽的梦想,源于对政治浅薄而幼稚的认识,也源于中国历史变更当中的耻辱、自尊以及"精神胜利法"。

我在想的一点是,赛金花的持续走热,似乎与她本身的经历和作为并没有太大关系,而是隐藏着太多的转捩点。历史往往与知识分子的情绪紧密相关。而中国的知识分子的集体无意识,往往又是一个持续千年的永恒梦呓。赛金花现象就分明是中国千年文人名士的一个梦,带点自由,带点好色,带点幻想,也带点意淫。它有着强烈的审美意味,也带有强烈的自恋成分,除此之外,还夹杂着自大、自淫、自虐、自残……这样的传统使得他们更愿意从赛金花一身蓝丝绒布中去找寻昨日的温山软水;于一缕白发中,一厢情愿地领略雪后的一剪梅。而赛金花独特而离奇的传奇色彩,仿佛是一把微微褪了色的古代绢扇,遗失在苍凉寂寥的历史大道边。那些传统的知识分子在行路时偶然碰上了,便小心地拾起来,嗅着残留的一缕淡淡的幽香,于惘然中多几丝欢忭,于失落中多几分想象。

| 七 |

在写作这篇文章的同时,一个单位组织了一个由英国剑桥大学历史研究员朱恩平,中国科技大学人文学院执行院长、博导汤书昆以及我共同主持的一个"东西方文化比较三人谈"的全天讲座。我本是不想参加这样的讲座的,偌大的中西文化,实在是不好说,不好说啊!但架不住主办方的一再邀请,便硬着头皮参加了。朱恩平研究员是合肥人,他对于东西方历史文化有着很深的

研究和理解。但或许是长期生活在国外的缘故,也可能是对于中国传统文化的"乡情"更深,他在讲座中对中国传统文化竭力褒扬,说儒学才是世界大同的真正归宿,而西方文化只会导致人类的毁灭。我不太赞成这种"东方主义"的文化思潮。在我看来,所有的地域文化都是人类文明的一个分支,就如同河流一样,虽然源头的支流不一,流向不同的地方,但它们的实质都应是一样的,都是人对于客观世界的认识,只不过有清有浊,有浅有深,有湍急有舒缓。但淌着淌着,自然会河流相汇,相融为一,彼此不分了。就中国文化本身来说,在我看来,中国五千年封建社会的历史以及中国人生存的自然环境造就了中国文化非常复杂的双重性。当一种文化和学说从专制的通道中走出来的时候,就早已变形扭曲了。一方面,中国文化崇尚中庸,崇敬自然、和谐与简单;但另一方面,中国文化"明儒暗道"或者说"明儒暗法"的特征又非常显著,似乎阴谋的成分非常多,工于心计,表里不一。我一直以为,世界上可能没有其他一种文化会像中国文化这样重视人伦日用,重视人际关系。与此同时,中国文化由专制性而形成的另一个不好的地方是不重视"本心",同时还造就了中国文化一些其他的特质,比如说模糊性、虚伪性、实用性。这都是与西方文化所不尽相同的,也是与西方文化有着差别和距离的。反观西方文化,实际上在它的发展中同样也存着一个进步和提高的过程,现在我们所说的西方文化,也是长时间兼收并蓄的结果,它的主干是:基督教的背景、希腊的理性思维、罗马的法律思想以及德国近代辩证法的结合。既然中国文化是人类文明的诸多分支中的一个，它就不可避免地带有那个阶段文明的一些局限性，也带有人类自身的一些局限。它同样也存在着一种在与世界其他文化的交融和撞击中不断提升，也不断升华的过程。而真正的好的东西应该说是这个世界人类文明共同的产物，是不应该赋予它"东方"或者"西方"标签的……

——"理论"似乎一直是灰色的，不妨绕开这些，回过来再说赛金花。

在有关赛金花诸多的事宜当中，我的另一个兴趣点是赛金花的籍贯。《赛金花本事》当中赛的自述是"我本姓赵，生长在姑苏，原籍是徽州"。这似乎写得比较清晰了。但具体是徽州的哪个县，赛金花当时并没有说。曾朴曾经认为赛金花是盐城人，这明显不对。在曾朴的《赛金花外传》中，谈及自己的身世，赛金花是这样说的："我的祖籍是徽州休宁县，但我却出生在苏州虎门附近的萧家巷。"

赛金花最后的籍贯固定在黟县，似乎是因为程梦余的一篇文章。这篇名为《回忆赛金花发配原籍》的文章发表于1982年12月出版的《安徽文史资料选辑》当年第3辑中。在这篇文章当中，程梦余述说了在黟县王吉祥饭店结识赛金花的情况。也就是在这篇文章当中，赛金花确切地告知了自己籍贯的详细地址以及身世背景。问她原籍黟县哪一都，赛金花回答是出生在二都上轴郑村，她原姓郑，傅是从鸨母的姓。而这篇文章似乎也是赛金花"发配回原籍"的唯一佐证。曾任安徽政协常委的程梦余在文中写道:光绪二十九年(1903年),赛金花因为"京城救国",使当权者蒙羞,遂以赛金花的一个叫凤铃的丫头服毒为借口,以"虐待婢女"定罪,遣返回原籍,落脚在黟县王吉祥饭店。其间,结识了当地名士程梦余和富商余履庄。余履庄追求赛金花未果。其后程梦余疏通官府帮助她离开了黟县,时年赛金花31岁。

程梦余写到,在跟赛金花认识后,赛金花是这样述说"庚子公案"的:八国联军入京时,她住在北京韩家潭,当时,联军军人到处横行。有一天,几个德国人闯入她的住处,她先用英语与之交谈,他们不懂。当她得知他们是德国兵之后,她就用德语向他们说她与瓦德西相识,德国兵才不敢放肆。他们回去后,报告了瓦德西,瓦就派车来接她进宫。她一见到瓦,就提出两项要求:一是要保护文物,不能重演圆明园的悲剧;二是要保护善良,由瓦德西规定一项标志,发给善良的居民,只要门上贴有那种标志,联军军人就不得入内骚扰。瓦德西听从了她的意见。当时,满洲贵族子弟,纷纷投向她的门下,拜她做干娘。赛金花还说李鸿章亦曾令其子李经才与她联系,要她在瓦德西面前斡旋。

——在这篇文章中,似乎连程梦余都觉得赛金花所言有点夸张,有点不太相信了。但还是自我解脱说京华文物之未成灰烬,居民少受戮辱,多少是与她的活动有关。

程梦余通篇文章当中没有提及一苏州富商为了追求赛金花,曾赠一处房产即归园的事。在黟县期间,赛金花一直住在黟县县城南街的王吉祥饭店。

对于这次发配的原因,即"虐婢案"的原委,赛金花的自我说明,无论是她与程梦余的谈话,还是她后来跟刘半农所说的,明显看出的一点是她在为自己开脱。在《赛金花本事》中,赛金花是这样说的:"我因白天去陶然亭骑马回来,路上受了凉,身上觉得有些发烧,早早便歇息,也没有起来打招呼。第二天是鹿中堂的少爷约定在班里请客吃午饭……只剩下凤铃,她伏在桌子上,低着头,也不动也不说话……我扶起她的头,一看,眼睛通红,两只手只挠胸口,我看样子不好,像吞吃了鸦片烟,就握着她的手急问:'凤铃,凤铃,你吃了什么东西吧?是鸦片吗?你不要想不开,没有不好办的。平常也没有把你错待呀!何必竟寻此短见?快快告诉我!'"赛金花的言谈与口吻,完全是一派无辜的模样。

实际上真正的情形是怎样的呢?曾有作者寒瀑在查录清宫刑部档案资料后作文《清宫刑部档案中的赛金花》,在文中,赛金花的"虐妓"之事算是真相大白。当初赛氏回京时,曾挑选6个上海姑娘带回京城。回京后又花了600两银子买了一个叫凤铃的姑娘。然而这凤铃却不听赛氏的吩咐,不但不接客,反而经常得罪客人。光绪二十九年(1903年)6月2日,清户部尚书鹿传霖的少爷约定在赛寓妓班宴请客人。当姑娘们忙于梳妆打扮之际,赛氏又叫凤铃接客,凤铃依然不从,赛氏训斥她,她就用言语顶撞赛氏。赛氏便凶狠地用鸡毛掸子抽打凤铃,并将其左肩胛和后背抽伤。凤铃难以忍受这非人生活,遂乘人不备,吞食了足以致命的鸦片。赛氏闻知凤铃服毒,并见其眼通红,两手抓胸,赶忙叫人上街买药,并将凤铃抬至赛家车厂内用药灌救。终因药量过大,灌救无效,凤铃于翌日黎明前死亡。

这样的叙述已然非常清楚了,从事件本身来看,不仅近乎恶劣,而且有点凶残了。既然事实清楚,依照大清刑律,赛金花自应按例问罪。经过刑部审定,"合依和买良家之女为娼者枷号三个月,杖一百,徒三年刑,上加一等,拟杖一百,流二千里"。但是由于赛金花经常出入王府宫宅,结交显贵达官,发落自然从轻。经过一番打通,最后判决只是不准赛金花在京逗留,发配回原籍,交地方官管束,饬五城察院随时严查,勿令再行来京滋事。

在《赛金花本事》中,赛金花对这样的结果也津津乐道,她又"吹牛"说:"在监里一点罪也未曾受,部里的诸相好给我预备得太周到了,连澡盆全有,还许抽片烟。"

这样的情形是真是假姑且不论,也就是在这样的情景下,赛金花回到了徽州。程梦余在黟县客栈见到赛金花想必也是事实,但赛金花所说的祖籍黟县二都上轴郑村,又鬼知道是真是假呢!也可能是道听途说之后的信口雌黄。我不清楚为什么一个人在谈及自己最简单的籍贯时为什么会那么不一致。这当中想必有其他原因吧。但至此之后,黟县似乎一下子变成了赛金花的正宗出生地了。也就是因为这点来历,"归园"似乎一下子找到了出处,说当年赛金花回黟县后,有一个苏州商人因追求赛金花,便将这座归园送给了赛金花。这样的"出处"明显有杜撰的痕迹,其实哪有这段故事呢！赛金花只在黟县待了半个月,并且一直是待在王吉祥旅馆里,甚至可能连郑村都没看一眼,就又离开了徽州,去上海重操旧业了。

在《赛金花本事》的第二节"家世"中,刘半农在记载了赛金花自述是徽州人之后,在最后有一句注释:"或谓伊之姓赵,也是冒出,实乃姓曹,为清代某显宦之后。"这句话倒是比较重要。无独有偶,不久前看到作家李平易引用的曹谨的文章说,赛金花其实是姓曹的,曹姓大都是歙县雄村人,而雄村是清代父子宰相曹文埴与曹振镛的家乡。所以这也就跟刘半农文后的注释对上了。作为一个妓女,也许最忌讳的,就是说自己的身世来历了。所以大凡向别人告知时,都不会说自己完全确切的老家。更何况赛又来自理学森严的徽州。赛所说的原籍休宁和黟县似乎都不足为信,反倒是她不太提及的地点倒会有可能。所以赛的原籍极可能是歙县雄村,也极可能是从雄村出去的。因"虐婢"事件发配回原籍,她当然不好意思回自己真正的老家,所以只好选择在附近的地方转悠。毕竟,她所面对的是"程朱阙里"的徽州！

徽州终于出了一个迥异于徽州文化的女性另类了。这样的情形,是有极大反讽意味的。一个地方和一个人一样,往往在它意想不到的时候,呈现出另一个完全相悖的极端来。

赛金花就是这样匆匆地与徽州擦肩而过,很显然,赛金花是不喜欢这个安静的老家的,也不喜欢这里令人窒息的理学氛围,更不想也不敢面对古板严谨的乡里乡亲。即使是黟县有个真正

思想徽州·徽商六讲 | 153

的"归园",我想也是留不住赛金花的。一辈子喜欢繁华热闹的赛金花,哪愿意在这里度过"清夜孤眠窗迎冷"的岁月呢!

| 八 |

有时还真是得佩服鲁迅的某些方式,因为他最能说到一个人的痛处,最能点到中国文化的死穴。

20世纪30年代夏衍的话剧《赛金花》在全国如火如荼上演的时候,曾经在鲁迅与夏衍以及左翼联盟之间,发生了激烈的论战。鲁迅不冷不热地说了一句:"连义和拳时代和德国统帅瓦德西睡了一些时候的赛金花,也早已封为九天护国娘娘了!"(《这也是生活》)

鲁迅如此冷嘲热讽这样一场"爱国剧"运动当然是有深刻原因的。国破山河在,历史的悲伤与耻辱尚未淡去,花边和八卦就应运而生了。一个山崩地裂的时代就这样想当然地浓缩在笙歌红裙之中。而从赛金花的身上,中国人似乎一下子把耻辱和伤痛都忘却了,反而津津乐道于那些伤痛之后的猩红热,以为一个小女子就能轻轻松松地摆平八国联军。这样的潜意识,不仅仅有点下贱,甚至都有点龌龊了。

但赛金花仍旧红了起来。这样的结果,只能归结于中国文化这片土壤了。其实这样的传统和习惯是早已有之了。每逢一个时代遭受重创之时,在七尺男人们支撑不住半壁江山的时候,就会涌现出几个孱弱的女性,用她们的勇敢来给柔靡委顿的时代添几分峻拔和阳刚。像南北朝时的"木兰从军"、北宋时的"杨门女将"。男人们如秋风中的纷纷落叶,而女人却成了傲雪严寒的一剪梅。这时候的反衬以及寓意一开始还是健康的。到了后来,似乎连寓意也变了,全只剩下反衬了。清军入关时,以柳如是来反衬钱谦益,以李香君来反衬侯方域。柳如是和李香君的身份都是妓女,这是最下等的职业了,但如此下等的弱女子都有风骨和节气。在国内上下都忙着卖国求荣、卖友求荣、卖身求荣之时,只有那椒兰红粉、烟花世界中还残存着一些气节,这既是深沉的悲哀,也是巨大的讽刺,更是一个民族委顿之时的"强心针"。

世事如棋,天道轮回,转来转去总是转不出这样的思维方式。那种文化的萌蘖,以及民间的浅薄、人心的苔藓也是在这样的过程中毕现。明白了这样的历史渊薮,也就明白了赛金花的"横空出世"以及她后来的香火不绝,似乎是一件最自然不过的事了。这样的文化,必然会产生这样的"九天娘娘"。

现在,离黟县不远的"归园"每天车水马龙。导游们像蜜蜂一样,每天辛勤地给赛金花的故事扑上一层金粉。同为徽州老乡的胡适早年就曾感慨过:"历史就是一个小姑娘,让她怎么打扮就怎么打扮。"这样的感叹,正是人在世界面前的无奈啊!纲常千古、节义千秋、残灯无焰、史书破旧。当年的赛金花含糊着不敢认祖归宗,徽州也掉过头去从不正眼看一眼赛金花。但现在,似乎谁都愿意跳出来拉着赛金花敲锣打鼓归去!那是因为什么呢?不是为了政治,而是为了背后的商机。这样的情景不免让人一喟三叹。这个虚假的故事虽然温馨而欢愉,然而梦醒之后,必然魂断,那种怅然若失之后的津津乐道,就是一个古老民族人文精神匮乏的怜然象征。

何处是归园?长亭连短亭。

最后的翰林

在涉及徽州历史的过程中,有一个人的名字不断出现在我的阅读与聆听中,那就是最后的翰林——许承尧。对这个人,我原先知道得并不多,但读了他的几篇诗文之后,凭直觉,我觉得这个人绝不是那种暮气沉沉的末世腐儒,而是一个有着诗情韬略的大家。

| 一 |

又去了一次徽州唐模村,这次想看的、想细细了解的,是有关许承尧的一些事。

唐模当然是很漂亮的。在徽州诸多的村落中,我最喜欢的也许就是唐模了。尤其是唐模村口一带,树木扶疏,流水潺潺。它不似宏村那样繁杂,又不似西递那样幽暗,整个基调特别静谧、明亮、典雅,它甚至与徽州其他古村落都有着很大差异。不是凝重压抑,而是风轻月朗、新锐主流的感觉。

在涉及徽州历史的过程中,有一个人的名字不断出现在我的阅读与聆听中,那就是最后的翰林——许承尧。对这个人,我原先知道得并不多,但读了他的几篇诗文之后,凭直觉,我觉得这个人绝不是那种暮气沉沉的末世腐儒,而是一个有着诗情韬略的大家。我曾去过唐模,但那一次去,令我沉醉的却是古桥水街,对于许承尧,一直没有足够关注。后来看有关资料,了解之后,才大吃一惊。这个人有着颇为传奇的身世和经历,自幼生长在唐模,聪颖好学,16岁时即为徽州府庠生,21岁时中光绪甲午科举人,曾师从当地紫阳书院的山长汪宗沂,与黄宾虹是师兄弟。1904年,许承尧在京中进士,点入翰林,这算是中国最后一代翰林了。不久,许承尧告假回到了徽州,创办了新安中学堂、紫阳师范学堂(即现在徽州师范的前身)。辛亥革命之后,许承尧应安徽总督柏文蔚的聘任,负责全省铁路的督办。在此之后,他又出任甘肃省府秘书长、甘凉道尹、兰州道尹、省政府厅长等职。1924年,时年50岁的许承尧辞去官职,回到家乡歙县唐模,著书立说,主持编撰了《歙县志》,撰写《歙事闲谭》等书,后于1946年终老去世。

由许承尧,我明白了唐模为什么会有徽州村落中难得的清新气质了,一个地方从整体上浮现的气场,必定受一些与文化和人物有关的东西浸淫。唐模在气质上所呈现出的优雅、从容和淡泊,是有缘由的,那就是与许承尧有关。虽然这个人已去世多年,但他的气质和精神仍在默默地影响一个村庄。

| 二 |

许承尧的故居在唐模水街边一个窄窄的巷子里。这是一幢普通的徽州民居,只不过显得略微大一些,也气派一些。屋子里陈放着许承尧的一些遗物,也悬挂着许承尧的一些书法作品。引人注目的是堂前立柱上悬挂着的挽联,上联是:从容入世,七秩余年,彼何人斯,亦普奉手,当代雄骏义烈君子;下联为:慷慨留诗,十有四卷,我为谁作,要自服膺,古来沉情绝丽大文。挽联是许承尧生前就为自己拟好的,大气从容,既散发着凛凛浩然之气,也透露着壮志未酬的激越和悲情。很明显,从这样的自我评价中,是可以看出一个人的胸襟和气魄的。

许承尧故居的接待员是一个中年女子。我们去的时候,她正在院子里不紧不慢地打毛线,见我们细细端详着故居的一切,她突然来了兴趣,跑进屋里,从一个抽屉里拿出一张纸条,上面歪歪斜斜地写着那几副对联的内容。她说经常有客人来问,于是便抄在了纸上,好向客人解释。我们向她问询许承尧故居的一些情况,她似乎不是太清楚,只是说许承尧的家在新中国成立后改成了茶场的食堂,这几年才从茶场手中征收回来,又恢复成了原貌。

许承尧的后半生就一直住在这里写诗作文。这位旧式文人的诗书文俱佳,他的一部分诗透露着一股忧愤,极富使命感,整体格调非常像谭嗣同的诗:"我自横刀向天笑,去留肝胆两昆仑";或者像鲁迅的"我以我血荐轩辕"。比如说他的《剑》:"剑光照胆不照心,潸然抱剑空哀吟。欲沁泪痕作新锈,比较血痕谁浅深?"从这样剑胆琴心中是可窥见作者的壮志凌云的。我知道这是那个时代知识分子的普遍情绪,青衫书剑,恩仇江湖,子夜当哭,迎风长啸。许承尧的诗还有一部分是典型的"杜诗风格",有着强烈的平民与忧患意识,可以看出许承尧强烈的社会责任感。比如抗战胜利之后的《痛定篇》,大多是反映了民间的疾苦,其中《县长来》《老估叹》《乡长寿》《官拥兵》等正如杜诗《石壕吏》,白诗《卖炭翁》的翻版,如:"屋小茅如发,田荒草似秧"(《由祁门至安庆道中杂诗》);"龙蛇既已起,鸡犬安得宁?至今闾里间,两日一食并"(《石壕村》);"今岁秋成原不恶,最怜户户只空仓"(《老农》)。

除了诗书之外,许承尧晚年在唐模所做的最大一件事,就是主纂《歙县志》以及撰写《歙事闲谭》了。《歙县志》共16卷,搜采广泛,考订精赅,可以说是方志中的精品,曾被誉为"中国四大名县志"之一。而《歙事闲谭》31卷,前后撰写7年,极富史料价值、文献价值以及文字研究价值。除了写作之外,许承尧还做了大量收藏和挽救文物的工作。他曾收藏了大量的文物古玩、敦煌魏晋隋唐经书40多卷、图书万卷以及石涛、扬州八怪、张大千等名人字画。1944年,许承尧曾筹组黄山图书馆,拟将自己的收藏全部捐赠。但后来看到国民党政府日益窳败,怕捐赠被权贵侵吞私占,就没有实行原计划,而改为自建"檀干书藏",将全部书画古玩集中保管,并订立遗嘱,教谕子孙在其身后不得分散,组织委员会负责保管。20世纪50年代初,安徽省博物馆正是在许承尧捐赠遗物的基础上建立的。这样的行为不单是从思想上,就是从文化遗产上,也是对后世莫大的馈赠。

| 三 |

在刚刚接触许承尧的那一段时间里,我曾一厢情愿地把许承尧看作是一位仙风道骨的名士,把他想象为一位闲云野鹤般的高人。在拿到《歙事闲谭》的时候,我还以为是一本类似有着《扬州画舫录》精神的书籍,是那种在游山玩水、街谈巷议之后写作的"性灵"文章。我甚至为徽州出现这样一位"另类"而奇怪。但现在我发现我错了,我的错误又巩固了我对于徽州的整体判断。那就是,徽州是出不了八大山人以及陶渊明的,也出不了李白和王维,它只能出杜甫、出龚自珍。一个地方是有一个地方的秉性的,也有着普遍的生活方式和思维习惯。许承尧毕竟是一个徽州人,他明显不是一个有着"出世"思想、有丰富想象力、行为超脱无羁的猖狂之士,相反,他一直就是一个"入世"很深,责任感荣誉感非常强,而又克己复礼的大儒。

这样一个历经沧桑的饱学之士肯定有着复杂的心路历程。从许承尧的作品和处事原则来看,他应该是悄无声息地完成了自己人格的超越。这样的超越极可能发生在许承尧从甘肃归来那段时间里。世事浮沉,风云变幻,许承尧很明显从这样的大起大落中彻悟了人生的终极意义。我曾看过许承尧的书法,许承尧的隶书博大深厚,有庙堂之高的气度;而他的行书则携金石味,醇美安详,极见智慧。很明显,那是受他抄录佛经的影响,许承尧曾认真抄录过很多年的敦煌经书。一个人的笔迹是可以彰显性格的,心灵最本质的东西,往往是不经意间,尽在毫厘间显现。能将书法写得如此精妙淡雅的人,心中肯定是有着大光明境界的。

正因为胸襟博大以及悟彻洞明,许承尧始终沉默着做人做事。他的身世、背景、年龄、个性都不允许他发出振聋发聩的呐喊。他是属于前一个时代的人了,他的"遗老"身份和背景使得他不可能像他的后辈胡适一样,有那种广阔的世界视野和敏锐的思想,也不可能像陈独秀那样激情澎湃地去做一个"破坏者",更不能像鲁迅一样以笔作枪去做一个职业批判的思想家。许承尧有他自己的方式,那就是选择"做事",做点滴的文化积累,因为他知道,跟所有的东西相比,只有文化才是千秋万代的。虽然他心中一直有着"拔剑"的愿望,但未拔之时已是四顾茫然。与其掌握不了大局,倒不如躲在这山清水秀、小桥流水的村落中,为将要逝去的文化积薪传火,抱残守缺。

在我不断熟悉许承尧事迹的过程中,我深为感叹的一点是,近现代徽州的很多大事都似乎与这个人有关。不说他编辑的民国《歙县志》,不说那本极富价值的《歙事闲谭》,也不再提上文我说的筹建徽州师范学校、保护文物等事,我这里还可以罗列的是:

1906年，许承尧还曾同黄宾虹、陈去病、陈钝等人秘密组织了反清救国的"黄社"；抗日战争前，许承尧与江彤侯共同发起修复歙城西干的渐江墓，然后又组织重建披云亭，修葺经藏寺，造漱芳楼，修长庆寺塔，疏浚五明寺泉，使西干一隅成了幽美的风景点；对于唐模村的檀干园，许承尧归故里后，也曾多次组织修理挖塘清淤、种植林木，让其成为乡人游憩的地方。在唐模乃至歙县，当地人格外感激的一件事就是，抗战初期，国民党部唐式遵率领的川军驻防皖南，屯兵歙县岩寺，为阻遏日军入侵，当时曾考虑炸毁歙城河西大桥，又准备拆除岩寺、潜口等处古塔，因为这些显著的标志极容易让日军飞机辨识以进行轰炸。消息传出后，许承尧很焦虑，觉得此种古代工程，一旦毁去，很难恢复，便面见唐式遵，请求等敌寇十分迫近时再执行。由于日本军队后来没有继续南下，这些古建筑得以保全……可以想象的是，晚年的许承尧就这样殚精竭虑地奔波在徽州的大小道路上，足迹遍及山山水水。对于这一块土地，他是如此热爱，也是如此钟情。而在他身边的，是越来越渺茫的希望，是变幻莫测的环境，是摇摇欲坠的古老文化。行将末路的许承尧就像一团将要熄灭的灵火一样，在这块土地上发出最后的荧荧之光。

人文思想、文化情结、悲悯情怀、慈善心灵，形成了许承尧难能可贵的人生气象，这样的气象就像徽州上空一片温暖的祥云一样，润泽并爱抚着这块古老的土地。

在唐模水街徜徉，我们碰见了今年70多岁的当地长者许士熙。一番寒暄后,我们请他到茶馆喝茶,向他打听当年许承尧的情况。许士熙老人很激动,他说我们是第二拨如此细致地向他打听许承尧的人。许士熙老人说,他曾在少年的时候见过许承尧,那时许承尧就住在唐模,个头很高,方面大耳,长髯飘飘,威风凛凛。那时许承尧常常独自一人在唐模的街上散步沉思,见到乡亲,便和气地打着招呼。许士熙自己就是徽州师范毕业的,对于学校的创办者,当然格外崇敬。聊了一会儿后,除了一些事迹之外,许士熙显然谈不出更多对于许承尧的直观印象。也许当年的许士熙还小,对于这个莫测高深的长者,尚缺乏足够的领悟力,因此也缺乏更深入的观察和理解。也许另外一层意思就是,在一般人的眼中,许承尧这样的人根本就是"云从龙",是"神龙见首不见尾"。的确是这样,以许承尧的思想、才情以及抱负,他实际上就是一条徽州的"卧龙"啊!只是由于世事纷乱,他才不得已蛰回这个徽州古村。明显看得出来的是,许承尧在晚年不得不放弃自己一飞冲天的志向,把所有的高旷和才情都转移到对徽州文化的拯救上了。拼命挽救一个地方的文化于危难之际,当然源于一颗高贵的心。

也许这"卧龙"的价值,一直到现在才慢慢彰显,才为人们慢慢领悟。

四

许承尧于 1946 年 7 月逝世于他的大宅里,终年 73 岁。在他去世之后,儿孙们遵嘱将他葬于"眠琴别囿"故居园里的花丛中,与妻胡宜人、女素闻合墓。据说,当年的许承尧墓掩映在一片姹紫嫣红之中,漂亮异常。新中国成立后,许承尧的家变成了公社茶场的食堂。"文革"中,许承尧墓也毁于一旦。1984 年,歙县人民政府曾拨专款重修,坟迁至唐模前山,坐东北,朝西南,依山势环抱而筑,举目可以看到绵亘的茶山,视野开阔,满目之下,是一片生机盎然的徽州。

我不知道许承尧是不是最后一个逝去的翰林。但很明显,在他身上,是可以看到一个时代隐藏的光华和清雅的,也能看出一个时代的宿命和没落。这是一个幽怨的灵魂,也是一个高贵的灵魂。每个时代都有一些遗老,也有一些棠棣之花。他们钟情于他们的那个时代,留恋着那个时代的光华和秩序,就像钟情于他们头顶上的天空一样,即使是星移斗转,他们仍固执地额手相望,留下一个苍凉的姿势。

由许承尧,我甚至想到了与他同时代的另一个"旷代逸才"杨度,想到了"晚清鸿儒"王国维。当一个时代在整体上的溃败已成定局的时候,任何枭雄和奇才都会显得力不从心。"无边落木萧萧下",他们只好"任他风吹雨打去"了。比较起杨度晚年的颠沛流离、王国维的投湖自尽,也许,许承尧的故园归去算是一种最好的方式了。当一个时代逝去,另一个时代呼啸着来临的时候,纷乱之际,隐逸山林,两耳似塞,同时心怀国事,钟情文化,这可能算是一种最好的选择吧!

如今的唐模,虽然没有像西递、宏村那样充斥着俗不可耐的商品气息,虽然依旧风光旖旎,树影婆娑,但在整体上,已经没有一种凝重、高贵的氛围了,那种原先无所不在的整体气韵已经变得支离破碎。一个地方、一个时代的整体气韵是需要有足够的内容和形式来承载的,也需要时间、空间以及精神来架构,这种东西一旦斑驳,便很难完全复原了。剩下的就是一些羞愧和悔恨,或者遗嘱和喟叹,如村内池塘里的蛙鸣一样,三三两两,间间或或,阶段性地兴奋和迷醉。

这次我没有去许承尧的墓地。我知道那条卧龙已升腾至空中。我只是走出唐模村口时驻足久久地回望,在内心之中,对那个消逝在风中的旧时代,不由自主地表示着某种敬意。

家 族 史

一个家族,在担当了守墓人之后,就一直迁徙于此,繁衍于此,终老于此,这需要多大的韧性与忍耐力呢,或者说需要巨大的麻木。这完全是一个徽州版的"百年孤独"!

| 一 |

我想我所做的事应该暂告一段落了,那就是从2004年底开始撰写的《第三只眼睛看徽州》。感谢读者,他们对我的关注使得我有写徽州的压力。我的文章只是徽州的影子,而这个影子所代表的灵魂的黑夜,是为了迫使我去弥合存在于我和徽州之间,尤其是存在于我和我本人之间的距离。我一直试图用我的文章在内部去整理考据学者们从外部所做的事情。写作徽州的过程,就是发掘和整理记忆的过程。这样的记忆,不仅仅是我个人的记

忆，或者是公众的记忆，也是一种整体的记忆。徽州的史志是记忆、民居是记忆、"三雕"是记忆、文书是记忆……还有很多东西，都是记忆。徽州在某种程度上的博大与光荣，它的耻辱和衰落，都是一种记忆，一种刻骨铭心或者不刻骨铭心的记忆。

徽州的历史，是公共的历史，同样也是私人的历史。徽州各个家族，包括家族的个人史，组成了徽州的历史。但从某种程度上来说，人们的记忆犹如疲劳的旅客，每走一程，就抛弃一些无用的行李。这样他们往往会在某一个清晨像孩子一样，把前一天的经历忘得一干二净。自己的生活也如蜉蝣一样短暂，像草木一样没有思想。我母亲的家族姓汪，这可以说是徽州最具有代表性的家族。在徽州"八大姓"中，汪姓，似乎应该是第一大姓了。我母亲的家族史，也是徽州记忆的一个重要组成部分。有半本汪氏家谱一直珍藏在我大舅的家中，在那半本谱牒中，清晰地记载了汪姓的由来、汪氏下江南的情景，以及汪氏在徽州的发扬光大。当然，这本谱牒只是分谱，它所说的不是汪姓整个的情况，而是有关我母亲这一系的一些延脉。我母亲家族的"汪"，只是偌大汪氏家族的一个小小分支，是一条大河的一条微不足道的支流。

| 二 |

最早的汪姓，谱牒的前面似乎对这一来历说得很清楚。汪氏第一始祖姓姬，周朝鲁成公黑肱的次子。汪姓第一始祖似乎天生

异禀,他一生下来,左手掌就有一条似"水"的纹线,而右手上则有一个"王"字纹。为此,就取名为"汪"。长大之后,因为姬汪聪明敦厚,有功于鲁,于是被封为上大夫,迁居至颍川(今河南境内),号汪侯。而其后代,便改"姬"为"汪"姓了。

在此之后的汪氏似乎经历了很多变故,先是迁至楚国,助楚抗秦,后来又助秦统一中国。在汉朝时,汪家似乎一直从武,先是在汉相萧何军中当过中军司马什么的,后来有十三世祖为裨将军从名将马援出征匈奴,立过一些战功。到了三国时期,这时候汪家出了一个重要人物,那就是东吴名将汪文和,汪文和是汪姓第三十一世祖,族谱上说他"为人多智略,膂力绝人"。汪文和曾参与镇压黄巾之乱,被封为龙骧将军,后来南渡长江,被东吴孙策表授会稽令,同时封淮安侯。汪文和也是汪姓进入徽州的第一人,他将全家搬至徽州,开始了在徽州的生活。

从此,汪家的成长半径基本就不离徽州了。从族谱上看,汪家在长达数百年的时间里,一直平平淡淡地生活着。这当中,似乎只有几个人抛头露面当过一些县级官吏,其他的大多是默默无闻。一直到隋末唐初,第四十四世祖汪华成为"徽州第一伟人"。

四十四世祖名世华,也叫汪华,字英发。谱牒说他的母亲郑氏在怀孕之前曾梦见一黄衣少年拥五彩祥云自天而降,因而有孕。汪华的出生地是绩溪县华阳镇,他自幼丧父失母,9岁为歙县郑村的舅父收留,14岁拜南山和尚罗玄为师,武艺超群。汪华长大之后,适逢隋炀帝暴政,天下大乱。汪华便发动兵变占据歙州,

思想徽州・徽商六讲 | 169

击退官府围剿,相继攻占宣、杭、睦、婺、饶五州,拥兵十万,号称"吴王"。汪华统治时期,六州十年不见兵戈,百姓得以安生,一派和平景象。在此之后,汪华接受了唐朝李渊、李世民的招安,被封为"越国公",总管歙、宣、杭、睦、婺、饶六州。贞观二年(628年),汪华奉诏晋京,授为左卫白渠府,统军事掌禁兵。太宗征辽,汪华留京,任为"九宫留守"。贞观二十三年(649年),汪华卒于长安。关于汪华的死因,汪家一直流传他是被李家秘密斩首的,尸首分离,后来平反昭雪,安了一个金头,"御赐棺木",尸体被运送回了徽州,葬于歙县云岚山,建祠于乌聊山。

汪华共有9个儿子、25个孙子,大部散落在徽州各处,这样的子孙延脉,对于徽州的兴旺是至关重要的。所以有"徽州郡十姓九汪皆出其后",都是汪华一门下来的。到了宋朝,宋徽宗镇压方腊起义之后,为了长治久安,将歙州改成"徽州"。宋政和四年(1114年)正式钦定建汪华大庙,赐匾额"忠显",后改"忠烈"。在此之后的宋朝的好几任皇帝,都加封过死去的汪华。不仅如此,还对汪华的每个儿子都加封一番。这样的作为方式,当然是为了笼络当地百姓,以汪华为楷模,来建立"忠孝节义"的徽州。

按谱牒上说,汪华葬于歙县云岚山中。一直到新中国成立之初,汪公大庙一直存在。从谱牒上来看,我外公所在的慈姑汪姓这一系是汪华的第7个儿子的脉系。

汪华的9个儿子,从地位上来说高低不等,"一二三太子,四五六诸侯,七八九相公"。汪华的第7个儿子名叫"爽",也尊称为

"爽公",但身份已是平民了。在汪华死后并从长安将其灵柩运归之后,汪家老七分配到的使命就是定居云岚山附近的慈姑,看守父亲的墓地。对于这项使命,爽公一直恪守不怠,他从此就一直生活在慈姑,没有离开半步。不仅仅是他不离开,他的子子孙孙也没离开,就一直在这样小的地方积薪传火、繁衍子孙。说来也怪,汪华墓地的确切位置,从此之后就无人知晓了,所有的标识都已消失,甚至连汪家本身也不知道了。也许对于慈姑的汪氏来说,最安全的保密方式就是遗忘。长此以往,居于慈姑的意义慢慢地就被淡忘了,但不敢轻易迁居的习性却一直留存,并一直延续了下来。

汪华自此之后被称为"汪公大帝",徽州一带祭祀汪公的行祠多得不计其数,汪华被渐渐神化。我一直想的是,在这9个儿子当中,为什么会选择第7个儿子来看守墓地呢?也许,在众人的眼中,老七最老实、最本分,这样的人是值得信任的。还有一种可能就是,老七是九兄弟当中最没有出息的,有谁愿意以守灵的方式来度过自己的一生呢?甚至子子孙孙。对于其他几个兄弟来说,他们更愿意去开拓自己的事业,而把这等枯燥乏味且责任重大的包袱,留给了老七。

这样的推理似乎是有理由的。慈姑汪姓这一脉,也许是所有汪姓中最平庸、最默默无闻的了,这一系一直没出什么大人物。只是在五十六世祖时,出了一个歙州刺史,算是昙花一现了。

慈姑实在是太小了,按现在的行政区划来说,它位于歙县城北七里的地方，属于桂林镇江村行政村，是一个只有十来户人家的自然村。

三

我大舅家尚存的《汪氏族谱》是我的一个亲戚从"文革"的火堆里拣出来的。那一年，家家户户都在烧"四旧"，连慈姑那个偏僻之地也不例外。因为是半本族谱，所以从元明之后，有关慈姑汪氏的一些情况就变得不甚清晰了。对于任何逝去的光阴而言，今天的旧事重提，似乎都有着纪实与虚构的成分。历史看起来强大有力，但有时候却显得脆弱无比，当记忆消失的时候，也就是历史出现空白的时候。因为没有文字和传说，那一段时光便变得空茫而无意义。

到了我八十七世祖这一辈时，脉络又变得很清楚了，那是因为有记忆和文字可以摩挲。我大舅处现在还留有他曾祖父的诸多账本。我舅舅说他算是第九十世，那么八十七世就算是他的曾祖父。从舅舅的曾祖父往上数，有很多代，开始从慈姑走出去了，当了徽商，然后一直在湖州开着钱庄。到了他曾祖父那一辈，突然地就将全部资产变卖了，然后于某一天从湖州回到了慈姑，大兴土木，购田置产。那一年舅舅的曾祖父才36岁，年纪轻轻之时，就准备着颐养天年了。对于大舅曾外祖父如此不思进取，现在的家人分析，原因极可能是当时的太平天国战争，湖州一带成了战场,为了躲藏兵燹,便逃回了老家。这个说法似乎有一定道理,老人所处的时代,正是咸丰年间,社会动荡,浙江、江苏、安徽等地区都是清军与太平军交战的战场。但我固执地以为是慈姑的召唤,有一种冥冥之中的信息随他的血液流淌,以至于让他产生了回家的愿望。

在慈姑待上一段时间后,八十七世祖倒是颇为自得。但他的3个儿子,也即第八十八世祖这一辈,都没有读过多少书,有的还染上了很多恶习,家中的资产很快被挥霍一空。由于外公的父亲一表人才,当时徽州府一个姚姓官吏看中了他,将自己的女儿许配给他为妻。虽然姚氏女子异常聪明能干,但汪家还是日趋衰落。到了我外公这一辈,无奈的几兄弟只好在少年时期就远去江浙,给人打工,重新开始了汪家的"徽商"生活。到抗日战争爆发之后,日军进军江浙,外公等几兄弟又只好放弃了新开的店铺,重新回到了慈姑。

我一直不明白为什么慈姑这个弹丸之地竟有那么大的魔力。在那半本汪氏族谱中,曾经记载着"慈姑的八景",这八景包括:版塘云影、丛林巢鹤、西岭归樵、前村雪竹、金山夕照、石井寒泉等。这八景在我看来,实在是稀松平常。在皖南山区,似乎随处都有着这样的景观。而且慈姑属丘陵区,红土,树木少,尤其缺水,所以风景一点也不算优美。而 20 世纪 70 年代我来这里时,就更可怕了。当时慈姑一带正闹血吸虫病,村庄荒芜,人口稀少。那一年我只有十来岁,走在县城至慈姑的路上,但觉阴风扑面,两边几乎没有人,都是大片裸露的红土,还有红色的石头。目光所及之处,很难见到树木和森林,只有大片大片的茅草在疯长。那样的感觉就如同是浮士德走在地狱之路上似的。好不容易来到慈姑,但见村落真是太小了,似乎只有十来户人家,并且毫无特色。那一天我们在阴森森的堂屋里住了一宿,第二天,我吵死吵活地要离开慈姑。这个地方给我的感觉,真的就如一座孤零零的坟墓似的。

| 四 |

在了解错综复杂家史的过程中,我常常有如坠烟云之感。我想对于一个庞大的家族来说,最形象的比喻就是,家族就是一株不断长大的树,春去秋来,树繁新枝,叶生叶落。每一个人都是树上的叶子。生长一季,然后便翩然落下。叶子与叶子之间的关系,是要随枝枝桠桠走的。我的任务就是找到那些消失的,已经变成泥土的叶子之间的关系。

2002年冬天一个最寒冷的日子,滴水成冰,外公在歙县过世。我们全家人从合肥赶过去奔丧。今年秋天,我又去了慈姑一趟,并去了外公安葬的地方。外公的墓地在慈姑边一座小山坡上。在慈姑一带,似乎这座小山坡最高了,山坡上长满了松树以及杂木。在半山腰,并排躺着的,还有外公和他的几个兄弟的坟墓。离外公墓不远,有块荆棘丛生的隆地,是"汪氏祖墓"。很奇怪,在坟墓上还长有一棵粗壮的、叫作"百鸟朝凤"的树。我不知道这棵树的真正学名是什么。想想真是有意思,一个家族,在担当了守墓人之后,就一直定居于此,繁衍于此,终老于此,这需要多大的韧性与忍耐力呢,或者说需要巨大的麻木。这完全是一个徽州版的"百年孤独"!想起来似乎还真是这样,在慈姑这块地方的很多人,在骨子里都带有这样的成分:自尊、无聊、倔强、目光短浅、甘于平庸。他们一辈子的生活太狭窄,也太隐蔽。这样的情况,似乎是带有某种残留的。现在我明白了,这的确是一种守墓人的习性啊,是一种远古的记忆。这种守墓的意识,一开始是某种外部信号,是义务,是责任,而随着时间的延续,慢慢地就变成了一种习惯,变成了一种传统,变成了性格的组成部分,而最终幻变成了潜在的深层意识,变成了一种原始的回忆,变成了骨子里的血清或者微量元素。

写到这,我不禁哑然失笑,在我的血液里,也是残留着这种"守墓人"的意识的,那就是对于徽州文化的迷恋和沉耽。是拾掇也好,是追忆也好,是批判也好,都是剪不断,理还乱。从绝对意义上来说,也许我现在对于徽州的探究和写作,也是一种血液里的宿命吧,是一种前世的回光返照。而我更愿意从记忆中去倾听一种声音,从大理石的纹理中去发掘历史的图像。

是的,我就是这样一个守墓人。

中央电视台 20 集电视专题片
《徽州文化》解说词

| 一 | 寻梦徽州

乡愁,就像是一碗醇香的陈年老酒。20世纪60年代初,漂泊了近半个世纪的胡适,总是常常叨念着自己的家乡徽州,在那本《胡适口述自传》中,第一章的标题就是"故乡和家庭",接下来的第一句就是——我是安徽徽州人。在书中,胡适描述了很多关于家乡的事情,对于徽州的山山水水,这位儒雅的徽州人总有一种无法割舍的情怀。

徽州,位于安徽省的南部,从历史行政区划上来看,它长期领有歙、休宁、黟、祁门、绩溪以及婺源六县。安徽省名就是清初由安庆、徽州两府府名各取首字合成。现在,作为行政区划意义上的徽州已不存在了,但作为一个文化的概念,它不仅包含着过去的六县一府,而且还应该包含对徽州文化产生过较大影响的一些地方。

北宋年间,极富艺术气质的宋徽宗赵佶,将歙州改为徽州。他希望这一块地方可以享受太平安宁,甚至能体现着自己的艺术追求和人生理想。

徽州北有天下第一奇山黄山,还有被称为"五大道教名山"之一的齐云山,群山环绕中,秀美的新安江顺流而下。峰峦叠翠,村落绵延,如诗如画。由于数百年来一直免受战火和兵燹,这里遗留着相当完好的自然景观和民俗景观。青山绿水之中,点缀着粉墙、黛瓦、马头墙,更显清幽静谧。

早在南宋淳熙时代,《新安志》上对徽州就有"山限壤隔,民不染他俗"的说法,正是在这种相对封闭的状态中,徽州不受干扰地形成了自己富有个性的文化。这个看起来比较封闭的地方曾经相当开放。因为河流,徽州人很便捷地走出了大山,他们远贾异乡,奋战商场,在很长时间里创造了经济上的繁荣,也造就了徽州历史上奇特的徽商现象。因为徽商经济的发展,徽州变成了财富的聚集地。在明清时代,徽州曾有"海内十分宝,徽商藏三分"的说法。正因为相对发达的经济背景,徽州形成了自己独特的人文状态,形成了自己在建筑、文化、艺术、哲学、数学、医药等方面的辉煌,从而拥有"东南邹鲁""文化之邦"的美称。

曾有人在看过徽州地图以后形象地比喻,徽州看起来就像一把巨大的伞,黄山是伞轴,徽州文化则是伞骨,而徽州美丽的风光以及散落在自然之中的文化现象则是伞面。

（安徽省徽学会副会长　张脉贤）当时,我提出一个众星捧月设想,就是许多星罗棋布的人文景观、自然景观,烘托黄山这个月亮,这才是一个美妙的天体,这就是我们的精华旅游产品,而这个旅游产品的结构,怎么把它结构好呢？那就是把黄山当作伞尖,疏通渠道,形成网络,互相促进,共同发展,是这么一个指导思想。

当年的胡适博士可能没有想到,这一片曾经沉寂的土地在日新月异的今天,突然间变得异常火热。研究徽州文化的"徽学"一下子成为与敦煌学、藏学相提并论的地域文化研究的"三大显学"之一。每天,有无数游客以及文人学者拥向徽州,为这里钟灵毓秀的山川河流所陶醉,叹服这里博大精深的文化,迷恋当地人悠然自得的生活方式。人们在寻找徽州的真正内核,寻找她的精神和历史内涵,寻找她文化的历史意义和现实意义。

（安徽省徽学会副会长　张脉贤）徽州文化引起这么广泛的兴趣,是因为徽州文化它本身的丰富性、生动性、全面性,还有它的传承性。在一定程度上讲,有一定的经典性的内容,所以引起了各方面的重视。徽州文化在徽州这地方形成,又随着徽州人走向全国各地。徽州人的特点是面向全国的，而且是走向世界的。所以徽州文化积累了传统的优秀的文化，又不断地汲取各方面有积极性、有影响的文化，从而形成了一种中华文化中具有综合性的文化，在一定时期里来讲，它是代表了一个时代的先进的思想，所以更加引起了各方面的研讨兴趣。当然，还有一个重要的原因，徽州这个地方有大量的古建筑存在，古桥、古塔、古民居、古牌坊等将近2万多处。这些古建筑都是非常鲜明的、具体的、可见的徽州文化的教材。

这里有着优美无比的自然风貌，有着风格独特的民居村落，有着影响中国思想界上千年的程朱理学，有着在近现代产生了巨大影响的江戴朴学，有着曾经称雄中国经济界500年的徽商，有着新安画派、新安医学、文房四宝、徽派盆景……可以说，徽州是中国历史上遗留下来的一个保存完好的近古历史博物馆。它闪烁着文明的光晕，体现着岁月的痕迹，蕴含着曾经的田园理想。

对于很多人来说，徽州的一切就像是一个梦，只有在梦里，才会见到那么美丽的山水，见到那么灿烂的文化。徽州文化又好像是一面有着岁月的铜镜，虽然布满绿色斑点，破败衰落，但在这些历史的痕迹中，人们能发现一种独特的美丽。

二 神奇山水

徽州是异常奇特的,也是鬼斧神工的。那种美丽、宁静、神秘、自然和天籁,的确是这个世界上不可多得的。

在这片土地上,有神奇秀美的黄山,有重峦叠翠的齐云山,有烟雨迷蒙的新安江,还有翡翠一般的太平湖。

雄伟的黄山是群山之首。有人把黄山的精华归结于"奇松、怪石、云海、温泉"四绝,这里无处不石,无石不松,无松不奇,棵棵奇松破石而出;这里的奇峰怪石比比皆是,横空飘落,匪夷所思。云来时,波涛滚滚,弥漫无际,群峰忽隐忽现。至于温泉,已不仅是温泉了,黄山的名泉、名溪、名瀑都是奇观,"山中一夜雨,遍地是飞泉"。

曾有人这样评价说,很多山都是在外面看起来美,进山之后觉得不过如此。但黄山却不是这样,黄山是山外看着美,进得山后,会越发觉得美。黄山的美,不是静止的,而是运动的;不是单一的,而是瞬息万变的。春夏秋冬,黄山是不一样的;晴雨日月,黄山仍是不一样的。纵使一千次来黄山,也会有一千次不同的感受、不同的发现。初春,黄山云里花开,香漫幽谷;盛夏,黄山层峦叠翠,飞瀑鸣泉;金秋,黄山枫林似火,山花烂漫;严冬,黄山银装素裹,玉砌冰峰。

唐朝诗人李白,在游览这片壮丽山川之后,写下了"黄山四千仞,三十二莲峰。丹崖夹石柱,菡萏金芙蓉"的诗章,把黄山描绘得像金色莲花般美妙。明代地理学家徐霞客可谓是走遍中国了,在游览了黄山之后,他深深地感叹道:"薄海内无如徽之黄山,登黄山而后天下无山,观止矣!"20世纪30年代,黄山建设委员会负责人许世英进一步把徐霞客的意思阐述得更加明确:"五岳归来不看山,黄山归来不看岳。"对于很多人来说,未到黄山,黄山是一个奇迹;到过黄山,黄山是许多奇迹。未到黄山,黄山是一个谜;到过黄山,黄山是永远的谜。

黄山代表着徽州的山,它将徽州的山推向了一个极致。在徽州,每座山都有独特的风景,都有着独自的美丽,比如奇谲的齐云山、神秘的清凉峰、寂寞的牯牛降、峻峭的小九华。甚至,一些微不足道的山峦也都有着不同凡响的秀美之处。

徽州的水更具有意义,她是这块土地上最具有灵性的东西。在这片土地上,有美丽的太平湖,更有承载了徽州人文内容的新安江。太平湖静谧而单纯,就如同仙子一样降落在人间。而新安江则是徽州人的母亲河,也是徽州文明的月亮河。徽州地处深山,交通极为不便,正是由于新安江,才使得徽州四通八达。新安江把大量的徽州产品运出,又把大量的钱财以及山外的东西运回徽州。

清丽的新安江水,如绸如镜更像诗,她既湍急也静谧,碧波荡漾,细浪如纱。新安江的两岸处处是诗。唐代大诗人李白,对新安江一见钟情:"清溪清我心,水色异诸水。借问新安江,见底何如此。"而歙县籍诗人汪洪度的一首诗记载了送别亲人的一番感触:"渔火半明灭,海月上山背。家乡送别人,已隔青峰外。"

新安江就是这样在人们的颂咏中默默地流淌着,在她的两边,有着无数村庄,也有着无数小码头。正是由于新安江,串起了整个徽州,给徽州带来了繁荣、希望和不断更新的内容。徽州人是从河流边的小码头走出去的,那时往往是黎明或者傍晚,天穹之上一弯冷月,水面上雾霭朦胧,小舟缓缓地撑离岸边,游子含泪惜别,走向山外的世界。

徽州四季分明,气候适中,非常适合万物生长。竹、木、茶、麻、漆、果、桑,各种农林作物一应俱全。古徽州正是因为有着这些与山水相依的丰厚绿色资源,形成了独特的山区经济,才培育起淳朴厚重的山区地域文化。

也许有人会问,要是徽州没有蛛网密布的水系会怎么样?徽州的历史会改变吗?我们不妨设想下,假如没有水的流动,徽州必将是一个封闭的、没有生机的世界。而最大的影响将是心理上的,徽州人将失去温柔,失去细腻,失去智慧和诗情。

曾有人说,如果你要了解一个人,就必须到他成长的地方,看看那里的山水。我们也只有了解徽州的山水,才会明白徽州的历史,明白徽州的文化。徽州,所有的一切,可以说,都是这片奇丽的山水所赋予的。

| 三 | 民居建筑

有人说，建筑是凝固的音乐，也有人说，建筑是固体的文化，走进徽州，给人印象最深的就是优美的自然风光下徽州的建筑。从高空俯瞰，在青山绿水花丛中，总有黑白相间的老房子蹲伏其间。以黑白为底色的古建筑在青山绿水的背景下，就像是一幅幅清新淡雅的水墨画长卷。青山透迤，绿水蜿蜒，树影婆娑的水口，峥嵘矗立的牌坊，粉墙黛瓦的民居，伟岸宏大的祠宇，桥吐新月，塔摩苍穹。徽州，就像一幅宁静自得的桃花源画卷，也像是一座露天的古代建筑博物馆。

徽州的古建筑代表着历史，她饱经沧桑，又平静自得，有时候，她甚至像是老人，或者就是历史本身。从某种程度上说，老房子是有生命的，有着自己独特的人生经历，有着梦想和性格，更有着属于各自的神秘。

徽州老房子给人总的印象是封闭的。虽然它在表面上看起来是那样明快淡雅。徽州民居的外墙都是用砖砌成，表面涂抹白石灰，室内的间壁大都以木板构成，整个房屋是框架结构，很坚硬，也很牢固。徽州的老房子从不给人以华丽之感，它一概用小青瓦而几乎从不用琉璃，门楼和屋内的石、砖、木绝少用五色勾画，隔扇、梁栋等也不施髹漆。徽州就是这样的崇尚本色，大气而朴实，不动声色坚持着自己的审美观念。

从整体风格上看,徽州民居显得殷实而精巧,有点儒雅,更有点莫测高深。除了粉墙黛瓦外,在当地被称作"五岳朝天"的高低错落的五叠墙或马头墙,也以其抑扬顿挫的起伏变化,体现了徽州民居的独特韵律。这样的感觉就像由箫或者是由古筝奏出的曲子,余韵悠远。老房子屋角上的饰物也很多,总是有一些带点抽象意义的画,代表着吉祥和丰收,体现了农业社会人们的共同愿望。虽然每个村落基本上是同祖同宗,但在建房时依然不与邻共墙,这就形成了狭窄的小巷,仅容一人通行的一人巷也到处可见。曲曲弯弯的小巷纵横交错,相互连通,把徽州的村落,编织成形形色色的迷宫。

民居的内部,与"五岳朝天"并称的是"四水归堂",这也是徽州民居的主要特征。徽州民居往往在进门之后便是天井,天井居中,组成了整个房屋的结构。天井不仅仅有着肥水不流外人田的意味,更多的还是一种上古之风,也可能来源于中原一带原始人类的穴居方式。徽州民居的特点当然是徽州人意识和思想的体现。从建筑学的一般角度来说,徽州的古民居通常分为七个部分:庭院、大门、门厅、天井、厅堂、厢房、格门、格窗、屋顶、火巷。这样形式上的分类,可以让人们一目了然。

"有堂皆设井,无宅不雕花",这算是徽州民居的一个重要特点。"井"指的是天井,而"雕花"则是指徽州民居无所不在的"三雕"艺术了。跨进居室,目之所见,那华板、柱棋、莲花门、天井四周、上方檐条、沿口,下方石墙裙、屏门隔扇等等,都是一些精美无比的砖、木、石雕构件。徽州古建筑中剔透玲珑的砖、木、石三雕，可以称作民居中的精华，甚至可以说是民居中的眼睛。

三雕的内容包括：人物、山水、花卉、飞禽、走兽、虫鱼、云头、回纹、八宝博古、文字楹联以及戏文故事等，还有一些几何形图案，有写实具象的，也有写意、变形抽象的，可以说是无所不包。这些三雕艺术，是当地人生活的写实，带有强烈的地方色彩，体现了强烈的艺术创造力。

徽州人不爱露富，不张扬。从民居中也可以看出。徽州民居从外面看平淡无奇，但却极重视内部建设，那些精美异常的石雕、木雕和砖雕，都是建在屋内，愿意"锁在深闺人不识"，被主人独自欣赏，独自品玩。这当中除了具有一种审美意识之外，应该还有着一种狭隘的提防心理。

值得一提的是徽州民居的厅堂，庄重而严谨，散发着浓郁的书香气息。曾有人说，中国人的厅堂，就是西方人的教堂。这指的是它所承载的文化和教育意义。徽州民居简洁的陈设，书卷气十足的布置，宁静而不失庄严的氛围，包括各种各样的对联，都在传达着徽州人的理想和愿望，表达着人们对文化以及美好生活的追求和向往。

| 四 | 村落风水

清代尚书、徽州人曹文埴曾经这样描述过自己的家乡："青山

云外深,白屋烟中出。双溪左右环,群木高下密。曲径如弯弓,连墙若比栉。"诗情画意中,道出了古徽州村落的优美,向人们展示了一幅徽州村落美景长卷图。

文化气息和园林情调构成了古徽州村落的鲜明特色。从建筑的角度出发,徽州古村落一个首要的支撑点就是风水。由于程朱理学的影响,徽州人更注重从文化甚至是"天理"上去寻找并赋予自己的居所以哲学意义。在村落的选址上,格外注重地势、天时和风水。甚至连房屋的朝向,树木的选择,徽州人都异常谨慎。此所谓"无村不卜"。这样刻意的结果,使得徽州的每一个村落都有着近乎天成的框架结构。

风水的观念使得徽州建筑有着很强的概念性。比如黟县屏山村,在这个村落中的数百间民居中,只有一幢房子朝着正南,其他的则稍有偏向,有的干脆就是朝北。这种情况在徽州古民居中比比皆是。

古代把南称为至尊,皇宫庙宇都坐北朝南,民居朝南有欺君之嫌;从风水理论看,住宅选址要求"巽山乾向",根据《周易》八卦推算,巽为东南,乾为西北,这就是说住房以坐西北朝东南为好。风水理论还认为:南方"主火,火克金",没有财运;就谐音来说,"出门南(难)不可取"。对于风水的笃信与不同的理解,常常左右着徽州民居以及村落所具有的风格和特点。

由于出外经商的人很多,徽州民居中有不少反映了商人的自我保护意识。有很多民居的大门像是一个"商"字,暗藏着浓厚的聚财心理。而徽州民居中的卧房光线暗淡，不重视采光，幽暗迷离，除了防盗，还有所谓暗室生财的迷信。

又如黟县宏村，这个古老的村落在整体结构上构思巧妙，可以说是徽州村落建设的典范。它依山傍水而建，最令人惊叹的是，抓住了重要环节"水口"，截扼河水，让山涧之水顺坡而下，然后沿着每家房屋修建水渠，清澈见底的渠水可以从每户人家的门口经过，不仅方便了居民的生活，而且有利于民宅的防火。

宏村在整个结构上有点像"牛"，它有着"牛胃""牛腹""牛肚"，这里指的是蓄水的池塘；还有"牛肠"，那指的是通向住户的水道。这样的建筑意识，除了是对农业社会牛图腾的崇敬之外，还有着一种仿生的建筑方式，村落的布置巧妙地借鉴了牛的生理结构，浑如天成，精妙无比。

这样重视风水的村落当然不止宏村一处，黟县西递村的严谨，歙县唐模村的浪漫，洪村的精巧，都可以说是徽州古村落在建筑上的代表和典范。

徽州人爱山爱水，视绿水青山为生命。他们说新安江是自己的母亲河，太平湖是黄山的情侣湖，把进村的水流称为龙脉，格外珍惜。休宁县的陈霞村是一座绿水环绕的古堡，青山倒映在清澈的河水里，俨然是一幅美丽的图画，村民们说，祖上就贴过维护河水洁净的告示。乡规民约保护了龙脉，才有了人们在家门口的水圳里淘米洗菜涮手巾的民俗风景。黟县卢村还有一户人家，客堂里有一口水井，井口只有碗大，打上来的水清亮甘甜，仿佛是一杯冷饮。

"枕山,环水,面屏",是徽州古村落的整体要求。徽州古村落在总体上更强调人居与自然的紧密结合。除此之外,在村落与乡野之中,与民居相映生辉的,还有高高矗起的祠堂,伟岸恢宏的庙宇,飞檐翘壁的楼阁,参天屹立的宝塔,肃穆庄严的牌坊以及飞跨两岸的桥梁等,甚至有着浪漫宁静的廊桥,它们都是村落不可缺少的一部分。这些极具特色的标志性建筑与道路、河流、田地、山川结合在一起,构成了徽州整体上的优美风貌。

徽州古村落就是这样与山水自然亲切拥抱,宛如城郭,宛如园林,体现出优美的自然环境和浓郁的文化氛围。曾有人考证,陶渊明的《桃花源记》就是以徽州的自然和村落面貌为蓝本的。并且在现在的黟县,还发现了陶氏的宗谱,并居住着陶氏的后人。

在陶渊明的那篇著名的文章中,他这样写道:"土地平旷,屋舍俨然,有良田美池桑竹之属;阡陌交通,鸡犬相闻。其中往来种作,男女衣着悉如外人。黄发垂髫,并怡然自乐。"这样的景观在徽州随处可见。我们完全可以断言,就景色与民风民俗而言,徽州与陶渊明笔下的桃花源极为相似,徽州就是一个放大了的"桃花源"。

| 五 | 田园梦想

走进徽州,就如同走进一幅幅中国画:青山碧水间,群鸭戏

水,渔舟唱晚;土坡田野上,桑林滴翠,牧人归迟;炊烟袅袅处,隐现着小桥流水人家。日出而作,日落而息,躬耕陇亩,这是徽州人的一种长期田园生活方式。

但徽州人并不完全满足于如梦田园,祖上有训:"株守不可取也。"要走出去。外面的世界更精彩。走出去的目标是什么?有人把入仕列为首选,"庶民之业,唯仕为尊"。

(安徽省徽学会副会长　张脉贤)"三间茅屋书声响,放下扁担考一场",徽州人都有这种积极的思想,就是一边在劳动,只要有一点条件,只要有考试的机会,那就要去考官。在徽州来讲,考官是一种普遍性的、具有很大影响的、共同性的要求。

考不了官再"入贾"。有人甚至把"入贾"当作"第一等生业",恬静的乡村生活也是好梦,坐贾行商同样是好梦。圆一切好梦都必须知书达理,古徽州人都乐于用文化的形式来装饰着自己的梦。

我们看看被联合国定为"世界文化遗产"的黟县西递村。西递的兴旺,是数十代人艰苦创业才有的结果。当年靠经营典当铺和钱庄而成为江南六大富豪之一的胡贯三,和另外一些胡姓人物,如南飞的燕子回归后,在这个当时非常优美但又非常闭塞的地方大兴土木,建房、修祠、铺路、架桥,将这块地方建设得舒适、气派、堂皇。圆了一个"从商敛财、归隐行善"的美梦。他这样做,是荣归故里,追求风光,更重要的是他真正喜欢乡村生活,因而极其隆重地修筑着自己的家园。从民居的对联上便能看出他们寻梦的指导思想,"快乐每从辛苦得,便宜多自吃亏来","几百年人家无非积善,第一等好事只是读书"。

西递,历经数百年社会的动荡和风雨的侵袭,虽然半数以上的古民居、祠堂、书院、牌坊已经毁坏,但目前西递仍保留下数百幢古民居,在青山绿水中显得十分安静而悠闲。

曾有人说,中国人在文化思想上是亦儒亦道。这是说中国人一方面积极进取,另一方面又在骨子里喜欢逍遥,喜欢田园风光。从徽商的人生走向来看,这种说法相当有道理。徽商精心构筑自己的家园时,不仅仅是因为这些钱财难寻去处,实际上还有一个重要的原因,那就是"孝"。对父母尽孝道,对长辈重礼节,这是完美人生、孝悌家风不可或缺的。自然也是田园梦想所不可少的内容。

有个小村庄,名叫唐模。它是一个沿溪水而建的非常美丽的村落。唐模的整体布局匠心独运。在村口,有一座八角古亭,作为唐模村的水口。八角亭之后,是一座表彰该村进士许承宣、许承家的"同胞翰林"坊。再往里走不远,则有一片人工湖泊,这就是在徽州相当有名的"檀干园"了。

据说清代初期,唐模有一姓许的外出经商,在江南各地经营几十家当铺,但他的老母一直在家乡,年事已高,行动不便。孝顺的儿子便想将天下绝美的西湖搬到唐模,供老母游玩,于是便斥巨资挖塘成湖,垒坝成堤,叠石栽花,并模仿着西湖,也在湖中修建白堤、玉带桥、湖心亭和三潭印月等名胜。"小西湖"终于建成了,伫立堤畔塘隈,便可见湖中小荷亭亭玉立,小桥曲径通幽,亭榭池沼,药栏花径。老母因为有美景相伴,自然心旷神怡。

唐模村在结构上异常精巧。这显然是徽商们为了田园梦想而精心打造的。在当时那个农业社会里,从伦理上和心理上,人们都会表现出对土地的根本性依恋。只不过徽州人有足够的财富成为这种理想的身体力行者。

休宁县秀阳乡溪头村的"三槐堂",是一座气势恢宏的建筑,由于年代久远,风雨侵蚀,今天看来,已经破败不堪,可当初却是仿着皇宫里的金銮殿兴建的。据当地人介绍,当时,工程未了,便有人告状,说这家人胆敢犯上,私自建金銮殿。房子的主人赶紧在大殿左右隔出了两间小房子,说是厕所,金銮殿也就此改名叫"茅厕厅"。个中原因意味深长,对慈母尽孝,对皇帝尽忠,都在内了。"三槐堂"的主人花了大把大把银子,树起了 99 根柱子,尴尬地圆着忠孝两全的梦。

曾经有人批评徽商带有浓厚的腐朽性,没有将财富用于扩大再生产,只是用于修宅买地,挥霍奢侈,建造家园。这实际上是对徽商提出了苛刻的要求。从更深的原因上说,因为当时社会缺乏配套的法律制度,缺乏相关的经济政策与环境,世俗伦理也不相融。要指望一种经济现象超越社会背景是不适合的。

在当时那种社会背景下,徽商在赚得了一笔钱之后,选择隐逸之途是可以理解的,而家乡徽州,无疑是与山水对话的最佳所在。

徽州,就这样静静地躺在自然和山水之中,一代一代地做着田园美梦。梦并不是永恒的,当历史走上工业革命的轨道上时,天翻地覆,徽州的梦一下破碎了。然而今天,当我们走进徽州时,一种印象怎么也抹不掉,那就是,徽州的美是永恒的。

| 六 | 儒学沃土

在徽州,牌坊是与民居、祠堂并列的闻名遐迩的建筑。据考证,明清时代徽州一共有数千座牌坊,直到现在,仍存有104座。牌坊的意义有点类似西方的纪念碑,它用来旌表那些用传统价值观所判定的优秀人物。透过一座座貌似凯旋门的牌坊,能够透视徽州人的内心世界,洞彻他们的精神追求,从又一个侧面清楚地认识徽州文化。

在东距歙县县城12华里的棠樾村的大道上,屹立着明清时代的7座牌坊,它们都属于居住于棠樾村的鲍氏。3座建于明代,4座建于清代,无非表彰父慈、子孝、妻节。其中有2座是为女人而立的节字坊。

歙县妇女节烈之风特甚,据《民国歙志》记载,明清两代,仅棠樾鲍氏家族就有节妇烈女59人。在棠樾村,甚至建有一座国内绝无仅有的规模比男祠还要宏伟的女祠,女祠取名"清懿堂",取"品行清白,懿德美好"的意思,祠堂中,将棠樾鲍氏节妇烈女按世系顺序排列,让族中女性四时祭祀并奉为楷模。

徽州,不仅是财富的聚集地,而且有坚定信奉儒学准则、身体力行的群体。因为徽州正是程朱理学的故土。

朱熹,字元晦,号晦庵、晦翁,别号紫阳,他出生在福建武夷山区,5岁时跟随父亲回到徽州,一直到14岁才重回武夷山。歙县的紫阳书院,当年,朱熹的父亲就在这里读书。

婺源县的文公山,原名叫"九老芙蓉尖",在山林深处,至今仍完好地保存着朱熹第四世祖朱维甫妻程氏之墓,墓碑上的字是朱熹题写的。南宋淳熙三年(1176年)的2月12日,时年47岁的朱熹,率族人登山扫墓,亲手栽下象征24孝的24棵杉树苗,呈阴阳八卦形。借此表达对列祖列宗的大孝之心。历经800多年的风雨沧桑,尚存16棵。这16棵参天大树,如今已被誉为江南杉王群。朱熹的祖墓有好几处,而唯独此处的这些参天大树是朱熹留下的有生命的遗物。

朱熹在琢磨和探索自然的规律之后,真诚而旗帜鲜明地将一些社会的伦理定义为"天道""天理",人们应该"存天理,灭人欲"。这种思想在更大程度上与徽州的民风是极其合拍的,也符合徽州人的人生标准和心态。朱熹曾两度回徽州省亲,在徽州讲学。从南宋前期至清乾隆年间,新安理学在徽州走红了600多年,对徽州文化以及社会风气产生了很大影响。徽州人喜欢读书,徽商"贾而好儒"、讲诚信的风气,都可以说是受朱熹理学的重大影响。

但是,这种道德标准的过分强调,必然造成了情感的萎缩和人心的坚硬。在徽州,对于义理的近乎变态的迷信慢慢地形成了一种残酷的非人道标准,这样的结果,使大批"贞女烈妇""孝子贤孙"为传统礼教而殉身。当一种思想变为一种绝对的标准以强制执行时,实际上意味着真理已经暂身而走了。

位于屯溪隆阜的戴震故居,在喧嚣的城市边上,显得冷清静谧,不带尘烟。

(戴震纪念馆馆长　李明)戴震是清代著名的思想家、哲学家,同时,他又是一位考据学家和自然科学家。他的一生,在哲学、社会科学和自然科学方面,对人类的贡献非常大。

戴震,字东原,徽州休宁人,自幼生长在家乡。作为中国近古的一个大思想家,他的一生是很落魄的,直到51岁时,经《四库全书》总纂修纪昀的推荐,入《四库全书》馆为专职纂修。53岁那年,又赐同进士出身,授翰林院庶吉士职务。不久,因积劳成疾,戴震死于任上。灵柩由夫人率子运回故乡,葬于屯溪城郊8公里处的休宁县商山乡孝敬村山头。在墓碑上,横镌"隆阜戴氏",中主刻"皇清特赐进士出身,敕授文林郎,翰林院庶吉士,先考东原府君,生妣朱氏孺人合墓"。碑文是戴震的弟子、段玉裁的女婿,清思想家、文学家龚自珍的父亲龚丽正所题书。墓地周围，山清水秀，阡陌连绵，墓后层峦叠嶂，苍松滴翠。如今，为了方便游人参观，当地村民自发地组织起来，出工出钱，修了一条通往墓地的山路。

作为徽州骄子的朱熹和戴震，在各自的时代里，代表着时代思想的高峰。

（戴震纪念馆馆长　李明）在天理和人欲这一方面，朱熹呢，他是主张天理和人欲是对立的。天理和人欲也就是社会道德伦理和人的物质生活需求。戴震则主张人的物质生活需求和社会道德伦理不能分开。

他们之间的思想交锋，与其看作是一种思想的分歧，还不如看作是一种时代的进步。而且他们的思想实际上也有大同之处，都是希望人们能恰当地处理义理与利欲的关系，并获得幸福。从朱熹到戴震，我们看到了一种历史的趋势、历史的发展与社会的进步。

| 七 |　家族背影

这是一套似乎很普通的家谱，它来自旌德县的江村。1917年，清末翰林江志伊组织了大量人力物力开始编修，直到1926年

才得以完成。这套《济阳江氏金鳌派宗谱》清晰翔实，从地理、人物、世系、志传、墓志表等多方面记载了江姓的延脉。

20世纪20年代巴拿马万国谱牒大会上，《江氏宗谱》曾经作为中国历史文化的一种现象，和爱新觉罗家谱、曲阜孔姓家谱一道，被会议代表研究。江村人江亢虎博士作为中国代表参加了会议。

有谱在手，江氏家族的支脉分叶可谓一目了然："吾江氏系出颛帝玄孙伯益子玄仲，受封于江，今信阳东南有安阳故城，即其地也。"公元前623年，江国为楚国所灭，族人以江为姓，举族迁居济阳。又自济阳而临淄，自临淄而河南考城，自考城而汝宁江家宅，自江家宅而处州，而山阴，而宣城，而金鳌里，而歙州，而婺源，而浮梁，而贵溪等处，其居族迁移之不一也。

曾有人认为，中国人的家族制度在某种精神意义上相当于宗教。的确是这样，一个家族的形成和发展就像是一棵蓬勃生长的树，先是发芽，然后便是分杈，再分杈。树枝与树枝之间，叶子与叶子之间都有着千丝万缕的联系。

在徽州，几乎每一个姓氏都拥有清楚的脉络。徽州当地历来就有"徽州八大姓"和"新安十五姓"的说法，所谓八大姓，是指程、汪、吴、黄、胡、王、李、方诸大姓，再加上洪、余、鲍、戴、曹、江和孙诸姓，则称为新安十五姓。这些聚族而居的家族组织都有一部甚至数部家谱，每个徽州人，在这样的家族背景下，几乎都能对自己的来历如数家珍。

呈坎村位于歙县的西南部。这是徽州罗姓的栖集地。它同样也拥有着罗姓的家谱。当年,全体罗姓为了更好地进行管理,把自己的家族分为好几支,即一甲、二甲、三甲……每甲设置一个祠堂,即一甲祠、二甲祠……每个祠堂设立一个族长,由各甲人员推选而成。族长对全甲人员的教育、伦理、生产、生活之事负责,在此之上又设立一个部族长,对各祠堂之间的所有事情进行协调和总管。

祠堂可以说是徽州宗法制度的集中体现。祠堂是祭祀的圣坛,又是维系宗族团聚的纽带,是正俗教化,宣传农业社会道德观、人生观的地方,也是规矩行为、激励后进的场所。

(安徽省徽学会副会长　张脉贤)祠堂应该有五大作用,我们徽州祠堂是,当然全国的祠堂也应该是。一个作用,是祭祖,当然祭祖,不忘记祖先;第二,誉祖,这个很一致的,你自己过上幸福生活了,不要忘记祖宗做出的贡献;还有励学,族长把各家的子弟叫到祠堂来考试,考得不好,打你父亲的板子,子不教,父之过。使得我们这个家族都有一种好学上进的气氛;还有一个作用是议事,这也是一个议事厅;还有一个作用是执法,你这个子孙不孝、赌博,拉到祠堂里打他屁股。像这种群众自我管理的方法,我们现在很可以学习的,把乡村乡约、村民村约搞起来之后,我们政府管理基础就好了。

这座庞大的胡氏宗祠相当有名,它始建于宋,明嘉靖年间大修,主持修缮的就是当时的兵部尚书胡宗宪。它坐落在绩溪县瀛洲乡的一片开阔地上,环山抱水,坐北朝南,前后三进,由影壁、平台、门楼、庭院、廊庑、尚堂、厢房、寝室、特祭祠九大部分组成。宗祠采用中轴线东西对称布局的建筑手法,气势磅礴,蔚为壮观。

这样的宗祠足以显出家族的辉煌,也足以让子孙们产生一种荣耀感。跟所有家族祠堂一样,胡氏宗祠也有着天井,喻示着"四水归堂",但天井在祠堂里还有着更深一层的意思,那是象征着人丁兴旺,家族源远流长,如天水一样长流不息。

曾有人认为,汉民族经历了很多次外族的入侵之后,不仅没有分裂崩溃,而且还在很大程度上从文化上化解了这种入侵,促进了民族的融合,从某种意义上说,正是因为拥有一种严谨而周密的宗法制度。

不管这种理论是否正确,但可以肯定的一点是,这种宗法制度所具有的强大的凝聚力,那是外部暴力和打击很难割裂的。

在徽州,可以说,有村落的地方,就有祠堂,有祠堂的地方,就有族谱。有人说,徽州是中国近古农业社会最有秩序的一个地方。这秩序一方面是因为徽商积累的财富基础,另一方面,也是因为徽州所拥有的严谨的家族制度。正是因为这种秩序的力量,使得徽州人有着格外浓烈的"乡土之恋",它将浪迹天涯的游子与自己的故土,紧紧地联系在一起。

| 八 |　尴尬人杰

从歙县的郑村东行，有一个汪氏忠烈祠坊，这座牌坊以及坊后的忠烈祠，是用来崇祀徽州历史上最负盛名的人物，也是有着某种地方神灵意味的人物，那就是隋唐时期的"护国公"汪华。

一位徽学研究专家说："汪华是古徽州第一伟人。"把他名列徽州伟人之首，是因为他是一个对徽州历史有着重大贡献的人物。公元587年1月18日，汪华出生于绩溪登源。他3岁丧父8岁丧母，14岁拜南山和尚为师，隋末兵燹，天下动荡，他被众人拥戴，成为农民起义的领袖，自称吴王。汪华于武德四年（621年）自动放弃王位归顺大唐，促进了全国的统一。此后，他被唐朝授予歙州刺史，总管六州军事。公元628年，汪华奉命入京为官，官至"九宫留守"。公元648年病逝于长安，被封为"忠烈王"。按照他的遗嘱，尸体被运送到了歙县安葬。

由于相距的时代较远，在徽州，汪华更多地是以一种传说和偶像的形式影响着徽州文化。在休宁的万安镇古城岩上，就有过汪华的驻兵处，后来建有吴王宫。而在绩溪县登源河畔则有着建于公元980年的汪公庙，旧时，每年1月15日到1月18日，在庙前都要举行花朝会、舞龙、舞狮、玩花灯、唱大戏、放花炮以示纪念。

徽州人对汪华的崇敬意味着徽州人有着浓郁的英雄情结和

功名思想。而在徽州的历史上,还有一位农民起义领袖,却未能引起人们对他的更多的兴趣,他就是方腊。这位北宋末年的歙县人,曾在1120年10月率众在歙县七贤村起义,义军战火曾席卷江浙皖赣六州52县。他建立了"永乐"政权,自号"圣公"。1121年夏被俘遇害。方腊为正统思想所不容,因而在徽州的书籍中并没有给足地位。显然,徽州是在竭力回避着这个人物。今天看来,对于方腊既要肯定他的反对封建王朝的正面贡献,也要否定他干扰了当时的抗金战争和对平民的生产与生活的负面影响。

除了方腊之外,另一个赫赫有名、大逆不道的人物汪直也曾经让徽州尴尬。

歙县柏林的汪直墓,它建于2000年,是由日本福江市汪直的后人修建的。这些汪直的后人们同时还对柏林中心小学进行了助学捐赠。

汪直是歙县人,曾经是一个徽商。明嘉靖十九年(1540年),汪直率一帮人趁着海禁区松弛之际,带着明王朝严禁出海的硝磺、丝绵等商品,驶抵日本、暹罗以及西洋等国,进行贸易,成了一个海外大富豪,被称为"五峰船主"。这一行为很明显地触犯了明代的海禁政策,明王朝把他定为倭寇,予以打击。从而进行了长达十几年的战争。

一直到嘉靖三十六年(1557年),汪直才被他的徽州老乡、浙江巡按御使胡宗宪以诱降的方式捉住。

（安徽大学徽学研究中心副主任 卞利）胡宗宪来自徽商的故里，因为他也深深地知道，徽商的经营对当时社会发展还是有一定促进意义的。

无论是从老乡的情谊，还是从明王朝政策来说，胡宗宪是希望把这种海外贸易最后能够合法化，希望汪直能够从事一个正常的海外贸易。

由于明世宗和部分朝臣力主治汪直以死罪，所以他在杭州官港口法场上被处以极刑。

（安徽大学徽学研究中心副主任 卞利）因为明朝所实行的这种海禁政策，在今天看来应当说是违背时代潮流的。所以在他的前半期，我觉得他所从事的海外贸易，作为徽商的一个组成部分，我们应当给他一个充分的肯定。但是，他在建立宋政权，称"徽王"之后，勾结当时日本的武士、商人来对中国东南沿海进行疯狂的劫掠，使中国当时经济最发达地区的人民生命财产受到了极大的威胁。我觉得汪直作为一个徽州商人的性质已经发生了改变。

随着经济的发展以及国门的打开，秩序森严、伦理坚固的徽州开始了全方位的裂变。在清末，徽州又出现了一个让徽州尴尬的人物，那就是在民间传言曾阻止八国联军屠城的妓女赛金花。

（安徽省黟县地方志办公室　叶荫藩）赛金花原名郑彩云，12岁离开家乡黟县，到苏州去找祖母，祖母当时在苏州开当铺，家道衰落了，被后母卖到妓院里，改名傅彩云。

1887年，15岁的赛金花与48岁的前科状元洪钧一见钟情，被洪钧纳为妾，并随之出使俄、德、奥、荷四国。后来洪钧归国病死之后，赛金花重操旧业，才改名傅彩云为"赛金花"。1900年八国联军攻陷北京时，赛金花当时居住在北京石头胡同开设的"赛金花书寓"，曾与部分德国军官有过接触，而有关"妓女救驾"阻止八国联军的暴行的传言就产生于那个时候。

（黟县政协副主席　余治淮）应该说，这种说法在当时是颇为流传的。这中间最有代表的作品可能是刘半农先生的《赛金花本事》，因为在这个作品中，就介绍了赛金花时而是一个地位低贱的妓女，时而又是活跃在那些贵族阶层的公使夫人，时而是一个贫病交加的老妇人，时而又是调解清朝政府与八国联军之间关系的一个重要斡旋人。所以，赛金花这一生，应该说是非常富有传奇色彩的。

但即便如此，这样的传说还是让徽州尴尬无比。徽州人在很长一段时间内不愿提及赛金花。也可能是无颜面对"程朱阙里"

的徽州人吧，赛金花也始终不愿意承认自己是个徽州人。

｜九｜ 三雕艺术

黟县宏村的著名古建筑承志堂，是清末徽商汪定贵于清咸丰五年(1855年)前后营造的宅邸。据传，当时建造承志堂花去白银60万两，木雕上镀黄金100两。徽商在仕途无望的情况下，往往对自己的住所格外精心，毕竟，"兼济天下"的愿望不能实现，只好将满腔心思倾注在自己落根之处，算是"独善其身"了。

承志堂享誉天下的，就算是它的木雕艺术了，据说屋内的木雕由20个工匠整整雕刻了4年，由此可见整个房屋木雕的精美程度。悬挂在正对中门的前厅横梁上的《唐肃宗宴客图》，精美绝伦，层次分明。而中门上方面临厅堂处雕刻的《百子闹元宵》，场面壮观，线条清晰，人物神态惟妙惟肖。还有分布各处的《渔樵耕读》《金钩垂鱼》及《董卓进京》《长坂坡》《三英战吕布》等戏剧图案，构图丰富，雕刻精巧，让人叹为观止。

(休宁县文化馆研究馆员　张国标)徽州商人很有钱，房子不允许盖大，那么怎么办呢？要在房子上来体现他们的经济实力，怎么体现法呢？只有搞雕刻，在门楼上面用砖雕，在房子上面用木雕，在四周围墙那地方用石雕，在三雕上面下功夫，这样呢？它的工时自然就多了，它的价值也就高了。

不仅仅是承志堂，实际上在徽州，每一座古建筑都充分体现了徽州民间的木雕、砖雕、石雕艺术。这是民居大门上的砖雕，这些砖雕精美异常，在薄薄的砖面上，甚至能刻出七八个层次来，里面的人物，呼之欲出。

在黟县卢村，一座名叫志诚堂的木雕楼更是满目芳华。志诚堂为当年的徽商卢百万所建，整幢房子似乎都是三雕工艺品。登堂入室，到处都是精雕细刻的砖、木、石雕构件，琳琅满目，清新淡雅。尤其是木雕，更有着一种芳华绝代的味道，在这些精美的木雕中，有描写帝王将相与先贤事迹的，有描写民间传说和戏文故事的。这一幅木雕就是反映了当年陶渊明隐居的悠然生活，以荷叶做酒盏；这幅呢，描写的是当年伯乐相马的故事，不识千里马的人举起了鞭子，只有伯乐，才能真正懂得千里马，爱护千里马；姜太公钓鱼，愿者上钩；这是《西厢记》里的故事；这一幅呢，则是西天取经图，木雕中的师徒四人形象生动，仿佛随时都可以从木雕中跳出来似的。

这样的建筑在徽州并不少见。内敛的徽州人总是习惯于将最好的东西藏匿家中，然后幽闭在自己的小天地中，品味着三雕里的芳华和故事，做着功成名就的梦。三分追求，七分无奈。在绝大多数徽州人的一生中，这样的抱负只能与自己面面相觑，然后消失在逝水年华中。

这是绩溪县城内的周氏宗祠，周家祠堂建于明代嘉靖年间，清乾隆年间曾经扩建大修，现存面积为1200平方米。由影壁、门楼、回廊、庭院、正厅、厢房以及后进奉先楼7大部分组成，门楼为重檐歇山顶建筑法式，脊部花砖透雕竖砌，无数脊兽昂首站立。周家祠堂本身，就是三雕艺术的代表性建筑。所以，当地政府为了弘扬徽州的"三雕"艺术，在这里建立了一座三雕博物馆，在这里，更能系统地看到徽州三雕的全貌，见到一些徽州明清时代砖、木、石雕的精品。这些三雕精品，形式多样，种类繁多，有以各种几何形体为内容的，有以动物来表示生趣的，也有以谐音字来表示吉祥如意的，比如用喜鹊、鹿、蜜蜂以及猴子来表示"喜禄封侯"，还有"喜事连（莲）年""鹿鹤同春""三阳（羊）开泰""五福（蝠）捧寿""喜鹊登梅""岁寒三友"等。还有以石榴象征多子，以桃子代表长寿，以牡丹代表富贵。

在徽州，从事三雕艺术的民间艺术家的地位是相当低下的，虽然留下了不朽的作品，但他们的姓名却无从稽考。他们的高超手艺，他们对世界的理解，他们的热情，以及他们所表现的才智和创造力都只能隐藏在这些三雕艺术中，而他们的价值，只有在后人的评价中才能得到承认。徽州三雕艺术，是徽州民间艺术的奇葩，时间越长，将越显得鲜艳。

| 十 | 民间光华

这是安徽省休宁县的万安镇，是徽州罗盘的故乡。不要小看这些罗盘,它就是最初的指南针,是中国古代的四大发明之一。

最初,罗盘是用于航海以及地理风水的测试上的,在明代,徽商兴盛时期,曾诞生过大批海商,航行在东南沿海一带。因为徽商的发展,航海业以及建筑业的兴盛,徽州民间罗盘的制作也达到了很高的工艺水平。

这家罗盘店的祖先在明代就已经从事罗盘的制作了,然后世代相传,到现在已是第7代了。像这样继承和发扬祖业,有一技之长的人在徽州民间似乎很多,他们散落于青山绿水中,有的留下了姓名,有的连姓名也没有留下。但他们丰富了徽州文化的方方面面,这些民间文化,决定了徽州文化在整体上不单一浅薄,更像是一座埋藏着无限矿藏的宝库,博大精深,深不可测。

祁门县新安乡株林村余庆堂宗祠,祠的内部就是一座完整的室内剧场,祠的一端是高出地面2米的镜框式舞台,舞台两侧是封闭的副台,表演区的后面有化妆室,观众厅分为前低后高的两层,高层仿佛是楼座,两侧还有类似西式剧场的包厢。飞檐翘角雕梁画栋、藻井式彩绘、天花板装饰,把剧场装扮成花戏楼。这座砖木结构的古戏台,建于清同治年间,中西合璧的建筑样式,自然与祁门商人的见识有关。清光绪以前,"祁红"在东南亚及日本已经走红,祁商"贩茶浔沪""远客粤东"人数众多。于是把镜框式舞台、侧翼包厢、封闭式剧场这样的洋讲究搬进了深山老林的村落中。于是,徽州在静谧地向前发展时,总是时不时地在某一个旮旯里响起快乐的清唱和锣鼓声。

古戏台在"一府六县"的城乡里还不止一处。古徽州是中国的戏曲之乡，徽戏，流行于安庆和这里。乾隆年间，徽商把家乡的徽班带到扬州，户部尚书徽州人曹文埴，数次亲自操办了乾隆皇帝南巡，乾隆对徽商迎驾的徽班和徽园喜爱有加，当乾隆八十大寿时，四大徽班抓住了发展的好时机，从扬州北上入京贺寿演出，不仅红极一时，还为京剧的形成做出了重要贡献。

（安徽省徽学会副会长　张脉贤）四大徽班入京是从扬州北上的，不是从我们徽州入京的。我在和扬州人开玩笑说，为什么不叫扬班，而叫徽班，就是因为以徽州的戏曲为基础，是徽州人把它培养起来的，在徽商家里把它培养起来的。所以皇帝下江南，徽商一次一次地接驾，下江南的时候就看过徽剧。

同治年间，皖南的正规徽班和业余的"鬼火班"依然很活跃，"同庆""阳春""庆升""彩庆"是四大名班，百姓称它们为京外四大徽班。"庆升班"就是曹文埴的儿子、军机大臣曹振镛的家班子。更值得称道的是，祁门县还保存着中国戏曲的活化石——目连戏。

在2002年黄山市民间艺术文化周上，祁门县代表队就曾演出目连戏《起猖》，明朝祁门人郑之珍编撰了目连戏的剧本《目连救母劝善戏文》，台上演出的是最刺激的"跑五猖"的场面，人鬼同台,喷火烧冥钱。祁门县栗木村依然保存着目连戏的剧本、戏箱,这些演员都是村民,使他们引以为豪的是,如今还能上演这出古老戏剧中最惊心动魄的场面。

徽州还保留着明清乃至唐宋之前的很多遗风和古俗。这表现在婚丧嫁娶、生儿育女等各个方面,形式有歌谣俚语、竞技游艺,以及各种各样的风俗习惯,在这些民间艺术中,我们可以更清晰地看到徽州民风富有情趣的一面。

得胜鼓,长期流传在徽州的民间,起源于古代战争的击鼓助威、欢庆胜利。后来渐渐地发展成为在祭祀、庙会时的习俗,每逢一些庆典活动,都要打起鼓、跳起舞来。

跳钟馗,是傩舞的一种,徽州民间端午时,往往多借助"跳钟馗"来驱邪祈福。徽州的民间艺术还有:手龙舞、花轿、布龙、游太阳、十番锣鼓等等,这些民间艺术都是徽州民众真性情的流露,暗藏着古代徽州民众的生活理想,有着一种超越道德伦理正统文化之上的特点。

徽州就是这样的丰富多彩,在正统文化之外,在青山绿水之中,还有一种富有情趣的东西,像流水一样生动活泼,像空气一样无所不在。绩溪县伏岭下原本也是徽戏之乡,清道光年间,这里就有徽戏童子班,沿袭了一百多年。如今徽戏没有人会唱了,但人们常聚在一起唱唱京剧和黄梅戏,渴望找回戏乡的欢乐。这些民间文化所具有的实用功能、娱乐功能以及审美功能,就像是夹杂在主旋律里面的欢歌笑语,它增添了这块土地的灵秀,使得徽州有着更广意义的生命力和创造力。

｜十一｜ 文房四宝

伴随着徽州经济的辉煌,徽州文化也曾在相当一段时间里流光溢彩。这当中一个重要的标志,就是推进了作为文化载体的文房四宝的向前发展。徽州人在文房四宝上所作的贡献,就足以让世人仰视。

徽墨的诞生地即是徽州。据《徽州府志》记载,徽墨始创于唐末,易州著名墨工奚超因战乱,携子廷圭南逃至歙州,定居下来之后,重操制墨旧业。而后奚家制出"丰肌腻理,光泽如漆"的佳墨,被南唐后主李煜视为珍宝,遂令奚廷圭为"墨务官",并赐姓李。徽墨顿时名扬天下。自此以后徽墨制造变成了传统工艺,各朝制墨高手纷纷涌现,徽墨不断推陈出新。到了清代,徽墨制作出现四大名家,即曹素功、汪节庵、汪近圣和胡开文。

这是绩溪县上庄镇胡开文故居。胡开文本名胡天柱,生于乾隆七年(1742年),乾隆二十年(1755年),胡开文到了当时休宁县城汪启茂墨店当学徒,由于干活勤快、不怕吃苦,不久,被汪启茂招为上门女婿。乾隆四十七年(1782年),胡开文承继汪启茂墨店,后来将"汪启茂墨店"改名为"胡开文墨庄",开始了真正的创业之路。

胡开文自立旗号之后,精益求精,在创新上更是下了大功夫。

他摸索出了一套"岭耀彩"墨模,用它制出的墨,震动了制墨界和文坛。自此以后,他的后人将制墨业不断发扬光大,1915年所制"地球墨"获巴拿马博览会金奖,徽墨开始享誉世界。

歙砚的兴起与徽墨很相似。唐朝时山西人移民至徽州后,发现徽州一些地方的石头质地坚硬形态漂亮,于是尝试着用这种石头刻制砚台。据说,曾经有一方金星砚台传到了南唐皇帝李璟的手中,李璟一时惊叹,赞不绝口,连称"歙砚甲天下",歙砚也因此名声大噪。

歙砚的原料,产于婺源县龙尾山。龙尾山位于高山峻岭之中,交通闭塞。采石工人一锤一锤地凿,一镐一镐地挖,起早摸黑,甚至要冒着生命危险,将一块块石料运出山外,采石的艰难愈显出砚石的珍贵。

歙砚发墨而不耗墨,贮水而不吸水,润笔而不损毛,经久耐用,还有着质地细密、纹饰精美的特点。按天然纹理的不同,可将歙砚分为金星、银星、金晕、银晕、罗纹、眉子、眉纹以及玉带、紫心、枣心、豆斑、锦簇等名贵砚石品种。

歙砚对雕刻的要求也相当高,它要求制作者既要是雕刻家,又要是画家。

(中国歙砚雕刻艺术研究所所长　张建)在刻画人物上,能够把人物的神态和特殊的那种人物的感情栩栩如生地刻出来,所以有神似而不是形似,这是雕刻家最重要的一点,能够把人物的心理活动刻出来，这是很了不起的。

因为雕刻的眼上功夫最重，谋篇布局就如同在画一幅精美的画一样，而且只能一次成型，不能有丝毫闪失。

（屯溪三百砚斋主人　周小林）这块砚石有158朵梅，再加上它这种飞瀑流泉高山流水，它是目前歙砚老坑存世的最好最大的一块。这个世界上最好最大的一块，它好到什么程度呢？我和我的一些砚雕大师们不敢动刀，怎么去雕它呀，隔一阶段慢慢看吧，一定要有一个很完美的构图，然后才能请一些艺术家们来雕刻它。

雕刻的功夫主要在手上，手劲要匀，持刀要稳，下刀要准，推刀要狠，同时在布局上要掩疵显美，不留刀痕。徽州历代都出现过一批雕刻大师。他们的雕刻浑厚朴实、美观大方，图案均匀饱满，刀法刚健，体现了徽州版画的风格。它们中的精品，鬼斧神工，师法自然，堪称国宝。

文房四宝中的宣纸，就产在徽州附近的泾县。在民风民俗民情以及文化传统上，这里与徽州基本一致。宣纸的生产过程体现了较强的创造性和高超的手工技能。至今，徽州附近的泾县仍是全世界产量最高、质量最好的宣纸生产基地。徽州在南唐时也曾生产过著名的澄心堂纸。

至于文房四宝中的笔,在徽州以及附近一带,自古也有着制笔传统,据韩愈所著《毛颖传》记载,秦时大将蒙恬和王翦在中山地区采取以竹为管、兔毛为柱制作第一批改良的毛笔,而中山地区,正是指的皖南一带的泾县。自此之后,这一带的制笔工艺慢慢流传到不远处的浙江湖州。而湖州,同样也是徽商聚集的地方,因为有着广泛的买方市场,这才使得湖笔大为兴盛。中国的文房四宝,作为产地,徽州可以说占有"半壁江山"。另外半壁,与徽州或者徽州文化也有着密切的关联。

可以肯定的一点是,"文房四宝"的崛起和时兴,与徽商的"贾而好儒"有着相当大的关联。"文房四宝"之所以兴盛,是因为在徽州有着广阔的买方市场,有着雄厚的资金和舞文弄墨的文化氛围。同时,在徽商漫走全国的过程中,他们又将"文房四宝"作为随身物件或者馈赠礼品,这样也使徽州的"文房四宝"享誉全国。徽州墨砚笔纸所代表的成就,从另一个角度说明了徽州文化的辉煌,也意味着这块土地对中国文化的贡献。

| 十二 | 教育启蒙

清代三朝军机大臣曹振镛在《西递明经胡氏壬派宗谱》序中写道:"……山川清淑,风气淳古,弦诵之声,比舍问答,其人类无凉薄之心,而有士君子之行。"这么好的民风习尚绝不是天上掉下来的,而是文化的积淀、教育的成果。徽州教育源远流长,崇尚教

育遍及城乡,所谓"十户之村,不废诵读""远山深谷,居民之处,无不有师有学"正是这种风尚的真实写照。"五百年人家无非积善,第一等好事只是读书"。这副联语似乎已成为徽州人世世代代的家训,而现实也正是如此。

唐模村,是一座始建于隋唐、文化氛围浓郁的古村落,现在是全国文明村。这里许多孩子,从小还诵读《三字经》和古诗词。"日出而作,日落而息"的大人们生活往往是很艰苦的,难能可贵的是,许许多多家长非常理解"再苦不能苦孩子,再穷不能穷教育"的意义,因此,对孩子的生活与读书是竭尽心力的。

清朝末期,朝廷废除科举,倡办新学。徽州的一些开明儒商以及他们受过西洋教育的后人,积极响应,竭力支持,徽州成了安徽省办新学建洋学堂最早、最积极的地方。

这是绩溪县仁里希望小学,它的前身是建于1904年春的仁里"思诚小学堂",至今已有百年了,清末废科举,倡办新学堂,仁里开明的富商程序东、程松堂兄弟四人,认识到培养近代化人才的社会意义与历史作用,不惜巨资率先创建了由中国人自己开办的安徽第一所洋式小学堂;盖了三层楼房,种了名花珍树;聘了著名教育家胡晋接为堂长并掌管教务,教授国文,又邀请了留学生教数学和英语,发与同时期国立大学堂教授同等之俸禄。而筹款的四位富商却甘居祖宅陋室。在"思诚"的感召下,至1910年,绩溪县兴办了新学堂24所,为安徽省各县之冠。1905年,汪瑞英又在绩溪县城创办了城西女子学校,又开了徽州女性学校教育的先

思想徽州·徽商六讲 | 213

河。岁月沧桑,一个世纪过去了,思诚小学堂校园里,只有这棵保护起来的桂花古树,昭示着那段改旧学为新学的历史。

这是绩溪县上庄小学,师生们正在举行升旗仪式,鲜艳的五星红旗在国歌声中冉冉升起。农村小学的办学条件是有限的,然而,有着传统读书风气的地方各界,都力所能及地争取着办学的规范化。上庄小学的原名叫毓英小学,当年,胡适先生为了家乡的教育事业,亲自劝募基金创办,并担任名誉校长,聘请了名士胡近仁为执事校长,留学日本的鲍剑奴等人为教员。胡适每年从个人年俸中拿出100元大洋馈赠学校以充经费,直至1938年出使美国为止。

胡适对自己家乡的新学教育尤其关心,而他自己却是徽州旧学培养出来的。

私塾,俗称蒙童馆,古来有之。明清以后,由于徽商的青睐,私塾盛极城乡。上庄村先后有7所私塾,如今早已荡然无存。上庄人胡介如、胡禹臣先后担任过胡适的塾师,当年胡适在胡禹臣门下读书时,别人家要交先生2块银洋的学费,而胡适的母亲总要多交些。第一年就送了6块钱,以后每年增加,最后一年加到12块。这样的学金,在家乡要算"打破纪录"的了。其目的就是想让先生教胡适多学点知识。

胡传,胡适的父亲,也是胡适的第一位老师,他亲自为胡适编写了《学为人诗》的教科书,"为人之道,在率其性。子臣弟友,循理之正;谨乎庸言,勉乎庸行;以学为人,以期作圣"。从一开始就教胡适做人的道理。

　　教育思想家陶行知，对家乡乃至全国的新学教育都做出了很大的贡献，而他的童年也是在徽州读的私塾。6岁时，被邻村的塾师方庶咸相中，收为弟子，9岁时，被父亲带到万安，就读于吴尔宽经馆。现在的陶行知纪念馆，是陶行知15岁后就读的崇一学堂旧址，这是歙县最早的洋学堂了。进入崇一洋学堂，是陶行知一生中关键的一步，这使得陶行知在推行教育、行知合一上有着浓郁的宗教成分。两年学堂生活，可以说是陶行知命运和思想的一个重要转折点。

　　据史书记载，徽州州学、祁门县学是徽州出现最早的地方官学，村塾私学十分发达，文风鼎盛，人们对文字书画的爱惜非同一般。这是一幅"惜画图"，画面所要告诉人们的是，凡是写了字画了画的纸张都不能污秽，废弃的、破损的要捡起来烧掉绝对不能挪作他用。这些田契、状纸、契约、书籍、地图等，已是几百年前的文墨了，居然还保存得这么完好。

　　私塾与洋学堂的启蒙教育，直接关系到书院科举和近现代人才的培养。而私塾以及洋学堂的兴旺，则充分表达了徽州人崇尚教育的大众心理和文化风气。在徽州人的观念里，只有重视教育，徽州才有希望，只有重视教育，徽州这条河流，才会源源不断，生生长流。

十三　书院春秋

清光绪二十九年（1903年），清政府废了科举，徽州开创新学，不仅有初等教育，也开创了中等教育，尤其是民国之初，中等师范、初级中学应运而生。到20世纪末，有几所老资格的中学，已经度过了80岁的生日，正在阔步迈向世纪百年。这些老校因为有良好的教学氛围、优美的教学环境、高素质的师资队伍，从而保证了教学质量不断提高。此外，还有一种不可再生的教育资源，那就是校园里的古书院、古考棚等等遗存。

在休宁中学的校史馆里，悬挂着一块匾额，上面有四个大字——"斯文正脉"，这是休宁还古书院的遗物，休宁中学首任校长、著名教育家胡晋接先生亲自题款，把它当作"校训"保护下来。在胡校长的苦心经营下，学校曾获得"安徽学府"的美誉，蜚声海内外。

黟县中学里有一座碧阳书院，碧阳书院始建于明嘉靖四十二年（1563年）。老教师们说，这里原是一个庞大的建筑群，书院只是其中的一块。在这方石碑上，镌刻了当时建造这座书院的意旨、规条。书院右侧的崇教祠，和镌刻在墙垣上的门额"源头活水"四个字，都表达了徽州人尊师重教的大众心理，表达了徽州人对家乡弟子的希冀。

歙县中学的校门口，矗立着一座牌坊，这是清乾隆年间建造的"甲第坊",历代鼎甲:状元、榜眼、探花、传胪、会元、解元的名字都镌刻在上面,这自然与书院有关。而在校园的另一端的林荫处,就是赫赫有名的古紫阳书院的遗址,朱熹的父亲曾在这里读书。校内的明伦堂,还有着康熙御书"学达性天"和乾隆御书"百世经师"两块匾额,这些保存完好的文物,都显示了这个地方不同寻常的光辉业绩。

歙县雄村竹山书院的建造同样受助于徽商。寓居扬州的两淮八大盐商之一的曹堇饴富甲天下,曹堇饴读书不多,但却有着浓重的儒家情怀,在辗转病榻、弥留之际,曹堇饴再三嘱咐儿子曹景廷、曹景宸,"当在雄溪之畔建文昌阁,修书院"。

由曹景廷、曹景宸兄弟捐资建造的竹山书院终于建成了。族人立下规矩,中举的人可以在院内种植桂花一株,以示嘉勉。从建成到现在,园内已长有数十株桂树,平日里郁郁葱葱,到初秋之时,满庭桂花,香飘数十里,这香气,无形中也成了激发子弟的一种动力。

文昌阁,飞檐画栋,八面玲珑,阁高三层,每层每角都悬有铜铃,微风吹动,铃音回响,不绝于耳。

竹山书院在此之后果然出了不少人才。这当中最有名的当首推曹文埴、曹振镛父子尚书。曹文埴曾官至户部尚书,而曹振镛则官至军机大臣。

仅明清两代,雄村曹姓学子中举者就达 52 人之多,其中还有状元一人。这样的一个小小的村落,就因为有着书院,"英才辈出,人文荟萃"了。当然,在徽州,竹山书院只是一个缩影。据统计,明清两代徽属六县共有书院54所。

这是绩溪县上庄镇宅坦村桂枝书院遗址。据考证,桂枝书院建于宋景德四年(1007年),是安徽省建立最早的书院。

桂枝书院曾为胡氏宗族培养了一个又一个儒学人才。据统计,出现过20多位著书立说的人,有40多人中举人进士。中国新文化运动的领导人之一、著名学者胡适,也在这个书院里苦读过。

书院,作为府学、县学之外的私立教育机构,它最耀眼的作用就是向科举输送考生,一旦金榜题名,那将是人生命运的大转折。

矗立在歙县大街上的八角牌坊,就是为了旌表大学士许国而建的,许国就是科举出身的佼佼者,后来当上了皇帝的老师。

这同样是两座古旧牌坊,它们位于旌德县江村,这是一对"父子进士牌坊"。这两座牌坊建于明代,是为了旌表江氏48代江汉和49代江文敏父子而兴建的,横梁一面书"青云直上",另一面书"金榜传芳",都代表着徽州教育史上的一段辉煌。

在徽州,"连科三殿撰,十里四翰林",或者"一门九进士,六部四尚书"之类的科举故事,不胜枚举。

在徽州,书院与地方文化以及历史是密不可分的,可以说,书院所代表的教育,在相当程度上影响了地方经济的发展,也影响了地方的社会风气。同时,这种教育本身,还给徽州带来了丰厚的文化积累,不仅仅培养了人才,更重要的是,为这个地方积淀着底气,为这个灵秀之地,培养着一种人文力量以及地域灵魂。

│ 十四 │ 文化先锋

徽州给人呈现了一个矛盾统一体。徽州长期在崇尚儒学的背景下,不仅人才辈出,而且还造就了一种和谐安宁、理性平和的社会秩序以及重视人伦传统但却封闭、保守的心灵结构。在很长时间内,徽州都是在延续着传统,缓缓地踱步向前。然而到了19世纪末20世纪初,由于闭关锁国的大门被轰开,中国早熟的农业文明突遇西方工业文明的强烈冲击,一夜之间,天翻地覆。在新旧交替、传统尴尬异常的背景下,一些跨时代的人物挺身而出。徽州也不例外,它没有被时代扔在背后,在这片土地上由于裂变而诞生的人物,在中国历史上,有着举足轻重的地位。

胡适,中国新文化运动的主将,1891年12月17日出生于上海,1895年回到家乡绩溪县上庄。

胡适乳名嗣穈,学名洪骍,字适之,他的父亲胡传曾经担任过台湾的知州和统领。胡适幼年在家乡接受了9年的启蒙教育,传统的程朱理学在他身上有着深深的烙印。

1904年,跟很多徽州子弟一样,胡适从故乡前往上海求学,在那里,胡适接触到了严复翻译的英国赫胥黎的《天演论》,第一次接触到西方思想。1910年,胡适考取了庚子赔款第二期官费生赴美留学,在康奈尔大学求学,1914年获文学学士学位后,又去哥伦比亚大学攻读哲学,师从哲学家杜威,深受其实用主义哲学的影响。

（安徽省徽学会顾问研究员　郭因）胡适是一个很有学问的人，是一个学识渊博的人，他一生获得了36个博士学位，这个纪录是空前的，也可能是绝后的。

1917年1月，胡适尚在美国时，便在《新青年》上发表了《文学改良刍议》一文，被诩为文学革命"首举义旗的先锋"。1917年，胡适毕业回国，任北京大学教授，主讲中国哲学史。

（安徽省徽学会顾问研究员　郭因）他做学问的主要兴趣和主要成就是在人类思想史方面，他早年写的《中国哲学史》，尽管只有上卷，但是他运用了当时较为新颖的、较为合理的方法来做学问，这一点是划时代的。

1918年胡适加入《新青年》编辑部，宣传民主、科学，倡导反封建的新文化运动和文学革命运动，大力提倡白话文，宣传个性解放。与陈独秀、李大钊等同为新文化运动的领导人物。

（安徽省徽学会顾问研究员　郭因）对文学来说，他最大的贡献是首倡白话文，首倡文学革命，并且提出了新文学的八个要点。由于他这种主张，符合历史发展的大潮流，因此当时的文学革命很快就在全国普及了。

胡适幼时由母亲做主,与旌德县江村女子江冬秀订婚。1917年,胡适的母亲怕婚姻有变,假称有病急电召回在美国留学的胡适。胡适是一个孝子,当他回家得知事情真相后,虽然心中极不愿意,但也立即遵循母命,步行20来里山路迎娶了江冬秀。洞房花烛夜,胡适只是自嘲地作了一副婚联:"三十晚上大月亮,二十八岁老新郎。"

作为新文化运动的领导人之一,胡适与江冬秀这段旧式姻缘,虽一度出现波浪,但由于胡适性格宽厚,又能遵循传统道德,所以一直维持着这个旧式婚姻,一直到1962年胡适在台湾逝世。从这一点看来,胡适的确堪称"新文化的闯将,旧礼教的楷模"。

胡适就是这样一位充满矛盾的人。他的矛盾不仅仅体现在婚姻上,还更多地体现在他的一些文化主张甚至是政治主张上。这些决定了胡适是一个自由主义者,一个无党派人士,一个诗人,一个教授,一个实实在在做事的人,一个谦谦君子。这个徽州人的确继承了徽州的很多传统:读书勤奋,明白事理,温文尔雅,做事认真。

(安徽省徽学会顾问研究员 郭因)当然胡适也不是圣人,也不是完人,他不是没有可以非议之处,不是没有可以批评之处。任何人都应该是一分为二的,胡适也不能例外。

现在，胡适故居已按原貌修复。

（绩溪县政协副主席　罗晓锦）改革开放以后，在国家文物局的大力支持下，绩溪县委、县政府积极努力，恢复修缮胡适故居。这几年来，前来胡适故居参观的人络绎不绝。我们欢迎海内外各地的朋友来胡适故居参观指导。

胡适一生写了很多诗，在这些诗中，表达了对于爱情以及友情的歌唱，当然还有对故土徽州的眷恋。可能是因为胡适以及家人格外地喜欢兰花吧，胡适故居中的很多木雕都雕上了精致的兰花。在1922年的《新青年》上，胡适曾写过一首题为《希望》的诗中："我从山中来，带着兰花草。种在小园中，希望花开早。"胡适，就是带着徽州的兰花草走向世界的，他对于兰花草的思念之情，实际上就是拳拳的思乡之情。

| 十五 |　中华楷模

这座小山村是距离黟县县城数十公里的九都屏山村，它坐落在重重大山之中，安详而宁静，就在这里，诞生了一位现代史上著名的电影表演艺术家舒绣文。1915年7月，舒绣文出生在这里，一直到七八岁，她才随同父母亲离开这座小山村，来到了当时的

北平上学。青少年时,她就参加了进步的戏剧活动,主演了话剧《棠棣之花》,1932年进入电影界,主演了《一江春水向东流》等影片,与白扬、张瑞芳、秦怡一同被誉为三四十年代中国电影的"四大名旦"。抗战爆发后,舒绣文一腔热血,投身于追求光明和进步的文艺事业中。

徽州虽然地处偏隅,但她一直目光敏锐地关注着山外的世界,她的心跳似乎一直与山外的世界同步。在动荡不断的20世纪前50年,从这里走出的一系列人物,似乎都在中国现代史上有着较大的影响,值得缅怀,也值得追忆。

在徽州,还诞生了一位一直静悄悄地做着惊天动地事情的伟人,他就是平民教育家陶行知。这是一个无私的人,他所致力的,一直是推进平民教育和乡村教育,他以自己的人格和爱心在这个世界上不懈地努力着,他所做的一切,是最简单的,也是最根本的,是最平凡的,也是最高尚的。

陶行知1891年出生于歙县黄潭源村一个贫民家庭里,先在本村后到休宁县万安镇上了私塾,学习异常刻苦。由于贫穷,十来岁就不得不靠半工半读来继续学业。每天从十几里地以外的黄潭源村挑菜挑柴进城,卖完后才能到先生家上课。

1906年进崇一洋学堂,是陶行知一生中关键的一步。这使得陶行知在推行教育、行知合一上有着浓郁的宗教成分。少年时的贫苦经历以及对于人生的思考,使得陶行知成为一个虔诚的人道主义者,在他的思想中,始终将人的价值作为核心。两年的学堂生活,可以说是陶行知命运和思想的一个重要转折点。

(陶行知纪念馆馆长　左和平)在这里,应该是三年的课程两年就读完了,从这儿读完了这个学堂应学的课程以后,考入杭州,从杭州又到了南京,最后修业完毕。大学毕业以后,到美国留学,接受了中西合璧的教育思想。

1914年,陶行知在哥伦比亚大学著名教育家杜威门下攻读教育,遇到了徽州老乡胡适,成为同窗好友。1917年,陶行知返回祖国,在归国的海轮上,他踌躇满志地向好友表示:"我要使全中国人都受到教育。"

(陶行知纪念馆馆长　左和平)那么他在美国辛苦,这么留学下来以后,美国希望他能留下来,但作为陶行知来讲,他知道中国也需要人才,他毅然婉言谢绝了美国教育家杜威向他提出了高厚待遇的这么一个请求。回来以后,穿上布衣,套上草鞋,开始了我国的乡村教育。首先创办了晓庄师范,继而创办了山海工学团,创办了新安旅行团,创办了重庆的育才学校,创办了社会大学,开展了平民教育、乡村教育、普及教育、抗战教育、战时教育、民族教育等等。

经过几年时间的四处奔走,他把平民教育推广到20个省区,

《平民千字课》一书发行了300多万册,他在课本上写道:"我是中国人,我爱中华国,中国现在不得了,将来一定了不得。"

在多年的平民教育实践中,他还以自己的亲身经历纠正了杜威教授的一个观点。

(陶行知纪念馆馆长 左和平)杜威有这么两句话,学校即社会,社会即生活,那么陶行知把他的话给反了,社会即学校,生活即教育,他还在后面加了一句,教学做合一,这是陶行知教育思想里面的一个闪光的地方。

陶行知走上了一条艰难而快乐的道路。他以教育改造国民性的想法任重道远,为追求自己的理想而乐此不疲。陶行知推崇博爱,"爱满天下"是他的人生信条,并且终身恪守不渝。陶行知后来最重要的推动力量仍是博爱。可以说,爱是陶行知毕生事业的灵魂,陶行知的一生,正是努力描绘爱、歌颂爱、实践爱、创造爱的一生。1946年7月25日因教育事业与民主运动,使得他劳累过度,病逝于上海,享年56岁。

陶行知先生就这样为着实现他的理想而忘我奋斗一生。他想用一种水滴石穿的精神来改变中国落后的面貌,改变中国人的心灵状态。

"捧着一颗心来,不带半根草去"。这是陶行知的一句名言。从某种程度上说,这个徽州人是一个十足的理想主义者,他宅心仁厚，充满爱心，为了自己的信仰和追求矢志不移。这样的人，不仅仅是一个"人民教育家"，更称得上"万世师表"。

| 十六 | 智慧之光

这是位于黄山市屯溪区的一座普通的徽州民居。就是在这里，一位名叫程大位的徽州小商人发明了珠算的运算法则，这个一生未戴过乌纱的布衣，将中国的数学研究大大地推进了一步。

据《程氏宗谱》记载，程大位"精于古篆，善算数"。他少年时随父经商，足迹遍及吴楚地域。在商务往来中，程大位切身感到传统筹码计算的不便，决心编撰一部简明实用的数学书。40岁以后，程大位带着满脑子的数学问题回到了故里，20年以后，程大位终于完成了影响深远的《算法统宗》一书，计17卷。1598年，程大位又刊行了《算法统宗》的简明本《算法纂要》4卷，成为后世民间算家最基本的读物。程大位在著作中所叙述的整数、分数以及加、减、乘、除、乘方、开方等基本知识，在当时，都有着领先的地位。尤其是书中全面介绍了珠算及珠算的各种方法和归除口诀，具有相当的实用性和指导性。

走进珠算资料馆，最引人注目的就是形态各异的算盘了。置身其间，会惊喜地发现，一个小小的算盘居然成就了如此大千世界。丰富多彩的算盘，不仅仅是计算的工具，更可以作为徽州经济发展的一个见证物。这些算盘都诞生于程大位之后，它们的产生显然得益于程大位的珠算理论，同时也将程大位的珠算理论向前发展了一步。在徽州民间，似乎"高人"总是层出不穷，是他们在一定程度上使得徽州更加丰富多彩。

如今程大位故居所在的小巷，被命名为"大位巷"，故居附近的小学命名为"大位小学"，这所小学的学生运算能力之强，已名扬海内外。这是四年级的学生在上算术课，这样的速算水平，真叫人惊叹不已，不愧为程大位故乡的孩子。

程大位的《算法统宗》先后传到了朝鲜、韩国、日本、东南亚以及欧美各国。日本人把《算法统宗》作为国家珠算的奠基石，程大位被日本人推为"算神"。

在与算术紧密相关的经济领域，徽州还有一位人物，在济世措施上所表现出的睿智，引起国外经济学家的注目。他就是马克思在《资本论》中所提及的唯一中国人——王茂荫。王茂荫，1798年诞生于歙县南乡杞梓里一个徽商家庭。义成村这套房子，是他暮年返乡时买下的。王茂荫少年入私塾，曾就读于歙县城紫阳书院。先后中了举人与进士之后，一直在户部任职，直到50岁以后才被擢升为户部右侍郎兼管钱法堂事务，成为清廷主管财政货币事务的官员之一。王茂荫任京官前后达30年，历道光、咸丰、同治三朝，不携眷属随任，一人独居徽州会馆，以两袖清风、直言敢谏闻名。

（安徽省社会科学院研究员　孙树霖）王茂荫做官很清

廉,这个是大家都知道的,他一直住在北京的歙县会馆,后来有一段时间住在什么庙里。但是他一直没有带家眷,吃饭就在会馆里面吃大众的伙食,所以他一直到最后去世的时候,家里没有任何东西,除了买了一幢房子以外,没有任何更多的财产,为官是很清廉的。

关于王茂荫,最根本的一点就是,王茂荫在当时已经有了强烈的现代经济和货币观点。

(安徽省社会科学院研究员　孙树霖)在纸币与金属货币之间的联系,他虽然没有达到科学认识的程度,但是他已经在这个道路上前进了一步。王茂荫的观点虽然也是属于货币金属论思想,但是他没有被货币金属论的框框所限制,他前进了一步。他已经感觉到或者是模糊地猜测到金属货币跟纸币之间有某种联系。所以他一再主张纸币发行要限制数量。一旦不限制数量造成通货膨胀以后,他主张兑现。

在清咸丰年间,王茂荫旗帜鲜明地表达过自己建设性的意见。

(安徽省社会科学院研究员　孙树霖)他有很重要的两句话,"官能定钱之值,不能限物之值""钱当千、民不敢以为百,物值百,民不难以千"。这句话击中了货币名目论一个要害,货币名目论的要害就是混淆了价格标准和价值尺度的这一关系,这个批判是非常精彩的。

从对经济以及货币的理解上,可以看出王茂荫已经具备当时世界先进的货币和经济观念。

王茂荫就这样荣幸地走进了不朽的恢宏巨著,这是徽州人的光荣,也是中国人的光荣。对于这些影响着中国历史的人物,徽州人一直是有着浓重的感情的。

"江山代有人才出,各领风骚数百年。"这两句诗,用来形容徽州是再确切不过了。从朱熹到戴震,从程大位到王茂荫,可以看出,弹丸之地的徽州对中国历史特别是对中国文化的影响是巨大的,它甚至在某些方面决定了中国历史的走势。这是徽州不可磨灭的荣光。

| 十七 |　不朽丹青(上)

在古徽州,寺庙宗祠、楼台歌榭、官邸民宅、商铺酒肆,到处有字画。三雕艺术的形成也离不开字画,琳琅满目的妙笔丹青与金石雕镂,充分地反映了徽州文化的灿烂辉煌。当然,书画繁荣昌盛的重要因素首先应归功于徽商,是徽商为书画艺术的发展提供了厚实的经济基础,为书画艺术打开了通往山外的大门。

徽州的确给无数人以梦想，而梦想则是文学艺术的原动力。在瑰丽山水的映照之下，徽州历代文学家和画家层出不穷，尤其是画家，更如过江之鲫。

有人曾统计过，仅明朝万历年间到清朝乾隆初年，在新安区域，就曾涌现出来 300 多位画家。不单单在数量上，徽州所产生的一些画家，或者与徽州有着关联的一些画家，应该说在中国绘画史上，都有着相当高的地位。

徽州本地画派比较著名的是"新安画派"。

新安画派出现在明末清初，以徽州本地画家为主体，以黄山白岳及徽州山水为创作的主要题材，画风追求清逸简淡，意境崇尚幽远冷峻。关于新安画派的创始人，后人比较认同的是僧人渐江。渐江俗名江韬，出家后法号弘仁，明万历三十八年（1610 年）出生于歙县桃源坞。在歙县中学的运动场边，有一块石碑，上面刻着"僧渐江宅若米舫遗址"，若米舫是渐江的族弟也是他的学生江注的画室，江注的家就在歙县东关桃源坞。渐江自幼爱好书画，一直不婚不宦，潜心于作画，20 余岁就颇见功力，已在文友间作画酬答了。渐江 38 岁出家，其原因一半是对时政的鄙视，一半是为了清静地作画。为了绘画，他云游各地，返回故里后，便住进了寺庙。

歙县城西的西干山，早在唐朝，披云山麓建有僧院 24 座，香火甚旺，名太平兴国寺。太白楼记载了诗仙对披云山麓的游访，李白有诗曰："天台国清寺，天下称四绝。我来兴唐游，与中更无别。"清初渐江入住时,尚存僧院10座。渐江住在五明寺,他为自己的画室命名为"澄观轩",其意在"澄清自己的怀抱,以观圣人之道"。岁月沧桑,现在,寺院已经消失了。当时五明寺泉的泉眼还在。太平兴国寺有两处重要遗址至今保存完好,一处是长庆塔,另一处便是渐江墓。想当年,练江江畔,碎月滩中,渐江携友人欢聚,泛舟江上,饮酒作画,潇洒飘逸,别有情趣。练江,留下了大画家无数的欢乐和忧愁。

(黄山市书画院副院长　俞洪理)渐江在清初的画家中间,是被作为一个创新派的画家,不光是新安画派的奠基人,同时,又是清初四大画僧之一。他有一个很重要的特点:不是另起炉灶,不是那种蔑视传统否认传统然后来创新的,他是借传统来创新,这是在继承传统的基础上来创造的。他的绘画特点主要是吸收了宋元的东西,而且特别是倪瓒的东西,他对倪瓒的推崇,一直贯穿他的整个创作过程。他曾经有一首诗就写道:"迂翁笔墨予家宝,岁岁焚香供作师。"

渐江是画黄山的第一人,有画黄山的作品60幅。《黄海蟠龙松图轴》是他的代表作,构图中用干笔勾勒的矶石状石块,危峰孤峭,空阔孤幽,半株受尽风雨摧残的虬松,断臂残枝地盘绕倒挂而下,虽痕迹累累却不失倔强拗怒,欲腾欲飞,犹如得气而生。整个画面洁净无尘,静穆超然。渐江的画作一直呈现出一种"冷逸"和

"静寂"的风格,这也是渐江对人生和世界的理解。

（黄山市书画院副院长　俞洪理）明代是不重视写生的,一直到清初的许多画家像"四王",他们就是注重临摹。渐江是第一个提出写生的,而且他有一句很著名的话,就是"敢言天地是吾师,万壑千岩独仗藜"。

渐江以山水画作为自己的精神寄托,将中国的山水画推到了极致,他将山水与画与自己的生命交融在一起,在这种交融中,渐江也找到了生命的新况味。

与渐江同时被称为新安四大家的还有查世标、孙逸、汪之瑞,被后人看作新安派杰出画家的则有程邃、郑慕倩、戴本孝等。"扬州八怪"中的汪士慎、罗聘,也都是徽州人。除此之外,诸如萧云从、石涛、梅清等,都与徽州、与新安画派有着紧密的关系。无论是徽州人也好,或者与徽州有密切关系也好,这些画家的足迹遍及徽州的山山水水,可以说,正是徽州奇妙的山水,赋予了他们创作的灵感,赋予了他们生命的激情。

| 十八 |　不朽丹青（下）

中国的绘画艺术一向视天地自然为一大生命,而画家的最高艺术境界就是寻求自我与自然的和谐。新安画派对此理念的信

奉可以说是坚定不移的,浙江毕生都以"家在黄山白岳间"而深感自豪,他一再表达"敢言天地是吾师""黄山影里是吾栖",以此表达自己对于灵秀的徽山徽水的感激和虔诚礼拜。黄山白岳,壁立千仞,巍峨奇秀;新安江水,清潭浅滩,萦回明丽,山环水绕,岩壑幽邃,的确是一幅美丽无比的图画。

到了近代,在美丽山川的陶冶下,徽州更出现了一大批画家,他们活跃在徽州,也活跃在江浙、上海等地。当时沪上知名画家中,仅歙县籍的就有虚谷、吴鸿勋、黄宾虹、汪律本、吴淑娟、汪声远等,对海上画派的形成和发展,起到了推波助澜的作用。而这些画家当中,堪称一代宗师的有两位,一位是虚谷——"海上画派"的创始人之一;另一位,则是被称为"北齐南黄"的黄宾虹。

黄宾虹,1865年生于浙江金华,名质,字朴存,后根据原籍安徽歙县西乡潭渡村有座滨虹亭,而易名宾虹。小宾虹6岁学画,7岁能识千字,8岁开始诵读"四书""五经",11岁临刻邓石如篆刻石多方。他的聪明好学深得父母喜爱,宾虹后来写下了"幼承宗族贤,修业父母喜"的诗句,真切地表达了童年的幸运。为了应童子试,13岁的黄宾虹第一次踏上了回老家潭渡的路。父亲领着他,乘船北上,这是他第一次亲眼看见秀丽的新安江,看到渔翁打鱼,他欣喜若狂,父亲说"临渊羡鱼,不如退而结网";船工在激流险滩奋力拼搏时,他惊呆了,父亲又说"学如逆水行舟,不进则退"。年少的宾虹明白父言的寓意,把这一切都写入了《返徽日记》。数十年后,他的长孙和侄孙考入歙县中学时,他所赠两幅画的题字就是这两句。

虽是第一次回到老家,但他一下子喜欢上了徽州,而后的数年,他异常刻苦地攻读,17岁中秀才,23岁考中贡生。同时,他开始了绘画的实地写生。

1883年,18岁的黄宾虹首次上黄山,黄山的美丽使他豁然开朗,也正是因为黄山的美使得黄宾虹立志要当一名画家,完成自己生命与自然的对接与融合。

从18岁到71岁,黄宾虹九上黄山,他心系黄山情注黄山,创作了许许多多的描绘黄山的诗和画,其得意的印章刻的五个字是"黄山山中人"。他自拟的一副长联:"九次上黄山,钩奇峰,钩古木,作画作狂草,洋洋洒洒,浑浑噩噩;一生堕墨池,写金文,写大籀,以斜为正则,点点斑斑,淋淋漓漓。"这里有诗人的理想、画家的追求,也深深地蕴含着大师对家乡的依恋。

黄宾虹一生在许多地方留下足迹,1886年,21岁的黄宾虹抵达扬州,广泛接触扬州名画,并师从扬州老画家郑珊、陈若木等,对绘画有了切身的感悟。1906年,41岁的黄宾虹在歙县新安中学教书,与当地的一些书画名流切磋书画艺术,这一段时间他对"新安画派"的理解大有精进,绘画创作也有颇大成就。1907年至1937年,整整30年,黄宾虹一直居住在上海,其间,中国艺术专科学校成立,他曾一度担任校长。在此期间,他曾多次游历徽州,并跑遍全国的名山大川,他的画作,也达到了炉火纯青的地步。1937年5月,黄宾虹受聘于北平艺术专科学校,为该校教授中国文学和美术史,这时候,他已是72岁的老人了。

之后的10年是他绘画中最为灿烂的阶段,他认真总结了自己几十年游历名山大川后所获得的经验,家乡徽州的山水神韵,对他的创作尤有至关重要的影响。曾有人赞叹说:"先生七十后,夺得造化的精英;图写自然,千笔万笔无一笔不是。年过八十,尤见精神。"

(中国美术学院教授 王伯敏)都知道黄先生有学问,黄先生的根底非常好,可是没怎么表现出来。你70岁了,无非就是一个画家,到70岁之后,到了75岁,到了80岁,从他自己的思想上讲,他有体悟。从变法上面来讲,叫晚年变法,许多有名的有研究的山水画家对黄先生都是非常尊重的。推动他在晚年的变法,在晚年能够这么个变法,确确实实是他自己的根基打得好。

由于长期喜爱面对自然,黄宾虹具有极其开阔的胸怀,而在不阿时俗方面,则具有执拗的个性。黄宾虹曾多次慨叹自己的画要过30或50年后才能为世人理解,在黄宾虹的画作中,可以说寄寓了他对人生和世界的独特感悟。而最根本的原因也许是他的心中有着家乡灵秀无比的山水,正是这种对家乡山水的直接感受,造就了他那高妙的艺术境界。

在歙县潭渡黄宾虹故居,"怀德堂""铸园"留下了他年轻时的人生轨迹。

有人曾这样评价黄宾虹的画:"若论才情之旺盛,黄宾虹不如齐白石。若论思想之谨严,黄宾虹不如潘天寿。然而,要论体悟之深邃,则谁也不如黄宾虹。"他那混迹于笔墨意象、会心于艺术真谛而不知老之将至的"个体特质",寓含着人在不断追求美时所焕发出来的灵性之光。有了这种灵性之光,作画便可从心所欲不逾矩,从而达到了一种天地之境了。

当然,这种"曲径通幽处,禅房花木深"的文化背景,正是徽州所给予的,徽州一直有着感悟自然的传统,因为它直接地面对着自然,它美丽绝伦的自然环境,更容易让人悟到自然的精神。

如果了解了这一点,就会明白黄宾虹所具有的独特气质,也就会理解大师画作的一脉渊源了。

| 十九 |　纵横徽商(上)

文化的繁荣和兴盛是离不开经济基础的,对于徽州来说,这一切也不例外,正是因为近古时代徽商的崛起,造就了徽州经济的空前繁荣,也成就了徽州文化的辉煌。

徽商的兴起乃是时势的产物。

(安徽省徽学会副会长　张脉贤)明代已经出现了资本主义萌芽,大量的作坊出现,大量的交换出现。所以经商就随着这个形势的发展而兴起,徽商正是适应了这么一个形势而兴起,所以徽商当时应该有一定的先进性。徽商(如果)不是一个先进性的代表,是不可能这么发展起来的。所以,从社会发展(方面)讲,徽商是好的,是适应潮流的。

从明朝中叶起,徽商的兴盛一直持续了300多年,形成了中国历史上一个奇迹。关于徽商的兴起原因,曾有着各式各样的推论。

(安徽省徽学会副会长　张脉贤)徽商为什么要出去?这也是徽州文化中引起的许多争议的一个问题,有人说,是因为徽州这地方山多,太穷了,要出去。这样讲,可以说不是一个原因。但是,徽州这地方大部分人来自中原,他本来或是他自己,或是他祖上就知道,外面还有很大一个世界,外面的世界很精彩,所以有这么一种发自内心的主观愿望的这种需求,要打出去。

徽商的去路主要有四条:一是东进杭州,入上海、苏扬、南京,渗透苏浙全境;二是抢滩芜湖,控制横贯东西的长江商道和淮河两岸,进而入湘、入蜀、入云贵;三是从大运河北上,往来于京、晋、冀、鲁、豫之间,并远涉西北、东北等地;四是西进江西,沿东南进闽、粤,有的还以此为跳板,扬帆入海去日本从事对外贸易。

徽商的经营范围先是本地生产的茶叶、木材和文房四宝，而后贩卖外地的粮食、棉布、瓷器等，然后再是"奇货无所不居"。在明代，最大的徽商已拥有百万巨资，超过1602年荷兰东印度公司最大船东勒迈尔的实力；在清代，徽商的商业资本已激增至千万两之巨，其经营的资本额，已达到了当时商业的巅峰。

徽商可以说又成为一个系统。在文化上，徽商也有一整套的理念；在架构上，徽商普遍带着一种血缘和地缘关系，外出闯荡往往是父带子、兄带弟，亲帮亲，邻帮邻；在经营中，徽商尤其注意商业道德，讲究"以诚待人，以信接物，以义为利，仁心为质"，形成了"严格管理、勇于竞争、借助政治、建立垄断"的经营风格；从出身上说，徽商奉行"以儒为体，以贾为用"的信条，追求儒为名高，贾为厚利，儒贾结合、官商互济，因而形成了贾而好儒、弃儒为贾、亦贾亦儒的重要特色。

时年76岁的罗时雨老人可以称之为"最后一代老徽商"了。

（老徽商　罗时雨）我是16岁在渔梁坝坐船到金华的，到了金华以后，就在金华人开的一个百货店里做学徒。

记得当年走的时候，周围邻居以及亲友对他都抱有很大希望，希望他在外成就一番事业。这样的希望并不是奢望，因为左右的乡邻们都有着这样的榜样。而他在背着行囊上路时，也背着沉重的无形的压力，他在外面兢兢业业地当着一名伙计，忘我地进行着积累。

(老徽商 罗时雨)抗战了,日本人打到金华。我就跑了,从金华白山翻山到旌德就回家了,回家以后第二年,我又到浙江临安县做伙计,那个时间长一些,一直帮工到抗战胜利,我又到杭州,杭州解放以后,再回来,在歙县的百货公司一直工作到1990年65岁退休。

公有制实行了,罗时雨不得不放下了自己的老板梦,当了一名小职员。罗时雨一直对自己的人生有着一种不服气的感觉,可以说,作为最后一代老徽商,他奋斗了,但由于"时也势也运也"的缘故,他并没有实现自己的抱负。

当年徽州人到江浙地区谋生,主要道路有两条:一条是从新安江到达浙江省建德、淳安,然后到达杭州,再转到苏州、上海;一条则是走陆路,即所谓"徽杭古道",翻山越岭,从现在的绩溪县逍遥乡境内,到达浙江的临安县,然后再走向浙江的其他地区。

当年的"徽杭古道",是徽商出外的一条重要的道路,现在,这条山路显得寂寞而冷清。当年,很多徽州人就是从这里步行上百公里走到浙江杭州的。"徽杭古道"的关口,就是"江南第一关",只要过了这一关,就算是离乡背井、飘落他乡了。

想当年,外出的徽州人在这里伫立时,应该是别有一番滋味。今天,这些杭州的年轻人翻山越岭徒步旅行,只能体验当年徽商出门的艰难，但却难以体会当年徽州人外出时离乡背井的心境了。

当年徽商从水路下江浙有一个重要的码头——渔梁。当年徽州有八景，"渔梁送别"就曾被列为一景。时人有诗描绘道："欲落不落晚日黄，归雁写遍遥天长。数声渔笛起何处，孤舟下濑如龙骧。漠漠烟横溪万顷，鸦背斜阳驻余景。扣舷歌断频花风，残酒半销幽梦醒。"诗中所用的意象，真实地记载了当年徽州人下江浙谋生的悲壮心境。"前世不修，生在徽州，十三四岁，往外一丢"，这首民谣，即是徽州人出外经商的真实写照。

| 二十 | 纵横徽商（下）

对于绝大多数徽商来说，家乡徽州即是他们的起点，也是他们的终点，而他们的漫漫经商路，却是在外面的世界里进行的。

我们来到了绩溪县的胡里村，这座现今破败的小村落毫不引人注目，但"一代巨贾"胡雪岩就出生在这里。胡雪岩很小的时候就到了杭州阜康钱庄当学徒，由于他勤奋，肯吃苦，慢慢地被擢升为"跑街"，并于咸丰十年（1860年）继承了没有子女的店主遗赠的产业，并有了后来的发展。

在杭州，还有另外一个徽州人也很有名，他曾创立了全国闻名的张小泉剪刀。张小泉是黟县人，小时候跟随父亲来到杭州，最初干的是打铁的苦力活，日子过得拮据惨淡。但他努力钻研，靠着勤劳、精益求精以及苦心经营,最后获得了成功。

徽商就是这样一步一个脚印地创造了自己的发家史。晚年的胡适,在给《绩溪县志》题词时,曾极富感情地写下了"努力做徽骆驼"几个字,艰难跋涉的"沙漠之舟",算是对徽商的最好比喻。

无论是从最开始的打工,还是到后来的自己当老板,徽商都恪守着一些重要原则:一是勤劳,二是诚信,三是节俭。这些都是老徽商重要的品质。

时年79岁的方念裕老人,是徽商世家出身,20世纪50年代曾任浙江兰溪祝裕隆布庄末代副经理。

(兰溪市工商联副秘书长　方念裕)我的祖父在清朝咸丰年间,就到兰溪来经商了,我的父亲后来也在兰溪经商,当上了布庄的经理。据我所知,祝裕隆布店所雇用的员工除炊事员以外,都是徽州人,那时,在祝裕隆布店里面,都是讲徽州话。祝裕隆布店在近百年里雇用的徽州员工,没有一个贪污渎职的,对老板忠心耿耿。

在胡庆余堂,店堂内高高悬挂着两块巨大的金匾,一为对外的宣言:"真不二价";另一为对内的警戒:"戒欺"。"采办务真,修制务精"是胡雪岩的办店宗旨。胡雪岩的从商思想代表着徽商的"商业理想",这哪里是商人呢,分明是一群文人,他们都有着自己的精神追求,有着自己的梦想。

清朝中期,扬州曾是全国经济最发达的地区之一。创造扬州辉煌的人,有很大一部分,就是徽商。当时在扬州,徽州盐商名列八大商种之首,代表人物声名显赫:有以布衣上交天子的歙县人江春,有热心文化事业、创建当时全国最大文艺沙龙的小玲珑山馆主人祁门马曰琯、马曰璐兄弟,有一文钱起家的鲍志道,还有首创慈善基金、时称"汪项"的汪应庚。这些,在当时李斗的《扬州画舫录》以及吴敬梓《儒林外史》中,都有着活灵活现的描写。

(扬州学研究会会长 韦明铧)从历史上看,徽商到扬州来经商,一共有两次商潮,一次是在明代中叶以后,一次是在清代中期。我们今天讲的扬州盐商,主要指的是徽商,徽商在明代的时候,拥有财富很多,达到三千万两白银以上。到了清代的时候,凡家产在百万以上的都算小商人了。徽商的财富与国库里的基本相等。拥有这样丰厚的财富对扬州的经济文化、社会各方面的发展都起了非常重大的作用。今天,我们所看到的扬州文化,在建筑、在文化、在戏剧、在书画以及工艺等方面的成就,可以说都离不开徽商的贡献。

这是扬州瘦西湖畔的白塔,整体造型优美,雄伟古朴,酷似北京北海公园的喇嘛塔。相传此塔是一名叫江春的徽州盐商所建。由此可见当时徽商财力的雄厚。

徽商在扬州留下了很多来自家乡的痕迹。许多保存下来的盐商故居都有明显徽派建筑的特色。著名的康山草堂和小玲珑山馆虽然觅不到踪影，但平山堂"新安汪应庚"的石刻大字仍然在那里昭示着曾经有过的历史。小玲珑山馆因玲珑石而得名，而这块石头如今仍被完好地保存着。

扬州的古巷就像是悠久的历史，曲曲折折，幽秘深邃，隐藏着无数苍茫而寂寞的故事。

这座小苑的主人姓汪，曾是当年的徽商。现在看来这座小苑仍显得相当精致漂亮。小苑占地3000多平方米，建筑面积约1580平方米，存有老房近100间，横为3路，纵为3进，中轴相贯，两厢相对，有供小孩读书的春晖室，有供长辈活动的树德堂，还有正房、耳房、船厅、边廊、浴室、仓库等。

（扬州汪氏小苑主人　汪礼彦）我的曾祖父因太平天国战乱，逃难到扬州，生了我的祖父叫汪竹铭。汪竹铭在年轻的时候就进入了源和祥盐号打工。因为在盐号比较有能力，得到东家的赏识，自己继续发展，最后成了一个了不起的人物。

清朝后期，旌德地区饱受兵燹，汪礼彦的曾祖父、曾祖母无可奈何只好来到扬州，那时他们才20岁左右。与他们一道前来的，还有大批旌德人。

(扬州学研究会会长　韦明铧)在扬州的徽商中,来自旌德的商人力量最强,扬州人把他们称为旌德帮。现在扬州还存有两所旌德会馆的遗址,让我们可以想象当年旌德商人在扬州的气势。

然而,当时的政治和经济环境已决定徽商的风光不再。扬州徽商的辉煌在皇权取消了盐商对盐业的控制之后就开始走下坡路了。不久,鸦片战争爆发,经济的重心从内陆转向沿海。慢慢地,在扬州,徽商沉沦了,又很快消失了,消失得无影无踪。现在老徽商所留下的,只是在家乡或者异乡的一些碎片,当年的风流和逸事,以及努力和艰辛,已如残存的旧书一样,封存在当年的老宅里。

徽商六讲

序

讲徽州文化与徽商精神,从哪讲起呢?

我是最怕讲课的,怕讲的原因有二:第一,我的口才不好,普通话说得不好。现在很多电视节目都办讲坛,社会上也涌现了一些讲坛,但很多人讲的风格哪像讲坛呢,最多只能算是评书。历史的本质、真相、规律与精神,都不讲,就讲故事,讲得眉飞色舞,口若悬河。我没有那个本事,所以我不喜欢讲。前几年我的拙作"晚清二部曲"系列出版后,在全国影响还不错,很多在国内颇有影响的讲坛节目的工作人员跟我联系,让我去试镜,我都推脱了。我的一些朋友跟我开玩笑,说你不去也好,去了也选不上,为什么?他们说纪老师长得多有特点啊,普通话也好,字正腔圆。可你呢,比纪连海长得周正多了,电视效果不会好。当然,这是玩笑话。我的普通话没有京腔,我也不会讲评书,不会讲故事。还有,我怕上电视,有摄像机对着,不能乱讲,一讲,就"人赃俱获"。加上也没时间,要上夜班,要为稻粱谋,我就不上那些个节目了。第二,虽然我生长在徽州,对于徽州不陌生,有记忆,有感觉,也有认识,但要让我完整地、清晰地描述、再现徽州,特别是用口头表达的方式来给徽州贴标签,我贴不好,也把握不准。徽州博大精深啊,佛教中有"非我非非我",是两层否定,左右不是,就是说不能说,一说便是错,一说就是离原来的意思远了。那种自我的体验和感悟,用语言一表达,就隔了一层,一说便错了。

"徽州文化"这个提法,本身来说,也许就是不准确的。文化不宜分得太细,它本来就是一种大而化之的东西,就像我们头顶上的云彩,就像空气,它是一团一团流动的,不可以太具体。我们可以说黄河文化、淮河文化,但不能提得太细了。太细了,搞一一对应,搞刨根问底,搞求证,就不对了。徽州文化,是隶属中国南方东南部文化的。浙江西南部、江苏西南部、皖南以及赣东北地区,由于地域相连,在很多习俗文化上都有着相近的地方。比如说,建筑上的马头墙和天井,这一带都有。可以说,这不完全是徽州的特色。而且徽州建筑,很大一部分是徽州商人有了钱之后,请了浙江东阳等地的木工、瓦工来徽州建房,建的房子是什么样?就是参照苏南和浙江等发达地区的模样。你说马头墙和天井是徽州建筑,本身是不准确的。你看浙江金华附近,有一个诸葛村,据说是诸葛亮的后人在明朝的时候过来建的。我到此地一看,也是白墙黛瓦马头墙,跟徽州的建筑基本一样,村落的部局,也是讲究风水的,你能说这是徽州文化?我们只能这样说,像徽州这一块地方，由于地理偏僻的原因，保存相对完整，也相对完好，可以说是中国近代的博物馆，比较集中地呈现了中国明清时的某些风貌。因此，我们在提徽州文化时一定要对文化的本质有清楚的认识才行。所以，我强调我今天所说的徽州文化、徽商状况和精神只是一个窗口，最好大家能通过这个窗口，去了解徽州，去思考徽州。

说到徽州文化，不能不提的是徽商。徽商的概念多难讲啊，尤其是现在的徽商，提法上有点乱，把安徽的商人都叫作徽商了。以前是把徽州的商人，也就是老徽州一府六县的商人，叫作徽商。就是说，只有徽州府的商人，才是徽商。哪一府六县呢？就是徽州府及其所辖的歙县、休宁、黟县、祁门、绩溪、婺源。徽州历史上一直有从商的传统，男人们十分之七都在外做生意，有的做做就不回来了，就在外成家立业了。这当中，有的人还惦记着乡土，填自己的籍贯时，还填徽州某某县；有的三代之后，把籍贯也改了，所以你也不知道他是徽商的后代了。有的籍贯改了，但还口口相传。像著名作家汪曾祺，他的籍贯现在已是江苏高邮人了，但他自己知道，自己还是徽州人。所以他那一年到徽州，站在歙县老街的街口，发出一声感叹，说自己祖籍是歙县人，又说几乎所有姓汪的都是徽州人。还有新浪网原董事长汪延先生，他也说自己是徽州人，他说他家是康乾时期，去了苏北的灌云县板铺，然后在那安下了家。他的先祖或许也是做盐商生意跑到那个地方的。后来扬州盐商式微，清军南下，大家作鸟兽散，所以汪先生有可能是逃难的盐商的后代。因此，研究徽商，要把目光放远一点，不能紧紧盯着徽州，徽商主要的事迹在外面。

大家都知道现在形容徽州有一首非常有名的诗，那就是写"临川四梦"的汤显祖写的：

欲识金银气，多从黄白游。
一生痴绝处，无梦到徽州。

今天的人多以为这首诗是称赞徽州的，其实这完全是对诗表面意义的曲解。由于缺少相关资料，汤显祖写作此诗时真实的想法已不太明确。不过从时间和背景上来说，这首诗写于明末万历二十六年，也就是1598年。当时的汤显祖，政治上失意，他原先是明朝南京礼部的祠祭司主事。这个南京礼部，实际上是一个空架子，因为真正的礼部在北京，朱棣篡权之后，在北京建立了一套同样的机构，南京这一边的仍保留，所以明朝一直有两个"朝廷"。南京的机构都是做做样子的，没什么事，也没什么权。后来，汤显祖又被下放到浙江遂昌县去当一个县官，因为没处好人际关系，官也被免了，生活上也比较穷困，心情抑郁。这时候有一个叫吴序的徽州人，劝他去自己的家乡，说那个地方的人比较有钱，也比较重视教育，他可以去那里，以他的名气，在那里，他会生活得很好。吴序这话是什么意思呢？那就是让汤显祖去"打秋风"。什么叫"打秋风"呢？委婉地说，就是以某种名义，向别人索取财物，投靠权贵,或者拉一点"文化赞助"。这个"打秋风"实际上并不可耻,因为当时都是这样的风气。"打秋风"是和中国古代社会后期的幕僚制度一起发展起来的,明清时期的官员,上至总督,下至县令,周围都有一批幕僚,这些幕僚,都是由主人聘任的,他们的工资,不是国家开的,而是由官吏自己开的。他们做些什么呢?包揽主人的从起草文件到咨询政事等一切文秘事务。做幕僚时间有长有短,长的跟随主人南征北战,与主人相守终身;而短的只有数天、月余。于是,凡是投靠大户者,后来都被称为"打秋风"。这个吴序就劝汤显祖,不行,你就来徽州吧,这里的人有钱,你随便投靠一个大户,当当幕僚,或者拉点赞助;还可以为那些有钱人写写传记和报告文学啊,凭你的文笔,一定能赚不少钱的。你看很多比你资格老名气大地位高的文豪都在做这个事,像王世贞、汪道昆啊,都靠替商人写传记拿润笔费,活得多滋润啊!

没想到汤显祖不高兴了,旧式文人一般都不太喜欢徽州人,不太喜欢那些做生意的人。汤显祖有傲气,也有傲骨,就写了这首诗。说吴序,你的家乡那有什么了不起的,不就是"黄白之物"吗?我才不稀罕呢!黄山和齐云山那个地方,铜臭气太重了,很讨厌,我才不想去那个地方呢,到了那个地方,我就没办法做梦了,我只想痴痴地找一块净土,做我的梦。汤显祖是戏剧家,有四部戏剧代表作,分别是《牡丹亭》《邯郸记》《南柯记》《紫钗记》。因为他是江西临川人,也就是现在江西抚州地区人,所以他的这四部戏,又被称为"临川四梦"。

汤显祖在写"一生痴绝处，无梦到徽州"时是49岁，当时他并没有来过徽州，这首诗只能说是反映了他的一些看法，一些带有怨气的看法。很有意思的是，到了汤显祖59岁那一年，当时住在休宁的一个大文人，也是盐商出身，叫汪廷讷，请汤显祖来了一趟徽州。汪廷讷不是正规的读书人出身，他花钱在南京国子监捐了一个生员，也就是秀才，就像现在在某某商学院报了个名，成为某某商学院的学生。这个汪廷讷是一位徽商，也是一位戏剧家和出版家，跟汤显祖是好朋友。汪廷讷曾开设一家环翠堂书坊，不仅刊刻了自己创作的戏曲作品《环翠堂乐府》，还刊刻了《文坛列俎》《元本出相西厢记》以及当时戏曲家王磐、冯惟敏、梁辰鱼、陈所闻等人的散曲集。汪廷讷晚年曾在老家休宁松萝山建了一座庄园，很多时候就住在那里。在听说了大戏剧家汤显祖写了这首诗后，汪廷讷坐不住了，便出面邀请汤显祖来徽州看看。汪廷讷的意思是：徽州这么好，你没来过，怎能如此贬损我的家乡呢？于是，汤显祖跟一个好友一起，受邀来到了徽州，来到了休宁。汤显祖在徽州攀登的第一座山，就是齐云山。对徽州实地参观后，汤显祖对徽州印象不错，精神上也找到了慰藉，原来这个地方不只是富人多，风景和民风也如此之美啊。汤显祖为齐云山写了一句诗："新安江水峻涟漪，白岳如君亦自奇。"还写了一首词，叫《千秋岁引》，在词里说："叹古今，争人我，分强弱。高士（指汪廷讷）洞知先一着。坎止流行心活泼，日把闲情付丘壑。"他对徽州的印象一下就改变了。也因此，汤显祖先前的那首诗变成赞美徽州的语句了。根据这样的诗句理解,到徽州是不需要做梦的,因为徽州本身就是梦想,这样的梦是与秀美和富裕联系在一起的。当一个地方既遍地流金,又山川秀美,并且能够实现天、地、山、水、树、人之间的和谐时,又何必再去梦想什么呢?所以,把汤显祖这首诗理解为赞美徽州也不算错。

　　好了,废话不说了,我开讲了。先说几个徽商的故事,让大家有一点直观的印象。

第一讲 徽商的故事

"三言""二拍"中的徽商

在讲徽商之前,我们先来了解一下历史上的徽商究竟是什么样的生存状态。分析其生存状态,可以从现在徽商留存下的东西入手,比如房子、文书等,也可以看看当时的一些书籍对徽商的描述,比如话本、小说之类的。小说缘自评书,是一种大众的艺术,分析明清时的小说,我们可以从中看出当时大众眼中的徽商到底是什么样子。

明清是中国小说史上的繁荣时期。中国的小说不像西方的小说,能够承载很多哲学、心理学、社会学的东西,中国的小说,一般来说,就是故事。当然,《红楼梦》稍稍例外一些,《红楼梦》有着形而上的主题。从题材上说,这些小说都是现实主义的,反映的都是当时社会的真实状态。有这么几本书,非常有名,一是凌濛初所写的"二拍"(《初刻拍案惊奇》《二刻拍案惊奇》),还有冯梦龙的"三言"(《警世通言》《喻世明言》《醒世恒言》),还有,就是我们安徽全椒人吴敬梓所写的《儒林外史》。这些小说里,大多写的是当时江南一带的社会生活和社会故事。其中,有很多关于徽商的故事,据统计,"三言"中有9篇,"二拍"中涉及徽商的篇目有8篇,《杜骗新书》有5篇,《石点头》有3篇。像《初刻拍案惊奇》的卷四以及卷二、卷六、卷二四,《二刻拍案惊奇》的卷一五、卷二八、卷三七等,都有徽州人克勤克俭的影子。《二刻拍案惊奇》卷三七中的徽商程采,到辽阳投机倒把买进卖出发了大财;《初刻拍案惊奇》的卷四中徽商程德瑜,至川、陕做客贩货,大得利息。但这些有关徽商的故事,对徽商的态度大多是贬多褒少的。

"三言""二拍"中,最有名的,是冯梦龙《警世通言》卷三二《杜十娘怒沉百宝箱》的故事。明代万历年间,一艘从京师南下的官船在镇江对岸的扬州瓜洲渡泊岸。窗帘掀起,露出一对男女的身影,男的叫李甲,是浙江布政使的大公子;女的是京师名妓杜十娘,不过此时已经从良,是随李甲回浙江老家去的。

可偏偏对面船上有一个徽州盐商出现了,并且还挑起了事端。冯梦龙是这样写的:"却说他舟有一少年,姓孙名富字善赉,徽州新安人氏。家资巨万,积祖扬州种盐。"这个徽州盐商孙富在看到杜十娘后,立即"魂摇心荡,迎眸送目"。也正是孙富的出现,使得李甲和杜十娘的故事成为南柯一梦。孙富自恃有财,想强行霸占杜十娘,于是单刀直入跟李甲谈判,想用金钱来换得杜十娘。李甲呢,得到了杜十娘,一段时间的幸福之后,新鲜感没了,正在琢磨带回家怎么向爹娘交代呢,所以孙富要给他钱换杜十娘,李甲想了想，竟然同意了，把杜十娘转让给了徽商孙富。没想到性格刚烈的杜十娘誓死不从，抱着百宝箱，在瓜洲渡投水而死。

《杜十娘怒沉百宝箱》就是这么一个故事，什么故事呢？就是一个名妓追求爱情未果，不愿意当商人的"二奶"，一气之下投江自杀的故事。故事比较简单，但仔细想一想，发现里面也有很多东西值得解读，比如杜十娘为什么不愿意做孙富的"二奶"？按照现在一些人的观念，嫁给这个"富二代"，有房有车的，很好啊，可以炫富啊，把玛莎拉蒂车放在微博上炫一炫后，再接着炫一下自己的20多个爱马仕包啊。不过杜十娘不是郭美美，她不愿嫁给商人，因为孙富铜臭味太重，杜十娘不喜欢商人身上的铜臭味，仿佛钱能买到一切似的。这说明什么？说明妓女也追求爱情，还说明商人的地位不高。这种观念，这种想法，不完全是杜十娘个人的，而是整个社会的。相较于商人孙富，李甲算是个"高干子弟"，浙江布政使，相当于今天的省部级干部了。孙富是腰缠万贯的盐商，不过即使腰缠万贯也没用，杜十娘要的是地位和名分，商人的地位似乎还不够高。

孙富跟李甲谈交易转让杜十娘这一举动，从某种程度上说，可以看作孙富们在向李甲们挑战了。你们不是有地位吗？但我们比你们有钱，可以拿钱来买一切。所以在孙富与李甲代表的各自阶层的潜在对抗中，"大款"终究战胜了"高干子弟"。在某种意义上，这种胜利是具有历史性的，它标志着新的社会阶层已经以咄咄逼人之势走上了历史舞台，他们的"屠龙剑"就是金钱。金钱在手之日，正是野心膨胀之时。他们的影响力和欲望，已经从经济领域向其他领域渗透。

冯梦龙是江苏吴县人。吴县属于苏州，位于长江下游，也是徽商聚集之地。可以说，冯梦龙对徽商并不陌生。也可能自小接触太多，冯梦龙对于徽商有着自己的看法。这位出身于破产官僚家庭的落魄书生在科举上一直不太顺利，这也很正常，像冯梦龙这样的落魄才子根本不适合循规蹈矩的科举，在更多的时候，冯梦龙只是在私下里奋笔疾书他的话本小说，陶醉于市井对他的喝彩声中。一直到51岁时，冯梦龙才考取了一个贡生。这样的成长经历，当然使得这个穷魄书生有着很浓重的酸葡萄心理，更何况文人从本质上总是不太喜欢商人的。中国古代很长一段时间，文人与商人的关系，就像猫与狗有着前世的恩仇一样，仿佛两种不同类型又难以和睦相处的动物。

当徽商孙富被描绘成连妓女也不屑的商人时，便可以看出商人在世俗中的地位，似乎怎么也高大不起来了。实际上也不仅仅是中国商人，在西方社会，商人在较长时间里也地位低下。这一点，可以从英国作家莎士比亚、法国作家巴尔扎克以及后来的英国作家狄更斯笔下看出，莎士比亚笔下心狠手辣嗜血如命的商人典型是《威尼斯商人》中的夏洛克，巴尔扎克笔下更是有不少悭吝无比的巴黎小商贩，至于狄更斯，他对工业革命时伦敦暴发新贵的描写可以说是入木三分。这种对于商人的评价标准，实际上是一种古典标准，是从道德的、社会的角度加以评判的。而最初的商人，无论是出身、文化程度还是自身素质都跟不上，因而行为和做派也被人贬低、遭人厌恶。正因此，社会普遍看不起商人，实属正常。西方社会也是从这种心态走过来的，他有这样的心理，一点也不为过。

"二拍"中也写了徽州当地人的故事。《二刻拍案惊奇》卷二八写的是徽州府富商程朝奉饱暖生淫欲，谋街边卖酒妇不得，白吃了一场官司。《初刻拍案惊奇》卷二《姚滴珠避羞惹羞 郑月娥将错就错》的故事则比较离奇：徽州府休宁县荪田乡姚氏之女姚滴珠嫁与屯溪潘甲为妻。不久，潘甲出门做生意，滴珠与公婆不和便回娘家，走的是水路，结果被摆渡的扣下，要她给一个相当有钱的吴大做小妾，姚滴珠终究立场不够坚定，应允了。娘婆两家为此大打官司，造成两年之久的悲欢离合。

这样的故事本身算不上曲折动人，但徽州风情却在作者笔下活灵活现，并且可以从中看到很多商人的活动。对于徽州人，在小说里，凌濛初是这样评价的："徽州人因是专重做商的，所以凡是商人归家，只看你所得归来的利息多少为重轻。得利多的，尽皆爱敬趋奉；得到少的，尽皆轻薄鄙笑，就如读书求名中的中与不中光景一般。是谓实情。"这样的评价，虽说是实话，但不经意中，总透露出一股鄙夷味。凌濛初还算好的，因为他本身就是徽州人（一家之言，有人曾考证他为歙县人），既然是"乡亲"，写起来不免手下留情。

从以上小说中，我们可以看出，当时的徽州人在社会上还是比较引人注目的,原因在于在外地的徽州人比较有钱,有点像现在的浙江人和广东人。明清时也一样,世人对于徽商一般有以下几种看法:

一是徽商很有钱;

二是徽商很会做生意;

三是徽商很吝啬;

四是徽商为富不仁。

谈及这几点看法,实际上也是有来源的,这基本上是当时社会对徽商乃至商人的普遍看法。这样的大众心理是怎样来的呢?就是有钱人往往都不是好人,徽商有钱,徽商就不是好人。这样的心理很明显就是一种嫉妒心理,吃不到葡萄就说葡萄酸。用现在的语言来说,就是"羡慕嫉妒恨",看到别人有钱,巴不得"均贫富"。不能"均贫富"怎么办?就有了酸味和恨意。因为当时的社会就是重农轻商的,整个社会对商人有很大的歧视,不仅徽商形象不好,而且所有成气候的商帮,形象都不好,都是反面角色。

汪惕予砸琴

"三言""二拍"的故事是属于古代的了。我要讲的第二个故事，是关于现代徽商的，是一个茶商的故事。提起外埠的徽州茶号，从19世纪末开始闻名的上海的"汪裕泰"可以说是首屈一指。汪裕泰茶庄的创始人，是绩溪上庄的汪立政，创立时间是道光年间，同为股东的，还有胡适的父亲胡传，胡传也叫胡铁花。当时几个上庄人在卖茶，为了避免良莠不齐，便提出创立品牌，对徽州还有其他地方的茶叶进行包装销售，创立了"汪裕泰茶庄"。胡适的父亲胡铁花，起先是做其他生意的，后跟汪裕泰一起，在上海做茶叶生意。胡铁花的店就在上海的大东门一带。胡铁花有了钱后，还是想走仕途，便去捐了一个官。晚清王朝就是这样，每逢财政有困难了，就拿出一部分不太重要的职位，在社会上售卖。当然，这个官位，一般是虚职，也只是个名头和待遇。如果想弄个实职的话，必须到"老少边穷"的地方去。胡铁花捐了一个虚职之后不久,机会就来了,说到台湾去可以得到实职。于是,胡铁花就去了,去的时候还挺风光,任的职务是台湾直隶州知州。那是1893年,胡铁花已经年过半百了。胡适家先到台南住了一年,又到台中度过了10个月光阴。可没想到的是,到了1895年,甲午战争爆发,清廷与日本签订《马关条约》,将台湾割让,那些朝廷命官一下子没了着落,胡铁花只好渡海回家,到了厦门一带,不幸高血压犯了,当时说是"脚疾",很快便去世了。胡适的母亲当时只有22岁,只好先回上海,然后又回到绩溪上庄的老家。这时候胡适虚岁5岁,实际年龄只有3岁零几个月。这是关于胡适和他父亲胡铁花的事,我们接着说"汪裕泰"茶号——胡适的父亲胡铁花走了仕途,而汪立政仍然做他的生意,并且越做越大。到了他儿子汪惕予(自新)手上,生意做得就更好了。大家都知道杭州有一座"汪庄",也就是新中国成立后被称为"西子宾馆"的"汪庄国宾馆"。汪庄就是汪立政的儿子汪惕予所建,就在西湖边上,一大片地,那真是人间仙境啊!不是腰缠万贯,哪里拿得下这块地方啊。在近代商业史上,汪惕予绝对算得上是个奇人。下面这个故事,就是关于汪惕予的故事。

汪惕予原来是学医的,他28岁就开始在沪悬壶济世。两年后,怀着"博通中外医学"的志向赴日本学习西医。四年后返沪行医,在上海创办了"中华女子产科学校",又开办"协爱医科汪惕予专门学校",同年被选为"全国医界联合会会长"。有人说汪惕予是中国的"西医第一人",是因为汪惕予曾经把西医的很多技术和方式引进中国，并且与中医结合起来。汪惕予花费了大量时间研究中西医最新、最重要的学理，发行各种医书（含教科书）17种，其中16种皆冠以"汪氏医学汇编"，后来人们称他为中西医结合疗法的鼻祖。

可这位"中西医鼻祖"没多久便改行了——光绪年间，汪立政去世后，汪惕予不得不接管"汪裕泰"茶号。分身无法，汪惕予只好弃医从商。汪惕予这人聪明啊，当医生当得不错，做生意也是个高手。汪惕予接手后，很快在上海连开两家茶叶分店。一段时间之后，汪惕予决定把生意扩展到杭州，想借西湖宝地销售龙井，因为龙井的名气大啊，国内外都知道，所以价格高利润也高。于是，汪惕予在杭州南屏山雷峰北麓买了一大块地，建起一座偌大的山庄，名为"青白山庄"，后来改名为"汪庄"，也就是现在杭州西湖边上的"汪庄国宾馆"。这是一座三面临湖的大庄园，庄内亭阁高耸，楼台飞檐，假山重叠，石笋林立，绿树成荫，花团锦簇。

除风景优美外，"汪庄"还以春茶、秋菊和古琴闻名。庄内除设有"汪裕泰"茶庄门市部外，还辟有精室数楹，名为"今蜷还琴楼"，专门用来珍藏古今名琴百余张，其中有唐开元年款"流水潺潺琴"、宋熙宁年款"流水断无名琴"、宋文与可藏"香林八节琴"。汪惕予将琴谱、墨拓挂满斋壁，名为"琴巢"，楼前平台上更是修琴台一座，又取松烟造墨，皆仿琴形。汪惕予所做的这一切并不奇怪，因为他本人就是一位"琴痴"。汪惕予的夫人赵素芳，也是一位善奏《胡笳十八拍》和《秋鸿》的古琴高手。

关于汪惕予与古琴，还有一个故事。1929年，杭州举办西湖博览会，汪惕予任评议部委员。博览会艺术馆工艺组当时展出的唐代雷威"天籁琴"、元末朱致远"流水琴"、明代汪宗先"修琴"，都是汪惕予的藏品。展览期间，有一位古琴鉴定家在报上写文章称："天籁琴"是赝品，是假的。汪惕予哪里受到过这样的挑战啊，情急之下自己也写文章登报进行反驳。那位鉴定家也不示弱，又写了篇千字文答复，称：雷威斫琴，底板多用楸梓，楸梓色微紫黑，锯开可见；而汪惕予所藏的"天籁琴"底板用的是黄心梓，黄心梓中心之色偏黄，因此，肯定不是唐朝的琴。

"天籁琴"的真假，经两人这么"一唱一和"，很快引起了人们的关注。那一段时间，很多人都在议论"天籁琴"的真假，不管懂琴的还是不懂琴的，因为汪惕予有影响力啊，像今天的潘石屹、任志强一样。焦点人物的事，自然会成为焦点。事态发展到这一步，汪惕予的面子挂不住了，他索性邀来众多琴坛同好与各方学者、行家，开了一个公开说明会，汪惕予作了一番说明后，当众将这绝世名琴剖开。撬下琴底，横里锯开，一看究竟，果然是发黑泛紫的一块楸梓！这一举动，在杭州城里引起了轰动。各家报纸大肆渲染，斗大的标题"日夕望君抱琴至　空山百鸟散还合"。那位鉴定家颜面尽失，羞愧之下，从此销声匿迹。这一次"剖琴"之事也算是一次无意之中的"炒作"，汪惕予虽然损失了一把价值连城的古琴，但将"汪裕泰"名号宣传得尽人皆知。一时间，杭州、上海各地无人不知"汪裕泰"。

汪孟邹这个人

2011年是中国共产党建党90周年。提到建党,就不能不提一个安徽人——陈独秀。陈独秀为什么会成为中共第一任总书记?那是因为他非常有名气,在当时非常有影响力,所以第三国际代表选中了他。名气从何来?是因为《新青年》。《新青年》是陈独秀办的杂志,影响了一个时代的年轻人,而《新青年》最初的出资人,正是胡适和陈独秀的老朋友——徽商汪孟邹。

汪孟邹是绩溪人,1878年生,20岁中秀才,23岁进南京江南陆师学堂,毕业后在维新思想影响下,先是在芜湖创立科学图书社,这是一家文化公司,销售上海出版的新书、新刊,兼营文具、仪器。汪孟邹很老实,也很勤勉,身上有很多徽商的特点。也就是在芜湖,汪孟邹认识了陈独秀。陈独秀这个人,气场强大,目空一切,他与汪孟邹的性格,正好是互补。汪孟邹对陈独秀非常崇拜,陈独秀提出想办杂志,汪孟邹就说,那我来出资。于是,两人一拍即合,办了一份《安徽俗话报》,当时是半月刊,出了 23 期。

陈独秀早期在南京乡试不中,决绝科举后,进入杭州中西求是书院学习,开始接受近代西方教育。1897 年,20 岁不到的陈独秀写下了《扬子江形势论略》,壮怀激越地点评中国东南部的形势。陈独秀这个人很有个性,桀骜不驯,脾气也特别大。不久,陈独秀因发表反清言论被求是书院开除。1901 年,24 岁的陈独秀因为进行反清宣传活动,被清政府通缉,从安庆逃亡至日本,入东京高等师范学校速成科学习。在日本期间,陈独秀、张继、邹容三名热血青年闯入中国陆军学生学监姚煜的房间,将姚煜按在地上,由张继抱腰,邹容捧头,陈独秀挥剪,"咔嚓"剪去了姚煜的辫子。1903 年,26 岁的陈独秀回国,在上海协助章士钊主编《国民日报》。这一阶段的陈独秀比较热衷暴力革命,在他身上,既有着革命者的凌云壮志,也有着传统侠士的献身精神。一年后,陈独秀在安庆创办《安徽俗话报》,不久将编辑部迁至芜湖,这个时候,汪孟邹给了陈独秀很多帮助,《安徽俗话报》创刊的钱,就是汪孟邹出的。不过,当时的陈独秀心思并不在办报上,年轻气盛的他相信的是暴力革命,正在组织反清秘密革命组织岳王会,任总会长。吴樾狙击清廷六出洋大臣的自杀式袭击,陈独秀也是其中重要的组织者。有人研究吴樾在刺杀六大臣前,曾来芜湖与陈独秀、赵声一起商量。大家为谁担当刺客发生争执,陈独秀和吴樾都想去当"人体炸弹"。因为各不相让,双方竟大打出手,在地上滚作一团,精疲力竭之时,吴樾气喘吁吁地问:"舍一生拼与艰难缔造,孰为易?"陈独秀回答说:"自然是前者易,后者难。"吴樾说:"然则我为易,留其难以待君。"这样,陈独秀才同意让吴樾去完成刺杀任务。吴樾刺杀失败后,陈独秀受到牵连,为躲避清政府的追捕,便逃去了日本,先是入东京正则英语学校,后转入早稻田大学预科班。可陈独秀哪有心思正儿八经地学习呢,看看风声过了,1909年冬,陈独秀又回到了中国,到了浙江陆军学堂任教。

1911年辛亥革命后,陈独秀一度担任宣布独立的安徽省都督府秘书长。辛亥革命时,只要自己手中有枪,有军队,就可以当都督。当时安徽的都督是柏文蔚,这位都督,其实也是"草头王",革命之后,拉一拨人造反,自己就成了都督了。那时的都督相当于现在的省长。柏文蔚当了省长,便任命陈独秀当省政府秘书长,因为陈独秀当年在芜湖跟他是战友,都是反清组织岳王会的成员。不过,陈独秀这个人个性太强,总是处理不好与别人的关系,随着政局的动荡起伏,陈独秀短时间内几度离职,有一段时间甚至因与军队将领关系处理不好,发生冲突差点被捆绑起来枪毙。之后陈独秀又去了日本,在那里等待着时机。

1915年,陈独秀从日本回到上海。这时候汪孟邹也在上海发展。陈独秀便找到了当年在芜湖一同办《安徽俗话报》的汪孟邹,提出还是要办杂志,让汪孟邹负责资金运营。汪孟邹当时也是小本生意,经济实力不足以支持陈独秀,不过这个厚道人考虑到陈独秀刚回国需要养家糊口,没有工作哪行啊,便向陈独秀推荐了他的两位同行陈子沛、陈子寿。陈氏兄弟在上海开了一家群益书社,汪孟邹介绍双方见面后,陈氏兄弟表示愿意合作,开出的条件是,新杂志为月刊,不管销路如何,群益书社每期支付稿费、编辑费共200元,也就是说,编辑费、稿费是包死的,陈独秀负责支配,请人写稿也行,自己写也行。1915年9月,16开本的《青年杂志》在上海问世,发行量1000余册。

《青年杂志》创刊号出版后,汪孟邹看陈独秀一人写稿、编稿太辛苦,便向陈独秀推荐了胡适:"我有位在美国纽约哥伦比亚大学学哲学的老乡,此人聪明好学,小说、文论俱佳,可以向他约点稿。"在得到陈独秀的同意后,汪孟邹向胡适约稿,让胡适给《青年杂志》投稿。杂志和信寄出后,胡适几个月一直没有回信,不过汪孟邹仍坚持给胡适寄杂志。每期新杂志出来,陈独秀都要问汪孟邹:"你的美国老乡有消息吗?"汪孟邹只好又写信给胡适敦促。1916年2月3日,胡适第一次给陈独秀写了一封信,说绩溪同乡汪孟邹几次来信约稿,现在看了杂志,觉得这位安徽老乡在文学革命上有不少和自己相通之处,可谓神交。在这封信中,胡适指出《青年杂志》刊登的一首文言长诗质量很差,他不明白陈独秀为何在按语中对这首文言长诗评价很高。在信中,胡适还提出了著名的关于白话文的"八不主义"。虽然这首文言长诗的作者是陈独秀的老朋友,但是,陈独秀立即将胡适批评的原信刊登,并且将《青年杂志》易名为《新青年》。

这封批评《青年杂志》所刊书信的文章在社会上引起了不小反响,陈独秀意识到,只有制造焦点吸引眼球,才能提高刊物的发行量。用现在的话来说，就是一定要"炒作"，这样，杂志发行量才会上去，才能卖得好。此后，制造话题、制造争论的手法经常被陈独秀采用。当然，胡适的这封信也让陈独秀开始关注"文学革命"的话题，引发了后来的白话文运动。

1916年底，陈独秀和汪孟邹一起到北京，为亚东和群益两家书店的合并募集资金。到了北京后，没想到蔡元培正想要见陈独秀。此时，当过北洋政府教育部长的蔡元培被推为北大校长，正准备"招兵买马"，其中，文科学长（类似今天的文学院院长）的人选难以定夺。而恰好在汤尔和的家中，蔡元培看到了沈尹默转来的《新青年》杂志，这也是蔡元培第一次看到《新青年》。翻阅后，革命情结颇浓的蔡元培觉得这个杂志办得不错，陈独秀这人很有思想和号召力，既能写，又能编。沈尹默也向蔡元培推荐陈独秀，说陈独秀这个人有才，虽然学历不高，但非常有号召力。这个时候，正好陈独秀来京，于是蔡元培、沈尹默等人便登门拜访，邀请陈独秀到北京大学任职。

陈独秀一开始并不愿放弃《新青年》，对于来北京颇有犹豫，他推了胡适来担任文科学长，以求自己解脱。蔡元培对胡适一无所知，没有答应。不过蔡元培提出，陈独秀可以把《新青年》杂志带到北京，然后找一批有新思想的教授、学者，为《新青年》写稿；同时，蔡元培给陈独秀开出每月300元大洋的高薪，比群益书社每月给陈独秀的办刊费用高很多。在这种情况下，陈独秀答应先试着干3个月。陈独秀没有学历，资格也不够，怎么办？蔡元培求贤若渴，便去"造假"。1917年1月11日，蔡元培正式致函教育部请陈独秀担任北大文科学长。全文后附履历一份：陈独秀，安徽怀宁县人，日本东京日本大学毕业，曾任芜湖安徽公学教务长、安徽高等学校校长。这个简历，都是假的，陈独秀哪里是日本东京日本大学毕业啊；后面的"曾任芜湖安徽公学教务长、安徽高等学校校长"也是假的。这份公函1月11日发出，13日教育部长范源廉就签发"教育部令"第3号："兹派陈独秀为北京大学文科学长。此令。"此后，蔡元培又伪造了胡适的履历，胡适这时候还没拿到博士文凭，蔡元培也不管了，就说胡适是美国哥伦比亚大学的博士。蔡元培这样做，是因为他的慧眼，他知道陈独秀和胡适都是人才，至于有没有学历，那不重要。

陈独秀北上后不回来了，汪孟邹只好回到上海，继续做他的出版。在此之后，汪孟邹和亚东图书馆为胡适、陈独秀等人出了很多书，如反映新文化运动成果的《独秀文存》、《胡适文存》初集以及《吴虞文录》等，还出版了一批有影响力的新诗集。亚东图书馆成为"五四"时期传播新文化的一个重要阵地。

五四运动前，陈独秀因为"八大胡同"事件，被北大剥去了文科学长的职位。这是怎么一回事呢？那是因为陈独秀这个人得罪人太多，有人就把他去北京八大胡同做的事给曝光了。曝光后，影响很坏。虽然那时候很多教授都去狎妓，可是曝光了，还是有点难为情的。于是，北大校长蔡元培和一帮人就在一起商量，怎么处理陈独秀。有人就提议，直接除名和劝退，先去掉他的北大文科学长一职,就说北大不设这个职位了,陈独秀这个人要面子,肯定会自己辞职,这样,大家面子上也好看。于是就这么做了。陈独秀果然要面子,一看这么处理,干脆不来北大了,就把自己关在家中,连五四运动也不参加了。五四运动后,陈独秀有一次约胡适等人到茶馆喝茶谈事,喝到一半,突然从怀中掏出传单,就直接散出去了,把胡适一帮人都看傻了。陈独秀因此被拘捕了,胡适和一帮老朋友总不能撒手不管啊,便做工作将他保出来。出狱之后,陈独秀发现北京没法待了,那去哪呢?只能去上海,找他的老朋友汪孟邹,待在汪孟邹的亚东图书馆里。在这里,陈独秀开始跟俄国人接触,创建中国共产党。汪孟邹虽然人很厚道,但也是个精明人,十分清楚陈独秀在干什么,出于对老友的信赖和理解,他一直帮助陈独秀做这做那,提供方便。汪孟邹对陈独秀说:"仲甫,我是实在害怕,我不能做一个共产党员。我怕,我真怕。"陈独秀深知老友的秉性,便对汪孟邹说:"好吧,你就不要做党员,只管站在外面,做一个同情者好了。"

在此之后,陈独秀卷入了革命的洪流之中,命运多舛,最终被清除出党。而汪孟邹一直在默默地关注着陈独秀,支持着陈独秀。陈独秀数次被捕,汪孟邹都鼎力相救。1932年,陈独秀被捕后,汪孟邹时常挂念狱中的陈独秀,他曾介绍上海名医黄钟到南京监狱为陈独秀治病,陈独秀所需药物等用品,均由汪孟邹经办。陈独秀在狱中宣布要研究学问,不问政治,汪孟邹就托人带去了《马克思传》《达尔文传》等11本书,并提出希望陈独秀写本自传,可以预先支付陈独秀稿费。此外,陈独秀家一家老小的生活也都是汪孟邹一手料理的。

陈独秀出狱后转辗江津,身体每况愈下时,还寄语汪孟邹:"虽身在巴蜀,却还神往芜湖图书社的岁月。真想东下芜湖,重开科学图书社。"陈独秀还是想跟汪孟邹合作,想重圆自己编杂志写文章的旧梦,不过时间不等人,1942年5月,陈独秀在四川江津鹤山坪长逝。10年后,亚东图书馆由于"出版托派书籍"被上海市军管会勒令停业,陈独秀及托派的所有书一律被没收销毁。不久,忠厚老实的汪孟邹也在上海寂寞谢世。

现在,已很少有人知道汪孟邹了,不知道在陈独秀、胡适和《新青年》的背后,还有这样一个徽州人,要是没有这个徽州人,还真不知道有没有陈独秀和胡适的命运。所以,不可小瞧商人,商人是经济基础啊,没有经济基础,哪有上层建筑?没有钱,什么事也干不成,老百姓也要起来造反。像孙中山,就是有很多海外华侨支持他,夏威夷的、马来西亚的、印度尼西亚的,还有日本的。蒋介石后来之所以敢跟汪精卫对着干,以及敢背叛革命,也是因为江浙财团乃至英美财团的支持。

第二讲 徽商的形成

讲完三个故事后,我们对于徽商的形象、徽商的概念、徽商的作用有了初步了解,现在,我们可以正式开始讲徽商了。我认为讲徽商有三个基本点,或者说前提,得讲清楚:第一,讲徽商,不能光把眼睛盯在徽州,还要把目光投向远处,看到外面的世界,因为徽州只是徽商的部分起点或者终点,而徽商起家、发展的过程,多半是在外面的,如果我们光把眼睛盯着徽州,就无法全面地掌握徽商的全貌。所以,我除了跟大家讲徽州的情况,还要讲一讲扬州以及其他地方徽商的活动情况。

第二,我们一定要对徽商产生和活跃的时代背景有清楚的认识。为什么会产生徽商?为什么徽商会异军突起?为什么徽商会衰亡?明清时期的有关政策,对于商业的影响究竟有多大?这种制度本身,对商业是起促进作用,还是起抑制作用?这些,都是我们应该清楚的,如果我们只是就徽商谈徽商,眼界不开阔,就事论事,不抬起头,不左右环视,我们还是不清楚自己的位置,我的课还是白讲,大家对徽商的了解还是一知半解。

第三,背景很重要。我们不仅要把徽商放在全国,乃至全球的大背景下来审视,也要把徽商放在东西方文化对比的大背景下进行审视。在这种情况下,徽商是一个具体事例,通过这个事例,我们要认识中国在某个历史阶段中的不足,中国文化和传统存在的某些不足。这样,我们对徽州、徽商的了解才能深入,才能明白为什么在徽商发展步入高峰期的时候,中国整体上的发展逐渐停滞,导致全面地落后于西方。

好了,有这样的初衷,我们就开始来讲徽州与徽商。

徽州的由来

我们先来说说"徽州"的由来。据《宋书》载:"宣和三年(1121年),改歙州为徽州。"古往今来,徽州地名的由来众说纷纭,主要分为因地理因素和词义因素得名两大类。因地理因素得名的说法,如清代乾隆年间的《徽州府志》里有"盖郡境存徽岭、徽溪,扬之水出焉,说者以为取诸此",又如在《太平广记》里记载绩溪县境内有"大徽村",徽州由此得名等。因词义因素得名的说法,一种是"徽"字含有"绳索、捆绑"的意思,北宋宣和二年(1120年)十月,歙人方腊在徽州附近起义,后朝廷以"徽"字命名这块土地。我更愿意用"徽"的另一种词义去理解"徽州"的由来,那就是"徽"是美好的意思,是有山有水有文化。

首先,我想向大家介绍的是徽州的地理状貌。大家都知道,一个地方的地理状况,对于社会、文化乃至人的性格,影响很大。人是环境的产物,这个环境,首先是地理环境。

徽州濒临江浙，位居中国东南部的腹地。徽州一府六县所处的位置正好是一个盆地的中间，北面是黄山山脉，东面是天目山脉，南面是大鄣山脉。这个盆地很封闭，交通极为不便，只有一条新安江为主要干道，通向浙江地区。新安江发源于休宁与婺源交界处的六股尖，然后顺地形而行，从徽州盆地的腹地穿过。在发源地六股尖那，它被称为冯源，那是因源头的位置在休宁县冯村乡境内。在此之下，它被称为大源河；再然后，它又叫作率水；在屯溪，横江流入了率水，横江同样也是新安江上游一条重要的支流；从屯溪的率口往下，一直到歙县浦口这个地方，这条河流被称为渐江；在浦口，渐江与练江交汇，练江是新安江最重要的二级支流，在练江这一段当中，有几条重要的三级支流汇入，它们分别是丰乐河、富资水、扬之水；练江在浦口与渐江交汇后，往下，河流就称为新安江了。新安江一直往下流，在歙县的深渡注入千岛湖，当然，原来是没有千岛湖的，那是二十世纪六七十年代建新安江水电站后才形成的，在有水电站之前，新安江过安徽境内的最后一个地方，叫街口，出了街口后，就是浙江了。新安江到达浙江省境内后，有一段时间叫新安江，后又称为桐江、富春江，到了杭州闻家堰，这条河流又改为钱塘江。在激起一片钱塘潮之后，这条长达千里的河流，浩浩荡荡涌入东海。

就徽州而言，最重要的河流是新安江，新安江是向东流的，是徽州通向东部发达地区的主要载体。新安江在徽州境内，是干流，它还有很多支流，正好将徽州的很多地方，通过水系连接起来。我刚才所说的横江、练江、丰乐河、富资水、扬之水等,都是支流,它们都流向新安江。所以说,新安江真是徽州的母亲河。当然,除新安江外,徽州还有一些水系是向北或向南的,比如青弋江,就是向北流向长江的;还有婺江、阊江,是向南流向鄱阳湖的,是徽州祁门县和婺源县的重要水路。除水路外,徽州只有一些崎岖的山路通向山外,比如说绩溪伏岭一带的徽杭古道,歙县许村到高甲的徽宁古道,等等。不过这些山路一般只能走人,要是运输什么的,就显得很不方便了。

徽州这个地方,地处群山包围之中,人多田少,尤其是歙县南部新安江两岸,几乎没有什么田地,都是石头山;种的都是玉米之类的杂粮,水稻都种不下去。这里原来叫歙县南乡,歙县南乡一带,那是真穷,"文革"期间,不给经商,真是断了这里人的活路啊!这里农民靠做工过日子,当时一个壮劳力,一天的工分,只有八分钱。那真是低,低得不能再低了。一年到头,一天一个工,累死累活,能挣多少钱!在徽州其他地方,一天的工分一般都是一块钱左右,高一点的一块多,少一点的七八毛。这个地方"文革"时,吃的都是玉米糊,玉米糊吃起来都不用洗碗的,用筷子直接从中间挑着吃,吃完了,碗还干干净净的。粮食不能自给自足,木材、土特产之类的,也不给卖,所以只好穷呗。那时候歙县最穷的,就是南乡那一带,家家门口都有一个大瓮似的东西,那是什么呢?是土厕所。根本就没有遮掩,就那样放在那。大人、小孩包括大姑娘,就在那里坐着大小便,来人也不避讳,还会冲着人天真无邪地笑。这是真事。我父亲当年曾在那里搞工作组，说那里真是让人无法活，"仓廪实而知礼节"，穷都穷疯了、穷急了，谁去管这些避讳啊！

徽州历史上粮食不足，而木材、土特产和山货资源丰富，尤其是木材，对于东南部地区的人来说，还是有一定吸引力的。所以从整体上来说，徽州人面临着土地的短缺与人口增长的压力，生存成了问题，这也就决定了徽州人必须进行商业交换，必须走向山外的广阔空间。这是最主要的，没有田，但有山，有资源，人要活命，就得想办法赚钱。所以说，徽州的地理环境，对徽州人生存所造成的压力，是徽州人习惯于走到山外做生意的一个自然原因。

徽州虽然地处深山环抱之中，但离江浙东南发达地区较近，这也是徽商兴旺的重要原因。中国的长江中下游地区，尤其是杭州湾一带，在中国历史上很长一段时间都是富庶的地方。宋朝之后，由于金国入侵，宋朝迁都临安，也就是杭州，当时杭州一带，非常发达。徽州的东面，是睦州，也就是现在新安江水库这一带，与杭州接壤，比较富庶；北面，是南京，素来较发达。徽州跟杭州、南京、睦州、宣城、湖州等地相隔不远，自然接受它们的辐射，逐渐形成做生意的传统。明朝一开始，朱元璋定都南京，对于徽州的发展也起到了一定推动作用。到了清朝，扬州和太湖流域地区比较富庶，徽州离这些地方也不远。鸦片战争之后，上海崛起，徽州因距离较近而致富的机会变多，用现在的话说就是徽州容易接受发达地区的辐射。

徽商产生的时间

徽商产生于何时？我要说,商业起源于商品交换,所以,从某种意义上说,只要徽州开始有人类活动,有商品交换,就有了徽商。

徽商形成于何时,学术界似乎争论不一,有的说形成于宋,有的则说是东晋。这些都有道理,宋朝时,尤其是南宋迁都杭州后,徽州离杭州比较近,且有新安江水路直通,应该有很多徽州人去杭州或者东南一带做生意。当时朱熹的祖上,就是先在外做生意,并且资金回流,在歙县城内开了很多店铺。不过,徽商作为一股商业势力,作为一个商帮而言,集中地引起社会的关注,形成的时间应该是明朝中叶。为什么这样说？那是因为东晋也好,南宋也好,实际上他们所说的徽商只是一种单个的,也就是个人的行为,尚没有形成整体商帮,未能引起社会的普遍关注。

"徽商"一词,最早出现在明代的成化年间,记载的就是在松江一带从事布业的商人。传统意义上的商帮一般有三个特征：一是来自同一地理区域；二是在某一领域形成相对强大和垄断的势力；三是信奉统一、独特的经商信条，也就是理念相同。所以，我们所说的商帮，应该是针对一个具有共同经商理念的群体而言，如果是个体行为，那么还不能称之为什么商帮。徽商是商帮，不是个体。按这种定义来看，徽商的形成应该定在明中叶。明朝初年肯定是不行的，朱元璋可以说是历史上最不喜欢商业，也最不重视商业的一个皇帝，新中国成立初年的国策就是重农禁商。那时候哪有商人呢？连迁徙和走动都是不自由的，人都被拴在了土地上，后来因为政策慢慢松动，自朱元璋的洪武年，经过朱允炆的建文年、朱棣的永乐年、朱高炽的洪熙年、朱瞻基的宣德年、朱祁镇的正统年……一直到了成化和弘治年间，社会生活相对稳定，商业形势和社会形势不像明初那样紧张，徽商才开始崭露头角，形成徽州人集体打拼并致富的现象，在社会上给人们留下了"徽骆驼"的整体印象，并且产生了影响力，形成徽商。这样，到了隆庆和万历年间，可以说徽商的发展达到了第一个高峰，徽州人的商帮一下子在全国有名了。

为什么会形成徽商

我在前面已经说过,徽州的自然条件,新安江便利的水路交通,徽州濒临东南尤其是与杭州距离近,以及徽州人面临的生存压力,可以说促成并催生了徽商的形成。这是硬件方面的原因,还有软件方面的,大概有以下几点:

一是古徽州相对薄弱的封建思想基础。这就是说,在历史的某些阶段,徽州人的生存状态以及思想状态可能相对更加务实一些。因为山高皇帝远,封建专制的控制比较薄弱,这就使得徽州人有相对务实的态度以及相对解放的意识。而态度和意识,往往能决定很多东西。

二是徽州人相对比较聪明,他们大都是中原地区的移民,当中有很多是北方中原地区的贵族阶层。他们南迁,多是为了躲避北方蛮族的南下带来的战乱。从时间上来说,魏晋时期、五代十国,或者唐末黄巢起义、宋金大战等时期,是中原人南迁的高峰期。这些人当初在北方，很多是贵族，受过良好的教育，也就是说，文化底蕴比较好，素质比较好。徽州居民，大都是他们的后代。现在屯溪边上的篁墩，就是当年移民南下，到了徽州之后的发散地。所以，很多徽州移民，都知道篁墩这个地方。因为大多数徽州人是南迁的北方贵族的后代，所以徽州人无形当中，头脑灵活，能想清楚事情。

三是传统和榜样的力量。在徽州，有些人赚到钱了，就为同乡树立了榜样，引得人们争相效仿。同时，那些成功的徽商，也为后来者提供了一些便利。比如说，徽州人曾集体创作一本《江湖绘图路程》，将在外经商必须注意的地方列为若干"规条"，内容涉及出门旅行、投宿客店、社会交际、收支账目等方面，也有一些有关商业道德上的规矩，比如"高年务宜尊敬，幼辈不可欺凌""收支随手入账，不致失记错讹""处事最宜斟酌，切勿欺软畏强""买卖见景生情，不得胶柱鼓瑟"等，足见其道德和谋略。有这些前人的提醒和"传、帮、带"，徽州人从商的队伍也就越来越大。最兴旺时，徽州男子十分之七，都在外经商。这在古代中国算是一个惊人的数字了。

明朝从总体上来说，社会的动荡不大，人民基本上能够安居乐业，虽然自由度小一些，但也还是能积累财富的。这种超稳定的结构持续一段时间以后，开始有些效果了，农业的发展势头良好，而随着农业社会的进程，财富也随之增多，文明程度也随之提高，整个社会都在发展和变化，人民生活相对富庶，剩余物资多一些了,社会需求也多一些了,原先只是想吃饱,现在就想吃好了。一方面说,好的东西自己没有,就想着要交换,有的要卖有的要买,所以说,商业需求上来了。从另一方面说,家里东西多了,自给自足已满足了,也促使进行商品交换要卖掉多余的东西。有了买,也有了卖,所以到了这个时期,政府很难抑制住商业发展了,徽商也应运而生。商业是一个自然现象,大家通过政治经济学能够了解,有了商品,就有了商品交换,就有了商业。到了明朝中期,商品流通一下子变得很兴旺,这个时候,徽商也发展起来了。从政策和环境上来说,徽商的兴起主要有两点:

一是明中期之后,专制制度对待商业流动的政策松动,商业的发展有了可能。明朝张居正改革赋税制度,实行了"一条鞭法",也就是把所有的税种折合成银两,按照银两来交税。这在一定程度上突出了货币的重要性,人们不用交粮也不用出工出力了,只要用钱就可以抵,于是大家都在想方设法挣钱,这在客观上促进了商业的发展。

二是一段时间的社会稳定,使得中国东南部经济有了较大发展,城镇日趋繁荣,传统的经济状态发生了一些变动,其标志是以贩运奢侈品和土特产为主的、面向社会上层的商业,向贩运日用百货、面向庶民的商业转化。东南部的富庶,对相邻不远的徽州,有很大的辐射、带动和影响作用,这也促进了越来越多的徽州人投身于进行商品交换的潮流之中。

当然,这当中还有一个潜在的因素,俗话说"朝中有人好做官",实际上朝中有人也好做生意。徽州,尤其是明末清初时的盐商的兴起,跟"朝中有人",还是有很大关系的。因为"朝中有人",徽州的商人取得了经营盐业的执照,所以发了财,手中有了资本,然后再转向其他行业。关于这一点,我在后面还会讲到。

  这是总体上的社会原因,使得当时的商业有了很大的发展。正好在这个时候,徽州人从皖南山区走出来了。来自徽州的商人,在东南各个城镇里,变得越来越多,也越来越有势力。所以明朝政策一松动,徽州人就登上了商业的大舞台,形成一种力量,并且在当时的经济等领域起到了举足轻重的作用,叱咤经济风云。从明朝中叶的完全兴盛开始算起,徽商的发达一直持续了三百多年,这是中国商业历史上的一个奇迹。

"十三四岁，往外一丢"

有一首童谣，大家都听说过："前世不修，生在徽州，十三四岁，往外一丢。"这首民谣，正是徽州人出外经商的真实写照。需要指出的是，这里是"十三四岁，往外一丢"，有的以讹传讹，说成是"七八岁时，往外一丢"。这就不对了，不是"七八岁时"，而是"十三四岁"，或者是"十二三岁"，为什么是这个年龄，而不是七八岁？那是因为徽州人还是重视读书的，小孩子一生下来，得让他念书，要读"蒙学"，也就是私塾。读了三四年后，认得一些字了，大人们要看这个孩子读书的天分怎样，如果天分好，就继续上学，考秀才，考举人，考进士；要是读书不行，不爱读书，十三四岁，身体也长成了，那么，先把婚事办了，然后出门打工，先从学徒干起。所以徽州人出去，一定是"十三四岁"，而不是"七八岁时"。

当年徽商的足迹遍布全中国。从徽州外出的线路主要有四条：一是东到杭州，入上海、苏州、扬州、南京等地；二是北上芜湖，经长江而入湘、入蜀、入滇；三是自杭州再北上，走大运河，进入山东、河南、山西、河北、北京、天津，并远涉西北、东北等地；四是西挺江西，沿东南进闽、粤，有的还以此为跳板，扬帆入海与日本从事对外贸易。当然，徽商最主要的线路是从徽州到江浙，主要线路也有两条：一条是以新安江为路线，走水路，沿着新安江到达浙江省建德、淳安，后到杭州，转到苏州、上海；另一条则是走陆路，即所谓"徽杭古道"，徽州人翻山越岭，从现在的绩溪县逍遥乡境内，到达浙江的临安县。

我不知大家是否去过歙县县城边的渔梁。渔梁曾是徽商出门走水路的一个重要码头，这里曾有无数渔船栖集。比较大的码头还有万安、临溪，以及雄村等。渔梁有个坝，非常有名，据说建于宋朝，它构建之精巧，真是让人匪夷所思。据说，当年渔梁的街道长达二里，远远长于现在的小街，而且，当年的街道也十分热闹，街道两旁都是酒店、客栈、商店，徽商、水手和往来的客人云集于此，一派繁华兴旺的景象。当年徽州有八景，"渔梁送别"就曾被列为一景。但它指的不是当地的兴旺情景，而是指在渔梁送别自己亲人的悲凉场面。古人有诗描绘道："欲落不落晚日黄，归雁写遍遥天长。数声渔笛起何处，孤舟下濑如龙骧。漠漠烟横溪万顷，鸦背斜阳驻余景。扣舷歌断频花风，残酒半销幽梦醒。"

从诗歌的意象可以看出：晚日、归雁、渔笛、孤舟、漠漠云烟、乌鸦、斜阳、残酒、幽梦等等，无一不是在诉说着离别的伤感。众多意象构成栩栩如生的画面，有着"断肠人在天涯"的感觉。毕竟,在当时,从商不是走"阳关道",而是背井离乡闯"奈何桥"。

当年徽州人下江浙谋生,在传统观点看来是背弃了主流思想,因此,他们的人生从此不入流了,总有一点悲壮的成分。这样的状况有点像是"背水一战"。徽州人在走出去的时候,都是身上背着干粮,虽然没有"壮士一去兮不复返"的绝然境地,但身负着亲友嘱托,也背负着家族的希冀,压力之大自然是可以想象的。徽州人都带着什么干粮呢?现在徽州很多地方都还有,比如说歙县和绩溪的面饼,非常有名,最有名的是黄豆粉做的,压得非常薄,保存的时间长,外出时可以吃上很多天不会坏;还有那种屯溪烧饼,在霉干菜里放上肥肉,也不容易坏,可以一放好几个月。徽州人就是背着这样的干粮,一走好多天。

绩溪县流传的一首民谣这样唱道:"青竹叶,青纠纠,写封信啊上徽州,叫爷不要急,叫娘不要愁,儿在苏州做伙头。一日三顿锅巴饭,一餐两个咸鱼头。儿的双手像乌鸡爪,儿的双脚像炭柴头。天啊地啊老子娘啊,儿在外面吃苦头。青竹叶,青纠纠,写封信啊上徽州。叫爷不要急,叫娘不要愁,儿在苏州做伙头。儿在外学生意,心中记住爹娘的话:'茴香萝卜干,不能自己端;吃得苦中苦,方为人上人。'学好了生意,我再上徽州。天啊地啊老子娘啊,没有出息我就不回头。"

为什么"茴香萝卜干,不能自己端"呢?这是因为忌讳,"茴香"音同"回乡",就是干不下去了,闯荡不出来了,只好回乡了。"萝卜"呢,音同"落泊",也就是混得不行。出门的徽州人怕提这两个词,怕这样回乡,所以格外禁忌"茴香萝卜干"。

有一个最有说服力的例子,就是胡适。胡适也是十四岁左右离开上庄的。胡适走的不是水路,他是从芜湖走的。胡适的日记有第一天离开家后"宿新桥",就是在新桥这个地方,睡了一晚,第二天再走,可能走到泾县,再睡一晚。新桥位于旌德县城五里地处,也是我的出生之地。胡适从上庄走到旌德新桥,有五六十里路,正好走一天,得歇下来。胡适后来描述徽州人出行的情景,他回忆说,徽州人从前出门远行,送行的人要早上请他吃饭,吃饭之后,大家送他出村。到了桥头,远行的人向送行的人道谢作揖后,就上桥了。徽商出门,往往背着一个口袋,里面装着干粮,有时候就是简单的炒米,到一地方,只要向老板要点水喝,就可以聊以充饥了。在徽商中还流传着一句话:"出门带着三条绳,可以万事不求人。"意思是说徽商出门总带着绳索,遇到身背的行囊坏了、绳子断了或者捆绑货物的绳子断了时,都可以用自备的,实在无路可走,还可以用它来上吊。很明显,当时不少徽州人就是抱着"不成功,便成仁"的思想投身商海的。

我的家庭也有着徽商的背景。我在这里讲一讲我的家族史,可能对大家理解徽商有一点好处。我外公姓汪,当年住的地方离现在歙县江村不远,据《汪氏家谱》说,当年汪家曾经在现在的湖州做生意,还开过一段时间的钱庄。我舅舅现在还存有一本我祖上在湖州开钱庄时的账本,上面清楚地记录了资金的一些流向。不过到太平天国的时候,我祖上就从湖州回到了徽州,大约是觉得深山里面相对比较安全吧。到了我外公的爷爷那一辈,由于抽大烟,已把家产抽得一干二净了。这样,到我外公的时候,因为家里穷,不得不出外打工了。人生就是一个圆啊,经常是周而复始。我外公也是在十三四岁时被往外一丢的,家里没钱,读书也读不下去了,怎么办?先是到屯溪外公的舅舅家打工,舅舅家姓姚,当时,在屯溪开有一个木社,往杭州一带卖木材。我外公也经常跟着他的舅舅,去杭州等地办事。外公年轻的时候,在杭州照了很多照片。我外公和我外婆结婚之后,决定独立,于是外公下新安,先去了浙江兰溪,后来又去了金华,在一家布店里做伙计。过了一段时间,外公有一些积蓄了,于是把我的外婆也接到了金华,后来又将我的舅公,也就是我外婆的弟弟,也带到了金华。这种方式,有点"亲帮亲,户帮户"的感觉。当我的外公打工之路正一帆风顺的时候,日本鬼子来了。外公只好回到家乡歙县,暂时避一避风险。等到抗战胜利,外公再次下新安来到金华,想一切从头再来,可不久就实行公有制了,我外公不得不放下了自己的老板梦,回到了家乡,当了一名国营百货公司的小职员,就在歙县的老街上卖了半辈子的洋布,后来还当上了一名政协委员。卖布的外公在歙县老街上曾经很有名,因为为人和善,态度也好,整天笑眯眯的,所以别人都叫他"汪老好"。不过在我的印象里,外公在家里一直郁郁寡欢,晚年的时候,他一直很少说话,一日三餐酒,每顿喝二两,不过都是那种很差的酒,也没有其他菜,只有一小碟花生米。外公这一代人,可以说,都是憋屈地活了一辈子,因为他们所处的时代太动荡，也太严酷。所以再有能耐的人，你遇到了一个不好的时代，也是毫无办法，你只有忍啊，好死不如赖活。

我们再来说下新安。徽州人出门之后怎么办呢？当然是从最基本的、最苦的事干起。不过徽州人善于找老乡帮忙，善于请老乡引路。他们来到一个地方后，一般先来到某地的徽州会馆，找到"组织"，在会馆住下来，这里住得很便宜，吃得也很便宜，然后找经常来会馆的同乡老板，先在他那打打工，学习学习，交流交流信息。这个会馆，就是一个聚集地。据说，最早的徽商会馆是在1560年的时候，由旅京的徽州人杨忠、鲍恩首倡创立的，位于正阳门之西。徽商会馆的建立，标志着徽商的群体意识在加强，在家靠父母，出门靠老乡。后来，京城曾建有一座歙县会馆，当年徽州籍名流曾集聚于此，比如说休宁人吏部尚书、协办大学士汪由敦，歙县人户部尚书曹文埴、军机大臣曹振镛、画家罗聘等，常在这里出没。王茂荫担任京官，历道光、咸丰、同治三朝达30年，不携家眷，独居歙县会馆，也是住在这里。在此之后，湖北汉口也建了一座新安会馆，其他地方的徽商也开始建会馆。明清徽商鼎盛时期，徽商会馆遍布全国各地，大至苏州、杭州、广州、澳门等大都市，小至一些小镇，都有徽商会馆。仅南京就有好几处徽州会馆，比如说马府街有新安会馆，太平街栏杆桥、上新河各有一座徽商会馆，还有钞库街有新歙会馆等。

再说上海，当年在上海做生意、做学徒的外地人，有几十万。就像现在的农民进城务工一样，进城之后，外地人先找到本地的会馆。比如说当年在上海，就有一座徽宁会馆，很有名。这个"徽宁"二字，就表明是徽州府和宁国府人的会馆，两家建在一起，更团结，也更有实力。这座会馆的遗址现在似乎还在，2001年左右，在上海大规模的拆迁之前，我还去过上海的一些外地人很少去的里弄。我记得去过外滩边的一条小街，那是典型的老上海的里弄，这些小街的街名以及地址还留有当时的烙印：会馆码头街，会馆街，会馆后街……而这当中，有一支很重要的商帮，就是徽商。当年徽商在上海的经营范围，不仅仅局限于棉织业、木材业以及航海业，还操控着当铺、造船业，甚至海上贸易。同时，徽商中的盐商由于财力十分雄厚，对上海地区的经济发展起着至关重要的支持作用。直到现在，上海还是留存着一些无形的徽州印迹。比如现在的上海本帮菜，就有很重的徽菜的影子，重油重色。当年徽商大兴于上海之时，由于徽商有钱，又喜欢重油重色的家乡菜，一时间，徽菜馆如雨后春笋般冒了出来。即使是20世纪30年代时，上海还有500多家徽菜馆，有一些还非常有名，比如位于老西门的丹凤楼，据《徽馆琐忆》描述，此楼"千余只座席常常爆满……夜间厨师为次日生意所做的准备工作，从打烊起要忙到东方发白，店伙晚上只睡二三个钟头。为此，灶间里不得不常备一大壶西洋参供店伙饮用"。此外，还有徽菜馆"大富贵酒楼"，在当时，也是非常有名的。

徽州人走出家门之后，一般来说，先是经营故乡生产的茶叶、木材和"文房四宝"，而后贩卖外地的粮食、棉布、丝绸、瓷器等，之后便是"奇货无所不居"。当然，从明代弘治到清朝的康乾年间，有很多有实力的徽商，在经营了一段时间的茶叶、木材和"文房四宝"之后，很多都把资本投在了盐业生意上。这一点，我在下面的扬州盐商一讲中，还要专门提到。

无徽不成镇

在座的很多人都去过徽州,对徽州的一些村落都耳熟能详,比如说黟县的宏村、西递、南屏;歙县的昌溪、北岸、石潭、郑村、雄村、许村;徽州区的棠樾、唐模、呈坎、西溪南;绩溪的上庄、龙川、仁里、胡里;休宁的回溪、流口、五城、万安等,还有人去过古时候虽不属于徽州,但同样拥有"徽派建筑"的旌德江村、朱旺以及泾县的查济等。这些村庄,可以说都相当漂亮,都是徽州村庄的代表。

徽州号称近代民间博物馆,那是相对于故宫来说的,故宫是皇家博物馆,里面的藏品啊、建筑啊,都是皇家气派;而徽州呢,它的建筑、物品,主要是明清时期的,并且集中于近代,所以说是近代民间博物馆。不过,这座近代博物馆不像皇家博物馆那样保存完整,在近代史上,这座博物馆遭到了严重的破坏。尤其是太平天国时期的战争,可以说给徽州带来了巨大的破坏。当时,清军主要是曾国藩的湘军,跟"长毛"也就是太平军一共在徽州地区打了40多次战役,有的还是拉锯战,来来回回地打。所到之处,双方都是烧杀抢掠,对徽州造成巨大的破坏。太平军和湘军为什么会选择在徽州打呢?主要是因为这里战略位置重要:其一,徽州是南京的外围,占领徽州,就可以打通去江浙的通道,从南部包围南京也就是太平天国的天京;其二,江西是南京外围的粮仓,从江西运粮到南京的交通要道,一条经过安庆,另一条就是经过徽州,在安庆被太平军占领的情况下,打通徽州的这一条粮道,变得非常重要。还有一点,就是徽州这个地方,藏富于民,有钱人很多啊,湘军、太平军都想在这里掠夺一番,补给粮草。一方面,太平军要拼命地在这里设置阻碍,另一方面,湘军也要拼命地打通这里的道路,所以双方都集中兵力,在这里打拉锯战。

有一次,曾国藩的湘军大本营设在祁门的洪家大屋,李秀成的先头部队离洪家大屋只有几里路了。曾国藩听说后吓得胆战心惊,当即写下遗嘱,都准备自杀了。可李秀成的部队却没想到湘军的大本营就在祁门,从旁边绕道走了。曾国藩算是捡了一条命。这也可见太平军是"流寇",打起仗来入不知己知彼了,就是靠不怕死,靠军饷高,打胜后可以洗劫一番鼓舞士气,重赏之下有勇夫,所以起初战斗力还可以,时间一长了,很多东西跟不上,战斗力就不行了。太平军所到之处,经常是对一个村子实行"三光",也就是跟后来日本鬼子一样的政策,"杀光、抢光、烧光",所以经常是太平军洗劫过的村落,一个人都没有留下,房屋也烧光了。当时在徽州,太平军把旌德县城、歙县县城都攻下,然后烧杀抢掠了一番。据说旌德县,在太平天国运动前是40万人,历经太平天国运动后,很长时间里只有10万人,人都杀光、跑光了。你说这场战争破坏大不大?

太平天国将徽州洗劫了一番,而"文革"也将徽州的古迹洗劫了一番。据说徽州"文革"之前,有300多座牌坊,经过"文革",只有几十座了,很多牌坊都被毁坏了,石头都拿去做猪栏了。尤其是徽州的"三雕",木雕、石雕、砖雕,上面有很多戏文啊,内容有关忠、孝、节、义的,都被造反派认为是"封资修",用刀削掉了。还有很多书画,直接烧掉了。因为烧起来很容易啊,每个村子在"文革"初期,都让家家户户上缴,然后在村口弄个火场,就烧掉了。一场"文革",徽州不知道烧掉多少好东西,像"扬州八怪"的字画,还有黄宾虹字画什么的,以前在徽州很普遍,很容易看到,在"文革"时,都烧掉了。还有唐伯虎的画,我小时候都看到过。我的老师,家里曾是徽州大户,有唐伯虎的画,而且尺幅很大。那时都是"文革"后期了,有一个头头说借给他看看。老师就把唐伯虎的画借给他了,借出去后,一直要不回来,后来借的人说弄丢了,只能拿其他的画来赔。老师也没办法,只好算了。那时候的徽州,价值连城的字画很多,但一场"文革"后,大多数都烧掉了。

今天的徽州仍然能让我们看出这里的村落都是有很好的规划的,有水口,有园林,有整整齐齐的道路,有穿村而过的河流;屋子虽然很破旧,但都很有设计感,很大,比北方农村的那些房子要大很多。你可以从中推断出明清时徽州的富裕。徽商发展最好的时期,一是明朝中后期,徽商形成了商帮,也形成了势力;二是康乾盛世时期,由于社会稳定、经济发展,徽商像春草一般一茬茬地成长起来。当时徽商在全国的商帮中,可以说是数一数二,所以说徽商的富,不是一般的富,是富甲天下,是笑傲江湖,是殷实海内外。以乾隆时为例,扬州从事盐业的徽商资本有四五千万两白银,而清朝最鼎盛时的国库存银不过 7000 万两,以至于乾隆皇帝发出"富哉商乎,朕不及也"的感叹。在明代,最大的徽商已拥有百万巨资,已超过 1602 年荷兰东印度公司最大船东勒迈尔的资本;在清代,徽商的商业资本已激增至千万两之巨,其经营的资本额,已达到当时商业经营数额的巅峰。中国人对于数字概念不敏感,当时的真实情况到底如何,今天不能完全推断出。不过就当时而言,"无徽不成镇"的说法,至少可以说明徽商在当时"执牛耳"的情形。

"无徽不成镇"这一句话是大家经常听到的。胡适先生曾经解释说:"中国有句话,叫'无徽不成镇',那就是说,一个地方如果没有徽州人,那这个地方就只是个村落。徽州人住进来了,他们就开始成立店铺;然后逐渐扩张,就把个小村落变成小市镇了。"胡适先生说这番话是有根据的,他的祖上在上海川沙经营"万和"茶庄,当时就有了"先有胡万和,再有川沙县"这么一说,这与"无徽不成镇"异曲同工。比如安徽叶集这个地方,就是因为一位歙县姓叶的徽商来做生意,他来之后,大家都来了,慢慢地,这里就成了一个集市,后来就称为叶集了。民国《歙县志》里说:"沿江区域向有'无徽不成镇'之谚。""无徽不成镇"究竟是什么意思呢？它有两重意思：

第一，徽商善于经营，只要是他们聚集的地方，肯定是商业繁华的地方。这一点，就像现在的"万达广场"一样。"万达广场"到哪里，商业中心也就到了哪里。而那个时候，是徽商到哪里，其他商人也跟到哪里。这同时说明徽商很精明，眼力很好，人们相信他的眼力。

第二，徽商的兴盛与市镇的发展是同步的，没有徽商，就没有沿江区域商业市镇的繁荣。明代中叶以后，清乾隆末年以前，是徽商的极盛时期，徽商的活动范围遍及全国，尤其是长江流域，不仅南京、苏州、杭州、扬州、松江、芜湖、安庆、武汉等大城市，徽商密布，一些小镇，如盛泽、濮院、姜湖、黄埭等，也都设有徽商会馆。不仅国内，国外也有，有一些资料表明，当时日本、泰国以及东南亚各国甚至葡萄牙都有徽商会馆。当然，更多的是徽商，那些来自徽州的商人，在全国各地从事商业活动，这一点，有点像现在的温州人。徽州人有钱，也有文化；不仅有文化，而且有影响力。徽商到了哪里，哪里就能得到快速发展，比如说绩溪商人周泰帮在苏州周庄镇经商，带动了该镇的发展。嘉定县（今上海市嘉定区）罗店镇"徽商凑集，贸易之盛，几垺南翔"；南翔镇"往多徽商侨寓，百货填集，甲于诸镇。比为无赖蚕食，稍稍徙避，而镇衰落"。此上这两条，都见于万历年间的《嘉定县志》。从这些零星的徽商活动的资料可以看出，徽商在当时江南市镇的影响力。

康乾盛世与徽商繁荣

我们现在说的徽商繁荣期，主要有两段：一是明中期徽商取得盐业经营权之后，有了业盐的契机，资本得到快速积累，其后徽商利用这些资本进军各个行业，并带动一批又一批徽州人从事商业；二是康熙、乾隆包括雍正时期，也就是现在说的康乾盛世时期，全国经济发展，徽商也得到了发展。康乾盛世，与徽州的发展是有极大关联的。

中国人一直讲"盛世"。"盛世"是什么，就是内无严重的政治腐败，外无迫在眉睫的敌国外患，社会治安良好，老百姓普遍能吃饱饭的时代。简单地说，就是无内忧外患，人民生活小康。在中国历史上，这样大规模的盛世出现过三次：一是文景之治，二是唐代的贞观之治，三是清代的康乾盛世。当然，中国历史上也有过一些小繁荣，比如说东汉的光武中兴、隋代的开皇之治、明代的仁宣之治等，但那些都因为时间短，或者范围不太广，所以不能称为盛世。文景之治40年,贞观之治23年,唐玄宗前期的开元盛世,大约30年。相比较而言,只有康乾盛世持续时间最长,从康熙二十年(1681年)平定三藩之乱算起,到乾隆四十年(1775年)为止,持续近100年。盛世这个词,是汉文化所独有的,盛世是相对的,在盛世之前,一般是一个"衰世",比如说文景之治之前,是秦末的暴政与混战。盛世的前奏是衰世,后续往往也是衰世。中国历史上的三大盛世,结局也是衰世。中国历史上,盛世两个字叫得最响的时代,往往问题最为严重。为什么?是因为在一个王朝埋头开拓进取的时候,统治者们往往都不会提起"盛世"二字,而是致力于发现和解决社会问题。汉代文景之治、唐代贞观之治,当时的帝王和大臣并没有自夸为盛世。大家都知道魏征,动不动就在唐太宗面前,说这个危险,那个危险,说"水能载舟,亦能覆舟",警告唐太宗船要翻了。比较而言,盛世叫得最响的,是清代,是在乾隆的后期。这是为什么,那是因为清代统治者以少数民族入主中原,内心一直缺乏安全感,怕汉人不认可,怕历史不承认,怕文化不认同。因此在乾隆的诏书中,连篇累牍的内容都是宣传大清政治的"深仁厚泽"。

  康乾盛世是在什么样的情况下提出来的呢?是在乾隆平定了准噶尔叛乱,收复西部那一大块土地,并且正式将其命名为"新疆"的情况下提出来的。平定准噶尔叛乱使得乾隆超越了祖先,清朝的国家版图得到极大的拓展,来自西方和北方的威胁得到真正的解除。乾隆二十四年(1759年)统一新疆以后,中国疆域极广,北起萨彦岭、额尔古纳河、外兴安岭,南至南海诸岛,西起巴尔喀什湖、帕米尔高原,东至库页岛,领土面积1453万多平方公里,比我们现在的领土还大。同时,由于社会安定,中国的人口总量大幅增长。在清代之前,中国人口数只有少数几个历史时期突破过1亿,到了乾隆六年(1741年),第一次全国规模的人口普查结果显示共有人口1.4亿多,而到了乾隆六十年(1795年),人口增至2.9亿多。中国文化一直有土地崇拜和人口崇拜情结,喜欢地广人众,家大业大。就乾隆时期来说,这两项指标均达到历史最高峰,所以说当时有很多大臣、文人们把这一时期称为盛世,先是叫乾隆盛世,后来大约觉得光说自己不太好意思,就改为康乾盛世,把祖父拉进去了。此后越称越频繁,于是就有了康乾盛世的说法。

大清帝国前后延续了200多年,总共有12位皇帝。康熙在位61年,雍正在位13年,乾隆在位60年(实际执政64年),康乾盛世起于康熙二十年(1681年),止于嘉庆元年(1796年),共115年,时间上占了清朝的一半。盛世的标志有三:一是人口的迅猛增加,清朝初建时全国人口在1亿到1.2亿之间,乾隆晚期已超过了3亿;二是中央财政比较丰厚,康熙去世时,国库盈余800万两白银,雍正留下了2400万两,乾隆留下了7000万两;三是百年太平造成民间生活的安逸,商人阶层由俭入奢,商业繁荣。

傅斯年对中国历史进行研究之后,认为中国只要有70年稳定期,必定重新繁荣,从秦末大乱到文景之治,从隋文帝统一到唐太宗的贞观之治,从宋太祖结束五代十国之乱到仁宗时的中兴,其间均不过两三代人。康乾之治,同样也是这样的情况。对于中国来说,康乾盛世其实是大一统中央集权制度下的周期性复苏,中国社会仍然在超稳定的状态下平铺式地演进,在经济制度、政治制度和科学技术上没有任何实质性的突破。因为没有实质进步,也没有解决一些实际问题,所以中国的状况往往是在富裕了之后,又开始矛盾凸显,从而引起社会动荡,社会发展又陷入了低谷。这些是历史的教训,我们要深入分析历史的教训,不能只看到表面。这一点,我们一定要牢记。

清朝的商业状态与马戛尔尼访华

我们现在说徽商,怎么说到康乾盛世上面去了呢?因为我们研究任何一个事情,都不能就事论事,都要对事情的前因后果,对事情的方方面面摸清楚。我们研究徽商也是这样,如果要对徽商有一个客观判断的话,那么,一定要熟悉徽商的前前后后、上上下下、里里外外。说得准确一些,就是要对徽商的"三维"有一个准确的定位,这样,我们才谈得上是真正了解徽商。

我们接着说康乾盛世,康乾盛世另一个重要指标就是当时中国的经济总量很大。按现在的说法是世界第一,当时中国的GDP超过了世界的三分之一。不过这个说法,不知道是怎么提出来的,又是怎样统计出来的。康乾盛世在当时的世界上,到底处于一个什么位置呢?我们同样也要了解清楚。我为什么要讲马戛尔尼访华?因为这一事件非常重要。原先,中国不知道西方的情况,西方也不太了解中国的真实情况,在很多书籍和名人的眼中,当时中国的状况比西方发达得多,甚至中国被形容成天堂一样,是一个西方公众眼中的"理想社会"。但马戛尔尼访华之后,双方第一次正面接触,各自斤两就全暴露了,特别是西方,对于中国的真实状况,一下子就清楚了——根据当时的资料,包括乾隆时来访的马戛尔尼的一些说法来看,当时的西方,就平均富庶程度来说,已明显地领先中国了。

马戛尔尼是英国的一个大臣,他出使中国时带着女王写给乾隆皇帝的信,带着一支700人包括科学家、音乐家、艺术家和翻译的庞大队伍,还带着大量的辎重行李。在这些行李当中,有大量的礼品,代表着不列颠最先进的科技:望远镜、镀铜榴弹炮、地球仪、自鸣钟、乐器、热气球,甚至还配备了一名热气球驾驶员。从英国出发,航行半年多,到达了中国。他们来的目的是什么呢?名义上是祝贺乾隆爷80岁生日,实际上是想劝说清朝开放口岸,公平做生意。因为当时清朝实际只开放了广州一个口岸,这导致在做生意上,极不平等,对外国的限制极大。比如说,当年康熙皇帝设立的海关制度,只是在广州城门以西的珠江边上专门辟出一块土地,作为外商囤货、居住之地,各国纷纷在此建造房屋,外商称之为"商馆",中方则称为"夷馆"。每个商馆占地21英亩,年租金为白银600两。它们都有一个中国式的名称,比如荷兰馆叫"集义行",丹麦馆叫"得兴行",英国馆叫"宝和行",美国馆叫"广元行",瑞典馆叫"瑞行"……当外商被严格管制并"圈养"起来之后,政府便以发放牌照的方式,允许获得资质的中国商人与外国人展开交易。据说第一批获得资质的有13家,所以被称为"十三行",那些被特许从事洋货贸易的商人史称"十三行商人"。官府从不出面跟外国人打交道,只设立一个商总的管理机构,对外国商人进行管理。这个商总,是带有某种垄断性质的民间机构,类似于盐业经营的方式,是官办民营性质。经营的价格,也是商总决定,从不采纳外国人的建议。并且,外国人只被允许夏天才能进入中国。来到广州后,不能住在广州城内,只准住在"十三行街"内,而且没事不允许外出;不许携带妻子一起来华,也不许找中国女人;不允许和普通中国人交流,中国人一旦和他们聊聊天,就会被视为"汉奸"。此外,还有其他非常苛刻的政策,以及勒索等。所以,这个时候来到中国的商人,不但不是贵宾,反而犹如囚徒。这当中的原因,自然是中国自古以来的轻商观念,中国人认为商人是四民之末,外夷又是人类之末,与之打交道失了天朝上国的体面,同时也是为了"严华夷之防"。而且,中国做不做生意无所谓啊,这么一个大国,基本上都能做到自给自足了,不缺什么东西了。所以,这就是中国政府当时的态度。外国商人虽然遭遇极不公平的待遇,但他们还是得坚持啊,为什么呢?还是利益驱动,跟中国做生意能赚钱,中国有茶叶啊,在中国买的茶叶,到了英国,价格要翻几十倍。所以,外国商人舍不得这单生意。当英国取代了荷兰成为欧洲第一大国之后,自然想来中国,想通过谈判的方式,让中国打开国门,从而使本国商人得到更大的利益。

马戛尔尼带给乾隆的信经两广总督转呈乾隆之后,乾隆同意会见马戛尔尼使团。乾隆为什么要接见马戛尔尼使团呢,一是清廷的翻译将英国女皇的信翻译得极谦恭,把本来一封外交信件翻译成一封要求朝拜的信,乾隆皇帝很高兴;二是马戛尔尼说自己带了很多新奇的礼物。乾隆皇帝是一个好奇心很重的人,有些浪漫情怀,有文艺情结,对于马戛尔尼的礼物很感兴趣。于是,马戛尔尼使团便从广州沿着海岸线北上,按要求从天津上岸,然后进入北京。一路上,他们也在一些地方停靠,及时补给。他们对于中国的第一印象就是,这个国家怎么这么多人啊!在此之前,在他们的观念中,由于欧洲很多时候一直鼓吹东方富庶,他们以为中国比英国富庶。不过他们一落地,一看中国人的穿着、模样和精神状态,就明白了,这个传说中遍地流金的国家要比英国穷很多。比如说马戛尔尼使团的一个成员,叫约翰·巴罗的,就写了本书,叫作《我看乾隆盛世》,在书中写道:"不管是在舟山还是在溯白河而上去京城的三天里,没有看到任何人民丰衣足食、农村富饶繁荣的证明……除了村庄周围,难得有树,且形状丑陋。房屋通常都是泥墙平房,茅草盖顶。偶尔有一幢独立的小楼,但是绝无一幢像绅士的府第,或者称得上舒适的农舍……不管是房屋还是河道,都不能跟雷德里夫和瓦平(英国泰晤士河边的两个城镇)相提并论。事实上,触目所及无非是贫困落后的景象。"到了天津后,英国人更加肯定了他们的判断,因为船靠岸之后,天津地方官员按要求要"炫富"啊,派人送了大量的猪马牛羊给英国人。这当中有些牲畜被挤压死了,英国人就把死了的猪马牛羊往海里一扔,哪晓得围观的中国人奋不顾身跳到大海里去捞。真是一点也不顾天朝大国的面子啊。死的牲畜在欧洲,人们是不吃的。英国人一下子就明白了,中国人还是太穷了。

1793年9月14日,乾隆在热河避暑山庄一个马毛毡搭成的帐篷中漫不经心地接见了马戛尔尼使团。来自英国的使者在说明自己的来意之前,就遇到了一个跪拜的问题。在清朝皇帝和大臣们看来,这些来自异国他乡的夷人并不是代表一个主权国家向另一个主权国家馈赠礼物,而是来向"中央文明"或者"中央帝国"朝贡的,既是来朝贡的,自然得向皇上行大礼。大礼是复杂的,它包括鞠躬、下跪、伏地等一整套程序。马戛尔尼团长同意了,不过,作为当时地球上最强大的国家的使者,马戛尔尼也要求清朝的大臣们必须向他的国王施以同样的礼节。由于乔治三世不在现场,马戛尔尼要求清朝的大臣们向他随身携带的一幅国王画像施以参拜。马戛尔尼的要求,自然被乾隆那些心高气傲的大臣们拒绝了。

乾隆皇帝很快将会见英国使团的事撂在一边。这位东方皇帝对于西方的经商要求表现得很冷漠。这也难怪,当时清朝的人口已经超过了3亿,几乎为包括俄国在内的欧洲的两倍;而且,清朝的国土,也不知比英国大多少倍。在乾隆以及大臣们看来,国家强弱只有两个标准,那就是人口和土地。至于其他的,比如GDP,还有外汇储备量等,那都是后来的标准。与此同时,清朝的国内市场额和国内贸易量也远远超过了英国。在这样的情况下,乾隆爷当然懒得去搭理地球那边的英国。在马戛尔尼和他的使团离开中国之时,乾隆爷托他们带给了大英国国王一封用词生硬的信,这封信丝毫没表现出外交上的委婉和礼貌,却处处显示出一个成熟自足的帝国的自信和傲慢:"我们的方式毫无共同之处,你们的公使也无此能力掌握这些礼节,并将其带到你们的蛮夷之地。那些奇异且昂贵的礼物并不能打动我。你的大使也看到了,我们应有尽有。我认为这些怪诞或精巧的物品毫无价值,你们国家的产品对我来说毫无用处。"

乾隆就这样拒绝了与英国进一步的接触。不过,在从中国的沿海到北京的过程中,英国使团已经通过观察,看到了这个东方帝国的本质,树立了自己的自信。虽然传说东方土地上遍地流金,但这个东方古国的整体国民的富庶程度和受教育程度,都比不上英国,并且差距很大。《十八世纪的中国与世界·农业卷》当中介绍,普通英国农户1年消费后,可剩余11镑,相合于33两到44两白银。而一个中等的中国农户的全年收入,加起来也不过32两白银。从数据对比来看,当时的中国,已落后于英国很多,这还不包括他们迅速地进入工业革命时所创造的财富。乾隆执政的前两年,英国人发明了飞梭,进入了工业革命。蒸汽机的使用,使得人类有史以来第一次摆脱了对畜力、风力和水力由来已久的依赖。工业革命使英国像吹气球一样迅速强大起来,英国人需要全世界的产品,更需要把自己制造出来的大量过剩的产品卖到全世界去。从1698年至1775年间,英国的进口商品和出口商品都增长了5至6倍。因为国民的普遍富裕,英国人渴望普遍贸易的愿望非常急切。在这种压力之下,马戛尔尼来到了中国,要求中国开放贸易,是指望扩大对中国商品的进口以满足国内人的需求。因为国内人有钱了,需求大了,作为政府,你必须满足民间和社会的需要啊。英国发动鸦片战争,其实都是国内的压力所导致的。

所以说,史学家所说的康乾盛世其实只是一种纵向比较,至于横向的,其实这一时期并不繁荣昌盛。所谓的康乾盛世,只是就清朝而言,也就是康熙和乾隆年间,包括雍正时期稍好一些,比较平稳,其他的时候,大多是衰退的样子。所以历史上的一些说法,大家也权作参考,不要太过于相信。很多历史书的目的都在于"弘扬",缺的就是客观公正地讲事实,所以不足为信就很正常了。

不过就当时的情况而言,与其他地区相比,徽州地区还是比较富裕的。在徽州,大家看到那些留存下来的清朝前中期建筑,可以说,比约翰·巴罗所写的,要好很多。就当时而言,徽州显然要比北京附近等地富裕。不过,就整体情况而言,中国当时的经济状况,着实要比英国落后很多。

徽商的状况

我们再来说徽州——中国是在世界的大背景下,徽州呢,则是在中国的大背景下。所以我们要真正地了解徽商的状况,既要了解一下当时的中国,也要了解一下当时的国际背景。否则,我们说徽商富甲天下,只是乱说一气,人云亦云,是坐井观天。我们只有了解当时中国和国际的大背景,才能对徽商的状况有一个真实的了解。

都说徽商富甲天下,但他们的富庶到底达到了什么程度?从现在徽州所留下来的民居古迹中可以找出答案。一个初次走进徽州的外地人肯定会大吃一惊的。那么多富庶大宅,竟然藏在这偏僻之地。单就那一个个村落的规模、环境,所注重的风水和水口,那种浑于天然的整体布局,就不是拥有一般的财力所能办到的。这样的情况,在其他地方很难看到,有时候,我们可以看到个别现象。比如说在皖西北的霍邱县,我看到一座李家大屋,很是堂皇，了不得。不过方圆上百里，只有这一座庄园，很难看到其他像样的房屋。而徽州不一样，徽州村落里的建筑，特别齐整，这说明村落里不单单是某一家或两家富，而是整体上都不错，这就很难得了。你看黟县宏村，当初在建造之时，据说首期资金就在百万两银以上。村子里面大宅一幢接一幢，说明不单单是哪一家富，是整体生活得都不错。更奇怪的，是在那些空宅大院中，竟是如此别有洞天：精美的"三雕"、家具、陈设、书画，有很多是价值连城的，都藏在这深宅大院之中。比如说最著名的"承志堂"，也就是黟县宏村旁边村庄的那个木雕楼，真是漂亮，它完全就是由财富堆积起来的屋舍，占地2100平方米，建筑面积3000平方米，整个木楼的工艺非常考究，甚至到了登峰造极的地步。屋内都是异常精细的木雕，镀金饰银，金碧辉煌。木雕有戏文图，有吉祥图，有百子图，还有"官运亨通图""财源茂盛图"。设施也很完整，整个屋子，不仅有美化环境、陶冶性情的花园、鱼塘厅，而且有打麻将的"排山阁"、抽鸦片的"吞云厅"，可谓应有尽有。据说，当年汪定贵在造该屋时，仅用于木雕表层的饰金，即费去黄金百余两。

关于汪定贵的具体身世以及个性特征，史书上记载得似乎并不翔实，这个人应该是清代的一个徽商，在积累了巨大财富之后归乡退隐。他先是花了很多钱捐了一个五品官，然后，又花了很多钱，精心修筑自己的屋舍。财富找不到出路，放在身上，又变得很危险，那怎么办呢？只好转移，回归到大山深处，盖房子买土地，过闲适而奢侈的生活就成了财富的唯一出路。

在徽州看到的古建筑,只是一部分赚了钱回到徽州的商人留下的。实际上还有很多人,是赚了钱,没有再回来的。就像现在很多农民工一样,在城市里打拼成功之后,把孩子接到城里读书,办了户口,不回农村了。像扬州,有很多富人,都是来自徽州的,后来都不回去了,也不想回去了。因为扬州还有苏州什么的,发达啊,享乐的机会多啊,子女受教育程度好啊,所以就不回徽州了。不回去的那些徽州人,有的族谱上有记载,知道是徽州籍,有的就没有记载了,几代后逐渐淡忘了自己是哪里人了。

徽州人经商成就最高的,也可以说当中最富的,要算盐商。清朝初年,徽商之所以富甲天下,主要是因为徽州盐商的实力。当时的盐业是国家专营,在当时商品经济日趋发展的条件下,由官府直接经营盐的生产与运销的办法已经越来越行不通了。国家为了维护榷盐制度,保证盐利的收入,必须取得商人的帮助,于是官府不得不给商人以某些特权和利益。由于徽州盐商的勤奋和精明,他们借助封建特权经营垄断盐业得到了最丰厚的回报。他们垄断特权,高价卖盐,贱价收盐,取得了巨大的经济利益。明朝万历时,就有"新安大贾,鱼盐为业,藏镪有至百万者"的说法,清朝时徽州商人汪交如、汪廷璋父子,汪应庚、江春、鲍志道等都皆以"富至千万"的大盐商。这样的行为,当然不能怪罪于徽商的投机,因为商业规则就是讲究利润的。徽商投身盐业,说明他们从中发现了巨大的商机,说明徽商对于商业利润有着非常好的敏感度和嗅觉,这同样是徽商"技高一筹"的表现。

当时做盐商的主要是歙县人,像江春、汪应庚、汪廷璋、鲍志道都是歙县的,这些大盐商都是徽州府的人,是城里人。其他县的,就没有那么幸运了,不过他们似乎也找到了自己的位置,有一些分工:从事典当行的,一般都是徽州休宁人;做木材、布匹生意的,一般是祁门人;卖茶叶的,婺源人多;开饭馆的,以绩溪人为多……当然,这都是大致的分工。比如说休宁人做当铺,竞争策略就是族人、乡党从事同一行业,凭借团结的力量以及雄厚的资本,挤垮异帮商人。方法就是让利,比如说有记载的"(金陵)当铺总有五百家,福建铺本少,取利三分四分。徽州铺面大,取利仅一分、二分、三分,均之有益于贫民,人情最不喜福建,亦无可奈何也"。明朝中期,光在南京,一共有五百多家当铺,大部分为徽商所有,徽商不仅在大城市设典当行,而且把典当行开到了乡村小镇。所以,在江南一带,随处都可看到徽州商人的当铺高高飘起的旗幡。

徽商的种类

休宁人经营当铺,而祁门人和黟县人呢,则以经营布匹为多。明成化年间,松江一带,就有人说,"松民之财,多为徽商搬去"。松江是什么地方,是盛产棉布的地方。中学历史课本上写着一个叫黄道婆的人,在松江府以东的乌泥泾镇,教人制棉,传授和推广"捍(搅车,即轧棉机)、弹(弹棉弓)、纺(纺车)、织(织机)"之具和"错纱配色,综线挈花"等织造技术。这个黄道婆,就是地道的松江人。松江这个地方,几乎家家都从事棉布加工,自发地形成了一个加工基地。既然是棉布的加工基地,就肯定有棉布生意可做,于是明朝末年,也就是嘉靖、万历以后,徽商就来到了松江一带,从农家织妇手中零星收购棉布,然后行销全国各地。不仅在松江,像附近的苏州等地都收购。徽商就在当地开设布庄,自行收布。因为徽州做棉布的商人多啊,有时候就在一起商议,压低价格,收购价廉物美的棉布。收购到的棉布怎么办呢,一是大宗运出去,运到北方卖;二是设立加工染色的作坊,选用上等的布料和颜料,染出的布非常漂亮,卖给一些高端用户。这也叫商品的深加工,做增值服务,用增值服务来赚大钱。不仅如此,从事布匹生意的徽州商人还开始打自己的品牌了,把自己经营的布冠上"某某牌",有了品牌效应。苏州有一个汪姓的徽商,给自己打了品牌后,还一家一家地去苏州的裁缝店,跟他们搞好关系,给他们适当的"回扣",结果苏州裁缝店逢人来做衣服,指明别人去买汪家的布,说汪家的布好,要做衣就扯汪家的布吧。这样一来,汪家的布就卖得更好了。徽州商人做生意的精明程度,可见一斑。

米商也是徽商中重要的一支。徽州山多田少,粮食不足,不得不从外面输入粮食。这样的状况,使得徽州自古以来就有不少人在从事贩运粮食的买卖,不过一开始是从外地往徽州贩粮,规模都不算大。到了明代中叶以后,由于苏、浙一带人口增加、城市发展,本来是鱼米之乡的长江三角洲和杭州湾一带也缺粮了,需要从长江中上游一带往下游运粮食。有很多徽州商人看到商机了,之前他们对贩运粮食的业务已很熟悉了,只不过是扩大规模罢了。徽商很快就在贩运粮食这一块大显身手。他们把湖广一带的粮食沿江运到江苏、浙江、福建一带,又把四川的粮食运出,然后运往全国各地。志书上曾记载,乾隆年间有一个徽州休宁人叫吴鹏翔的,一直从事贩运粮食的买卖,有一次他贩运四川大米沿江东下,正好碰上湖北汉阳一带发生灾荒,这位徽商就在该地抛售川米数万石。

清朝末年,徽商在很多方面的经营日趋式微,这当中主要的原因,是西方现代化的经济在中国的渗透,以原材料为主的中国民族商业在外商面前相形见绌。比如说布,手工的布料,哪里能跟机器纺的洋布竞争呢?人家质量好,又细密又漂亮又便宜,谁会买你的"老布"呢?至于木材也是,有水泥、钢筋作建筑主材料了,木材自然用得少了。不过,由于徽州得天独厚的优势,徽商在茶叶、木材、"文房四宝"等土产上,还是有着一些优势的,不过整体上,已明显没有以前风光了。

徽州山区盛产杉木,经营木材也有传统。徽州人一般是冬季入山伐木,然后待梅雨季节河水涨泛的时候,走水路运载到外地,或由青弋江运至芜湖,或由新安江运至严州,再转到杭州,然后转销各地。所以,当时在屯溪和歙县等新安江沿岸地区,一直有很大规模的木材市场。还有一些在杭州等外地经营木材的商人往往亲自来这里看货,看到满意的,谈好价格,就让当地的木商做成木筏,这木筏一般都是双层的,有的还扎成好几层,然后沿江放到目的地交货。一般是先付一半钱,等到了目的地后,再付一半钱。有时候放木筏,放到一半,绳子散了,木头被别人捞跑了怎么办?一般木头上面都做着标志,如果被人捞跑了,那么就按老规矩办,到农家把木头收回来,给那家人一定的补偿。一般来说,按照乡规民约,农家都会还,毕竟是人家的东西嘛,但也有不还的,硬不还,那么怎么办?就求于官府,由官府出来调解。官府对于合法生意,得"保驾护航"。

由于徽州人有经营木材的传统,所以当徽州本地的木材不能满足需求方的需要时,徽州木商便远赴江西、湖广、四川等地,扩大木材贩运活动。比如湘西沅江上游所产的辰杉,材质好,需求量大;四川建昌卫(现在的西昌一带)所产的抬山木也好,能刳成大木板,纹理也漂亮,做家具极好;还有一种叫"双连"的千年古木,都是价格很高,利润也很高的。做木材生意的徽州人,以婺源人为最多。他们以南京的上新河以及杭州运河一带为经营贸易的中心,利用长江和运河的水利之便,把上游的木材集中于此,然后分销到苏浙或北方地区。清朝乾隆年间,徽州人曾在杭州创建了一个徽商木业公所,位于杭州候潮门外,占地面积很大,据说有几千亩,储存了很多木材,由此可以看出徽商的实力。做木材生意,不只是要资金大、有实力、有经验,还有一个现实情况,也是要面对官府,因为砍伐木材同样要有许可证,类似于我们现在所说的"砍伐证"。办这个证,也不太容易,但徽州商人有文化啊,也有一定的实力、地位,所以办这个事,相对来说,比其他商人容易一些。

徽州的茶商

我们说了木商、布商、米商,现在我们来说一说徽州的茶商。徽州自古就是产茶宝地。唐代诗人白居易《琵琶行》中有"门前冷落鞍马稀,老大嫁作商人妇。商人重利轻别离,前月浮梁买茶去"的诗句,这个"浮梁"就是鄱阳湖边上的重镇,当时是一个茶叶销售中心,销售的产品主要来自位置稍北的徽州一带。当年不少徽州人出外谋生的首选行业,就是卖茶叶。胡适即出身在一个茶商家庭,当年胡适离开上庄去上海,也是先在茶铺当伙计。胡适的父亲胡铁花在自撰的《胡铁花年谱》中这样写道:"余家世以贩茶为业,先曾祖考创开万和字号茶铺于江苏川沙厅城内,身自经理,借以为生。"曾主持修建我国第一条铁路的詹天佑,祖籍是徽州婺源,其父、祖父、曾祖父都是因经营茶叶而去广东的。广州开埠,可以将中国的茶叶往外国卖。我在前面已经说过了,清朝为了对付外国人强烈的做生意愿望,在广州濒海的一带,设立了"十三行",算是公办民营,专门向外国人卖茶叶、丝绸、瓷器什么的,销量很大。所以很多做大宗茶叶生意的,就干脆在广州设点,开始做外贸生意了。祖籍歙县后来成为经学大师的吴承仕,父辈也是经销茶叶去京城的,这个吴承仕,还是中国最后一位状元。清政府是1905年废除科举的,但这个科举,不是说废了就废了,还有很多人在读这个旧学呢,所以清政府又搞了一个"举贡会考",就是让各地推荐一些旧学好的,举行一个小规模的考试,不搞科举了,但人才还是有用的,要选拔人才。这个"举贡会考",一共举行了两次,吴承仕就是1907年的那一届的殿试第一名,也可以说是"不是状元的状元"。这个很有意思,大家看"吴承仕"这个名字,"承仕",就是继承传统,继续科举做官,而"吴"呢,通"无",是"不"的意思,是否定。这个"吴承仕"的名字,算是把中国上千年的科举制度给否定了。当然,这是巧合,是我发现的,说出来权当一笑。

马克思在《资本论》中提到的唯一的中国人王茂荫,是歙县义城人。现在的义城,还有王家的大屋。当年王茂荫的祖父也是弃儒经商,跟着族人去北京做茶叶生意。生意做得还不错,曾经在北通州设"森盛茶庄"。与王茂荫家一样,徽州人做茶叶生意的有很多,有人统计清朝乾隆年间,徽州人在北京开设的茶行有7家,大点的茶商有166家,小茶叶店达到数千家。在汉口、九江、苏州、上海等长江流域的城市中,几乎到处都有徽州茶商的活动。清朝道光年间,广州发生火灾,许多徽商的茶叶化为灰烬,婺源茶商詹世鸾为了资助受灾者还乡的路费,总计用银不下1万两。晚清之后,徽州最大的支柱行业就是茶叶贸易了。徽州的茶叶作为国家出口茶的主要种类,外销数量直到清末一直呈上升趋势,1905年,祁门红茶外销达6万箱,创历史最高水平。

上海开埠后,徽州茶商将茶叶出口地由原来的广州转变为上海,在大批出口中提取佣金。清末民初,仅绩溪一县在上海开设的茶号就有33家。抗日战争前夕,由于国民政府重视徽州茶叶,徽州的茶叶生意有较大发展。徽州商人在上海经营茶叶的人数达到了高峰,其中光歙县人在上海经营茶叶贸易的商号就数以百计。

1915年11月,徽州茶叶在"巴拿马太平洋万国博览会"获奖是一次重要的历史契机。1915年是什么时间点,是中华民国成立之后,袁世凯当政时期。这个时期各方面的发展都是飞速的,经济的发展,是第一个"黄金十年",各方面都呈意气风发之势,因为满族人下台了,汉族人掌权了。新成立的中华民国,在各方面都试图融入国际社会。在经济方面,茶叶是中国传统优势项目啊,所以官员们在茶叶上大做文章。1915年9月,中国的远洋船"满洲号"载着中华总商会赴美代表团一行18人,从上海启程前往美国,参加在旧金山举办的"巴拿马太平洋万国博览会"。这是中国首次以中华总商会的名义参加国际博览会,代表团携带了一些产品参展,其中有休宁胡开文的地球墨、祁门胡日顺的红茶、胡培春的太和坑瓷土等。祁门茶商李训典受安徽实业厅的委托,以徽商代表身份参加了这次博览会,专门推销皖南出产的红茶和绿茶。这一次博览会中国送展的商品大都获得金奖,北京政府农商部编印了《中国参与巴拿马太平洋博览会纪实》中记载,"获甲项大奖的有农商部选送的雨前茶、乌龙茶、祁门红茶、宁州功夫茶";"获丁项金牌奖章的有上海茶叶协会选送的忠信昌祁门红茶"。

"巴拿马太平洋万国博览会"上的获奖,使得徽州茶叶名声大噪,在全国的销售量也大增。徽州各地,都开始创立自己的品牌,太平猴村的茶农王魁成,创制了"王老二奎尖",后来改名为"太平猴魁",成为徽州茶叶中的极品。民国初年,当时徽州最大的茶商就是吴炽甫,吴家形成了茶叶收购、加工、窨制、批发、零售等一整套经营体系,经营范围遍及皖、浙、苏、闽、赣、鄂、冀、辽、京、津等地区和城市。不仅如此,吴炽甫还在徽州设有吴介号、泰昌发等厂,收购黄山毛峰、老竹大方、街源烘青等名茶。吴炽甫之后,最具影响力的是"茶叶大王"吴荣寿。吴荣寿二十多岁就开始自营屯溪茶叶,逐步扩大经营范围,大兴土木,曾先后在屯溪街、阳湖等处扩建、新建了怡和、怡春、水源、华胜等10多家人茶号,并在老街桥头开设吴亦隆大酱坊等。鼎盛时期,他每年经销茶叶达2万多担,占市场份额的一半左右。不过,1929年朱老五火烧屯溪街,吴家街市上数十幢茶号付之一炬,吴家阳湖大宅也遭洗劫。此后,吴荣寿一蹶不振,郁郁寡欢,于1934年辞世。

1937年左右,徽州茶叶再次步入高峰,这当中有一个重要的原因是时任国民政府实业部次长的周诒春是徽州休宁人。周诒春是徽州茶商的后代，毕业于上海圣约翰大学，曾任清华大学校长，对徽州茶叶的品质和情况非常熟悉。1937年5月，周诒春调任中国茶叶公司董事长。这一点，又应了一句老话：朝中有人好做官。实际朝中有人，也好从商。周诒春在上海就任后，深知自己家乡茶叶的品质，以徽州为基地大力发展茶叶生产，注册了"屯绿"这一品牌，统一调配徽州茶叶进行出口。由于集中宣传，短短时间内，"屯绿"这个官方品牌名声大噪，不仅带动了徽州茶叶的大规模出口，也提升了徽州茶叶的知名度和茶商创立品牌的意识。有人统计过：1938年，屯溪共有茶号287家，这当中不仅有本土的公司，也有当时江浙沪茶号在屯溪设置的分部，无论是销售单位，还是销售数量，都是史上最多。这一阶段徽州六邑实力雄厚的茶商都集中在屯溪制茶，"屯绿"年产量已达四五万担，中茶公司收购后直运上海销售给外商开办的怡和洋行、锦隆洋行等，此种局面一直延续到抗日战争爆发后的几年。

徽商赚钱的方式

徽商靠什么赚钱？当时既没有银行，也没有股票，他们当然不可能靠资本买卖赚钱，只能靠做生意赚差价。万历年间的《歙书》曾经把徽商的经营方式归纳为五种：一是走贩，二是囤积，三是开张，四是质剂，五是回易。

在这当中，走贩，即长途贩运，占据了相当重要的位置。徽商把本地的木材、土特产贩运到江浙等地区只是第一步，更多的是，他们把太湖流域的丝绸以及南方的茶叶、棉布运到全国各地；把皖南、闽、浙山区的木材经杭州转运北方。

二是囤积。徽商每到一地，每当粮食、棉花、蚕丝等农产品大批上市的时候，便乘机压价收购，大批囤积，在市场短缺时再卖，获取丰厚的利润。比如说清朝咸丰年间，黟县人余士鳌经营商业，"其为贾也，术习计然，故善居积"。他的资本在太平天国时期损失殆尽，而他居然能以仅剩的50两银子作本，重整旧业，靠的正是囤积的本事。明代人蔡羽在《辽阳海神传》中曾经描写过徽商程宰的发财经历，也是囤积致富的例子：正德年间，程宰与其兄远赴辽阳经商，不幸亏本折利，耗尽了本钱。兄弟二人羞于返乡被人耻笑，遂受雇于其他商人，帮着打理生意。后来，程宰在辽阳海神的启示下，从事囤积。正德十四年（1519年）夏，有人贩药至辽阳，在其他药材脱手后，仅剩黄柏、大黄各千余斤无人收购，欲弃之而去。程宰便用自己受雇所得的酬金10余两，将两种药材全部买下。数日后，辽阳疫病流行，急需黄柏、大黄治病。两种药材供不应求，价格猛涨。程宰急将两种药材抛售出去，连本带利共得纹银500余两。又有荆州商人贩运彩缎入辽，不幸彩缎在途中淋湿，发霉生斑，难以销售，程宰遂以纹银500两乘着低价购得彩缎400捆。一个月后，有人在江西起兵造反，朝廷急调辽兵平叛。出征的队伍急需赶制军服，以便及时开拔，一时间，帛价大涨，程宰所囤积的彩缎价格一下子涨了3倍。又有苏州商人贩布入辽，其余大部分皆已脱手，仅余粗布6000捆无人问津，便以低价卖给程宰。正德十六年（1521年）三月，明武宗驾崩，天下官民皆需服丧，粗布遂成紧俏商品。程宰用银千两买得的粗布，一下子就卖得纹银4000余两，就这样翻来翻去，竟在短短的四五年里，由一个本钱不过10两的小商人一下子跃为腰缠万贯的大富商。

三是开张。所谓开张，就是指开商店，以商店售卖的方式赚钱。四是质剂。质剂是什么意思呢？就是合同、契约，一式好几份,第一份都是一样的,后几份在背面叠加起来,写个字什么的做个标志,凑起来,是一个整体,这样就防止伪造。合起来还是一样的,所以叫"合同"。质剂,是从西周时就开始了,当时契约写在简牍上,一分为二,双方各执一份。质,是买卖奴隶、牛马所使用的较长的契券;剂,是买卖兵器、珍异之物所使用的较短的契券。质、剂由官府制作,并由质人专门管理。这也说明,很早以前官府对于合同这一块,已经尝试有序管理了。徽商经营方式的"质剂",可能就是买卖合同,就是拿到批文,转手倒卖赚钱。徽商一拿到合同,直接就转包卖掉。从这种方式也可以看到徽商的脑子比较灵活。

五是回易。什么是回易呢?回易就是交易,就是贸易,这也可能是一种经纪人的方式。经纪人,当时就叫"牙商",就是空买空卖。很多徽商,都采取这样的方式,通过联系买方和卖方,从中拿差价。在古代,能做回易的,是需要一定智慧的,很多人都做不了,但徽商能做。在这一点上,徽商可以说是走在了其他商帮的前面。

第二讲 徽商在扬州

"徽骆驼"就是"徽老大"

扬州在历史上之所以发达，与京杭大运河有关，我们都知道隋炀帝主持修建了京杭大运河，并且他多次通过大运河下江南。当时京杭大运河的终点，就是扬州。隋炀帝是一个有文化、爱生活的人，他当然爱上了扬州。可以说，到了隋朝末年，一直延续到唐宋，扬州都是很发达的。不过，到了宋元时期，由于打仗，大运河很长时间没有被允许启用，运载能力下降，扬州也变得萧条。到了明朝，朱棣篡位之后，定都北京，与江南联系不方便了，怎么办呢？朱棣开始疏浚京杭大运河，加强内陆的河运。大运河经过明朝初年的疏浚之后，变得宽了，运载能力强了。这也是在明朝时，扬州成为一座繁华都市的重要原因。

很长一段时间里，中国的食用盐基地，是两淮、两浙、两广、福建、山东、四川等地。明清时期，我国主要的盐种有 10 种，其中，淮盐为第一大盐种，主要产地是现在的苏北一带。按照洪武初年的统计:淮盐的销售定额约占全国总数的百分之三十;第二大盐种是浙盐,产地是今天上海市和浙江沿海一带,销售定额大约占百分之二十。由于两淮靠近京杭大运河和长江,水路运输特别方便,而靠两淮盐场一带的中心城市,就是扬州。古代不像现在,现在似乎盐不是太重要了,都不缺了,但在古代人们严重缺盐,盐的需要量很大。因为那时候第一是没什么东西可吃;第二是吃东西,没有什么其他可放的,没有其他调料,就是放盐。现在一般一家人一个月一袋盐,都吃不完。而在古代,人们吃什么东西都放盐,而且,家家户户要腌东西啊,腌菜、腌肉,还有其他吃的东西要防腐,得放盐。不像现在,可以放在冰箱里。所以,古时候盐的需求量很大。当然,就官府而言,因为盐对人们来说是必需品,所以官府就把这块牢牢控制,实行专卖专营。盐商的兴起以及由盐而产生的一些政策,也是因此而生发的。

明代初中期,官府对盐业的政策,是以粮换盐引。引是一个特定的计量单位,每引20斤。以粮换盐引的政策就是粮与盐的对换,各地标准是不一样的。当时山西行省的一份奏折上说,商人以一石或者一石三斗米,可以换淮盐一引。也就是说,那些富裕大户,如果肯将一石三斗米送到山西的边防部队,就给他20斤盐的经营权。商人就凭着送米到地方的单据,到盐产地的盐运司衙门,经过检验后,换一张盐引,然后凭盐引,到官仓去支取盐货,再凭盐引,把盐货运到指定的地方去销售。所以,很多地方的商人就来到了两淮的中心城市扬州,还有附近的淮安、泰州等,也有不少盐商居住在那里。在扬州一带，起先最有势力的是山陕商人，因为山陕本身就是边关，也是粮食生产地，按官府的要求捐粮草给边关比较方便，拿到盐引也便当。当时山陕很多商人来到扬州。到了扬州，先建一个会馆，把一个人的雕像摆上，谁的？关公关老爷的。为什么要摆关老爷的，因为关老爷是山西人，以"义"为上，家喻户晓。山陕商人打关老爷的牌，也有一个广告效应，这样关公关老爷就成了山陕商人的形象代言人了。

不过这以粮换盐引，也有一个问题，因为官府发的盐引太多，经常没盐兑换，要等。盐在古代的生产和销售，属于计划经济，是按照人口的多少来决定的，而在"开中盐法"的实施过程中，"开中"数量又是以边关对粮食的需求来决定的。当"开中"数量大大超过盐的实际生产与需求时，买家就需要慢慢等待了。要等多长时间，经常是少则几年，多则十几年、二十年，甚至更长时间。历史上把这个难以支取盐的现象，叫作"困守支"。造成这种现象的原因就是朝廷和官府不讲信用。这让朝廷很没面子，因此在明宣德年间，朝廷对洪武年间卅始"困守支"的商人，兑换了资本钞给他们（即"大明宝钞"，也即明朝的钞票）。不过给钱也不是个事啊，朝廷的负担太重了，所以不久又开始拖欠了。这样一来，很多商人都不愿意了，不愿意把粮食送到边远地区来换盐引了，因为无利可图了嘛。这样一来，边关的粮食供给短缺了，朝廷又不得不另外想办法了。

明中叶弘治年间，户部尚书叶淇主政，对盐引制度进行了改革,不再是以捐粮给边防来换盐引,改为"输银于运司",也就是不一定要捐粮到边防了,只要在盐产地的衙门缴纳银两,便可以得到盐。然后,朝廷再把所得到的银两,收归户部太仓管理,以便分配给边关重镇。按照《明史》上说,叶淇是山阳人,也就是现在的淮安人,但另一种说法认为叶淇的祖籍是徽州,所以大批徽州人从其盐业新政中得利,加入到业盐的行列中来,与山陕商人争利益,争财富。叶淇的这一项改革,在当时很受盐商的欢迎,使很多盐商免除了长途运输之苦。不过对于当时陕西、山西等边区的种粮业,这是一种伤害,因为商人不需要向陕西等边防地区运东西了,那些地方的东西也变得匮乏,虽然有钱,但买不到东西啊,以至于那些地方物价飞涨。在扬州,叶淇改革之后,徽商在扬州很快兴起了,从明代弘治到万历年间,有很多徽州人来到扬州,经营盐业,因为在扬州方便啊,离淮盐产地很近。这些徽州人大批来扬州究竟有什么背景和原因,现在没有定论,也有人猜测还是叶淇的缘故,说叶淇对徽州人特别照顾。这一点,我在后面还要说。当时徽州来扬州的主要有黄、汪、吴、程、江、洪、潘、郑、许诸姓的人。所以,你看扬州盐商,是这几个姓氏的,一般都来自徽州。当然,也有例外。徽商来到扬州,也建会馆。各个地方商人的会馆都会供奉当地最有名、最具代表的人的像,比如浙江商人供的是伍子胥;广东商人供的是六祖慧能;山陕商人供的是关羽;江西商人供的是许逊;云贵商人供的是南霁云;两湖商人供的是大禹。徽商供的是谁的塑像呢?供的是朱熹朱夫子的,因为朱熹是徽州婺源人啊,而且,朱熹在很多场合下,都说自己是"新安朱氏"。徽州人会搞啊,选中这样一位有文化的形象代言人,一点也不比关公差,朱熹不仅讲"义",而且还讲"礼、廉、耻",比关公讲得还多。不过,就徽商来说,供朱熹像,还有争论呢,为什么,因为长江以北的安徽人,要放包拯包青天的像,包公铁面无私啊,也为老百姓喜爱。但总体来说,皖北、皖中的人争不过皖南人,所以在徽商会馆中,还是供朱熹像的居多。

徽商来了之后,有一个阶段,徽商和山陕商人平分天下。当时在扬州,徽州话和陕西话最为时尚,在当地人看来,讲这种话的人最为有钱。《扬州竹枝词》中说:"鹾客连樯拥巨资,朱门河下锁葳蕤。乡音歙语兼秦语,不问人名但问旗。"

不过又过了一段时间,徽商后来居上,在淮扬盐场上迅速崛起,压倒了陕晋商人。这当中的原因,有文化上的,有关系上的,也有习俗上的。因为徽商大方啊,跟官府结交,一方面谈吐好,跟官府和客人谈起古今得失,谈起历史的沉浮,那是头头是道。比如说明朝万历年间,有一个盐商叫吴彦先的,一有时间就读书,特别是历史方面的书,对历史掌故了如指掌,和人谈起古今之变,有很多大儒都自愧不如。也因为他博学,在众商和官府之中,威信很高,所有盐业营运都按照他的筹划来实行。另一方面是徽商比较大方,送礼送得多,也送得妙。不像山陕商人,比较小气,怕露富,赚了钱之后,都把钱带回家,自己穿着破皮袄,吃着羊肉泡馍,嚼着大葱煎饼。徽商不同,修园林,建藏书楼,还建书院什么的。

那些当官的,都是读书人起家的,因此跟徽商谈得来,徽商也就趁势而上。万历《歙志》在叙述这一段时,颇有点沾沾自喜的意味:"《传》之所谓大贾者……皆齐燕秦晋之人。而今之所谓大贾者,莫有甚至于吾邑。虽秦晋间有来贾维扬者,亦苦朋比而无多。"

"苦朋比而无多",正反映了那时山陕商人的实际。因为山陕商人走上经商道路时,多是农民经商,他们资本积累不足,多为中小商人为主。加之各自为政,力量分散,自然难以抵挡徽商的强势竞争。为了克服"苦朋比而无多"的现实困境,两省商人联起手来,合伙与徽商抗争。清人叶调元曾写《武汉竹枝词》分析了这种竞争状态,当然,这说的是武汉的情况。实际上,在长江流域一带,都是这样的情况:"四坊为界市廛稠,生意都为获利谋,只为工商帮口异,强分上下八行头。"

这个"上下八行头"是什么?是指"银钱、典当、铜铅、油烛、绸缎布匹、杂货、药材、纸张"为代表的"上八行头"和以"手艺作坊"为代表的"下八行头"。而"上下八行头"的经营者多为徽商。这一首竹枝词,就是要大家团结起来,共同对付徽商这个"徽老大"。在那个时候,各个商帮之间就这样明争暗斗,为了利益,也为了荣誉。有时候,争斗甚至由经济领域扩展到其他领域。比如说明朝时,山陕商人势力很强,有不少他们的子弟,就随着父亲在扬州读书,朝廷为了鼓励他们,特意恩准山陕商人的子弟在扬州上学,并参加扬州的科举,不必回原籍了。而徽州因为本来就属南直隶府,所以没有享受这一待遇。徽州商人便愤愤不平,也要求这样办。到了明朝末年，徽州商人也争取到了这一特许。这样一来，山陕商人不干了，认为这一政策不符合照顾陕、晋地域遥远的精神，上书请愿，要求废除对徽商子弟的政策。当时的扬州知府正好是山西籍，也就支持了这一政策。徽商便大为不满，进行抗争。到了清代，徽商再次通过朝中的关系，争取到了这一政策。这又招来各商帮的反对，不过反对归反对，因为朝中有人，而且徽商实力强大，所以这项政策还是通过了。现在有人统计出那些年徽商子弟与山陕商人子弟在扬州科举的成绩，徽商的子弟读书果然很厉害：从顺治二年（1645年）到嘉庆十年（1805年）这160年的时间里，徽州籍商人的子弟共中进士85人、举人116人、贡生（也就是可以推举到国子监学习的秀才）55人，合计265人；陕商子弟共中进士11人、举人25人、贡生9人，共45人；晋商子弟共中进士6人、举人11人、贡生5人，共22人。

还有一项统计数据，是顺治二年到嘉庆十年两淮徽州、陕西、山西商人子弟仕宦的人数，也就是当官的人数。其中，徽州籍京官26人、地方官74人、武职1人，仕宦人数合计101人；陕西籍京官2人、地方官3人，仕宦人数合计5人；山西籍就更少了，没有京官，只有6个地方官。这些统计，一方面说明徽州子弟读书比较厉害，清代中叶徽商在两淮已占优势；另一方面也证明了徽商贾而好儒，还是想让子弟们走科举的道路，先读书再做官，最好不经商了。而陕商和晋商，比较"重实利甚至重名"，他们的子弟中，优秀的经商，天资一般的，才让他们走科举之路。

从以上来看,清朝的时候徽州人不论在扬州,还是在两淮,都是出类拔萃的,有权有势有钱有文化。对于盐商的状况,《胡适口述自传》第一章是这样说的:"近几百年来的食盐贸易差不多都是徽州人垄断了。食盐是每一个人不可缺少的日常必需品,贸易量是很大的。徽州商人既然垄断了食盐的贸易,所以徽州盐商一直是不讨人喜欢的,甚至是一般人憎恶的对象。"不过憎恨归憎恨,总体情绪上,不是那种刻骨仇恨,而是"羡慕嫉妒恨"。当时有人称徽州人为"徽骆驼"。什么是"徽骆驼",也就是"徽老大"。胡适曾经说过"徽骆驼",现在也提倡"徽骆驼精神",有人还正儿八经地解释,"徽州人忍辱负重,像骆驼一样,所以才有徽骆驼精神"。其实这也许是误解,徽州又不是戈壁和沙漠,很少有人看到过骆驼。只不过徽州人,尤其是歙县人的方言中,把"老大"说成了"骆驼",于是"徽老大"就成了"徽骆驼"。胡适在这一点上,也是理解错了。

盐商为什么有钱

我们上一节讲的是明弘治年间至万历年间徽商来扬州的情况。那时的徽州盐商在扬州可以说是得到了前所未有的大发展。但万历之后,明朝很快就衰败了。到了崇祯年间,李自成、张献忠造反,清军入关,扬州经历了"十日屠城",先前的盐商或者逃亡或者被洗劫一空,扬州的一切又得从零开始。所以,清之前的扬州盐商被称为"旧商",清之后的盐商被称为"新商"。对于徽州盐商同样也是如此。清朝稳定下来之后,"清承明制",在政治和文化上,清朝所沿用的,还是明朝的老一套,在盐业政策上,也是如此。所以,在天下太平之后,徽州人又开始一拨拨地进入扬州城,他们从徽州各地赶来,一切从零开始。当然,在盐商中,还是以歙县人为多,为什么?因为歙县人经营盐业有经验,有关系,有传统。民国《歙县志》说,清代在扬州的歙县盐商:"江村之江,丰溪、澄塘之吴,潭渡之黄,岑山之程,稠墅、潜口之汪,傅溪之徐,郑村之郑，唐模之许，雄村之曹，上丰之宋，棠樾之鲍，蓝田之叶皆是也。"并说，"彼时盐业集中淮扬，全国金融几可操纵。致富较易，故多以此起家。"

在这里，我们得面对一个核心问题——为什么一经营盐，就变得很有钱？因为盐的利润很高，只要拿到盐引，就肯定能赚钱。康熙时，郭起元说："臣在江南仪真、通州等处见鬻盐，每斤（旧制一斤等于十六两）制钱二三文。至江西、湖广者，民间买盐每斤一二十文不等。"从这一段话可看出，当时盐的利润，是成本的六七倍。道光时，陶澍说，"盐场每向卖制钱一二文、三四文不等"，而汉口盐价"每斤需钱四五十文，迨分运各处销售，近者六七十文，远者竟需八九十文不等"。这就更不得了，盐的利润可以说高上成本数十倍。

由此可知，清朝前期盐的收购价格几乎没有变化，而盐的销售价格却扶摇直上。盐的购销差价不断扩大，表明盐商和官府所攫取的盐利在不断增加。清初，淮盐每年行销140万余引，后增至190万余引，每引由200斤增至400斤。如果以每引300斤，销盐1斤可获利30两纹银统计，那么行盐1引，就可获利纹银9两。以淮盐岁引140万引计之，当有1200万两白银之利。这还不包括私盐，有很多盐商，实际上在贩卖官盐的同时，也在贩卖私盐。由于跟官府关系搞得比较好，官府对于那些其他来路的私盐贩卖，也就睁一只眼闭一只眼。所以很多盐商"打着擦边球"，利润就更高了。如此高额的垄断利润，自然对徽商有着巨大的诱惑力，所

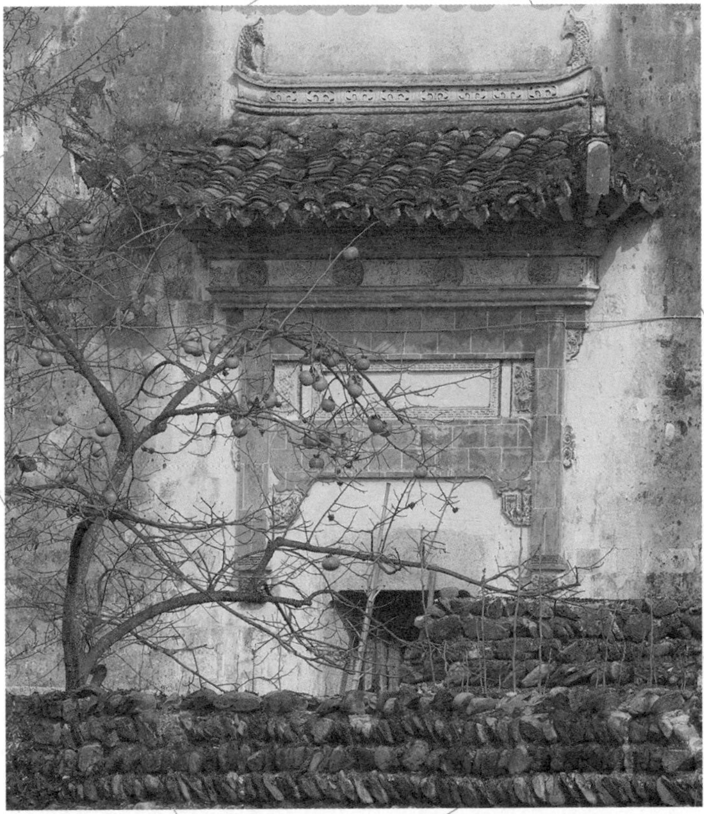

以在扬州经营盐业的徽州商人们竭尽所能,千方百计地结交官吏,甚至巴结到了皇帝。这种情感的投资,精明的徽州商人比任何商帮的商人都要大得多。这种官商互惠、心照不宣的你来我往,使徽商获取了高额回报。徽商大贾很快由明朝"藏镪百万"发展至清朝的千万财富,财力几乎增长了10倍。有钱了干什么呢?就开始圆自己的梦。什么梦?就是当官的梦,去捐一个官什么的。实际上,这个官一般来说,不是实职,而是虚职,是候补,比如候补道台什么的。级别虽一样,但就是一个虚职,仅仅是一个待遇。但徽商们愿意啊,管它是不是实职,只要有一个待遇就行。

盐业是一种"承包制",这种"承包制"可以说是中国古代的一大特色。特色的形成,在于政府的强大,也就是"权力寻租"。这是专制体制的一种衍生制度,力图在不改变国家控制重要资源的前提下,激发民间的生产积极性。从实施的效果看,它虽然产生了一些活力,但这活力只是相对的,是相对那种僵化腐朽专制的方式而言。最终,这种"权力寻租"性质的"承包制",彻底破坏了市场的公平性和法治化,为官商经济提供了肥沃的土壤,滋生了腐败,实际上成为阻碍古代中国经济走向真正意义上的市场经济的重要障碍之一,因为它归根结底是不公平的制度。

扬州徽商的状况

讲徽商，必须要提到扬州的盐商。在扬州，盐商创造了徽商财富的巅峰。徽州人到扬州的路径，一是从长江，二是沿西子湖向北走，过太湖，入运河，跨长江。在古代中国，扬州可以说是较长一段时间里最热闹的城市。扬州云集了全国各地的商人，其中徽州商人来扬州很早，也很有势力，近人陈去病在《五石脂》一书中说："徽州人在扬州最早，考其年代，当在明中叶，故扬州之盛，实徽商开之，扬盖徽商殖民地也。故徽郡大姓，扬州莫不有之。"

扬州这座城市，跟一般的中国古代城市不大一样。中国古代的城市，一般来说，都是因为政治和军事因素而形成的，但扬州不一样，扬州是因为经济因素而形成的。所以自一开始，扬州这个地方就很有活力，人们比较开放，很会生活，也很有风情，活得很滋润。因为这里是两淮盐场的中心，全国各地的盐商,都会来到这里,而那些运盐的船只,也会来这里。那些来自全国各地的商人,在这里挥金如土,衣服、马车动辄十万。扬州更是成了名副其实的"销金窟"——盐商想享用美食,于是许多人就成为厨子,烹饪艺术也因之发展;盐商想吃早茶、想洗浴,于是早茶馆与汤浴馆大量涌现;盐商想欣赏优伶,于是许多人投身梨园,戏曲艺术也因之发展;盐商要享受城市山林之乐,古城扬州成为一座花园式城市;盐商想要鱼水之欢,于是运河水巷中,点着红灯笼的船只无所不在……有一句民谚可以说明扬州人生活的状况:"早上皮包水,晚上水包皮。""皮包水"指的早上喝早茶,吃早点,一吃就吃到大中午;"水包皮"呢,则是去大浴室洗澡、修脚。当时扬州的修脚师傅的技术是一流的。这说明什么,说明扬州这个地方的人会享受,扬州比较富裕。在这里,先富起来的来自全国各地的商人将积累起来的财富用来买官、置地、纳妾。扬州成了全国各地商人的"销金窟""风流地""快活林"。在这里,文人放浪形骸,商人花天酒地,女人卖弄风情,生活随心所欲。"天下三分明月夜,二分无赖是扬州"——这是徐凝的诗句,这首诗将扬州的烟花明月,夸耀到了极致。值得一提的是,这些商人也是暴发户,当时在扬州,蓄养小妾成风,许多扬州以及江南一带的姑娘也流行"傍大款",当时有一首民谣是这样唱的:"淡淡衣衫淡淡裙,淡淡梳妆淡点唇。皆因一身都是淡,将来付与卖盐人。"

  扬州的盐商生活奢侈到了什么程度,后来,曾国藩的弟子薛福城在《庸庵笔记》是这样说的:"凡饮食、衣服、车马、玩好之类,莫不斗奇竞巧,务极奢侈。即以宴席言之,一豆腐者,而有二十余种;一猪肉也,而有五十余种。"有一故事是这样说的,有一次有个盐商举办家宴,中间上了一盘猪肉,众客尝了以后,无不惊叹那肉非常好吃。席间,一个客人吃过以后起身去上厕所,忽见数十头死猪放在那里,独脊梁上那一块肉不见了,被割了。一问厨子,才知道刚才所吃的那碗猪肉,就是从这数十头猪的脊梁上割下来的。其方法,是先把猪关在室内,派人用竹竿不停地打,猪嚎叫奔走,以至于死,立即取其背部肉一片,数十头猪,仅供一席之宴,真是奢侈浪费到了极致。此外,还有食鹅掌法、食驼峰法、食猴脑法,都极其新鲜而残忍。这些盐商哪里是在吃东西啊,分明是在找刺激,吃黄金和白银。《扬州画舫录》上还记载过两个故事:有人为了炫耀富有,竟花三千两银子把苏州城内所有的玩具不倒翁统统买走,"流于水中,波为之塞";还有人以万金买金箔,载至金山宝塔上,向风扬之,顷刻而散,沿江水面草树,四处飘漾。吴敬梓在《儒林外史》中写到的扬州大盐商万雪斋勤劳致富后,也过着奢侈生活,讨了很多小老婆,平时将冬虫夏草当菜吃,他的第7个妾生病时花了300两银子买了一味中药雪蛤蟆。

扬州的有钱人就是过着这样奢侈的生活,这种生活,说好听的是会生活、陶冶性情,说不好听的是奢侈淫逸、铺张浪费。不过在扬州盐商这个群体当中,徽商相对来说,是比较独特的,他们比较斯文，亦儒亦商，用现在的话来说，就是学识水平和学历水平比较高，他们不似晋商那样"土老帽"，就像现在的煤老板，一个个土鳖得很，动不动就买"悍马"，办几个户口，在京城大肆买房；也不似湖广商人那样执拗小气，脾气古怪，不好接近。徽商曾经讽刺陕西商人是："高底镶鞋踩烂泥，平头袍子脚跟齐。冲人一身葱椒气，不待闻声是老西。"这是因为陕西皮货商身着老羊皮袄，经营"西口皮货"，一身羊膻气，所以徽商也称陕商为"毛毛客"。徽商是比较有文化，也会精细生活的，他们很会花钱，而且花得很有品位，他们喝茶，穿丝绸，谈吐文雅，举止端庄。他们喜欢吟诗作画弹琴演戏，还养了一批画家、文学家和戏曲演员。在书画上，当时他们最喜欢，也最吹捧的，就是"扬州八怪"。"八怪"汪士慎、罗聘是徽州人，也因为是徽州人，徽商格外地抬举这两位。关于这个，我在后面还要讲。

清代李斗的《扬州画舫录》是一本描写有关扬州风土人情的"大百科全书"，在书中，李斗记述了康、雍、乾时期扬州的繁华与热闹。七十八岁的袁枚在这本书的序言中感叹道：记得40多年前，我到平山去玩，从天宁门外出发，乘船而过，看到那时的河也就两丈多宽，两岸也没有什么像样子的楼台和房子。后来两淮盐商兴起，开发扬州，现在，河也宽了，山也秀美了，雕栏玉砌的亭台楼阁也造了不少，梅花开了桃花开。这样的景色，真是天上人间。

这位昔日的江南才子在为李斗的书写序的时候，仍然对这样的惬意人生意犹未尽，难以忘怀。也的确是这样，越是奢华多彩的世界,越是让人难分难舍。袁枚算是一个风流倜傥之人,在他七十八岁时为这本书写序,他想着扬州的繁华,想着去日不多,当然会百感交集。那是真舍不得啊,他眼看着日子越来越少,离这个人间仙境将去将远,心里莫名地就有种难以割舍的忧伤。

鲍志道与江春

我在前面已经讲过了,有关徽商的很多材料,是散落在很多文献中的,很难形成专门的传记,因为商人毕竟地位不高啊,一般的史书,对于他们都很少记载。明清时就是这样,那么多对社会发展有过杰出贡献的商人,不能入史书,商人们不服气啊,于是自己拿钱,请人而且请名家给自己写志写传。王世贞《弇州山人四部稿》有墓志铭 90 篇,其中为商人所作的 15 篇,占总数的 16.6%;《弇州山人续稿》中有墓志铭 250 篇,其中为商人所作 44 篇,占总数的 17.6%;来自徽州的汪道昆《太函集》有商人传记 70 篇,李维桢《大泌山房集》中商人传记同样很多。这些传记的文体大多是寿序、墓志、行状之类,大部分是为润笔费所写,缺乏文学性,但它们往往表现了作者对商人的态度,记载了当时的文士和商人之间关系密切的事实,具有一定的史料价值。这样,很多商人的经历和事迹,便散布在一些地方志、族谱或者笔记话本中。

我们现在就根据一些历史文献资料，略举一些富至百万、千万的扬州盐商事例，稍稍地罗列一下，可以看出徽商在扬州的情况。

歙商程某，最初从其舅父业盐江淮，"初为下贾"，就是小商人，不久"进为中贾"成为中等商人了。大文人王世贞书中记载歙商程德容，业盐江淮，"十余年成中贾，又二十余年成大贾"。《太函集》里也有涉及：歙商吴伯举，在扬州"居贾故久"，"善筹算"，发家致富，"诸上贾西面事之，为祭酒"；休宁吴用良，业盐扬州"两世以巨万倾县"。兄弟七人，"人人若千万矣，成为休宁商山上上贾"。《竦塘黄氏宗谱》也记载：歙县黄豹，业盐淮南，"久之，一年给二年足，三年大穰，为大贾矣"。歙商黄莹，"世业鹾两淮，甲于曹耦"。"鹾"就是盐的意思。他业盐扬州，"货镪大殖"，在两淮被称为首商。《歙事闲谭》中写道，歙商黄晟、黄履灵、黄履暹、黄履昂四兄弟，业盐扬州，被人称为"四大元宝"。康熙《祁门县志》卷四记载，祁门汪文德，几代人在扬州经营盐业，他"持筹握算无遗策"，在清兵攻占扬州时，他献上30万两银给清兵，作为"犒师银"。《济阳江氏族谱》中说，歙县江嘉谟业盐扬州真州，"肩任鹾务，凡豫章、饶、吉诸盐务，公尽司其责无少负托，声誉广播，业日隆起，被推为盐筴祭酒，达数十年之久"。又说，歙县江天启，家世业鹾淮扬，时称巨贾。他"济贫周急，一诺而挥数千金无难色"。《两淮盐法志》卷六说：吴禧祖，业盐扬州，与大盐商黄履暹、江春、洪征治等齐名。《扬州画舫录》说：歙县大盐商汪廷璋，自曾祖父汪镳起，就业盐于扬州，其父汪允信"富至千万"。

从以上这些零星的记载中，可以看出徽州盐商的富庶程度。在扬州，有钱的徽州盐商如鱼得水。钱还真是一个好东西，它就像雨露一样，灌溉文化的幼苗。钱可以让文化长高、长大，还可以让文化变成庭内的盆景。歙县籍的盐业总商江春，算是扬州盐商中的大佬了，他曾经是"两淮八大总商"之一。乾隆时扬州共出现过8位盐业总商，也就是当地盐业协会的会长。在这8位总商当中，有4位，都是徽商，他们分别是汪应庚、汪廷璋、江春以及鲍志道。

我们先来说说鲍志道，看看鲍志道所具有的徽商的典型性。鲍志道是歙县棠樾人，也叫鲍诚一，生于1743年，1801年去世，主要生活在乾隆年间。鲍志道的发家史，在徽商中也具有典型意义：鲍志道十三四岁就离开了徽州，一直兢兢业业地打拼，虽然机会没来，但鲍志道学了很多技艺，也学到了做人的道理。二十岁时，鲍志道来到扬州，一开始到一个吴姓盐商家做学徒。同时应聘的，有好几个人。大家来到吴老板家后，吴老板便请大家每人吃了一碗馄饨。吃完之后，吴老板说，今天我还有事，不谈工作了，你们先回去吧，明天来。第二天，这帮人到了之后，吴老板开始问了，昨天我给你们吃的馄饨，有几种馅？每种馅各几只？大伙都答不出来，有的人就乱猜。只有鲍志道不慌不忙，给出了答案。徽州人真是心细如发啊。于是，吴老板录取了鲍志道。在当了几年学徒之后，鲍志道自立门户，终于在老乡云集的盐业打出了一片天地，成了一位总商，任期长达20年。

思想徽州·徽商六讲 | 345

鲍志道发达之后，主要做了几件大事：一是构筑错综复杂的官商网络，二是资助同族子弟读书考科举，三是重建宗族世家。在任总商的20年间，鲍志道热心政府的各项工程，无论军需、赈济还是河工（也就是打仗、赈灾和兴修水利），鲍志道总是积极参加，他总计向朝廷捐银2000万两之巨，超过了江春的记录。朝廷也"投桃报李"，给了他一顶"红帽子"，从文林郎内阁中书、中宪大夫内阁侍读到朝仪大夫掌山西道监察御史，当然，这些都是待遇，是级别，不是实职。鲍志道有两个儿子，长子鲍漱芳跟从他经营盐业，次子鲍勋茂则刻苦读书，考中了举人，后来当上了正三品的能政使，成了真正的官，这也满足了鲍志道的心愿。鲍志道还出资重修了扬州的徽商会馆和歙县最大的书院——紫阳书院。这些都是鲍志道内心的科举和文化情结。

鲍志道一生完成的最后一项重大工程，是重修鲍家祠堂——敦本堂。什么是"敦本"，就是注重根本的意思。在外从商发了财，还是忘不了老家，忘不了一亩三分田。建这个祠堂，就是特意表明不要忘了根本，所以取名"敦本堂"。这座敦本堂在棠樾，也就是鲍志道的老家。祠堂建于明嘉靖末年，至清嘉庆年间已破败不堪了。鲍志道和儿子鲍漱芳决定捐钱重修。鲍志道亲自过问了祠堂重修的每一个细节，敦本堂坐北向南，三进五开间，进深47.11米，面阔15.98米，门厅为五凤楼式，前后檐用方形石柱，左右两壁分刻乡贤朱熹所书写的"忠孝节廉"四字。鲍志道还专门请了宫廷画师来到徽州，画了一幅40多位祖宗集中在一起的巨幅画像。敦本堂1801年完工，正是在这一年，鲍志道去世。在他的儿子鲍漱芳和鲍勋茂的恳请下，当时名气最大的文豪、礼部尚书纪晓岚亲笔为鲍志道作传并撰写了墓表，题目为：《中宪大夫鲍公肯园暨配汪恭人墓表》，肯园是鲍志道的号。从标题中，你看不出这是一位商人的墓表。可以说，鲍志道是徽商的一个典型——少贫而有志，壮富而好善，家足而子贵，一生平稳，德识兼备，在官府和商界均受到尊重，最后泽被桑梓。

四位盐业总商中，江春的名气最大，能耐也最大，他以布衣身份结识天子，始终参与乾隆下江南的接待工作，传说那座矗立在瘦西湖边的扬州白塔就是他的"杰作"。江春是歙县江村人。江村的"江"，是济阳江，济阳这个地方应是在中原，也就是河南境内。我看过旌德江村的《江氏宗谱》，序言上是这样写的："江氏始居，起于济阳，又自济阳而临淄，自临淄而河南考城，自考城而汝宁江家宅，自江家宅而处州，而山阴，而宣城，而金鳌里，而歙州，而婺源，而浮梁，而贵溪等处，其居族迁移之不一也。"这里讲得很清楚，江氏一开始是在现在河南的信阳一带，后来南下，先是到了山阴也就是现在的绍兴。历史上，在南朝的时候，江姓出了一个有名的人物，就是江淹。有个成语"江郎才尽"，说的就是江淹。江姓从江阴到了宣城，然后到了金鳌里，也就是现在的旌德县江村，后来才到了现在的歙县江村。不过歙县江村的《江姓家谱》，虽然说自己是"济阳江"，但说自己是从浙江开化迁过来的。那还是宋朝的时候，有个名叫江汝刚、字君毅的人，因为考中进士，被分到歙州来做官。江汝刚官做得不错,深受百姓的欢迎,他也喜欢这个山清水秀的地方。所以任期满了之后,当地百姓挽留他,他就留了下来。姓江的,其实也不一样,像婺源的江姓,其实是萧姓改的,所以称"萧江",也就是"假江",跟"济阳江"不一样。

江春的祖父江演于顺治初年来到了扬州,"数年积小而高大",成为两淮盐商中的中坚人物。江春的父亲江承瑜也从事盐业经营,为两淮盐商总商之一。江春出生于清康熙五十九年(1720年),因为父亲的早逝,十九岁这一年,江春参加乡试,没有考取举人,就开始继承父业,袭任总商做起盐业生意了。《歙县志》人物传中特别提到了江春:"练达明敏,熟悉盐法,才略雄骏,举重若轻。"这个"举重若轻"不容易啊,就是再大再难的事,也能轻轻松松地做成。这就是能力啊。当然,也有另外一回事,就是"举轻若重",把很简单的事复杂化,故意搞得很难似的,现在机关中有的官员,做事都是"举轻若重",本来很容易做的事,偏偏慢慢搞,你也"研究研究",他也"调查调查",有一个谚语叫"认认真真走过场,老老实实说假话",这个装认真、装老实,也是"举轻若重",芝麻大的事,故意当作不得了,故意做得好难。这点就不多说了。总而言之,江春这个人,一表人才,少年老成,多才多艺,诗写得很好,而且为人幽默风趣,用现在的话来说,就是很有才能,很有个人魅力。

乾隆六次下江南,几乎都与江春发生了故事。乾隆十六年(1751年),乾隆首次下江南,江春率汪廷璋、黄履暹、洪征治等总商在蜀冈御码头接驾,这四位总商皆徽州歙县人。乾隆二十二年(1757年),为迎接乾隆第二次下江南,江春筹资在扬州天宁寺兴建行宫,并将瘦西湖北边的江园献为官园迎驾。乾隆下江南时就住在江园,乾隆见这个江园这么漂亮,一高兴之下,亲笔题写"净香园",把江园给改了个名。乾隆第四次下江南来到扬州,扬州已经建好瘦西湖了,这也有了那个关于用盐建白塔的传说。主谋者,据说还是江春。乾隆第五次下江南,江春率两淮盐商在熙春台为乾隆祝七十大寿,后人将这一盛世大典称为"春台祝寿"。此次,乾隆游览了江春东园。第六次下江南,乾隆再次亲临江春东园、康山草堂,并且面赐江春七龄幼子江振先"金丝荷包"。这一次,乾隆写了《游康山即事二首》《游康山》等诗。在这里,我将《游康山》抄录如下:"新城南界有山堂,遗迹其人道姓康。曾是驻舆忆庚子,遂教题额仿香光。重来园景皆依旧,细看碑书未异常。述古虽讹近文翰,一游精鉴不妨详。"

乾隆在诗中回忆了庚子(1780年)那年游览康山的旧事。那年,他见"康山草堂"四字虽是董其昌所书,但是气韵不足,便主动提出要为江春的草堂御书写"康山草堂"匾额。这次重访,见自己的书法还好端端地在那里,很是高兴。乾隆的诗中另有"爱他梅竹秀而野,致我吟情静以偿"之句,表达了他对江春家园林的喜爱。

在这一系列的迎驾活动中,江春竭尽心智,参与策划。他的办事能力,给乾隆留下了深刻的印象。据说,每当新的两淮巡盐御史上任前,乾隆总要对他们说:"江广达人老成,可与咨商('广达'是江春盐行的旗号,过去名以旗称,所以人们又称呼江春为江广达)。"乾隆二十七年,也就是1762年的时候,一位叫张凤的太监,因为犯了事情,从宫中逃了出来,遭到了朝廷的通缉。这位太监一路躲藏,到了扬州,最后到了江春的家里。江春知道了,把他抓起来送去了官府。这件事让乾隆知道了,大发感慨,说这些封疆大吏,竟然没有一个比得过江春,下令对沿途官员的失察严加整顿。为了表彰江春,特地赐予他"布政司"的红顶,官至一品。不过,这也只是一个待遇,不是实职。

乾隆为什么喜欢江春呢,因为江春虽然是做生意的,但人有大局观,不像一般的商人,就只知道钱,俗不可耐。江春谈吐不俗,为人大方,诗歌也写得好。比如说,有一次袁枚跟着曹震亭、江鹤亭游黄山(这个江鹤亭就是江春,曹震亭,是当时的一个知县,也是一个知名文化人),几个人一起上山时,正好下雨了,江春就随口吟了两句诗,"非是山行刚遇雨,实因自入雨中来",什么意思呢?就是我们走在山路上,不是刚刚遇到雨,而是我们是从雨中来啊。为什么呢?因为黄山一直有雾,湿漉漉的,空气非常湿润,很舒服,现在下点小雨,实际上也是雾啊,所以说,我们一直是行进在雨中。应该说,江春的这两句诗,写得不错。当时袁枚非常赞赏,说写得好,他评价江春:"其心胸笔力,迥异寻常,宜其隐于禺筴,而能势倾公侯,晋爵方伯也。"意思是说,江春虽然是做生意的,整天跟钱财打交道,但心中不俗,气度不凡,胸中自有春夏秋冬。这个人当然是了不得的。

江春还办有一个秋声馆,这是文人们经常聚会吃喝玩乐的地方,当然,是全免费的。当时"扬州八怪"中的一些人,比如说郑板桥、金农等,都是这里的常客。秋声馆有琴棋书画,还养有一些蟋蟀,有时候大家兴致上来了,就玩斗蟋蟀的游戏。江春还请一些大文人,担任秋声馆的主持,因为有大文人在,小文人们也踊跃参加,比如说蒋心馀,就曾帮江春主持过秋声馆。蒋心馀所撰的杂剧《四弦秋》、传奇《空谷香》等,都是在秋声馆担任主持时写的。当时的江南大文人厉鹗,也常在秋声馆做寓公,一待就是一整天,甚至多少天都不出门。厉鹗曾写过一首词《齐天乐·秋声馆赋秋声》,上面有这样的句子:"讶篱豆花开,雨筛时节,独自开门,满庭都是月。"从这首词中,可以看到秋声馆的清新雅致。至于袁枚,因为跟江春关系好,更是秋声馆的常客了,他也为秋声馆写过一首《扬州秋声馆即事寄江鹤亭方伯兼简汪献西》。江春死后,袁枚还为"诰封光禄大夫奉宸苑卿布政使江公"写了篇墓志铭。这也很正常,吃人家的拿人家的,当然要以文字还情。

江春最感荣耀的事,是乾隆帝两次"赏借"给他55万两帑银。所谓帑银,也就是国库里的钱,用盐商的话说就是"万岁爷发的本钱",说白了就是无息或低息贷款。尽管帑银是要还的,但用这笔钱周转还是很不错的。更何况那时国家并没有银行,像无息贷款这种事情是很好的,所以这与其说是钱,还不说是皇帝的"龙恩",是皇帝给的面子。所以江春每每提及这些帑银,总是得意万分。

在乾隆三十六年(1771年)时他得到帑银30万两,每年可以从中获得利润银2.6万两。江春很感激朝廷,每年把其中的1万两上缴给国库。去世前夕,江春又交代家人,把多余的钱也交给朝廷。江春就是这样一个爱朝廷的人,那时候也没有爱国的概念,朝廷就是家,家即国,所以江春也是位"爱国者"。

徽商与园林

我在前面说了,比较其他商帮来讲,徽州盐商是比较有品位的,也是比较会花钱的,他们不是一味地花天酒地,而是喜欢自然,喜欢文化,喜欢美好生活。所以在扬州,徽州盐商有钱之后,带头修了很多书院、藏书楼,也建了很多私家花园,也就是园林。他们喜欢在里面修身养性、附庸风雅,招徕一帮文人、画家、戏子等,不亦乐乎。比如说,明末的扬州有一座吴园,是徽州商人吴家龙的别业,乾隆南巡时,也游经此园,赐名为"锦春园"。这座吴园,位置在瓜州一带。

歙县籍盐商"四大元宝"黄晟、黄履暹等四兄弟,也是非常喜欢私家花园的,"黄氏兄弟好构名园,尝以千金购得秘书一卷,为造制宫室之法。故每一造作,虽淹博之才,亦不能考其所从出"。这个"秘书"是指绝版的书籍。这四兄弟,家家都建有漂亮的私家花园。长兄黄晟,在康山南部筑有易园,园中三层阳台,这是楼房啊，在古代是非常不容易了。老二黄履暹，也倚山造了一座十间房花园，还建有北郊别墅，其中景致有"四桥烟雨""水云胜概"，皆为"扬州二十四景"，可见这座别墅的漂亮程度。"四大元宝"之三的黄履昊在家排行老四，家住在扬州阙口门，建有容园。至于老六，家也住在阙口门，建有一座别圃。易园、十间房花园、别圃现在已不在了，《扬州画舫录》也是一笔带过，未作详述，也不知究竟是什么模样。容园在道光初年为运判张运铨所有。道光间，两江总督兼署江苏巡抚的梁章钜解任旅扬州时，曾居容园三月，留下"水木之胜，甲于邗江"的评价。道光十八年（1838年），有一个叫金安清的人到过容园，大饱眼福后描述道："园广数十亩，中有三层楼，可瞰大江，凡赏梅、赏荷、赏桂、赏菊，皆各有专地。演剧宴客，上下数级如大内式。另有套房三十余间，回环曲折，迷不知所向。金玉锦绣，四壁皆满，禽鱼尤多。"从这一段描写中可以看出，这座容园的确不同凡响。

扬州还有一座影园，也很有名，影园的主人，就是徽州籍的盐商郑元勋。为什么叫影园呢？《扬州画舫录》上有记载："影园在湖中长屿上，古渡禅林之北。园之影名者，董其昌以园之柳影、水影、山影而名之也。"这个名字，还是大文人董其昌命名的，说这个地方能看到柳影、水影和山影，着实是雅得很，文艺得很。董其昌为园林取了这个好名字，想必也得到了一笔丰厚的润笔费。影园很大，有"小桃园""小千人座"等景点。郑元勋是歙县郑村人，是黄宾虹的老乡。郑元勋并不是一个人在扬州，他家里四个兄弟，全在扬州做盐商,而且还各干各的,都当老板。他们有一个共同爱好,就是喜欢文化,喜欢美,喜欢园林。兄弟几个人,郑元勋有影园,郑元嗣有嘉树园,郑元化有五亩之园,郑如侠有休园。这些园子听起来名字都很雅,都有点品位。郑元勋为什么要造影园呢?他自己写了一篇文章,叫《影园自记》,说自己曾游览过金陵、姑苏等名胜,"以为人生适意无逾于此",最终是要归于自然,于是,他就造了影园,让自己归于自然。在影园,郑元勋还经常举行一些活动,比如,有一次影园中一朵非常难得的黄牡丹开了,郑元勋邀请了全国各地的名士、诗人前来赏花品酒,并现场作诗,评比后还"发奖金",搞"诗歌大奖赛",并且请来当时非常有名的大儒钱谦益来当"评委会主任"。钱谦益是有名的江南才子,也是明末东林党的首领,他的夫人柳如是也很有名,曾是"秦淮八艳"之首。这个"诗歌大奖赛"评出奖之后,就"发奖金""发证书","证书"上写什么呢?写个"牡丹状元"。你看那时他们的生活,真是风流高雅。

扬州的徽商就这样建园成风。不仅建,有时候看到别人有好园子,便千方百计想办法买来,比如说筱园,在扬州瘦西湖的二十四桥边上,本来是扬州当地人种芍药的地方,里面种了很多芍药。歙县有钱人程梦星一看这个地方漂亮,就看中了。他先是在京城考取了进士,在翰林院当了一个庶吉士,也就是博士后,属于实习生,然后呢,正式当上了翰林院的编修,相当于现在社科院的研究员和教授。不过,这个工作很无聊啊,整天跟那些枯燥无味的古文打交道。程梦星四十岁左右的时候，到了扬州，看到当地有这么一座园林要卖，便买了下来，也不想去京城当那个编修了，便一直待在扬州，吟诗饮酒，不亦乐乎。程梦星是两淮盐业总商程量入的孙子。

扬州还有一座个园，非常有名，现在还在，曾有人将之列为全国四大园林之一。个园主人是黄至筠，又称黄应泰，有人说是浙江人，也有人说是徽商。据说，他是当时最有钱的，家住在扬州东关街臣止马桥之西，宅子一直延到广储门安家巷。黄家的大门平列有五座，而不是今天的三座，分别以福、禄、寿、财、禧为名。盐商送盐款时，开"财门"；客人前来祝寿时，开"寿门"；子孙加官晋爵时，开"禄门"；家中操办喜事时，开"禧门"；平时只开"福门"。黄应泰平生最爱竹，所以他的名字叫黄至筠，筠是竹字头嘛。他建的私家花园，为什么叫个园呢？因为这座园子里种了各种各样的竹子。个的字形由竹而来。除了竹之外，个园里最有特色的就是园林里用石头垒成的假山了，假山按春夏秋冬分列，有春山、夏山、秋山和冬山。春山是由太湖石构筑的，山上翠竹修篁，摇曳生姿；夏山则是云峰临水，清流环绕，山顶秀木浓荫，山下涧水潆洄；秋山由黄石叠成，气势雄伟，峻峭挺拔；最漂亮的莫过于冬山了，构筑冬山的是宣城石，洁白如羽，整座山置于南面向北背阴的墙下，像未融的雪山一样雪白反光。传说个园中的假山，曾经有用白银浇铸的，每座重达千斤，因无人能偷盗，故称"没奈何"。园中树木葱茏，雀鸟啁啾，扰人清梦，故雇童子若干，手执小旗，每天黎明在屋顶上驱赶。黄至筠有钱啊,对生活也讲究,他吃的蛋炒饭,庖人开价每份50两纹银,其饭粒颗颗完整,蛋黄均匀地包裹米粒,称为"金裹银"。他还喜欢喝鱼汤,他喝的鱼汤,不是一般的鱼汤,取鲫鱼舌、鲢鱼脑、鲤鱼白、斑鱼肝、黄鱼膘、鲨鱼翅、鳖鱼裙、鳝鱼血、乌鱼片和鳊鱼鳍共同熬成,美其名曰"百鱼汤"。黄应泰还喜欢吃老家的竹笋,喜欢吃竹笋烧肉。一般地方的竹笋不行啊,必须得黄山的竹笋烧肉最鲜美,但是竹笋必须就地掘取,及时煮食才行,稍为延误便失去真味。黄家于是专门制作了一种炊具,形如担子,两端各置锅炉,从黄山到扬州,沿途十里一站,令夫役守候。事先派专人到黄山,掘笋切肉,置于闷钵中,下面燃烧炭基,由夫役担于肩上,快步如飞,十里一换,等到扬州,笋肉已熟。从这点看,你说商人生活得讲究不讲究?那是真讲究,近乎病态了。有钱没地方用,只好"烧包"了。

扬州"二马"与藏书楼

徽商在扬州的园林,清代时最为著名的,是补门盐商马曰琯、马曰璐的小玲珑山馆。有人说现存的小玲珑山馆,就是扬州个园公园的一部分。现在个园的东南角,还有一个人迹稀少的小院,里面残有一栋貌不惊人的小楼,古朴而冷清,这是当年小玲珑山馆的藏书楼。小玲珑山馆在当时非常有名,因为"二马"在当时的扬州非常著名,原因在于他们不仅非常有钱,非常有文化,而且非常有个性,有个人魅力。他们是诗人,马曰琯著有《沙河逸老集》,马曰璐著有《南斋集》,人评其诗"清峭可喜"。当时的袁枚,也曾在《随园诗话》卷三中对"小玲珑山馆"有评价:"升平日久,海内殷富,商人士大夫慕古人顾阿瑛、徐良夫之风,蓄积书史,广开坛坫。扬州有马氏秋玉玲珑山馆,天津有查氏心谷之水西庄,杭州有赵氏公千之小山堂,吴氏尽鬼之瓶花斋,名流宴咏,殆无虚日。"

这一对马氏兄弟,曾经被举荐参加"博学鸿词科"。什么叫

"博学鸿词科"呢？就是科举之外，还有一条走进士道路的捷径，就是这个人虽然参加科举考试不太行，但他非常有成就，是公认的人才，那么，朝廷也会发挥他的特长，让他参加"博学鸿词科"。不限考生有没有秀才、举人资格，但要总督和巡抚推荐，然后到北京参加考试；考试的科目和内容，也与科举不一样，不考八股，侧重于诗、赋、论、经、史、制、策等。考中的，同样是进士，同样可以为官。所以，你看封建社会的统治者，有时候考虑得还是很周到的，因为是家天下，便想方设法把人才都收罗到自己的帐下，唯恐漏掉了人才，就像唐太宗李世民，开创了科举之后，得意地说："天下英雄，尽入我瓮焉！"李世民这是唯恐有人才漏网啊。不过，这个"博学鸿词科"考试名额相对来说比较少，科举是主渠道，"博学鸿词科"毕竟是"旁门左道"。扬州"二马"当时也被推荐参加这个考试了，但没有考中。不过没考中也没有关系，"二马"还是喜欢这种有钱有闲有品的生活。江春建了一座秋声馆，"二马"就建了一座小玲珑山馆，广交天下名流，江南的才子如厉鹗、郑板桥、全祖望等，都是"二马"小玲珑山馆的常客，在这里，他们吟诗作画，互相品藻。连一向傲视商人的郑板桥，对马氏兄弟也是另眼看待。关于马氏兄弟与郑板桥的结识，还有一个故事，说是有一年郑板桥向别人借债，讲好了在端午节时连本带利还清的，但郑板桥哪里是存得住钱的人呢，一下子把钱花光了。还不了债，郑板桥只得躲了起来，躲进了一个山庙里。躲债毕竟是不光彩的呀，郑板桥就对庙里的和尚说"天太热了，想在这避避暑"，避暑多雅啊,就避暑吧。那几天,碰巧马曰琯也在这一块地方避暑。有一次,这两人在山阴道上撞见了,双方都不太认识。马曰琯当时诗兴大发,随口吟出一句"山光扑面经宵雨"。这一句好啊,但下面的,马曰琯接不下去了,就不停地吟着这一句。后面的郑板桥听到了,一时心血来潮,就走上前去,对了一句"江水回头欲晚潮"。马曰琯一听,立刻大叫道:"好啊,好啊,你这后半句,比我前半句来得自然。"就这样,郑板桥跟马曰琯认识了,两人也成了好朋友。几天以后,两人下棋时,郑板桥突然想到借人钱的事,这躲起来毕竟不是事啊。一想到这,脸上顿现愁容。马曰琯就说:"先生有什么不适意的地方,说出来看看。"郑板桥一五一十地说了。马曰琯听后,轻描淡写地说:"既来之,则安之,说不定过了些日子,事情就过去了。"这样,郑板桥跟马曰琯来到小玲珑山馆住了十来天,天天吃喝玩乐,不过想想还是不踏实,就告别了马曰琯,回家去了。当郑板桥快到自己家门口时,发现很多人在他家院子里。郑板桥一惊,以为房子被抵押了,债主正派人来接收呢,便赶忙想看看家人怎样了。进了家之后,夫人迎了上来,说夫君回来了啊,喜滋滋地吩咐人准备饭菜。郑板桥诧异地看着夫人,悄悄问:"端午节怎么样?"夫人也怔住了,说:"前几天,你不是派人送来了200两银子,不仅把债还了,家用也够了。"这一下,郑板桥明白了,原来是马曰琯在暗地里帮助他。

对待这样的"恩人",郑板桥自然感激了。扬州马氏小玲珑山馆里,就有郑板桥亲自撰写的楹联:"咬定几句有用书,可忘饮食;

养成数竿新生竹,直似儿孙。"

这句话什么意思呢?就是读书可以忘食,养竹子呢,就像养儿孙一样。大家知道,郑板桥画竹子非常有名。因为竹子不俗,苏东坡也喜欢竹子,说"宁可食无肉,不可居无竹",大家都知道东坡肉是苏东坡最喜欢吃的一道菜。其实,这苏东坡连肉都可以不吃,但就要竹子。你看竹子有没有魅力?所以,在文人看来,竹子不仅漂亮,有婆娑之影,而且有气节,有"节"啊,而且是虚心的,有慧根,有灵气。有一句上海话,张爱玲经常说的,就是"拍拍脑袋,脚板底都嗵嗵响"。说明这个人聪明啊,有慧根,有灵性,说话能听得懂。所以古人喜欢竹子,是喜欢它有慧根,有气节,又漂亮。

你看那个时候,有点才气、有点名气的文人多吃香啊,吃香的、喝辣的,你招待得好,好玩,我就来;你招待得不好,人不好处,我还不来哩!马曰琯就像春秋时的孟尝君一样,结交着来自全国的各路文化精英。

小玲珑山馆比江春的秋声馆还有名气,名气在哪里?在于这里藏书多,还能出版书,有很好的印刷技术,刻版和绘图都好,在全国很有名。当然,最引人注目的,还是藏书,马氏"丛书楼"曾以藏书十万卷闻名。全祖望在《丛书楼记》里说:"百年以来,海内聚书之有名者,昆山徐氏、新城王氏、秀水朱氏其尤也,今以马氏兄弟所有,几过之。"由此可见,当时文人对马氏的"丛书楼"是非常推崇的。

后来清廷编《四库全书》,朝廷征求海内秘本,马曰璐之子马振伯进献藏书776种。当时全国私人进呈书籍最多的有4家,其中马氏为最多。为了褒奖马振伯,乾隆三十九年(1774年),乾隆皇帝下旨赏赐马氏《古今图书集成》一部。全书共10000卷,分类32典,经马振伯装成520匣,藏贮于10个柜子,供奉在正厅。

小玲珑山馆除了藏书,又以刻书出名,世称"马版"。一般的著作与画,在三日之内可以刻板付印,并发行于扬州全城,这样的速度,真可以说是雷厉风行。除了速度之外,"马版"的书还有插图,比如说《水浒》,"马版"就是插图本。插图本画得很漂亮,笔法精致,富有情趣,当然好卖啊。所以,"马版"的书卖得就比一般的书好。

不仅仅"二马",在扬州的许多徽州籍盐商都有这样的藏书癖。这一点,比我们当代人好啊,当代人很多是有钱了,不买书也不看书,不注重精神,只知道为自己的"臭皮囊"找快感。徽商爱读书啊,比如说鲍志道和他的兄弟鲍方陶,富庶了之后,热爱学习,经常是买一大堆书,并且拿重金出来藏书,给买来的书也建了一座藏书楼,叫"安素轩",收藏了很多历代珍贵的文物、图书。在鲍志道的儿子鲍漱芳手上,鲍家还组织编写了一本《安素轩法帖》,共收集唐、宋、元、明名家法书计12卷,镌石300余方,非常有文化价值和学术价值。扬州近代藏书家吴氏昆仲,兄引孙,弟筠孙,也是祖居徽州的扬州人。宣统二年(1910年)吴引孙自编书目12卷并付梓刊行,所藏书称为"测海楼藏书",一时名冠天下。诸如"二马""二鲍""二吴"这样的徽州籍藏书家,还有很多很多。近现代以藏书知名于扬州的，还有"拾寒堂周氏藏书"，主人周叔弢，名暹，安徽旌德人，十六岁时迁来扬州，喜爱藏书，最初仅按张之洞《书目答问》收购，后开始大面积收购古书，曾得宋版天禄琳琅旧藏《寒山子诗集》，因名其室曰"拾寒堂"。此后又收得聊城杨氏海源阁散出的藏书多种，并兼收了不少外文书籍。1952 年，周叔弢将全部藏书运往北京，捐赠于北京图书馆。1981 年，周叔弢 90 周年诞辰，编成《自庄严堪善本书目》，此书于 1985 年出版。

徽商与"扬州八怪"

因为徽商有名,"扬州八怪"也有名,所以就把他们单独拿出来说一下。实际上"扬州八怪"也没有一个统一的说法,凌霞《扬州八怪歌》所列为郑燮、金农、高凤翰、李鱓、黄慎、边寿民、杨法;李玉棻《瓯体罗室书画过目考》则以汪士慎、李鱓、金农、黄慎、高翔、郑燮、李方膺、罗聘为"八怪"。陈衡恪等人也有一些其他提法。后来人们认定,"扬州八怪"共有十四人,他们是:胶州高凤翰、淮阴边寿民、上杭华岩、兴化李鱓、徽州汪士慎、今宁波市鄞州区陈撰、仁和金农、宁化黄慎、江都高翔、怀宁李葂及歙县罗聘、郑燮、杨法、李方膺。这里,我就不多说了,我只说"扬州八怪"与盐商的关系。首先,盐商与"扬州八怪"是分不开的,没有物质支持,哪有艺术呢?可以说,经济是艺术的土壤,没有钱是万万不能的。"扬州八怪"之所以有名,跟徽商,包括盐商们"哄抬物价"是有关系的,一个画家的画,这个盐商也抢,那个盐商也抢,自然就把价格抬上去了。其次,画家与盐商也是有矛盾的。画家想依附盐商,但有时候也得显示一下自己的清高,遇到很俗气的盐商,画家也瞧不上。对于盐商来说,盐商为了附庸风雅努力笼络"八怪",但由于文人的恃才傲物,盐商有时候也暗中怀恨。正是这种微妙的关系,在盐商与画家之中,就有了很多故事。

最有名的故事是金农为盐商解围。金农就是金冬心,也称金寿门,在"八怪"中,以画梅、画马和"金农体"出名。有一次,一大盐商召集金农等一帮文人、商人在平山堂摆上酒席,金农的地位是很高的,坐在首席。席间,人们提议以古人诗句"飞红"为诗引子,大家依次来作诗。轮到某个商人了,左思右想没有想出来,众人就叫起来了,说罚酒罚酒。商人急了,说想起来了:"柳絮飞来片片红。"结果满堂爆笑,说胡扯啊胡扯啊,柳絮是青绿色的,怎么搞成飞红了?罚酒罚酒。结果金农在旁边说:"这是元人咏平山堂诗,运用得很贴切。"大伙都不太相信,让金农把全诗念出来,结果金农马上朗诵道:"廿四桥边廿四风,凭栏犹忆旧江东。夕阳返照桃花渡,柳絮飞来片片红。"大家一听,还真是有这诗啊。其实,金农这是即兴创作,人家请客,何必让人难堪呢?盐商在心里很感谢金农,"以千金馈之",给金农送了很重的礼。

"扬州八怪"中,金农是比较圆融的,是个厚道人,所以他给别人面子,就很正常。比较而言,金农与盐商之间的关系也最好。

比如金农与江春,关系就不错。有一次,江春从京城买了一大批珍贵古籍,金农看了之后,特地写了两首诗祝贺他,其一为《江君鹤亭在燕市购得古椠本书数万卷,作诗美之》,诗中有"闻君游天家,买得书一车。好书如好色,非章台狭邪"的句子,明显是恭维的话。金农的《冬心先生画竹梅马佛自写真题记》一卷,似乎是江春出资刊印的,卷末有"江氏鹤亭古梅庵藏板"的字样。此外,金农与"二马"的关系也不错。

"八怪"中的郑板桥,相对猖狂一些。郑板桥有一句题诗,叫"一到维扬便值钱",很幽默地表现了扬州这座商业都市的繁华与喧哗。郑板桥的画在扬州很有市场,所以他有恃无恐地公开亮出《笔榜》:"大幅六两,中幅四两,小幅二两,书条、对联一两,扇子、斗方五钱。凡送礼物、食物,总不如白银为妙。公之所送,未必弟之所好也。送现银,则中心喜乐,书画皆佳。礼物既属纠缠,赊欠尤为赖账。年老神倦,亦不能陪诸君子作无益语言也!"虽然这文字很幽默,但也透着一种自得,必定是郑板桥的书画在扬州供不应求,皇帝的女儿不愁嫁,所以才这样自得。

《古今笔记精华录》卷十八有一篇"郑板桥受骗"的故事,说的是有一个扬州盐商想办法骗取郑板桥的字画,从中可以看出盐商与"八怪"关系的另一面。郑板桥这个人有才也有个性,他最喜欢吃的是狗肉,人们只要拿烧得好的狗肉给他吃,他吃得高兴了,就会画一小幅画给别人,也不管这个人是干啥的。有时候,即便大贾给他千金,他也不画。当时扬州有一个盐商,很喜欢郑板桥的画,虽然辗转购得郑板桥的几幅画,但都没有题款,盐商觉得面子上有点难为情,就想了一出妙计。有一天,郑板桥到扬州郊区一带玩,突然听到一阵古琴的声音,于是顺着声音就寻过去了,发现竹林之中有一个大院,看起来既雅致又整洁。郑板桥走了进去,见一位长着花白的胡子和眉毛的老人正在鼓琴,旁边一个童子正在烧狗肉,刚好烧熟了,狗肉散发出一股香味。郑板桥看着口水都要流出来了,对老人说:"你也喜欢吃狗肉吗?"老人说:"我最喜欢吃了,所有的肉当中,就狗肉最好吃。你要不要来一块?"郑板桥大喜,立即坐下来,两个人都未通姓名,就在那里大吃大嚼起来。吃了一阵,吃得半饱了,郑板桥看到这户人家的房子四面墙壁上都不挂一幅字画,就问:"你们家怎么不挂几幅字画啊?"那个老人说:"没什么好的,所以懒得挂了。听说这里有一个叫郑板桥的,比较有名,但老夫一直没见过他的字画,不知道他的字画到底怎么样。"郑板桥笑了,说:"你也知道郑板桥啊,我就是郑板桥,我来给你画几幅,可好?"老人说:"好。"于是,郑板桥找出纸笔,慢慢画起来。画完了之后,老人说:"我的名字叫某某某,请落个款吧。"郑板桥说:"这个名字不是某个盐商的名字吗?你怎么叫这个名字?"老人说:"我取这个名字的时候,那个盐商还没有出世呢。同名有什么妨碍?清者自清,浊者自浊耳!"郑板桥也没有多想,当即写下"某某先生嘱",署款后就告别了。

第二天,盐商请客,让人请郑板桥到场。郑板桥到了以后,看到四面墙上,挂的都是自己的书画,仔细一看,原来是昨天为那个老人画的,才知道那个老人是受盐商的指使,来诳自己的书画的。郑板桥也无可奈何,只好苦笑。好在这个事也不丢面子,还能给自己平添一段佳话,所以郑板桥也就算了。

扬州的徽州烙印

徽商当年在扬州影响力很大,表现在政治、经济、文化、生活等各个方面,后来徽商衰落,但在扬州,至今还有一些徽州人生活的印迹,这里不妨罗列一下。

在扬州的小吃中,有一种小吃比较有名,叫作"徽州饼"。这饼是用面粉做成的馅饼,馅心有干菜、韭菜、萝卜丝、南瓜、果仁、火腿、肉丝等,不是用油煎出来的,而是炕出来的。这个煎和炕还真不一样,煎饼子放的油多,嚼起来比较硬;炕饼子软而香,更好吃。还比如说"狮子头",也就是大肉丸子,是将上等五花肉剁好后制作成的。这也是徽州菜,徽商把它带到了扬州。徽州还有很多风味食品,也出现在了扬州的街市。《扬州画舫录》这样说:城内食肆多附于面馆,面有大连、中碗、重二之分。冬用满汤,谓之大连;夏用半汤,谓之过桥。面有浇头,以长鱼、鸡、猪为三鲜……乾隆初年,徽州人于河在扬州下街卖松毛包子,名"徽包店"。店主人仿照徽州岩寺镇徐履安鱼排面的做法,以鲭鱼做浇头。这些徽州吃食,因为很对扬州盐商的口味,所以很受欢迎,一受欢迎扬州人也就学着去做了。慢慢地,扬州人也将徽州的很多习俗融入生活了。

建筑上也是如此。我们在扬州,能看到很多老房子,跟徽州的民居差不多。比如,高低错落的山墙,黑白交映;精雕细镂的装饰,砖木并陈。这一点,到底是徽州人吸取了扬州的建筑特色,还是扬州人吸收了徽州的建筑特色,很难说,似乎是彼此交融和影响的成分多一些吧。有可能是徽州人看到江南一带的建筑不错,便让当地的工匠也到老家徽州去盖一幢一模一样的,也可能是扬州的徽商让人盖一幢跟老家一模一样的屋子。文化就是这样,先是彼此相融,然后不分彼此。

徽商对扬州的影响,不仅仅体现在饮食、居住上,也体现在当地的民风上。因为扬州人接触那些有钱的盐商久矣,所以也喜欢吃喝玩乐,喜欢享受。有一个叫石成金的作家,是这样写扬州女人的:扬州女人既不养蚕,又不织布,太阳出多高,尚不起床。一个头发,就是牡丹头、海棠头、二龙戏珠头、双凤穿花头许多名色,梳上半日,镜子照了又照。晚间饮酒闲谈,坐上多时。如丈夫银钱多,就要剪衣裳,置首饰,不知省俭些。如丈夫银钱少,定要美酒美食,不知体贴些。不喜勤俭持家,只要好吃懒做,家中事情不去照管。也不问米有多少,也不知柴价高低,一味要逍遥自在,且图眼下。更有一种妇人,喜欢游山赴会,入寺烧香,甚至倚门谈笑,买东买西,吃烟看牌,吹弹歌唱,无所不为……

从这些景象可以看出扬州女子,还真是懂生活,有"艺术情调"呢!这还真的跟一般地方的女子不一样,跟那些徽州女子更不一样,徽州女子是比较可怜的,勤劳、能吃苦、顾大局、自尊心强、要面子。也因为这些特点,所以徽州女人没有风情,根本比不上下江的女子,下江的女子有风情,会讨男人喜欢,长得又漂亮,皮肤又白。所以盐商不喜欢老家的山里女子,喜欢江南水乡的女子,很多徽商赚了钱了,在外娶个小老婆,就不回徽州了。徽州女人呢,在家里,上要孝敬公婆,还要带子女,要干活,还要守节。徽州是"程朱故里",对礼教看得特别重,徽州出了很多"节女",有的徽州女人一出嫁就等于守寡了,有的徽州女人被男子碰了一下手,就把自己的手砍了。所以,徽州牌坊中,有很多是贞节牌坊,比如说棠樾牌坊群的7座牌坊中,有一座是为鲍文龄的妻子汪氏所立。鲍文龄的妻子汪氏在二十六岁时便死了丈夫,但她誓不再嫁,含辛茹苦地把儿子拉扯成人,并把儿子培养成徽州有名的中医,救人无数。鲍氏家族为了褒奖汪氏,向上级请求批准,为她立了这座牌坊。所以,那些贞节牌坊,对于徽州女子,哪里是表彰啊?分明就是看守,就像一个个"道德警察"一样,看守着徽州女子。

民国《歙县志》里载有一则故事,道尽了徽州商妇的辛苦:徽州某村有一个人,娶妻3个月后就外出经商,妻在家靠刺绣维持生计,每过一年,就用多余的钱买一粒珠子,把这珠子叫作"泪珠"。这样一直过了很多年。当有朝一日丈夫终于回到家乡的时候，村里人告诉他妻子已死了近3年了。丈夫打开妻子住过的房间，睹物思人，黯然神伤，不小心碰翻了一个箧子，里面的珠子滚落一地。丈夫边拾边数，共有珠20余粒。有好事的文人以件事为题材，赋了一首词："几乎抛针背人哭，一岁眼泪成一珠。莫爱珠多眼易枯……珠累累，天涯归未归？"

丈夫和家族的人怎么去纪念这个女子呢？一般都是打报告给县里，县里再转府里，再转省里，然后报礼部。礼部的职能是类似于现在的宣传、教育、文化部，管意识形态建设的，下批文给这个女子建一座牌坊。以前的朝廷政府部门少啊，从隋唐开始，只有6个部门：吏、户、礼、兵、刑、工。吏部是管官的，类似于组织人事部；户部是管财务的，类似于财政部；刑部是管公安、司法的；兵部是管军事的，类似于国防部；工部是管建设的，类似于城建部。它们只有这6个部，比现在少很多。礼部的批文一下，家里有钱的就自己建；家里没钱的，就族里凑份子建。建一座牌坊后，被表彰的这个人就成为道德模范。牌坊是什么呢？实际上就是一面硕大的、立体的、石头刻成的奖状，主要是正面倡导和鼓励。这个奖状效果好啊，是立在公开场合大道中间的，从这里来来去去的乡里乡亲们，每天都能看到，不像纸制的奖状，只能放在家里，不到家中看不到。要是谁犯了错误，造成负面影响的，比如搞婚外恋什么的，怎么办呢？家有家法，族有族规。明清时的基层维护，靠的是什么？就是靠"乡规民约"，"民约"就是家法，就是族规。

发现了,抓到了,就把当事人放进竹子编的"猪笼"里面沉塘,轻一点的,也是鞭子、木板等大刑伺候。旧社会对这些的惩罚是很厉害的,很不人性。现在棠樾牌坊群边上有一座女祠,那里面就有很多这些内容的记载。大家要是感兴趣,可以去看一看。

曹寅与两淮盐商

在这里,有必要展开来说一下《红楼梦》与盐商的关系。《红楼梦》也与盐商有关系？当然,因为曹雪芹的祖上就是管盐商的官。《胡适口述自传》第十一章中这样谈到《红楼梦》的作者及其家族："我所要特别指出的,则是曹雪芹是曹寅的孙子。曹寅的父亲曹玺——也就是雪芹的曾祖——曾在南京做过二十一年的'江宁织造'。曹寅本来已在苏州做过四年的'苏州织造',后来又调往南京,又做了二十一年的'江宁织造'。在此同时他又在扬州四度兼任'两淮巡盐御史'。这两项官职是当时大清帝国之中最能充实宦囊的优差肥缺。"胡适认为,之所以说《红楼梦》是一部自传性的小说,最令人折服的证据,便是书中描写了贾家在皇帝南巡时接驾的故事。史料已经证明,康熙六度南巡,曹雪芹的祖父曹寅确实接驾四次,曹寅不但接了皇帝的驾,而且招待了随驾南巡的满朝文武。胡适指出："康熙在扬州和南京皆驻跸曹家,所以不管曹家怎么富有，这样的'接驾四次'，也就足够他们破产了。"

从现存的曹家档案史料来看，曹寅在盐院的时间要比在织造府的时间更多，也就是说曹寅在扬州的时间要多一些。因此，曹寅在名义上是以江宁织造的身份兼任两淮巡盐御史，实际上的公务是以巡视盐鹾为主。曹寅在扬州任上，一开始还有些整顿积弊的雄心，他曾再三奏请废除强加在两淮盐商头上的各种额外的苛捐杂税，甚至想禁止各级政府要员按照惯例向两淮盐商索取的所谓"规礼"，但是这样一来，势必引起官僚们哗然。为了维持旧秩序，连康熙帝也劝曹寅多一事不如少一事，既然对盐政的积弊无法清理下去，政治上求不得进取，曹寅干脆跟盐商们一起吃喝玩乐。

曹寅身在扬州，把扬州盐商的诸家园林，如东园、吴园、隐园、逸园、南园、方园、杏园、绮园、巴园及御园等，都转了个遍。从曹寅的诗集中，我们可以随处见到这样的诗题：《东园偶题》《西城看梅吴氏园》《晚过南园》《过甘园》。曹寅写诗送给盐商，盐商也写诗送给曹寅，比如扬州盐商程庭的《若庵集》中，就有《和曹银台墙头菊原韵》《和曹银台旧江月下闻蝉原韵》《次曹银台雨中忆巴园竹韵》等一系列与曹银台唱和的诗词，都是写给曹寅的。这个程庭，也是徽商，是歙县人。

从这些诗中就可以看到，曹寅的日子过得快活啊，整天是吃喝玩乐，迎来送往。所以，可能曹雪芹小时候就跟在爷爷后面，诸家园林景色都给他留下深刻的印象。此外，"吃喝玩乐"并不是大快朵颐,而是风雅地吃,一边吃一边吟诗,吟不了诗的要罚酒。这些,曹雪芹印象也深。《红楼梦》里吃吃喝喝的场景特别多,一边吃一边喝一边吟诗,连薛蟠那样的混世大虫,也写诗啊,《红楼梦》录存薛蟠的"诗"两首,都在第二十八回中。有一次,薛蟠与贾宝玉、冯紫英诸人在酒宴上,商议以"女儿悲、女儿愁、女儿喜、女儿乐"为每句的开头写诗。宝玉吟道:"女儿悲,青春已大守空闺。女儿愁,悔教夫婿觅封侯。女儿喜,对镜晨妆颜色美。女儿乐,秋千架上春衫薄。"众人听了,都道:"说得有理。"薛蟠独扬着脸摇头说:"不好,该罚!"众人问:"如何该罚?"薛蟠道:"他说的我通不懂,怎么不罚?"于是,薛蟠也作诗一首:"女儿悲,嫁了个男人是乌龟;女儿愁,绣房撺出个大马猴;女儿喜,洞房花烛朝慵起。"这个最后一句"女儿乐"因太俗了,我就不讲了。我说这些话的意思,是说曹雪芹有生活,他从小所闻所见的,就是这样的文化氛围。当时的曹家,就跟《红楼梦》的大观园一样,快活着呢!不过快乐归快乐,到头来仍是一场空。所谓"好了好了",南柯一梦,也就这样。今天,有人这样评《红楼梦》,那样评《红楼梦》,我看《红楼梦》阐述的就是一佛教思想——空。人生如梦,就像《金刚经》最后所说的"如梦幻泡影,如露亦如电,应作如是观"。

曹寅的家道中落,很大程度上是因为接待康熙皇帝。康熙一次又一次来江南,让负责接待的曹寅忙得不亦乐乎,不仅忙,而且精神压力大。康熙帝六次南巡,有四次住在曹寅府中,为了接待皇帝,曹寅在扬州殚精竭虑,修筑行宫。行宫的位置,在扬州西南的三汊河。为了修筑行宫，曹家花了大量的钱。《红楼梦》中所说的"把银子花得像淌海水似的"，并非夸大之词。另外花钱事小，心理负担重，唯恐出错，一出错，不仅升迁得不到保证，而且身家性命都难说。所以，曹寅是战战兢兢，如履薄冰。后来到了曹雪芹的父亲曹頫的时候，雍正开始对曹家动手了，曹頫获罪抄家。雍正将抄没之房、地、人口、财产等，全部赏给隋赫德，可见抄家并非为了充抵亏空。这实际上也就是看你太富了不顺眼，找一个"由头"剥夺你的个人财产。谁让你这么有钱呢？在皇帝眼中，天下的财富都是他一个人的，你太富了，他会眼红的。

潜 规 则

徽商为什么会兴起？尤其是在扬州的很多徽商，为什么会取得经营盐业的大权？这当中，应该是有名堂的，什么名堂？我想其中最重要的，应该是跟朝中有人有很大关系吧。

朝中有人，首先攀的是老乡关系。老乡见老乡，两眼泪汪汪。乡情关系，有时候非常重要。我们先来看看康熙、雍正、乾隆年间，安徽在朝廷做官的人。我们都知道，安徽建省，是康熙六年（1667年）的事，在此之前，是没有安徽省的。以前，安徽与江苏是在一起的。明朝初定的时候，定都应天府（也就是现在的南京，当时叫作江宁），把当时的凤阳府等14个离南京比较近的地方，直接隶属朝廷，所以叫作直隶。直隶就包括现在安徽、江苏和上海。后来，明成祖朱棣从他的侄子——建文帝朱允炆手里夺过政权，定都北京，便把旁边河北、河南的一部分地方以及天津等地叫作直隶。而原先被称作直隶的地方，因为名义上的朝廷还保留，所以就改为南直隶了。清朝建立之后，把直隶省改为江南省。江南省比较富，地位比较重要，一般来说税赋收入能占到全国的三分之一以上，科举成绩也是最好的，考中的举人、进士、状元最多。像苏州的吴县，可以称为全国的状元县；休宁县把二甲算进去，也可以说是全国的状元县。到了康熙六年的时候，清政府把江南省一分为二，把安庆府、凤阳府和徽州府等地划出，成立了安徽省；把江宁府、苏州府等地划在一起，成立了江苏省。所以，安徽、江苏、上海是有渊源的，原来就是一家。

徽州在明清的时候，出过很多高官。比如说胡宗宪，我在前面已讲过，当过兵部尚书、太子太保，曾任七省总督。还有一位就是许国。大家都应该知道，许国牌坊是徽州最漂亮的牌坊，立在歙县城里的老街上，石头制的，雕刻非常精致，似乎是徽州现存的唯一八脚牌坊，一般的徽州牌坊是四只脚。许国是什么人呢？是明朝时的礼部尚书兼文渊阁大学士。许国原先也是做生意的，但做得一般般，不过父亲还是想让他参加科举，想走当官的路。许国读书一般，但有一股韧劲，他一年一年地参加科举，一直不中。有一次，科举失败了，许国站在歙县的太平桥上，差一点就想跳桥自杀了。一直到三十九岁这一年，许国才考中进士，进入朝廷，开始当官。后来，他当到了礼部尚书。这个礼部是干什么的呢？职能上相当于现在的教育部、外交部和宣传部三部合一，外交这一块，由于明朝闭关锁国，基本上没什么事做。所以，除管好每年的科举之外，就是讲道德、讲规矩，对民间的一些先进事迹进行表彰，是管理意识形态的。徽州有那么多牌坊，表彰这个，表彰那个，但不是乱表彰的，是要打报告的。报告归谁批？就是礼部。所以，徽州有那么多牌坊，跟许国是有关系的，跟程敏政也是有关系的。许国是万历年间的礼部尚书，程敏政则是成化年间的礼部右侍郎，一个是部长，一个是副部长，家乡有那么多道德模范，有那么多贞节女子，有那么多先进事迹，当然要通融，当然要批，当然要宣传。所以，徽州的牌坊就显得特别多，徽州人也形成一种传统和习惯，一看有贞节女子了，有道德模范了，有谁家子弟考中进士了，考中状元了，首先想到的，就是申请给这人立一座牌坊。许国搞这个，搞成习惯了，到了后来，干脆想着也给自己搞一个，而且要搞成最漂亮的。他就向皇帝打报告，说是向皇帝打报告，但明朝后期的皇帝是很少办公的，就是内阁几位大臣具体办事，互相说一下就批了。于是，许国在家乡搞了一座最漂亮的牌坊，一座八脚牌坊。这个八脚牌坊不得了啊，全中国就一座，一般的人，是不敢搞这个八脚的，一般都是四脚，最多者六脚，但许国不一样，他是管这个事的人，自己给自己弄了一座八脚牌坊。把自己的先进事迹也大大地放大了，说自己是"少保兼太子太保礼部尚书武英殿大学士"，好光宗耀祖啊。他的目的还真达到了，直到现在，都有人记得他。所以说，徽州人看起来老成持重，其实聪明啊。

康熙、雍正、乾隆年间，安徽在朝中有很多人身居高位，这当中，有桐城人张英、张廷玉。张英曾经担任康熙年间的礼部尚书、文华殿大学士,这是很高的职务了。文华殿大学士,职责是辅助皇帝管理政务,统辖百官,也可以说是宰相。他的儿子张廷玉则是雍正和乾隆年间的保和殿大学士、吏部尚书、太子太保、军机大臣,也相当于宰相,地位比张英还高。不过,从历史评价来看,张英、张廷玉做官非常小心,是有名的"柔与顺",他们的角色,有点像皇帝的秘书长,做得多、说得少,诸事小心谨慎,因为伴君如伴虎!据说,张英什么爱好都没有,就是喜欢种树,因为种树安全啊,其他爱好都不安全,哪怕喝酒,因为酒后乱性,也容易乱说,一乱说,祸就从口出了。他的儿子张廷玉也谨慎,张廷玉有一个习惯,就是每天回到家之后,要把当天说的话、做的事反省一下,看哪些做得对,哪些做得不对。你看他小心不小心?不过,这样的小心也没用,张廷玉最后还是被乾隆逼着打了"告老还乡报告",在又惊又怕中死去了。

张廷玉有一个学生,是安徽休宁人,叫汪由敦,汪由敦的墓现在还在休宁溪口,在新安江也就是率水边上。墓面对新安江,连神道都齐全。在溪口,据说当年汪由敦家大宅宏大气派,占地就有好几十亩,现在濒临水边的一大片菜园地,以前都是汪由敦的老宅。我到那里去过,那上面的菜长得特别肥,我从来没看过那么肥的菜,一棵棵青菜绿得发乌,有小的冬青树那么高。汪由敦是军机大臣,也是一个不小的官。他生于康熙年间,死于乾隆年间。汪由敦的父亲是个徽商,一直在外做生意。汪由敦出生在江苏常州,到十岁时,父亲才带着他第一次回到溪口,也就是这次回家,给汪由敦留下了深刻印象。汪由敦在三十岁左右曾经写过好几首《双溪绝句》,抒发自己对家乡的感情,有一首是这样的:大连小连水淙淙,杭埠春流拥客艘。滩外有滩三百流,送春直到富春江。

在这首诗中,汪由敦把溪口跟杭州联系起来了,长长的流水是一条线,两头都是他的家。汪由敦少年时一直在杭州读书,据说聪慧无比,过目不忘。雍正元年(1723年),汪由敦被推荐为《明史》编修,同一年,他参加了顺天府的乡试,考中举人。第二年,汪由敦在京参加了会试,考中了第二甲的第一名进士,赢取了"传胪"名号,被授翰林院庶吉士。那一年,汪由敦才三十二岁,志得意满时,不幸他的父亲突然病故,由于他一直忙于编《明史》,没来得及赶回参加父亲的葬礼。3年后,汪由敦由于编纂《明史》有功,学识超前,被授予大学士。在此之后,汪由敦一路顺风顺水,历任工部、刑部尚书;乾隆十一年(1746年),被授兼署都察院左都御史,在军机处行走。

汪由敦官居二品,是一位地位很高的官员了,一个汉族人,能居于这样的高位,实属不易。汪由敦是一个什么性格的人呢?跟张英、张廷玉一样,他也是一位标准的朝廷大臣,谦让恭敬,并且记忆力惊人。对皇帝的心思,汪由敦揣摩得不仅特别透彻,也特别准确。汪由敦写得一手漂亮的书法,康熙、乾隆的很多圣旨,都是由汪由敦起草的。在圣旨中,汪由敦总是能把皇帝的意思表达得很清晰。皇帝想表达清楚的,他就能表达得很清楚;皇帝不想表达清楚的,他也能尽量含糊过去。汪由敦可以说是皇帝肚子里的一条蛔虫。难怪在汪由敦六十六岁那年过世之后,乾隆皇帝深感惋惜,亲临赐奠,追赠太子太师,谥"文端",并称他"老诚端恪,敏慎安详,学问渊深,文辞雅正"。这是一个很高的评价了,一个人能得到皇帝如此表彰,绝不是一件简单的事。实际上,在封建专制社会里,高层都是这样的官,看起来不显山不露水,不英姿勃发,看起来木讷平静,其实内心极为精明,一个个洞察力极强。

歙县的曹文埴与曹振镛是父子尚书,都是"部级干部",而且掌握的都是有实权的部——户部和吏部,也就是财政部和组织部。曹文埴二十五岁考中"传胪"(即第4名进士,居状元、榜眼、探花之后),在内廷为官多年,官至户部尚书。清代编纂《四库全书》时,乾隆皇帝任命他为总裁之一。他偏房所生的儿子曹振镛,更是直接在竹山书院就读,刚成年就考中进士。关于曹振镛的苦读,雄村至今还流传着一个故事。曹振镛在竹山书院就读时,顽劣异常,不肯用功,其姐十分着急,规劝他:"你不读书,将来如何承继父业?"曹振镛夸下海口:"他日我定为官,且胜吾父。"姐姐激将他:"你若为官,我当出家千里之外为尼。"曹振镛从此潜心攻读,后一举中榜,并官至军机大臣,权倾朝野。其姐为不食言,坚持要出家,曹振镛苦劝无效,又怕姐姐在千里之外孤苦伶仃,只得借当地俚语"隔河千里远"之意,在雄溪对岸建了一座慈光庵供其姐修行。

父子俩都算是朝中的要臣,曹文埴在乾隆手上,当过户部尚书。他跟扬州徽商的关系很近。乾隆六下江南,具体事情都是曹文埴在操办。所以,曹文埴可以说跟扬州的盐商有着千丝万缕的关系。曹文埴跟乾隆的关系非常好,退休之后,曹文埴回到老家歙县,创办了"紫阳书院"。乾隆八十岁生日的时候,朝廷搞文艺调演,让各地方唱得好的戏台班子去京城"会演"。曹文埴特意带着自己家的戏班,赶到北京,为乾隆爷唱戏。

看看当时安徽在朝中有这么多当权人物,也就能明白为什么有那么多徽州籍的商人会取得盐业经营的许可证了。不完全是钱的原因,人脉也很重要,有时候一个纸条,比钱厉害得多。像曹文埴本人,他的兄弟就是在扬州经营盐业的,他的兄弟会没有利用曹文埴的关系?最起码,拿到盐引,也就是盐业许可证会比较方便吧。当然,到现在为止,我还没有看到有关这些朝廷要臣与盐商私下"勾当"的直接证据。不过也可以理解,这些私下的"勾当"怎么可能见诸文字呢?除非在御史那里存档。不过我想,徽州盐商应与这些安徽籍的朝廷要臣是有关联的,古人是最讲乡情的,最讲渊源的,老乡帮老乡,也属正常交往。这些交往也会对当时的现象产生影响。当然,这样的行为,也是当时社会的普遍现象,对于此,美国学者费正清曾经在《中国与美国》一书中,充满困惑地写道:"一个西方人对于全部中国历史所要问的最迫切的问题之一,是中国的商人阶级为什么不能摆脱对官场的依赖,而建立一支工业的或经营企业的独立力量?"为了更形象地描述、分析这一问题,费正清用了捕鼠的比喻,"中国商人具有一种与西方企业家完全不同的想法：中国的传统不是制造一个更好的捕鼠机，而是从官方取得捕鼠的权力"。费正清这一番话，实际上是在说一种存在决定下的意识，那就是在专制制度下，特权也许是最为管用的。对于商人来说，他们不可能是一个独立的群体，他们同样需要依附，依附于政权之下，他们最努力去做的，正是取得捕鼠的权力。徽商同样也不例外。

乾隆这样精明的皇帝，他看不到这些吗？应该是能看到的，以乾隆对大臣的洞察，特别是早年，对这些官商勾结的现象是看得清清楚楚的。但看得清楚又怎样，总体上而言，乾隆是睁一只眼闭一只眼，懒得干涉，更何况皇帝还要利用这些关系。对于乾隆皇帝来说，养着这些富甲天下的盐商，就像在家里养着一头头肥硕的猪马牛羊一样，到了逢年过节，到了特殊时期，是要拿出来宰杀的。就像乾隆对和珅一样，把他留着，养得肥肥的，然后给嘉庆杀。

盐商的没落

扬州的盐商一个个都发了大财,但为什么后来没有盐商了呢?因为政策有了变化。先是有人发现搞专卖太赚钱了,盐的成本很低,销售价格很高,利润很高,所以就有人开始卖私盐。政府查起来不力,也没办法查。私盐太多了,管不了,也不好管。所以,清政府就想了,与其私盐堵不住,政府的财政收入减少,不如改革政策,把盐的经营放开,只要符合条件,都可以经营,然后政府按章收税。所以到了道光十二年(1832年)的时候,为整顿盐业,两江总督兼管两淮盐政陶澍,在淮北废除纲引制,改行票盐法。道光三十年(1850年),陆建瀛又在淮南仿效实行,于是两淮盐法为之一变。所谓票盐法,就是商人不必再购买盐引,只要向盐政设立的机构纳税,就可以领票经营。这个新的政策打破了以往徽商垄断经营的局面,商人"不论资本多寡,皆可量力运行,去来自便"。经营盐业变得容易了,大家就一哄而上开始经营了。

废引改票的结果,使徽州盐商失去了垄断盐业的特权,大家都来经营盐业了,徽商也享受不到特权了,利润自然摊薄了,也就没办法赚到大钱了。也因此,扬州的盐商对陶澍甚为憎恨。后来有一本书,叫《水窗春呓》,这样写道:"自陶澍改两淮盐法后……扬人好作叶子戏,乃增牌二张,一绘桃树,得此者虽全胜亦全负,故人拈此牌无不痛诟之。一绘美女曰陶小姐,得之者虽全负亦全胜,故人拈此牌辄喜,而加以谑词,其亵已甚。文毅(澍)闻之大恚。"除此之外,扬州还到处砍桃树,没其他意思,泄愤啊。当时有一首诗是这样写的:"戏他桃花女,砍却桃花树。盛衰本有自,何必怨陶澍。"

砍桃树归砍桃树,徽商终归式微了,他们的资本开始慢慢向外转移。到了清朝后期,由于国门被打开,外国的商品涌了进来,徽商在很多方面要面对国际化的竞争,而面对机器生产的洋货,手工业生产的国货已没有太多竞争力。加上自鸦片战争之后,中国一直处于动乱之中,商业遭受大摧残,慢慢地,不光是扬州,几乎所有内陆城市的民族工业、民族商业都不行了。

第四讲 徽商的代表人物

我们现在说徽商的代表人物,其材料也是从一些书中提炼出来的,是综合了很多史书,才有了一个大致的轮廓。从司马迁开始,中国史书中,记载的人是当上皇帝的,地位极高的,叫"本纪",其他的大人物的记载,可以单独成章,叫"列传",至于一些不大不小的人物,只夹杂在大人物的传记中,作为陪衬。因为史书主要是朝廷和官方修订的,所以他们的笔墨一般都集中在政治和文化的人、事上,对于商人,落笔很少。要了解这些"小人物"的事迹,只有从大人物传记的字里行间去找,然后再去其他的文献资料里找,比如地方志、族谱,才能把他的形象拼凑起来。还有很多人的事情,都是潜伏在各种各样的野史中,比如江直其人其事,实际上都是零散见于一些民间志传中。在那些民间志传中,我们大致勾勒出了这个人的轮廓,所以拿出来讲一讲。

海商汪直

有一个人，在徽商的历史中，似乎是不能回避的。大约是2003年吧，为这个事情，还曾在全国闹了一场风波。风波的主角是浙江丽水学院和南京师范学院两位年轻的大学老师，他俩去了柘林，就是歙县柘林，把一座汪氏祖坟给砸了，当时有很多媒体报道。这个坟的主人是谁呢？为什么会引起这么大的风波。为了这个事，我还专门去歙县柘林的现场看了下。我到了后发现，原来他们砸的并不是墓碑，而是旁边的一个刻着修墓出资人的名字的小碑。汪直的墓，在这次事件之后，被当地的村民们用很多木柴盖起来了。这两位年轻老师为何要砸汪直的碑？原来他们以为汪直是汉奸，其实，汪直才不是汉奸呢！汪直只是招徕日本岛的浪人，跟明王朝对抗。究竟汪直的事件是怎么回事呢？这得让我从头说起。

汪直也叫王直，有些书上就称他为王直。后人考证说，因为他生长在徽州,所以他肯定姓汪而不是王,姓汪是史书记载错误。为什么要谈及汪直?这个人我在接触他的时候,突然觉得,了不得啊!在徽商中,似乎只有这个人才堪称惊天动地,而他的经历和结局,总是令我扼腕长叹!我甚至一厢情愿地想:中国历史本可以在汪直这里得到改写的!它完全可以通向一种好的方向,不仅在自由和开放中进进出出,也可以在精神上上升到一个新的高度。但历史从来不会被重写,我们只能接受它的结果,无论它是悲剧还是喜剧。历史学家黄仁宇曾经感叹说:"将一个农业国家蜕变而为一个工商业国家并不是一件容易的事,我常用的一个隐喻:就等于一只走兽蜕化而为飞禽。"汪直的失败,证明了在那个时代里,走兽无法长出翅膀,也证明了历史充满着遗憾。

关于汪直的事迹,史料记录出入较大。我们还是以较为权威的万历《歙志》为依据,对其做一简单陈述。据《歙志》记载,相传汪直在出生时,其母汪氏曾梦见有大星从天上陨入怀中,星旁有一峨冠者,汪氏遂惊诧地说道:"此弧星也,当耀于胡而亦没于胡。"已而,大雪纷飞,草木皆为冰。稍长后,汪直闻听母亲讲述关于他降生时的异兆,独窃喜曰:"天星入怀,非凡胎也;草木冰者,兵象也。天将命我以武显乎?"于是,少年不得志的汪直渐渐产生了任侠之气,"及壮,多智略,善施与,以故人宗信之",赢得了义气之辈的信任与拥戴。一时间,地方不安本分者如叶宗满、徐惟学、谢和、方廷助等皆乐与之结好。

我在前面已经说过,朱元璋在建立明朝之后,将开放型的唐、宋、元帝国，回归到一个封闭的内陆帝国。唐朝、宋朝、元朝，都是开放性的，当时有很多外国人到东土来做生意，比如说长安，就有几十万的外国人，而丝绸之路更是连通西域乃至欧洲。宋朝也是，当时的临安，也就是现在的杭州，是国际化大都市，是很开放的。但从明朝起，包括其后的清朝，都是闭关锁国的。朱元璋的治国理念，就是家天下，他将天下的老百姓牢牢地钉在土地上，不允许从商，实行海禁，甚至将海边上或者海岛上的居民迁往内地。在这种情况下，本来已经开展的海外贸易遭到了严重打击。到了明成祖朱棣上台之后，有一段时间，政策有了变动，海禁放宽，朱棣也组织了郑和七次下西洋。但郑和七次下西洋，主要目的，是寻找朱元璋的孙子朱允炆。因为朱棣篡位的时候，军队进攻皇宫，宫内火起，然后朱允炆不知所终，连玉玺都消失了。传说是朱元璋曾经给朱允炆一个铁匣子，让他在最危急的时候打开。朱棣进攻皇宫的时候，朱允炆不得不打开铁匣子，结果铁匣子里面是什么呢？一把剃头刀，一件袈裟，一张江南的地图。很明显，朱元璋是想让朱允炆逃命。

朱棣派郑和七下西洋的另一个目的是炫耀国力，招徕朝贡国。中国人要面子啊，那些藩国讲起来每年是要来朝贡，实际上朝廷给他们的东西，要比他们进献的礼物不知道多多少倍。这明显不是"务实外交"。郑和七下西洋，虽然炫耀了国威，但将明王朝国库里的钱花了很多，弄得明王朝的财政压力很大。关于花了多少钱，当时有一个记载："国初，府库充溢，三宝郑太监下西洋，赍银七百余万,费十载,尚剩百余万归。"看得出来,郑和之行,净亏白银数百万两。当然,这些应该还是路上的用费,不包括造船什么的。所以明成祖去世之后,这种赔本的买卖很快就停止了。不仅如此,兵部还把郑和下西洋的有关资料,包括造船的技术资料、地图、从南洋带来的一些日志什么的,全部都烧掉了。为什么烧掉,就是怕后来人效仿,又浪费银两。在这种专制制度下,做事一向是很绝的。所以有一段时间,有人就郑和下西洋提出异议,说郑和下西洋,完全是一个传说,是乌有之事。为什么有人这样说,就是因为找不到直接证据,证明郑和下过西洋。因为资料全被毁掉了。

明朝初期,是全面海禁的,朱元璋甚至将岛屿的居民都迁走了。到了明朝中后期,海禁的政策,与商业政策一样,有所松动,部分开放海禁,允许小规模海外贸易,但禁令重重,嘉靖年间,明世宗规定:"不许制造双桅以上的大船,并将一切违禁大船,尽数毁之。"这个双桅船有多大呢?我们来看一下郑和宝船就知道了,郑和下西洋的船有9桅之多,船的吨位也大致在1500吨左右,而双桅船的载重量只能在500石以下。这样的小船怎么进行海上运输,怎么抗风浪啊,所以实际上这还是禁止海外贸易。到了嘉靖后期,由于经济发展与财政税收等政策出现了不可调和的矛盾,加上赋税过重和官吏、豪绅的盘剥,江浙一带民不聊生,大批流民前往海外谋生。而在此背景下,明王朝不仅没调整自己的有关政策,反而武断而粗暴地进行镇压,将出海经商的人全都称作

"通番奸民",并加紧海禁。

不过这个时候,由于明王朝起初对于沿海地区的控制不力,已经有不少徽州人涉足海外贸易,尝到了甜头,并且买了大船什么的。当时汪直根本不听明王朝的,他与他的老乡,也就是歙县许村人许栋一起,招兵买马。明王朝进行海禁,他们便进行反抗。当时的汪直,算是许栋集团的"二号首领"。他带领一帮人在广东沿海等地打造巨舰,满载明王朝严禁出海之硝磺、丝绵等物品,驶抵日本,暹罗——也就是泰国,甚至到阿拉伯地区,进行贸易,牟取暴利。仅仅五六年间,汪直就获得了巨额资本,成为违禁贸易的暴发户。作为徽商群体中一位从事海外贸易的商人,此时汪直的所作所为,尽管触犯了明代的海禁政策,但它顺应了当时社会经济发展的潮流,促进了同包括日本在内的海外诸国的经济交往与联系,从现在来看,这是值得肯定的。由于汪直等在海外的"非法"贸易中讲究信誉,深得各国商人的信任。他的海上基地设在日本九州岛上一个叫五峰的地方,所以汪直也被称为"五峰船主"。

对于汪直明目张胆违抗朝廷旨意,明王朝肯定是要对其进行打击的。当时的明朝皇帝,也就是明世宗嘉靖皇帝不乐意了,于嘉靖二十六年(1547年)七月任命南赣巡抚朱纨为浙江巡抚,兼管福州、兴化、漳州、泉州和建宁等五府的海道防御事务。第二年六月,许栋集团被朱纨所歼灭。汪直遂收拾起许栋残部,另起炉灶,自立为船主。汪直开始大规模地召集各种亡命之徒,正式跟明王朝进行对抗。杭州虎跑寺明山和尚徐海（也有说是许海，歙县许村人）、日本萨摩岛主弟书记陈东和剽悍凶猛的无赖叶明（又称叶麻、麻叶）等，皆被汪直招至麾下，作为分部首领。汪直将海外贸易基地移至日本岛，并在日本雇佣一些当地的职业武士和浪人，组织起来进行反抗。这样花钱买兵的方式，在商人出身的汪直眼中，明显是一种买卖关系，有点"雇佣兵"的性质。

这一年是嘉靖二十七年（1548 年），万历《歙书》上写道：汪直，"遂起邪谋，招聚亡命，勾引倭奴，造巨舰，联舫一百二十步，上可驰马"。从汪直人马的结构来看，在这个队伍当中，主要成员和首领大多是徽州人，并不是日本人。日本人在当中所扮演的，只是冲锋陷阵的喽啰。这个时候，汪直和许海以及他们的队伍，已经是双重身份了，他们既是海商，也是海盗，同时还是跟明王朝相对抗的海军。汪直这种情况，跟后来郑成功父子的性质是一样的，郑成功父子在被招安之前，也是这样的身份，既做生意，又有武装。郑成功的父亲郑芝龙就是南中国海的一个海盗或者说是海商集团的首领，在中国东南沿海及日本、菲律宾等海域拥有极大势力。郑芝龙会说日语和葡萄牙语，与荷兰人非常熟悉，还皈依了天主教，教名"尼古拉"。郑芝龙娶了位日本夫人，叫田川氏，生下了郑成功。所以，郑成功有一半的日本血统。郑芝龙有部众 3 万多人，船只千余艘。除了走私之外，还向其他商船征收"保护费"，史载，"凡海舶不得郑氏令旗，不得来往，每船例入三千金，岁入以千万计，以此富敌国"。也就是说，凡是悬挂了郑家旗号的，即可无事,郑家向每只商船征收三千两白银的保护费,每年因此项费用可得收入上千万两,富可敌国。

在正统的中国历史上,对汪直、郑芝龙这样的海盗,往往是贬损的。然而,近世的史料发现,自16世纪之后,正是非法的海盗活动造就了南太平洋的贸易繁荣。据研究,从1550年到1600年间,海盗商人把大量商品贩运到马尼拉,进而通过西班牙商人远销到欧洲和美洲。著名经济史研究学者全汉升对晚明马尼拉港的研究显示,1586到1590年期间,中国商品进口税在全部进口税中占36%。到了1611年,这一比例上升到91.5%,"中国特色商品遍销西班牙本土和它的各殖民地,棉麻匹头为西属殖民地土著居民所普遍消费,早在16世纪末叶,中国棉布已经在墨西哥市场上排挤了西班牙货"。与此同时,海盗商人还把出产于日本和墨西哥的白银大量运回中国市场。根据计算,明朝末期由日本流入中国的白银为1.7亿两,西属美洲流向中国的白银为1.25亿两,合计2.95亿两。1621年,一位葡萄牙商人写道:"白银在寰宇之内四处流动,最终皆集于中国,就如同是江河入海一般,一去不归。"严中平因此认为,"实际上,中国对西班牙殖民帝国的贸易关系,就是中国丝绸流向菲律宾和美洲、白银流向中国的关系"。葡萄牙学者马加良斯·戈迪尼奥更将晚明时期的中国形容为"吸泵"——一个强劲地吸纳了全球白银的"大泵"。值得一提的,这样的贸易顺差全是在明王朝制度的强烈打击下取得的。由此可以看出的是,中国社会其实在内部也是隐藏着巨大的活力的,只不过它受到了各种落后势力的强烈阻挠罢了。明、清王朝所倚仗的专制政权对于生产力和社会发展产生了严重阻碍,如果没有这些滞后而顽固的制度,或许中国社会早就卷入了世界大航海运动了,也就不会在此之后落后于西方,乃至不会有后来鸦片战争的惨败了。

明王朝以巩固政权为目的的闭关自守,当然使得他们会对汪直这样的海商进行强烈打击。且在他们看来,汪直与外国人那种不干不净的关系,实在是可以利用的借口。一个掌握着话语权的政权一定会千方百计地利用它的话语权优势的。虽然这时候日本仍处在武士割据的战国时代,军阀混战,而且当时的日本没有意识也没有实力与中国发生国与国之间的战争,但明王朝将汪直及海商定性为"倭寇",这一下子就激起了中国人的民族自尊心。这一点,应该说明统治者是很狡猾的,这样,他们与汪直之间的争斗,就变成了"民族战争"。这样的宣传,当然让天平完全倾向明王朝的那端。

胡宗宪与汪直

结果这场对倭寇的战争一打就是多年,汪直跟朝廷打了平手,谁也没有打得过谁。到了嘉靖三十三年(1554年)四月,徽州府绩溪县人胡宗宪受命出任浙江巡按监察御史,伺事御倭大业。胡宗宪是现在绩溪县的龙川村人。好了,这一下明王朝与倭寇的战争,双方的主帅都是徽州人,变成绩溪人对歙县人。真是"山不转水转",转来转去转到一起来了。

随着抗倭战争的推进,胡宗宪被朝廷任命为兵部左侍郎兼都察院左佥都御史总督南直隶、浙、福等处军务,并兼任浙江巡抚。胡宗宪这个人有什么特点呢?一是比较懂谋略,头脑很清楚;二是做事比较小心,很谨慎。对于所谓的"倭寇"以及汪直集团的情况,胡宗宪很清楚地明白是怎么一回事,胡宗宪自己就说:福建沿海数万倭寇中,漳州、泉州人就占其大半。他继而在《筹海图编·嘉靖平倭通录》中写道:"寇与商同是人也,市通则寇转而为商,市禁则商转而为寇,始之禁,禁寇,后之禁,禁商。"他也认识到这一切都是由于海禁政策所引起的,不让别人做生意,人们当然会造反。不过,他对于朝廷武断打压倭寇的政策,也没有办法,只能全力剿灭。胡宗宪从上任浙江巡按御史之日起,就深入前线进行调研,并在此基础上,确立了"攻谋为上,角力为下"的抗倭战略,提出要招降汪直,认为只要招抚或擒获了汪直,彻底平息倭寇便指日可待。于是,胡宗宪就给朝廷打报告,提出了自己的思路,请求朝廷遣使前往日本诱降汪直。

嘉靖三十四年(1555年)十月,胡宗宪以同乡的名义,派来使到日本岛,劝降汪直。为了表达自己的诚意,胡宗宪还把汪直的母亲和妻子、儿子从金华府的监狱中释放出来,好吃好喝好住,安排得妥妥当当。使者到了五岛,汪直会见了来使蒋洲,设酒款待,也很客气。蒋洲转达了七省总督胡宗宪的意思,劝说他投降,并说他一旦投降,不但可以免死,还可以重用他。汪直呢,一开始一直不置可否,只是不承认自己是盗贼,说自己只是想做生意啊,这么多人跟着我,你们不允许我做生意,岂不是要我喝西北风?最好朝廷开放海禁,允许通商。结果双方谁也没有说服谁。蒋洲又说:"你不替你的祖宗考虑,难道不替你的老母和妻子考虑吗?我们胡总督也是知道你的情况,所以想招安你,如果你一直不思悔改,以你区区的这几个岛屿,怎么能抵挡得了我十万大军,你真糊涂啊!就像螳臂当车,到那时候,怕你后悔也来不及了。你的性命倒是小事,连累了你老母和妻子,怕你真是悔之晚矣。"蒋洲还进一步以强硬的口吻，威胁汪直说："总督公统领官军十万，益以镇溪、麻寮、大刺士兵数万，艨艟云屯，戈矛两注，水陆戒严，号令齐一，而欲以区区小岛与之抗衡，是何异于螳臂以当车辙也？"汪直听了以后，还真有点动心，于是召集亲信进行商议，有一个部下出了个主意，说，按照目前的形势，我们不能妄自行动，不如这样，把蒋洲留在这里，我们也派一些人，跟他们其他几个使者一起，回到大陆，看一看形势再说。汪直同意了这个意见，把蒋洲留在五岛，令部属叶宗满、王汝贤、汪㴆随同陈可愿一道乘船返回宁波。到了宁波以后，几位部属来函，觉得朝廷还是有诚心的。于是汪直决定，亲自送蒋洲来到舟山，更进一步地探探虚实。

9月23日，汪直以亲送蒋洲回国的名义，驾驶巨舰，精选骁勇之倭数千，满载火炮器械，浩浩荡荡地向舟山进发。汪直船队抵达舟山后，停泊于岑港码头，也没急着到胡宗宪处，而是驻扎下来，不动声色地进行观望。俞大猷一看汪直没有动静，赶忙派人禀报胡宗宪。胡宗宪闻报后，也不知道这是怎么回事，这个汪直到底是来投降呢，还是来进犯。胡宗宪只好一面向上级奏报，一面命令沿海卫所高度戒备，以防不测。这个时候，胡宗宪的压力非常大，因为招降汪直是有风险的，万一不成，就会有很多同僚在背后坏他的事，看他的笑话。专制政权的一个重要特色就是，你在前面冲锋陷阵，后面肯定会有人找准机会拆台，然后落井下石。胡宗宪与汪直对峙的同时，很多小报告就上报朝廷了，说胡宗宪与汪直极可能串通谋反什么的。

为诱使汪直尽快归降,以防夜长梦多、节外生枝,胡宗宪派人跟汪直商量,再派一位更重要的人物,以作"人质",这样,朝廷好相信他啊。汪直看胡宗宪说得没错,便派了自己的干儿子汪澈作为"人质"。汪澈到了胡宗宪那里后,胡宗宪先是好酒好菜地招待了一番,自己亲自出面,然后将预先拟好请求朝廷宽待汪直的奏稿和诸将请战书十余篇放在案头。然后请汪澈来自己的房间,说你就住我这吧,一是安全,二是保密。汪澈在胡宗宪外出赴宴时,偷看了胡宗宪的奏疏与诸将的请战书,一方面惊恐万分,另一方面很是感动,胡大人承受了多大压力和风险啊。实际上,胡宗宪这一招是有意为之,中国人都喜欢看《三国演义》,这一招,明显是从《三国演义》上学的,周瑜就是这么对付蒋干的,设反间计杀蔡瑁等人。汪澈这个毛头小伙看了文书之后,哪有鉴别能力啊,自然深信不疑,然后就坐不住了,向胡宗宪请还舟山与汪直商议。胡宗宪知其中计,便让他去了舟山。汪澈于是将胡宗宪冒着生命危险保护自己的举动跟汪直讲了,汪直这一次非常感动,决定亲自上岸,向胡宗宪投降。当时汪直的手下是一片反对声啊,但汪直说胡总督如此重情义,肯定不会把我怎么样,于是离开岑港,前往总督府接受招抚。

汪直亲赴杭州总督府受降,一下子引起社会上的轰动,成了一个焦点事件。胡宗宪对待汪直一开始也很好,住得好吃得也好。然后胡宗宪给皇帝上书,说汪直亲自来投降了,我准备免他的罪行。不过这个时候,有另外一种声音对胡宗宪不利,有人同样上书,说这个汪直勾结的是倭寇啊,是汉奸,汉奸难道就这样免除死罪?还有人传言胡宗宪接受汪直等金银数十万,所以才"力求通市贷死";有些同僚和部属也给朝廷上书,要求对胡宗宪进行弹劾。局面如此复杂,事情一上纲上线就变得很可怕了,这是原则和路线问题啊!变成高压线,谁也不敢碰了。尽管胡宗宪已经是一位有智慧,也精于世故的官吏了,不过面对这样的声讨,胡宗宪也一下子乱了方寸,变得害怕了。谁不怕啊,这可是杀头的罪啊。胡宗宪没办法,一改赦免汪直的初衷,不敢为汪直说话了,反而上书朝廷,说汪直实为海祸之首,罪不可赦,请求朝廷严惩汪直。与此同时,胡宗宪还下令向汪直在舟山岑港的部队发起进攻。此时,明世宗也传来谕旨,严令胡宗宪擒剿汪直及其屯聚舟山岑港的倭寇。胡宗宪乃大集兵舰将岑港包围。双方展开了激战,嘉靖三十七年(1558年)十一月,屯聚舟山的汪激等3000余倭寇见明朝放回汪直已是不可能,于是,纵火烧毁巢穴,夺路泛舟向南而去,并在福建的浯屿(今台湾金门岛)扎营,四处劫掠。至此,倭患的重点开始由浙江转移到了福建和广东。

嘉靖三十八年(1559年)十二月,在胡宗宪忙于嘉兴督战之时,汪直被浙江巡按御史王本固斩首于杭州,其妻子被赏给功臣之家为奴。汪直之义子汪激则在猖狂出洋后为飓风所灭。至此,祸患东南沿海地区多年的汪直终于被彻底歼灭。

汪直率领倭寇与明王朝的战争结束了。现在看来,如果客观地说,这场战争起码在最初可以定性为闭关锁国的封建国家政权与要求发展商品经济的民间资本代表之间的战争。至于战争过程中一些事情的不可控制,不妨看作战争本身所带来的负面影响。而汪直与胡宗宪,虽然同为徽州人,但他们所代表的是两个不同集团的利益:胡宗宪所代表的,是停滞而无生气的专制集权集团的利益;而汪直所代表的,则是新生的带有浓厚商品经济意味的商人阶级的利益。他们的行事和为人,在更大程度上,几乎都由他们的政治和时代背景决定。

有关汪直的故事,包括汪直与胡宗宪的故事,都见诸野史,而不是《明史》之类官方记载的历史。所以,关于汪直与倭寇的关联,与胡宗宪的关联,在历史上还有很多争论。我觉得这一类事情的争论,应该跟历史的走向,以及人类的价值观有关。说到底,历史是什么,这是由我们看待历史的目光决定的,是历史观的问题。与其动不动就把一些事情上升到国家与道德的范畴,不如简单化地去判断,具体事情具体分析。所以关于这一段历史,我们把汪直归为汉奸、走狗一类的,尚嫌武断。很多东西,都是可以商榷的。

许姓"海盗"群

汪直是现在歙县柘林人,与他在一起并肩作战的,是歙县许村人许栋等。关于许栋、许海等,现在的歙县许村仍流传着有关他们的传说。许村这个地方,位于徽州府和宁国府的边缘,处在大山里面,歙县的许村,跟绩溪县的上庄乡,以及旌德的白地乡交界,是三县交界之地。现在有一条"徽宁古道",保存得很完好,就是从许村通向旌德县的高甲村。当年,这是一条从徽州府到宁国府的重要通道。

许村的"许",是"高阳许",也就是说,许村的"许"是从河南高阳这个地方移民过来的。据传,河南高阳有一座桥,叫高阳桥。关于许栋以及许氏兄弟,在新中国成立前编著的《歙县志》上有一些记载,从一些零星的记载看,许栋一开始是徽商。元末,他就活动在东南沿海一带了,有了自己的武装力量,并且与元军经常发生冲突。明王朝建立之后,许栋一开始安分守己。海禁政策实施后,许栋一怒之下揭竿而起。一开始,许栋是"亦商亦盗"组织的首领,相对年长,汪直也听命于他。他们一直在东南沿海一带,一边从事走私贸易,一边组织武装力量进行抗争。可以说,他们既是当时世界上影响力最大的商帮首领,也是当时世界上最有实力的海盗。他们把内地丝绸价格提高1倍进行收购,然后在南洋以10倍的价格售出;同时,从日本买入大批刀具,然后以15倍的价格卖给内地。由于他们所贩卖的商品深受市场欢迎,许栋、汪直、许海等都赚了不少钱。不久,许栋在与明朝军队的冲突中失踪,汪直接替了许栋的位置,与许海等人一起,继续与明王朝抗争。许栋与许海,有人说是父子,有人说是兄弟,有人说是叔侄。后来,因许海没有商业头脑,只知道劫掠,不知道经商,汪直将他逐出。许海与汪直分手之后,烧杀抢掠,变本加厉。并且,在他的队伍中,混入了很多日本人,许海本人也打扮成日本人的模样。据说,许海这样做,是为了以防自己日后有个三长两短,牵连了在许村的家人。

关于许海,宋起凤《稗说》当中倒是有一段故事,说的是许海及夫人王翠翘与胡宗宪之间的恩怨情仇。当然,在《稗说》中,"许海"是写作"徐海"的。

当初,胡宗宪与才子徐渭也就是徐文长游西湖时,曾经见到另一艘船上有一绝色女子,惊为天人。这位女子,就是当时名满江南的名妓王翠翘。

王翠翘此时正与许海倾心相爱。当时,许海正在江浙一带做生意。许海造反之后,将王翠翘掠到自己身边当压寨夫人,对她极好。

胡宗宪在招降汪直、许海的过程中,了解到此情由后,派人馈以重金,以国家大义劝导王翠翘,并保证:如果许海接受招安,其官爵富贵包在自己身上。后许海被王翠翘说服,决定接受招安。

胡宗宪的许诺在朝廷那没有获得通过,当时监军的钦差大臣赵文华坚决主张要将许海等人消灭。在这种情况下,胡宗宪只得派兵围剿许海。许海没有防备,全军溃败,许海本人在绝望中自杀,王翠翘被官兵们活捉。

在庆功宴上,胡宗宪当众对王翠翘说:"如果不是因为您,现在大家根本得不到安宁,您的功劳不亚于古代那些和亲的公主。"语气甚是恳切。并且,胡宗宪希望王翠翘能嫁给大才子徐渭。

王翠翘拒绝了,说:"我是个薄命的女子,承蒙您看得起,让我为国家的大事出力。我感谢您把我当作知己,所以,不敢把自己的私情放在公家的大事之上。许海待我情深义重,如今,因我之故而死,那么多的兄弟也死了。您是好意,让我嫁给名流,我要是厚着脸皮再结新欢,就不仅仅是对不起许海了,那对他是太大的侮辱。您要是真的可怜我,就请借我一只船,让我拜祭一下他吧。"

于是,王翠翘乘舟设祭于海上,她浓妆艳抹,明艳如仙。在泪流满面地拜祭完后,王翠翘又操琴弹奏了一曲许海生前最喜爱的乐曲,然后纵身一跃,跳入大海。

以上所说的，只是一则故事。这则故事，说明这些海盗，也是有情有义的。他们的情和义感动了妓女，连妓女也变得有情有义了。值得一说的是，汪直被杀于杭州之后，倭寇之乱并没有平息，而是余波不断。一直到嘉靖帝驾崩，隆庆即位，采纳大学士徐阶的进谏，撤回40年前颁布的禁商泛海的诏令，海运复苏后，矛盾才得到了缓和，东南沿海才算真正安定下来，倭寇之乱也没有了，并且，自嘉靖后期出现的银两短缺、经济凋敝的情况也得到了改善。经过数十年的对抗，明朝政治集团与民间经济集团两败俱伤。这样的悲剧，完全是理解力的薄弱和世界观的偏差造成的。形成对照的是，当年英吉利海峡也有一个大海盗弗朗西斯·德雷克，他的情况与许栋、汪直差不多，亦商亦盗。但英国王室对于德雷克采取怀柔政策，并且借助他进行海外扩张，德雷克后来成为英国政府开拓海外市场的"急先锋"，为英国的全球扩张立下了汗马功劳。

　　当然，历史是不能假设的，也难以进行考问。但直到今天，一些史学家还在为此叹息：如果明朝政府像英国王室对待英国海盗一样对待中国的海商集团，那么中国的海军就会早早地诞生，而中国海军的第一批将领有可能就是从徽州走出来的。也就是说，中国历史也许可以在许栋、汪直这里改写的！它完全可以通向一种好的方向，在自由和开放中进入一个新的阶段。

　　值得一提的是，在汪直与明王朝争斗最激烈的时候，西方的大航海运动正进行得如火如荼，并且很快产生了巨大的效益。

1517年,在大航海时代获得巨大成功的葡萄牙租借了澳门,并以此为根据地开展了对中国的贸易。而此时,明王朝出台的海禁政策,则明显是自缚手脚,与世界潮流相悖,将国家和民族引入了一个死胡同。

"红顶巨贾"胡雪岩

在徽州所涌现的无数商人当中,有一个人最具有代表性。在他的身上,不仅体现了徽州人的很多品质和徽商的经营特点,也体现着徽州人的价值观和人生追求。所以几百年来,他一直是徽州人的骄傲。他就是"红顶巨贾"——胡雪岩。

胡雪岩是绩溪湖里人,跟许多徽州人一样,很小的时候他就单独出门做学徒了。有一个传说是这样的:胡雪岩3岁丧父,靠母亲给别人做针线活糊口。6岁时,胡雪岩就帮人家放牛。十三岁时,胡雪岩赶牛时,在一个凉亭里捡到一个蓝布小包,里面有一张300两的银票和一些碎银子。胡雪岩便把小包藏好,一直在那里等待着失主来寻。一直到日落西山,失主,一个外出做生意的米商来了,胡雪岩将银票等物如数归还。这样的行为感动了失主,于是米商便在征求胡雪岩母亲意见之后,带着胡雪岩来到了杭州。

胡雪岩到了杭州以后,先是在杭州阜康钱庄当学徒,因为勤奋,肯吃苦,慢慢地被擢升为"跑街",深受店主器重。关于胡雪岩的"第一桶金",现在公认的说法是胡雪岩与王有龄的相识,这是胡雪岩人生的拐点。有一则故事是这样描述的:胡雪岩到了杭州之后,一直在一家钱庄做伙计。有一天,胡雪岩看到一个穷困潦倒的书生在店里转悠。胡雪岩便上去跟他闲聊,交谈中,胡雪岩发现这个叫王有龄的书生,他虽然生活很窘迫,但才华极其出众,抱负过人,可惜缺乏进京考试的盘缠。胡雪岩想了一想,便偷偷地借出了钱庄的500两银子。等到钱庄老板回来,一听胡雪岩竟将这么多钱借给一个穷酸书生时,大发雷霆,当时就让胡雪岩走人。胡雪岩无奈地离开了钱庄。两年后,王有龄当官回来的时候,胡雪岩正在街头流浪。当王有龄听说胡雪岩是因为自己受累之后,发誓要帮助胡雪岩致富。靠着王有龄的资助,胡雪岩很快在杭州开了属于自己的钱庄。

胡雪岩和王有龄的这一则故事几乎在任何一本有关胡雪岩的传记中都有。但我一直对于这样的故事表示疑问,原因在于作为钱庄的一个小伙计,胡雪岩能在老板不知情的情况下,一下子从柜台中拿出500两银子吗?要知道,500两银子在当时绝不是一个小数目,而由小伙计随意处理的方式显然缺乏合理性。这样的故事现在听起来似乎更像是小说中的情节。所以,就胡雪岩和王有龄的关系来说,我更愿意相信在他们之间,应该有着别的因素。而他们所谓的这样的情缘,在很大程度上是后人臆度的。这样的故事,就探讨他们之间的关系而言,不仅过于简单,也说明不了问题。但可以肯定的一点是,胡雪岩是很有能力的,办事也具有灵活性,而且具有非常独到的眼光,对于事物的发展也有着敏锐的判断力。可以说,他是一位天生的商人。

不管真实的情况如何,胡雪岩与王有龄的关系之紧密确实是不可回避的事实。其实,就当时的状况而言,政治与经济是密切联系在一起的,他们就像两股缠绕在一起的线一样难以分开。纵观胡雪岩的一生,有两个人对他来说是至关重要的,一个是王有龄,胡雪岩就是在王有龄的支持下淘得了"第一桶金",在王有龄担任浙江巡抚时,胡雪岩甚至获得了以他的钱庄代理浙江省藩库的特权,这样,地方政府银库的银子直接成了胡雪岩的周转金。另外一个人,则是官居更高位的左宗棠。王有龄死于太平军刀剑之下后,胡雪岩又适时地联系上了左宗棠。当胡雪岩与更具势力的左宗棠形成铁杆关系之后,胡雪岩更是长袖善舞,左右逢源。他先是为左宗棠办理粮草与太平军作战,然后又帮助左宗棠组织"常捷军"。1866年,胡雪岩协助左宗棠创办福州船政局,并为左宗棠代借内、外债1200多万两白银。在此之后,他的生意越做越大,经营的品种发展为粮食、房地产甚至军火业。他的钱庄借助于湘军的力量,在全国遍地开花。胡雪岩与政治的结合越来越紧密,到了1878年,因为赞助支持左宗棠平定新疆有功,胡雪岩受到朝廷的嘉奖,被封为布政使、赐红顶戴、紫禁城骑马、赏穿黄马褂。什么功呢?就是供应左宗棠钱粮,保证左宗棠打仗能够成功。左宗棠出兵新疆,仗一打就是好几年。打仗是要花钱的,左宗棠的粮草和军饷供应都由胡雪岩去办。左宗棠想跟外国人借钱,借不了,为什么,因为外国人不肯借给左宗棠,你是在打仗啊,胜之不武,何况打败了怎么办,我找谁要去?所以不肯借给左宗棠。这时候,胡雪岩就出面了,我来借,我有家产啊,有公司啊,我是要搞生产的。于是外国人就把钱借给胡雪岩了,胡雪岩再借给左宗棠。左宗棠有了钱,不仅有了粮草的保证,也有了军饷的保证,就能打仗了。左宗棠收复了新疆,立了大功。

关于胡雪岩的故事,有不少书籍上都有涉及,我在这里就不多说了。但胡雪岩的起家显然有着代表性,那就是靠着勤劳、诚信、节俭、聪敏起家。也正是因为如此,使得他在生意场上能够抢抓住机遇,并能在生意场上"以德服人"。

胡雪岩是个孝子,据说,他的母亲就是小病吃了庸药去世的。所以胡雪岩在发家之后,决定开一个好药店。他开了一家"胡庆余堂"药店,专门卖中药材。在胡庆余堂,店堂内高高悬挂着两块巨大的横匾:一为对外的宣言,"真不二价";另一为对内的警戒,"戒欺"。写有"戒欺"的横匾旁有跋云:"凡百贸易,均着不得'欺'字。药业关系性命,尤为万不可欺。余存心济世,誓不以劣品弋取厚利。惟愿诸君心余之心,采办务真,修制务精,不致欺余,以欺世人,是则造福冥冥,谓诸君之善自为谋也可。""采办务真,修制务精"正是胡雪岩的办店宗旨。胡庆余堂经营的最大特色也就在这"真""精"二字。徽商都很注重打造品牌,因为品牌实际上就是一种经营理念,是诚信的延伸,更是能够通向金钱的桥梁。

需要说明的是,胡雪岩作为一个商人,他也很会做广告,会宣传自己。从这一点上,胡雪岩又可以说是个成功的营销商人,他很会包装自己,把自己的名声打出去。

在徽商中,胡雪岩应该是做人和从商的"一等楷模"了。因为胡雪岩的成功代表着徽商的双向追求,不仅仅是经商中对财富占有的追求,更多的,还在于对人生的荣誉感和价值的追寻。

第五讲 徽商的特点

我现在很怕看一些讲徽商的普及读物。为什么？因为有些书籍或者文章，完全不顾历史事实，而是出于政治宣传或商业宣传的需要，对当年的徽商过于美化。记得有人曾经说过，没有一种财富是靠完全诚实而得来的。徽商同样也是如此，我觉得不能过于强调徽商的道德因素。商业道德，在经营中毕竟属于从属地位，重要的还是遵循商业规律，这不单单是道德的问题。在徽商经营的过程中，不可避免要运用一些与道德和伦理相悖的，但却是可以带来经济效益的经营方针和手段。对于这样的方式，我们应该以平常心来看待，不能把它等同于社会相处中的原则和方式，因为两者在理念与方式上是有很多不同的。而且，在经营中这样的方式是必须也是必备的。

　　讲徽商的特点，不能不提的是中国人的特点以及中国文化的特点，因为徽商的特点，是在中国以及中国文化的大环境中产生的。这是往大处说,往小处说徽商的特点,与徽州人以及徽州文化的特点有关。在徽商身上,带有徽州人以及徽州文化的特点和习性。我们先从中国人和中国文化的特点说起。

中国人的特点

关于中国人和中国文化,我先介绍一本书,叫《中国人的气质》,是清朝末年,来中国的一位美国传教士写的。这位传教士叫明恩溥,原名阿瑟·享德森·史密斯(1845—1932),明恩溥是他的中文名字。明恩溥生于美国康涅狄格州的维尔农镇,毕业于贝洛依特学院和安多沃尔神学院,1872年,作为美国公理会的传教士来华,在上海、山东等地传教。明恩溥应该说对中国还是比较友好的,他曾建议美国政府退还"庚子赔款",资助中国青年学生赴美留学,后来又创办了清华大学、协和医院、协和医学院等学校及医疗机构。1905年,明恩溥辞去教职,定居北京附近的通州,专事写作,写了很多中国以及中西方文化比较的书,可以说是一位"中国通"。其中《中国人的气质》影响最大。按照我的理解,我觉得这一本书,比林语堂的《吾土吾民》以及柏杨的《丑陋的中国人》都要好,为什么好,因为它更客观、更理性。如果有机会,我建议大家可以买一本,你会惊讶,早在100多年前,一个美国人对中国人和中国文化了解得是如此透彻。

这本书分为27章,我只要将这些章节念出来,你们就可以清楚地了解到他所说的中国人和中国文化的一些特点了:第一章《面子》,说的是中国人爱面子、讲排场;第二章《节俭》,说的是中国人节俭;第三章《勤劳》,说的是中国人的勤劳;第四章《礼节》,说中国人特别注意礼节;第五章《漠视时间》;第六章《漠视精确》;第七章《误解的才能》;第八章《拐弯抹角的才能》;第九章《灵活的固执》;第十章《智力混沌》;第十一章《神经麻木》;第十二章《轻视外国人》;第十三章《缺乏公共精神》;第十四章《保守》;第十五章《漠视舒适和便利》;第十六章《生命力》;第十七章《忍耐和坚韧》;第十八章《知足常乐》;第十九章《孝顺》;第二十章《仁慈》;第二十一章《缺乏同情心》;第二十二章《社会台风》;第二十三章《相互负责和遵纪守法》;第二十四章《相互猜疑》;第二十五章《缺乏诚信》;第二十六章《多神论、泛神论和无神论》;第二十七章《中国的真实状况及其当今需求》。我觉得这本书从总体上来说还是相当客观的,比如说在第五章当中,写到了中国人漠视时间,或者说是时间观念不强,就谈到中国人把一天分为12个时辰:子、丑、寅、卯、辰、巳、午、未、申、酉、戌、亥。一天分为12个时辰,一个时辰,相当于现在的两个小时,而且,各个时辰间,并没有一个明确的分界点。每个时辰之间,也不细分。比如说两个人要见面,说一声:明天我们午时相见吧。好了,那从上午的11

点,到下午的1点之间,都可以算午时。那就一个人在那慢慢地等吧,两个小时内,都不算迟到。这一点不像外国人,见面的双方约定:明天早上我们7点10分,在市政大楼门口第二根柱子下面见,非常精确。

说不精确,还有一个例子可以说明,清朝时中国人跟外国人做生意,说好给一串钱,结果外国人一数,一串钱从未有100枚的,有的是80枚,有的则是80多枚,都叫一串钱。大家都看过《水浒》,《水浒》上的梁山好汉大碗喝酒,大碗吃菜,吃过喝过之后,也是摸出一锭银子,叫道:"小二,结账!"这一锭银子是多少,够不够付酒菜钱,都不管。所以说,中国人的数字概念很差。黄仁宇在分析中国朝代的经济和文化时,也说到这一点,说中国人的数字概念很差。很多东西都是一笔糊涂账,像国库里有多少银,花了多少,还剩多少,多是一笔糊涂账。古代的中国政府也没有预算这个概念,像郑和七下西洋,把国库的银子都用空了,才后悔这个事不能干,不仅自己不再干,也不允许子孙干,于是把郑和下西洋的大船、地图以及各种资料付之一炬。从这一点上,也说明中国人缺乏理性思维。这对于做生意来说,是不利的。做生意讲究心平气和,讲究按规则办事,讲究算账,讲究时效。所以就中国人来说,在做生意上,有很多不利的方面。

关于旧式中国人的特点,我觉得大家可以想一想鲁迅先生的《阿Q正传》。《阿Q正传》为什么写得好,为什么会成为经典,我觉得最重要的一点,就是写出了旧式中国人的特点。大家可以对照一下上面所说的中国人的特点,我觉得,阿 Q 表现得最为充分。阿 Q 就是一个旧式的中国人的典型,而旧式中国人身上,或多或少都有阿 Q 的特点。如果对旧式中国人的特点大家还理解得不够透彻的话,大家不妨拿阿 Q 来做对照,好好地思考一下。

徽商的特点

关于徽商的特点,现在公认的看法是诚信、勤劳、节俭、贾而好儒。也的确是这样,在文化上,徽商有着一整套的理念;在架构上,徽商的形成和壮大普遍带有一种血缘和地缘关系,外出闯荡往往是父带子、兄带弟、亲帮亲、邻帮邻;在经营中,徽商尤其注重商业道德,讲究"以诚待人,以信接物,以义为利,仁心为质",从出身上说,徽商奉行"以儒为体,以贾为用"的信条,追求儒为名高,贾为厚利,儒贾结合、官商互济,因而形成贾而好儒、弃儒为贾、亦贾亦儒的重要特点。

首先,我们来谈谈徽商的诚信。

我在前面说过了,不管是商人也好,还是其他行业的人也好,我们首先应看到,他们是中国人。既然是中国人,他们就有着中国人的一些特点。在中国古代的商业中,无论是徽商还是陕商、晋商、闽商,都有一个共同的特点,就是提倡诚信,讲究做人的道德和商业的道德一致,此所谓商道即人道。为什么会提倡诚信?因为中国的法制跟不上,对商业运行机制没有保障,不能保障商业的正常运行。没有法制怎么办?只好求之于道德,要求自我约束。所以,在商业交换中,就大力提倡诚信,各个商帮都是这样。清末郭嵩焘在总结山陕商人经营的基本特点时说:"中国商贾夙称山陕,山陕人之智术不及江浙,其榷算不能及江西湖广,而世守商贾之业,惟其心朴而心实也。"这是对山陕商人的一个评价。所以说,以诚信来说徽商,并不是说其他商帮不诚信,其他商帮也是诚信的。诚信是中国古代商帮的共同要求,而且,各商帮内部,对于个体也有诚信的要求和约束。

明清时候,各商帮对自己的名节看得是很重的,很强调诚信,而诚信一般也作为帮规来确定,如果触犯帮规的话,一般会名誉扫地,也为同乡和同行所不耻。商界老前辈齐如山先生回忆当时商帮对帮规执行的情形是:商人每到一地,先到同乡会馆找一个落脚点,入会馆厢房登记同乡录,然后去后堂关老爷像下进香、磕头,有会馆主事领着读:"尊敬同乡长辈,不坑人不骗人,不吸鸦片……如有违犯,将被开除。"这是纪律教育,也是诚信教育。到了年底,会馆一般都要开会聚餐,开会前后会长要登台讲话,先问:大家都到了没有?众人答:到了。会长又问:今年有违反帮规的没有?如果有违反帮规的,就要罚饭三桌,罚戏一台,使违犯者的情面在众多乡亲的吃吃喝喝中有所保留。

当然,就徽商而言,很多人来自山里,相对来说,比较老实,比较质朴,可能骨子里的诚信更多一些。社会各界对徽商的认知也是如此。所以,诚信就成为徽商的一个特点了。我这里就举一个例子。婺源的商人朱文炽曾贩新茶去珠江,抵达后却错过了大批交易的日期,这样新茶也就不新了。后来的交易中,朱文炽自书"陈茶"二字,以示不欺,却大大影响了茶价。有人劝朱文炽,这个茶叶质量还不错,新茶和陈茶,也不是一眼就能看出来,干脆把这两个字去掉,也许价格能上去一些。但朱文炽坚决不同意,说:"陈茶就是陈茶,新茶就是新茶,我们徽商就是要老实。"所以,尽管这次朱文炽损失了一大笔利润,但在顾客心目中树立了良好的形象。

其次,我们来谈谈徽商的勤劳和节俭。

徽州是山地多,平地面积少,徽州人要养活自己,就得比一般地方的人付出更多的努力。所以徽商不仅很勤劳,而且很节俭。明成化、弘治年间,歙县人江才三岁丧父,家道中落,无以为生。无以为生怎么办,只好"十三四岁,往外一丢",江才十三岁那一年,就和弟弟来到杭州,开了一家小铺子,零星地出售些杂物。兄弟二人尽管省吃俭用,但一直赚不了大钱。于是,江才就将铺子给弟弟经营,自己奔走于河南、河北、山东一带,贩运商品。这一段日子真苦啊。但辛苦没有白费,江才赚了一大笔钱。当他四十岁的时候,居然成了腰缠万贯的大贾了。江才发迹之后,荣归故里,广置田园,大兴宅第。他的第三个儿子江珍还中了进士。江家遂由一个破落户,一跃成为有钱有势的大财主。这一段故事,来自《溪南江氏族谱》。在旧时的族谱中,这样的故事有很多。

《儒林外史》上也有一段奴仆经商致富的故事。徽商万雪斋原是徽州盐商程明卿的家奴。他从小就当程明卿的书童,十八九岁时,被程家用作"小司客",也就是跑腿的。跑腿的人当然勤劳啊,这个万雪斋脑子也活,他就利用这个跑腿的本领,每年积攒点银子,悄悄地做点小生意,带点小货卖卖。就像改革开放初期的时候,跑沿海地区的人,带点"香港货"到内地,赚点钱。后来,万雪斋赚了一笔钱后,就赎了身,买了房子,自己经营盐业,成了一个盐商。再后来,他竟发展成为一个大商人,拥有数十万巨资的大贾,还娶了一个翰林的女儿做老婆,彻底"翻身得解放"了。

在扬州的盐商中,也有一个这样的例子,这就是"一文钱"的故事。说是棠樾这个地方,有个人叫鲍诚一,名志道。家里很穷,但他也想出门做生意,也想赚钱。他母亲见他两手空空出门,认为这样不吉利,毕竟不是去讨饭啊,怎么能两手空空呢!于是,她把鲍志道婴儿时戴的虎头帽上的一枚"康熙通宝"摘下来,让他带在身上。因此,鲍诚一后来就有了一个外号,叫"鲍剩一",意思是家里只剩下一枚钱了。鲍诚一到了扬州后,先在吴氏盐商家帮忙,由于他精明能干,慢慢地,成为吴家的管家。不久,鲍诚一辞去了吴家管家的差使,独立门户,也开始经营盐业,赚了大钱,后来成为扬州盐业界的总商,也就是商会会长。现在棠樾牌坊群当中,有一个牌坊,就是表彰鲍志道的。这一个故事,似乎带有某种戏剧性。关于鲍志道,我在后面还会提到。

还有一个"一文钱"的故事，是清末许奉恩所著的笔记小说《里乘》中的，说是有两个徽商，带着巨资到苏州做生意，因为两人各恋一个妓女，所以没多久就把钱挥霍一空了。有一天晚上，两个人囊中空空面面相觑，觉得没脸见人了，想东山再起吧，又没有本钱了。甲越想越气，掏出口袋里仅有的一文钱，气得要扔掉。乙阻止了他，说，这文钱不要扔，给我，我能扳本。于是，乙就从面粉店里买了点面粉，然后，又去搞了一些木棍、鸡毛什么的，把面粉和了一下，来捏面粉人卖。由于捏得不错，卖得也不错，两人很快又攒了一笔钱。他们在苏州阊门开了一个布店，请人书写了一块大匾，上写"一文钱"，店名就叫"一文钱布店"，不仅通俗易懂，也是想给自己一个教训，给自己一个提醒。从此以后，这两个人接受了以前的教训，开始靠勤劳致富来发财了。

从上面的事例可以看出，徽州的富商大贾很多都是出身于贫苦家庭，硬是靠着自己的艰苦奋斗，赢得了财富和地位的。他们到外地打拼，处事比较精明，比较理性，所以给人的印象是比较节俭，不浪费，也不大手大脚地花钱。当然，节俭再走一步，就变成吝啬、悭吝了，这里也有一个徽商的例子，权当笑话来讲。

这是一个"铁菱角"的故事。这个"铁菱角"，是明万历年间自徽州来扬州经营盐业的汪于门。汪于门先是在盐行做伙计，十多年后，赚了一些钱，买了盐船三只搞贩运，又赚了一大笔钱。但汪于门为人极其小气，当时人们说他"一钱不使，一钱不用，数米而食，称柴而炊"，就是说这个人啊，一分钱都不花，烧饭时米不是舀,而是数着粒的,生柴烧火时,柴也得称一称。你看这个人小气不小气?汪于门赚了大钱,又舍不得花,很快就积累了银子百万两。这是一个很大的数字了。汪于门把这些银子分别堆贮在"财""源""万""倍"四个仓库。可他还不放心,怕有人来偷银子。怎么办呢?汪于门就让铁匠打了许多铁菱角,每个斤把重,下三角,上一角,非常尖利,堆了几箩筐。到了晚上,汪于门就把这些铁菱角布置在各个银库的四周。布置这些铁菱角的时候,汪于门不要别人干,都自己干。结果有时候家里人、用人们一脚踏上去,鲜血直淌,摔在地上,有时差点把命搭上了。天明之后,汪于门又用扫帚把这些铁菱角扫到箩筐里,黄昏以后再拿出来。无论大寒大热、大风大雨,汪于门都不怕麻烦。汪于门如此辛苦,慢慢地坏名声也传了出去,所以当时人都称他为"铁菱角"。可怜的是这个汪于门,在清兵破扬州后,将他的财产洗劫一空,"铁菱角"大哭不止,最后一命呜呼。你说这个徽商惨不惨,自己舍不得吃舍不得用,就这样让财富在自己手中过一下,雁过了毛没留,实在是惨。

贾而好儒

宋元以来，徽州一直是一个教育比较发达的地区。读书风气很盛，理学的氛围很浓。徽州为什么读书风气盛，理学氛围浓？那是因为这里是"程朱故里"，宋时的大儒程颢、程颐，以及南宋的朱熹，祖籍都是徽州。徽州还有一个别称，说是"东南邹鲁"，这就更不得了，"邹"是春秋战国时期的邹国，是孟子的家乡；鲁是鲁国，是孔子的家乡。你看这个徽州，把自己当作东南一带孔孟的家乡，这还了得。这说明徽州人很自信，很看重自己在中国文化中的地位。

所以徽州人对于教育，一直是很重视的。明代中叶以后，因为徽商对教育的重视，徽州教育更加兴盛起来。"十户之村，不废诵读"，"远山深谷，居民之处，莫不有学有师"。徽属六邑有很多书院，讲学蔚然成风。只有重视教育，才能人才辈出。据统计，徽州中举人者在明代有 298 名，清代有 698 名；中进士者明代有 392

名,清代有226名。明清两朝,徽州共出了28位状元,占这两个朝代状元总数的八分之一。这是一个很惊人的数字,足以反映徽州重视教育的程度。蟾宫折桂,游历魁台,在深山僻壤中也不乏其人。徽州很多地方都有一些科举佳话和传说,什么"一门二进士""父子进士"等,这也的确是当年徽州科举的真实写照。

徽州人重文化,爱读书,这对他们的言谈和举止有很大影响,对民风民俗也有很大影响。用通俗的话来说,是徽州人比较"文气",这种"文气"带到商业上,使得徽州商人把儒与商结合得比较紧密。具体说来,可分为三种情况:

一是在徽州,商人的地位比较高。相对其他地方的人们而言,徽州人是比较重视经商的。关于这一点,明代徽州人汪道昆形容徽商的"贾而好儒"为"古者右儒而左贾,吾郡或右贾而左儒",并将此归结为"左儒右贾"。对于徽州人来说,虽然从商不似走仕途,地位也不像山陕商人那样高,不过因能给自己、家庭、家族以及村落带来实实在在的实惠,故而从商也是一种让人风光的职业,起码等同耕种。这在当时,已经算是相当解放思想了。程敏政是明成化年间礼部右侍郎,相当于现在的教育部或者是文化部副部长,他在家乡建的房子,至今仍然保留着。其中一处厅堂上挂的匾额,"务本堂"三字赫然醒目。在徽州,号称"务本堂""敦本堂"的地方并不少见,并且在扬州也曾经出现过"务本堂"。史料记载,乾隆年间,扬州设立"务本堂",作为徽州盐商办公、聚会之场所。扬州是徽商的侨寓地,在异域他乡出现"务本堂",的确耐人寻味。这自然让人联想到两副相似的对联。黟县西递村的一副对联为:"读书好,营商好,效好便好;创业难,守成难,知难不难。"而在清代小说《儒林外史》第二十二回中记载,扬州河下老街,也就是徽商的主要聚居区,盐商万雪斋家中有一副金笺对联写道:"读书好,耕田好,学好便好;创业难,守成难,知难不难。"这个万雪斋,我在前面也讲过。

两副对联均为二十字,只有三个字不同,其总体的意思是一致的,强调的是读书、耕田、营商。耕田是"务本",营商实际上也是"务本"或"敦本"。或许,上述这两副对联正可作"务本"二字的一个注脚。

明代中后期,徽州人对当时的进步思想是有所接收的,比如说关于本末观,传统的理解是农业为本,工商为末,重本轻末,重本抑末,重视农业,压制工商业。到明中后期有人提出,工商也是本业,也要支持,也应该发展,可以说这在当时是相当不容易了。徽州万历年间的《歙志》提到"昔者末富,今者本富",过去把商业看作末,今天的商业却是本,过去末业已经变成本业了,有人用"末富者多,本富者少"描述当时徽州地区的情况,也就是说,很多徽州人舍本逐末,它是经过一个思想解放的过程,如果"本末观"不发生变化,那么不可能很多人出去经商。这种观点我在拙作《思想徽州》里,已明确地论述过。所以做任何事情,理念非常重要,理念明确了,才会有精气神;理念不明确,稀里糊涂地做,也就谈不上前途。资本主义为什么会发展,就是因为人们有理念,即资本主义精神。为了让人们生活得好一些,我必须拼命扩大生产,生产的目的,是为社会啊。所以,你看盖茨也好,乔布斯也好,巴菲特也好,他们都是有理想追求的。很多大资本家在生活上很简朴,他们不是为了钱为了享受,而是为了实现个人价值,是为了实现个人的追求。你看盖茨,成功后把自己的财产基本上都捐了,人长得也清秀,一点暴戾之气都没有,就像一位儒雅的大学教授。不像我们现在的很多人,一看就是酒肉之徒,那种污秽都长在脸上,长在身上,你赖都赖不掉,装都装不出来。所以有一句话叫"相由心生",相貌就是你心思的体现;还有一句话,叫"三十岁以前的相貌是父母给的,三十岁以后的相貌是你自己修的",你看这些话对不对?

二是以儒经商,商业经营的文化含量较多。徽州是"文房四宝"的重要产地,这里的歙砚与徽墨,以及附近地区的宣纸、湖笔都非常有名。有不少徽商经营的就是这些产品,即使不经营这些产品的徽商,身边也会携带很多,或自己用,或作为礼品送人。关于"文房四宝"的说法跟"扬州八怪"一样,也有些争论,一般是把"宣纸、徽墨、端砚和湖笔"放在一起。宣纸和徽墨,无可争论,因为皖南的就是第一啊。宣纸,就是泾县产的书画纸,古时候是第一,现在仍是第一。徽州的墨也是无争论的,因为徽州的墨就是好,黄山松的松脂,比一般的松脂油多、烟多,做出来的墨纯粹、细腻,有一股香气。至于砚,端砚的名气大,不过,歙砚漂亮,歙砚的石头都来自婺源的龙尾山,有金星、银星、眉纹等,配上精美的雕工,让人爱不释手。至于笔,最有名的,应是湖笔,也就是湖州的毛笔。不过,湖州跟宣城接壤,宣城的制笔业也不错。正因为如此,皖南是"文房四宝"之乡。

我们接着说"以儒经商",明代四大墨商之一的方于鲁,早年曾经随父亲经商遍游荆鲁、巴蜀、邯郸等地,后来觉得单纯地做生意没意思,还是得带点文化气息,于是改做墨的生意。这样跟文人打交道多一些,方于鲁一边做墨生意,一边自己写诗,还加盟到文坛也即文学社组织当中,与汪道昆等人一起,吟诗作画。这样的例子在徽州有很多。按照现在的说法就是,这些经营文化产业的人,本身就是文化人。这些与文化相关的产品在某种程度上,也让人们产生这样的印象,即徽商是有文化的人。另外,读书人的谈吐、气质、应变能力等,对从商也是有帮助的,比如徽商与朝中人结交,人家为什么跟你交往,除了金钱关系之外,那些身居高位的要臣们还是看中了徽商比较有文化,能谈得来,至少谈起"经史子集",谈起"诗词歌赋"还是懂一些的,有共同的话题。像乾隆,为什么到扬州来,要江春接待,也是因为江春比较有文化,乾隆跟他玩得来。乾隆本身就是喜欢文化的,喜欢附庸风雅,喜欢写诗题字,据说他一生写了上万首诗。接近这样的皇帝,没有文化哪行啊,没有文化,你根本近不了他的身,他根本不理你。所以,当时的社会风气,有一点文化至上的味道,文化有优越感。什么是士大夫气?这就是士大夫气。

三是重视教育。因为徽州人在骨子里面,还是重视科举的,徽商一直有重视教育的传统,毕竟,教育是有关未来的事。重视教育就是重视子女的读书,大力资助家乡的教育事业,出钱出力把学校办好。如扬州盐商鲍志道不仅捐3000金修建紫阳书院,又捐了8000金修建山间书院。乾隆年间,充任两淮盐业总商的汪应庚捐50000余金重建了扬州的江甘学宫,又以13000金购腴田1500亩,悉归诸学,以待岁修及乡试资斧。祁门盐商"二马",于雍正十二年(1734年)在扬州建梅花书院,从而造就了不少著名的徽籍及外籍通人硕儒,如汪中、王念孙、段玉裁、洪亮吉、孙星衍等。不仅如此,徽商赞助并聘请了一些名师名儒来教授徽州子弟,比如曾聘请名儒赵沈到婺源阆山书院任教,聘桐城派古文宗师姚鼐执掌梅花书院,聘江南大儒汪仲伊任教于紫阳书院和碧山书院。还有一些徽商,发了财之后,干脆把名师请到自己家中来担任私塾老师。比如说,明朝末年歙县江村的江一鹤,就曾把大才子大画家董其昌请到江村,教授他的儿子读书。现在的徽州有很多董其昌的字画和器物,因为大画家在这里待过一段时间。又比如说现在歙县郑村,有一户汪家,当年也是做生意赚了大钱,于是就在家中建了一个专门读书的地方,叫作"不疏园",为什么叫"不疏园"呢,就是让家人像不荒废种地一样去辛勤读书。"不疏园"非常漂亮,不仅藏书非常多,而且造得跟现在的公园一样。不仅如此,"不疏园"还高薪聘请了当时徽州最有名的大儒江永、戴震来家里给孩子们授课。你说这个付出大不大?果然,后来汪家出了一个汪宗沂,这个人先考中了进士,后来又成为李鸿章的幕僚。汪宗沂,还有一个身份,那就是马克思《资本论》中提到的王茂荫的女婿。再比如说汪道昆,歙县人,做过兵部左侍郎,相当于现在的国防部副部长。汪道昆还有一个身份,是戏剧家,写过很多戏,他的家庭出身,就是盐商,从他的祖父开始,就是经营盐业的,家里很有钱,父亲也是盐商,但到了他这一辈的时候,家里人不让他再做生意了,让他读书走仕途。汪道昆也不负重望,23岁就考中了进士,而且做官也做到了部级,同时在写作上也非常有成就,撰有杂剧4种,曾有人猜测《金瓶梅》也是他化名写的。徽州能源源不断地出人才,这都是重视教育的结果。

四是喜欢文化。人们为什么将徽州商人称为"儒商"呢?因为徽州商帮在经商行贾过程中,重视商业与文化相结合,许多人是以儒经商,也有不少商人由商而儒,经商之后又归于儒,有的是边做生意边写文章——在徽州存世的家谱和地方志里,就有不少关于徽商创作诗文的记载,明代歙县商人郑作"字宜述,号方山子。尝读书方山中,已,弃去为商。挟束书,弄扁舟,孤琴短剑,往来宋梁间……识者谓郑生虽商也,而实非商也"。商人因为和钱打交道,所以往往带有铜臭气。可是,这位叫郑作的明代徽商却大不一样。他号方山子,虽然四处经商,却"挟束书,弄扁舟,孤琴短剑,往来宋梁间",难怪熟悉他的人都说,"郑生虽商也,而实非商也"。不仅如此,郑作在诗歌创作上还取得了一定的成就,钱谦益在《列朝诗集小传》中也记载了他的身世和诗歌创作成就。与郑作同时的歙县商人黄长寿,别号望云,他在扬州经营盐业,"性喜吟咏,所交皆海内名公,如徐正卿、叶司徒等,相与往来赓和,积诗成帙,题曰《江湖览胜》并《壬辰集》"。清代黟县商人胡际瑶"虽业商,然于诗书皆能明大义,舟车往返,必载书篋自随。每遇山水名胜之区,或吟诗或作画以寄兴,著有《浪谈斋诗稿》一册"。陈建华统计了有名家作序的徽商诗文集,主要有:郑作,字宜述,歙县人,有《方山子集》,李梦阳作序,余存修,歙县人,有诗集《缶音》,李梦阳作序;其子余育,李梦阳为之作传;程汝义,休宁人,王世贞为其诗集作序;吴德符,歙县人,胡应麟为其诗集作序。其他如扬州"二马"各有诗集和词集流传,乾隆间扬州总商江春与其弟江昉也有《新安二江先生诗集》刊刻于世。由此可见,徽商从事文学创作,已经成为比较普遍的现象。

　　徽商赚了钱以后,因为喜欢文化,他们把很多钱都投在文化建设上了。徽州的很多地方,都有诗社、文学社、书画社,大大小小,平时有共同文化爱好的人们在一起互相唱和好不热闹。在这一方面,徽州是有传统的。还有一些有钱人,有钱了除了买地盖大房子之外,就是买字画,买古书,买文房四宝,买瓷器。比如说,当年的西溪南,有很多回归故里的商人都是收藏的大家,在外面赚了钱以后,他们不惜巨资购买名贵字画带回故里。比如《歙事闲谭》中说了,那时候在西溪南不仅有东晋王羲之的作品,还有"元四家"黄公望、倪瓒等人的作品。倪瓒的很多精品、代表作,几乎都被徽商购买并收藏了。这些被收藏的作品,对于后代是极有好处的,徽州后来出了不少大画家,跟鉴赏这些画很有关系,好的东西看多了，自然眼界就上去了，眼界上去了，只要技术方面跟得上，就离大师不远了。比如说渐江，大家都知道，渐江是大师啊，他后来的画非常枯寒，一看过去，画面一点生气都没有。那是为什么呢？因为他是明朝的旧臣啊，清朝建立之后，渐江就自认为自己已经死了，干脆出家了。渐江也曾经在西溪南看过不少画，有一个徽商叫吴不言的，收藏了很多画，其中有渐江最喜欢的倪瓒的画，渐江一看到倪瓒的画就走不动路了，然后佯装生病说不能回去了。吴不言就会心地笑了，把渐江留在家里住下，好吃好喝，让他看名家真迹。渐江就在吴家住了三个月，天天关起门来看倪瓒的画，细细地揣摩。可以说，倪瓒的画对渐江画风的影响非常大，渐江的画变得更加飘逸了。不仅如此，渐江对自己以前的画开始不满意了，把自己原来的画作，只要能收回的，悉数销毁。所以，现在能看到的渐江前期的作品，非常少。徽商的收藏跟新安画派发展的关系，通过这个例子可以了解清楚。

又比如说戏曲。大盐商江春凭借自己巨大的财富蓄养了两个家班：德音班和春台班。清人黄钧宰在《金壶浪墨》中说：春台、德音两戏班，仅供商人家宴，而岁需三万金。德音班唱的是昆腔戏，春台班唱的是花部戏，也就是乱弹戏。当时，苏州的杨八官、安庆的郝天秀、四川的魏三儿名声最响，传说郝天秀的表演柔媚动人，直令观众销魂，人称"坑死人"。为了自立门户，扩大影响，江春花费重金聘请这些名角，"演出一戏，赠以千金"，就像《红楼梦》里说的，银子花得像流水似的。一出《牡丹亭》，耗银 16 万；一出《长生殿》,费银 40 万。也正是因为扬州富庶啊,加上徽商有钱有文化也爱好戏曲,这使得明清时期的扬州成为中国的戏曲中心,戏曲得到了大发展大繁荣。戏曲为什么流行呢?跟民间文化的繁荣有关,明清时对于异端思想实行禁控,深厚的政治、哲学、文化思想不可能产生,于是民间文化大繁荣,戏曲的繁荣也应运而生。这个戏曲好啊,公子落难小姐讨饭,最能赚老百姓的眼泪,大家在一起看得莺歌燕舞,其乐融融,官方是最喜欢的了。所以你看封建社会历代统治者,都提倡看戏唱戏,为什么?或许是因为看中国戏能让人的脑子变得简单,一简单了,就好统治了。这是题外话。后来,春台班与三庆班、四喜班、和春班等四大徽班一起赴京演出,谱写了中国戏曲史上最华彩的乐章。徽班进京,标志着京剧的诞生,确立了京剧在中国戏曲历史舞台上的主角地位,这是徽商对中国传统文化的又一大贡献。

徽商汪然明与李渔

这里,我想先说一下李渔。大家都知道,清初的时候,有一位大文人,叫李渔,非常有才,写过《闲情偶寄》以及很多戏剧话本、短篇小说。李渔是浙江兰溪人,兰溪离徽州很近,从新安江安徽段过去,就到兰溪了。李渔是兰溪人,但出生在江苏如皋县(今如皋市)。为什么出生在江苏如皋呢?因为李渔家里同样是新安江流域的商人,他的父母亲到如皋一带做生意,李渔就出生在那里了。李渔家在兰溪有很多田地,还有老屋,但李渔这个人,不喜欢做生意。他喜欢自由自在,喜欢写点东西。李渔在杭州生活之时,参加了一个文学社,叫"西泠社"。当时的文人结社成风,比如说后来引起事端的"复社",等。这些"社",实际上就是文学团体,彼此在一起写东西,在一起玩。李渔参加的这个"西泠社"设在杭州西湖的不系园上,不系园不是园林,而是一艘大游船——远远看起来,就像一座游动的、变幻莫测的园林。李渔和一帮人,没事就在不系园上饮酒、喝茶、谈诗论画。不系园上的花费呢,都是由不系园的主人埋单,不仅好吃好喝奉上,还好送好带。这个主人够冤大头的吧?但他就是愿意。不系园主人是谁?就是徽商汪然明。汪然明是徽商的"富二代",他的钱,都是祖上挣的,至于他自己,一点也不喜欢做生意,倒是喜欢写文章,作诗作画什么的,可惜才气一般。

李渔吃了人家的嘴软,拿了人家的手短,怎么办呢?只好写东西。这个时期,戏曲流行啊,人们都喜欢看戏,李渔就写了一部《意中缘》。明末大名士董其昌与陈继儒以书画名于当世,求字求画者盈门,这颇令两人感到劳神费力,不堪其苦。董、陈二人为躲避纷扰,相约到杭州朋友江秋明处游玩。杭州贫女杨云友才貌双绝,尤擅长模仿董其昌的画,并以卖画谋生;另有福建名妓林天素寄居杭州,也以卖画为生,模仿陈继儒笔法尤为绝妙;杨云友、林天素两人的丹青皆在和尚是空开的古董店里寄卖。一天,董、陈二人游玩至是空古董店,发现了杨云友和林天素两人的画,知道是女性手笔后更是赞叹不已,遂生才子佳人之念。陈继儒很快寻访到林天素,并与之成亲;林天素女扮男装,回闽途中遭遇山贼,被迫成为山贼书记,后被江秋明的朋友某将军营救,得以完璧而归。董其昌与杨云友的姻缘,却因是空从中拨弄,生出无限波澜:是空垂涎杨云友已久,但无计可施,听到董其昌意欲娶作画之人,遂顿生冒名之想,设计骗娶杨云友。杨云友在舟中知道自己被是空欺骗,将计就计,以应允婚事为由招是空饮毒酒,沉其于江中。

后又经过一番曲折,董、杨二人终成好事。

这一出戏发生的场景,就在杭州,那个江秋明,原型就是汪然明。"江"与"汪",只相差一笔。这两个人物很像,很明显,李渔是以汪然明为原型,塑造了积善好德、打抱不平的江秋明。这也算是李渔对汪然明赞助文人的"投桃报李"。

关于汪然明,我这里要多说几句——大家都知道钱谦益与柳如是这一对老夫少妻的故事,这个故事,是中国文学史上一个著名的"花絮",是最著名的"才子佳人配"之一,数百年之后,还有大家陈寅恪为柳如是作传。只是很多人不知晓,柳如是在认识钱谦益之前,还与年纪相仿的汪然明交往密切。比较起与钱谦益的关系,柳如是与汪然明的交往,很有点"像雾像雨又像风"。有人说汪然明是徽州休宁人,也有人说是歙县人,反正都是徽州人。汪然明是徽州在外的一个富商,很有钱,也很大方,据说有一年饥荒,他家来了无数"吃大户"的。汪然明一时拿不出那么多现钱,卖了22亩地分金赠人,也因此得了个"黄衫豪客"的绰号。当时很多有钱人都在西湖边建园林小住。汪然明也不例外,他在杭州西湖旁建了三处宅院:一是城内的缸儿巷,二是西溪的横山别墅,三是湖边的不系园。"不系园"语出于《庄子》:"疏食而遨游,泛若不系之舟。"江南一带的大文人陈继儒、董其昌、李渔、钱谦益、王修微等名流,都是不系园的常客。大才子董其昌与女画家杨云友还在这里订下了终身。戏剧家李渔在杭州生活时,也是不系园的常客。除了不系园外,汪然明在西湖边还有几艘做工精巧的小

思想徽州·徽商六讲 | 439

船，取的名也很风雅：雨丝风片、团瓢、观叶、随喜庵……想借船的人是要满足条件的，"须得是名流、高僧、知己、美人"四种之一。不是这四种人，汪然明都懒得看上一眼。

柳如是就是借汪然明的小画舫时，跟汪然明认识的。在此之前，柳如是因为与几社、复社名流的交往，在江湖上很有些名气。柳如是到了杭州之后，写信给汪然明，说是想借他的船来用一下。柳如是写信给汪然明，其实是想认识一下，借船显然是借口。如此知性美女来借舫，汪然明自然乐意，不仅愿意借，还愿意陪吃陪喝陪游。大约此次交往的印象不错，双方很快就熟了，在一起一边喝酒，一边吟诗唱和。柳姑娘写的是《雨中游西湖》："鹃声雨梦，遂若与先生为隔世游矣。至归途黯淡，惟有轻浪萍花与断魂杨柳耳。回想先生种种深情，应如铜台高揭，汉水西流，岂止桃花千尺也。但离别微茫，非若麻姑方平，则为刘阮重来耳。秋间之约，尚怀渺渺，所望于先生维持之矣。便羽即当续及，昔人相思字每付之断鸿声里，弟于先生，亦正如是。书次惘然。"柳如是对汪然明的感慕之情，油然纸上，并约好秋天再见。

一段时间之后，柳如是又来到杭州。这一回，柳如是没有住在客栈，而是住在汪然明西溪的别墅里。汪然明特意为她挑了一间屋子，题为"桂栋药房"，双方的交往变得密切。汪然明还携柳如是两次去了徽州老家，到齐云山和商山一游。关于这两次游历，柳如是后来在给汪然明的信中，都有深情回顾。从信中看，两人的关系相当"暧昧"。汪然明还出资给柳如是出了《月堤烟柳图》和《湖上草》两本尺牍集册。

汪然明与柳如是的关系,有点像现在的大商人与女明星的关系,算不上情爱的"一对一",不承诺,也不负责。以大商人所见的"世面",汪然明自然不会为柳如是这样的烟花女子动"明媒正娶"之心。与汪然明同时保持"亲密"关系的,还有同为江南名妓的王修微、杨云友、林天素、张宛,等等。对于她们,汪然明一概"博爱",他甚至还让林天素给柳如是的书作序。不过,在汪然明心目中,也是分些厚薄的:林天素排第一,王修微排第二,柳如是排第三。这当中的原因,大约是柳如是个性太强,心计也太深了些。以汪然明的老于世故,当然会洞若观火。

弃商为儒

现在徽州很多人家都挂有对联,有一副对联,或许是徽州人家挂得最多的:数百年人家无非积善,第一等好事只是读书。

这个对联是什么意思呢?很明显,就是徽州人最看重的是读书。第一等好事就是读书,在读书面前,其他都不重要。比如说扬州的徽商,够成功的吧,但对于读书一事,还是念念不忘。有一首竹枝词是这样写的:"邗上时花二月中,商翁大半学诗翁。红情绿意朱门满,不尽诗工境便穷。"

这一首竹枝词,真是形象地反映了当时徽商学习的情景。因为这些徽商本来就是读书人,因为各种原因,比如贫困辍学、屡试不中等,并不情愿地走上了经商之路。现在囊中有了钱,他们就想重温从前的功课。就像现在一样,一些生意人有了钱,也去读MBA、EMBA,还有长江商学院什么的。很多人实际上也不完全是为了文凭,是找寻学习氛围,找一帮稍有层次的人玩,重温同学之谊、同学之情。

还有一些徽商,本来就不想做生意的,做生意也是家境逼的,没有办法,不做生意就要挨饿。所以,这些徽商,一旦赚了钱,就再也等不及了,干脆就改行了,自己去读书考科举,或者什么也不干,就在家里研究文化。比如清代康乾时期的江登云,十六岁时随兄外出经商,虽大获成功,但还是觉得这个成功不是自己想要的,决心"为国家作栋梁材",遂弃商,考武举,中了进士,最后官至南赣都督。康熙年间,休宁商人汪淳涉足商业十多年后,想想还是要科举,于是在家读书,中了举人,授中书舍人。清代的程晋芳最为典型,他在扬州一带当盐商,一直爱读书,购书5万多册,在当时,这个藏书数目算是很多的了。后来他弃贾从儒,屡试不中,年过四十后,心犹不死,后来终于被皇帝"赐同进士出身",在吏部当了一个官,后来四库馆开的时候,他当了翰林院编修,快活得不得了。

程大位也是这方面的一个例子:程大位年轻的时候,就跟一帮同乡出门做生意,奇怪的是,这个徽州人对生意本身兴趣不大,却对算术兴趣大,他甚至不顾自己能否赚钱,跑去帮别人算账。四十岁那一年,程大位干脆回到了屯溪老家,把自己关在屋子里研究算术去了。别人都觉得奇怪,因为别人弃商,有的是为了科举,有的是捐一个官位,然后待在家里享清福,他却是为研究算术待在家里。当时的人都不理解他。不过,程大位还是坚持走自己的路,不为别人所动。他终于赢得了成功,写成《算法纂要》4卷。

同样的例子,还有"小玲珑山馆"的马氏兄弟,马氏兄弟也是一边当盐商赚钱,一边办文化产业,收藏书,有时候还自己刻书,他们刻的书比别人的好卖,为什么,因为有插图。马氏兄弟请当时有名的画家来画插图,所以书卖得特别好。

　　说了这么多徽商,我们也要看到:千百年来,无论是徽商也好,晋商也好,还是其他商帮,尽管不同时期都有很多成功商人,然而在中国社会,却始终没有培育出一种"商人精神"。这种精神,应该是独立的,一依附外物,那就不叫精神了。造成这一现象的根本原因是,中国的专制社会过于发达,也过于强势,除官僚阶层外,中国社会几乎没有独立的阶层。中国的各个阶层,各个行业,都是依附在强大的官僚体制之下的,缺少的就是独立性,以及按内部规矩办事的精神和习惯。中国的文人也不是独立的文人,很少有西方那样的独立知识分子;中国的商人也是,几乎从没有一种独立的商业精神。从社会的管理者,从文化传统到商人自己,都不认同商人是一个独立的阶层,他们没有形成自己的阶层意识,这是最具有悲剧性的一点。就像费正清所说的:"中国商人最大的成功之处是,他们的子孙不再是商人。"你想想是这样啊,那些商人们毕生奋斗,还是为了他们的下一代不再从商,可以去当个官。这是骨子里的自卑啊,在这种情况下,商人哪有前途呢?这一点,我们下面还要讲。

仁德之气

除文气外,与其他地方的商人相比,在徽商的身上,还有着很重的仁德之气。中国历史上还没有哪一个商帮,像徽商一样,对待社会公益事业如此关心,并且蔚然成风、代代相传。在这一点上,徽商应该说做得非常好。好在哪里,我们只要看看徽州的面貌就可以感觉得出:实际上在外赚了钱的徽商很多,赚了钱就不回来了的徽商也很多,但不管回来没回来,对待家乡的公益事业,徽商们都是肯慷慨掏腰包的。徽州人有一个特点,那就是特别爱自己的家乡,只要有几个徽州同乡在一起,不管是什么场合,都要说家乡话,以示亲热。你看胡适的家乡观念重不重?那真是重,那么一位见过大世面的人,谈起自己的家乡,还是一往情深:家乡最美,茶是家乡的茶叶好喝,要喝"金山丝雨",这是上庄的茶叶;菜是家乡的好吃,要吃"一品锅",而且要吃江冬秀烧的"一品锅";只要是家乡人找来办事,没有不答应的,比如说江泽涵,就是江冬秀的娘家人,是胡适带到北京去读书的,后来成为新中国著名的数学家,比华罗庚的资格还老。胡适一谈起徽州来,顿时就变得眉飞色舞,一口一个"我们徽州""我们绩溪"什么的。胡适经常提及古代名人,说这人是我们徽州出去的,那人也是我们徽州出去的。以至于林语堂都笑话他,适之先生把什么都说成是徽州的。就像现在很多人讲徽商,把什么都说成是徽商做的。

实际上,像胡适一样热爱家乡的徽州人大有人在,这可能也是因为徽州实在太美的缘故。徽州四通八达的石板路,那么多宝塔、桥梁、牌坊、书院、古井、亭子、楼台,那些个公益事业,比如修族谱、家谱、方志等,以及筑堤、浚河、救灾、赈荒等,都是"羊毛出在羊身上",都是徽商捐钱才有的。当然,就当时而言,只要捐钱做事,就会有表彰,家族的、县里的、府里的、省里的乃至朝廷的。明清时一直有一个道德评判体系,对这些热心捐助公益事业的人有表彰,这也是当时的主旋律所提倡的。

汪应庚,这位也是歙县籍,曾经是扬州的盐业总商。富甲江南之后,这位徽商同样也有着济世情怀,做了不少善事。汪应庚曾经在江南大饥荒时救活了近十万民众,也曾在扬州重修平山堂,栽松十万余株,兴修了蜀冈,并和他人一起建造漆园供扬州的老百姓游玩。值得一提的是,平山堂不同于私家花园,它是对公众开放的。当年写《浮生六记》的江南才子沈三白在游览平山堂时,就称赞平山堂的品位之高,"即阆苑瑶池,琼楼玉宇,谅不过如此"。汪应庚也因此在江南的百姓中有着非常好的口碑。汪应庚去世之后出殡的日子，几乎全城的老百姓都赶来为他送行。在此之后的很多年，每逢汪应庚的祭日，扬州乃至江南的老百姓都会自发地在平山堂等地为他烧香。另一位与江春齐名的歙县籍徽商鲍漱芳，在他富甲天下之后，一直想着如何为社会做出自己的贡献。1805年，黄河、淮河先后发生水灾，长江流域的洪泽湖也破堤，鲍漱芳先后捐米6万石，捐麦4万石，救济了数十万灾民；扬州兴修水利，疏浚芒稻河，他捐资6万两；改六塘河从开山归海，他集众捐银300万两。

乾隆五十三年(1788年)，徽州发生洪涝灾害，洪水冲毁了徽州府城歙县太白楼下的河西桥和道教圣地齐云山下的登封桥。河西桥是婺源、祁门、休宁和黟县等地进入徽州府城的交通要道，而登封桥是黟县至杭州货运交通的大动脉。民谚云："忙不忙，三日到余杭。""三日到余杭"正是要经过这座桥。"江南首富"胡贯三听说此次灾难，立即捐资白银10万两，耗时8年，重建了16孔的河西桥，修复了登封桥。

当朝的太子太傅、武英殿大学士歙县人曹振镛目睹了胡贯三的义举，惊呼："呜呼，胡通议诚好义也哉！"也不知是不是这个原因，曹振镛决意与胡贯三成为儿女亲家。曹振镛倒不是看中了胡贯三的钱，他自己也不缺钱花，他是觉得胡贯三这个人人品不错。胡贯三是黟县西递人，据《西递明经胡氏壬派宗谱》记载，现居住于西递的胡氏宗族，始祖并不姓胡，而是姓李，是唐昭宗李晔的后代，所以西递人常常自豪地说自己的姓氏是"假胡真李"。从17

世纪到 19 世纪的大约 200 年的时间里,是西递胡氏宗族的鼎盛时期。这个时期的胡氏祖先,多以经营钱庄、典当为主,仅二十四世祖胡贯三一人,就经营有 36 家典当和 20 余家钱庄,遍及长江下游各大商埠,资产折合白银 500 余万两,财力居江南巨富第 6 位。

胡贯三老了以后,回到黟县,住在西递。西递也因为胡贯三的到来,变得人丁兴旺。据史书记载,西递最鼎盛时期,有 600 多座宅院、99 条巷子、90 多口水井,以至有"三千烟灶九千丁"之说。在古代社会中,只有成年男性才可以称为"丁",由此推算,当时的西递胡氏宗族,有近万人口。胡贯三后来死在了黟县,在此之后,他的几个儿子还捐资 15000 两银子建了黟县的碧阳书院,并投入大量资金修纂族谱。

"姓各有祠,宗各有谱",徽州祠堂遍布,这是徽商财力的佐证,也是徽州人热爱家乡、热爱公益事业的证明。历史上,仅西递胡氏宗族,就拥有 20 多所祠堂。对于西递胡氏宗族来说,祠堂是神圣不可侵犯的。正如徽州人常说的"举宗大事,莫最于祠。无祠则无宗,无宗则无族",在徽州人的眼里,祠堂不再是族人聚集祭祀的场所,而是一种精神文化的象征,是徽州宗族不断繁衍、不断发展的历史缩影。

聪明理性

我觉得,"仁德之气"并不是徽商独有的,而是中国传统文化对于道德的普遍要求,是儒道精神在商业中的体现,也是传统商业文化的普遍特点。只不过因为徽州是"程朱理学"的老家,徽州人在道德方面执行得更严格一些,道德自律也更强一些。而且徽商在经商中标榜的"诚""信""义",可以带来更多的商业利润。因此,在此后的商业活动中,徽商便有意识地发扬这种以儒家思想为核心建立起来的商业道德。

值得一提的是儒学对于徽商的影响。任何一种社会现象都需要一种"内心的观照"。由于儒学特别重视对于知识的探求,比较崇尚理性思维,实践伦理,有着积极的入世态度,与商业活动中所强调和需要的东西是一脉相承的。

徽商作为一个商帮,在非规范的体制下,在与统治者相处的过程中,表现出了比其他商帮更多的过人之处。在金钱与权力的交往中,捐赠、依附、逢迎与仰攀是必不可少的手段,徽商也是如此。康熙、乾隆两位皇帝多次南巡,每次南巡,两淮盐商都实心报效,捐出巨资来搞接待,在各商帮中,徽商与当局的关系可谓是最好的。这是因为,一来徽商富有,常常慷慨解囊,二是因为徽商贾而好儒,与缙绅士大夫们容易找到共同语言,没有深层次沟通的障碍。对于这一点,我觉得很正常,商业行为都是以利益驱动的,有利益的地方,作为商人,当然想着有机可乘。

实际上,徽商真正的特点,或者说对他们的成功真正起决定性作用的地方在于他们有着比较好的文化功底,在于"练达明敏"。由于徽州人受教育程度较高,商人有文化,自然在审时度势、运筹决算、舍取与进退乃至整个经营活动中能高人一筹。这些知识和教育,可以说是比原材料、资本、劳动力更为重要的东西,文化知识水平同一个人的气质、才干是密切相关的。这也是马克思所说的"抽象力"。商人的商业活动,诸如采购、运销、积贮、贩卖,都是需要这种"抽象力"的。

文化上的先进决定了徽商在先决条件上的优势。除此之外,徽商较早地探索和实行了一些经济制度以及生产方式,这也在一定程度上促进了商品经济的发展。比如说当时徽商中已经出现了"牙商",自己不能干了,或者自己不想干了,就去找一个人帮着干,只要付钱给他就行了。这样的方式,也就是现在的职业经理人。徽商之间,不仅有股份制的形式,大家入股,收益按股分红,还有以资金委托代理人经营的形式,也就是放贷,把钱存到钱庄里,然后收取利息,等等。正因为徽商有着较为开放的意识,也有着良好的商业习惯,以及在商业活动中形式上的创新与领先,使得他们总是在商机发现以及实际操作上高人一筹,再加上勤劳、务实,使得他们能够较快地致富。

徽商的负面典型

当然,就徽商而言,也并不都是有道德、诚信节俭的。有的也是花天酒地,过着奢侈的生活。这主要是明成弘年间,徽州盐商发了财之后,不知不觉地,就学会了奢侈生活。对此,万历《歙县志》以及许承尧主编的《歙事闲谭》上都有类似的说法:成弘之前,民间重土著、勤穑事、敦愿让、崇节俭;成弘之后,风气改变,学的都是江南一带奢侈的风气。实际上这也很正常,有钱了,自然就要花费了,就要讲究生活质量了。比如现在的歙县西溪南村,就有一个果园遗址,据说是当年大盐商吴天行的私家花园。许承尧《歙事闲谭》录有:"琐琐娘,艳姝也,妙音声。明嘉靖中,新安多富室,而吴天行亦以财雄于丰溪,所居广园林,侈台榭,充玩好声色于中。琐琐娘名聘焉,后房女以百数,而琐琐娘独殊,姿性尤慧,因获专房宠。时号天行为百妾主人,主人亦自名其园曰'果园'。"

吴天行号称"百妾主人",因为财大气粗,吴天行造了规模庞大的果园,家中还养了戏班,所谓"百妾",其实是众多的歌女、戏子。有人研究,果园主人或许就是《金瓶梅》的原型,甚至《金瓶梅》小说中许多的场景都是依据果园的布局而创作的。至今,果园遗址中仍可见到许多假山石,人们也不难想象当年果园的奢侈。当年吴天行在发达之后,花费巨资从四方运来奇石无数,广建园林台榭,美不胜收。不仅如此,吴天行还从各地搜罗了许多面貌姣好的女子,蓄养于"十二楼"之中,据说规模达百人之多。她们当中,有的是民间丽人,有的则是吴天行花重金买来的青楼女子。吴天行整天就带着一帮美女们在家里寻欢作乐,有时候也邀请一些文人雅士们一起来作乐。一时间,"十二楼"在江南地区变得非常有名。关于"十二楼",清代诗人吴锡祺曾写诗曰:"仙人十二楼,缥渺望云头,丹梯浑可上,直达莲花游。"另一个侨寓扬州的乡人吴绮,也作了一组《溪南集咏》,其中一首是咏"十二楼"的:"溪南好,十二有高楼,碧槛暗随朱阁转,红灯遥映绿窗幽,花底夜藏钩。"

关于"十二楼"的传说颇多,其中最有名的,就是《金瓶梅》之谜了。有一种说法是:《金瓶梅》故事就是由"十二楼"而来,荒淫无度的西门庆的原型就是吴天行,至于署名"兰陵笑笑生"的《金瓶梅》的作者,那是徽州人、曾任明代兵部左侍郎的汪道昆。《金瓶梅》成书的那几年,正是汪道昆官场失意隐居之时,汪道昆完全有动机、有时间、有才气来写作这样一部"讽世之作"。如果《金瓶梅》真是取材于"十二楼",那么,徽商的正面形象从何说起呢?当然,这也只是个体形象,不是整体形象。

第六讲 徽商的没落

从某种意义上说,徽商就像是一艘庞大雄伟的巨轮,呼啸着,激越着,航行在明清的海浪中。这艘"泰坦尼克号"是如何在突然之间沉没的,而且一下子无影无踪的?关于徽商衰落的原因,跟它的兴起一样,曾有各种纷纭的说法。但我想,任何事情的成因都与它自身及所处的时代有关。徽商自然也不例外。

汪氏家族的衰亡

我在这里以一位扬州的盐商的沉浮为例来说明徽商的衰落情况。2002年冬天,我所在的单位曾经组织了一次"寻访徽商故道"的活动,在20多天的时间里,我曾沿着当年徽商下新安的路线,探访了很多徽商的遗迹,也访问了很多见证人和专家学者。在扬州,我参观了异常壮观的徽商旧址汪氏小苑。当时这座小苑还没有对外开放,后来开放后,成为扬州一处著名的文化景点。汪氏小苑是当年的徽商汪竹铭的住宅,占地3000多平方米,建筑面积约1580平方米,存有老屋近百间,横为三路,纵为三进,中轴相贯,两厢相对,有供小孩读书的春晖室,让长辈休息的树德堂,还有正房、耳房、船厅、边廊、浴室、仓库等。在建筑风格上,既有马头墙、青砖黛瓦的徽派风格,又有一些西洋建筑的痕迹,堪称中国古典住宅园林中的精品。在大宅里,汪竹铭的后人、时年八十三岁的汪礼珍老人打开了话匣子,向我们叙述了一个徽州籍扬州盐商起家、辉煌以及破落的家族故事。这一切,正浓缩了徽商的兴衰史。

汪家原先在徽州旌德。我们都知道,清朝时属于宁国府的旌德有很多人在扬州经商,也很有势力,当地曾有志书称之为"旌德帮"。在扬州,曾有两个"旌德会馆",分别位于扬州弥陀巷南头和埂子街愿生寺,后一个一直得以保留至今,并列入"扬州市第四批市级文物保护单位名单",这也可以佐证当年旌德人在扬州的情况。一些零星志书也显示,旌德江氏在扬州开有数家药肆,其一为多子街(今扬州甘泉路东段及附近)的天瑞堂药肆,其二为小东门三之栈药肆。有一个叫吕廷荣的旌德人,好几代都在扬州从商,吕廷荣曾继承父业"理鹾政",在扬州名气很大。1915年,扬州人自发募捐重修平山堂后,立了一个碑,碑文《重修平山堂记》就是当时旌德在扬州的文豪、七十六岁的汪时鸿所写。有一段时间,汪时鸿曾经是皖南道台,管理徽州、池州、宁国等地。这是题外话,因为我是旌德人,不免多说了几句。

汪礼珍老人祖辈以从事服装制作及销售为业,19世纪初为徽州服装名商八大家之一。到了太平天国时,徽州饱受兵燹,汪氏产业付之一炬,汪礼珍老人的曾祖父(名字记不得了)、曾祖母只好来到扬州。与他们一道前来的,还有大批徽州人。当时的扬州,虽说"康乾盛世"已逝,但徽商仍旧很活跃,扬州城内就有好几个徽宁会馆。一开始,汪礼珍老人的曾祖父二十岁左右时就投身到盐号当伙计,含辛茹苦,勤劳致富。到老人的祖父汪竹铭时,鱼跃龙门,汪竹铭是扬州晚清盐业史上屈指可数的人物。

汪竹铭是一个非常能干的人。作为父亲唯一的传人，汪竹铭读书之后一直从事的盐务经营，三十岁时，汪竹铭买下了当时很有名的盐店老字号"乙和祥"，又在招标中，一举夺得了外江口岸中商机最为活跃的江宁、浦口、六合的食盐专销权，一下发迹起来。谈及此时，汪礼珍老人深有感触地说："我的曾祖父、祖父创业维艰，生活节俭，终身不赌博不纳妾，几乎不曾有一天享受。"

然而，一个人永远无法改变一个行业的命运。到了晚年，汪竹铭已明显地感到自己所从事盐业的艰难，由于社会转型，当时的盐商已明显在走下坡路了。汪竹铭卒于 1928 年，享年六十八岁。长子汪泰阶继承了汪竹铭的事业，全面担纲起盐号，此时的盐业更是风雨飘摇，政弊、官贪、课增、费滥、产减、销绌、枭狂，汪泰阶疲于奔命，仅仅过了 8 年，便不堪重负，心力交瘁，于 1935 年因心肌梗死早逝，时年只有四十七岁。

汪泰阶的英年早逝，给汪家笼罩上了一层浓厚的阴影。这时候，汪家决定不再抱着僵死的盐业，决心在商海中另觅疆场。不久，抗日战争爆发了，扬州沦陷，数百年的"乙和祥"在炮火中轰然倒塌。汪氏家族只好离开了扬州，逃难上海。汪竹铭的二儿子汪泰麟独具慧眼在上海投资菜市口、三址坊一带，置业了 3 个弄堂的房地产，开始了更大规模的创业。而汪礼珍的父亲汪泰科则来到南京，立志光大汪氏旌德皮货业，在南京的三山街，以前店后厂的方式，兴办了"庚源皮货"，由于经营有方，"庚源皮货"很快成为南京皮货的龙头老大，并被指定为外访与接待的首选定装。但不久,南京被日本鬼子占领,"庚源皮货"的所有财产被日军抢烧一空!汪泰科孑然一身避祸上海,忧郁成疾,不满五十岁就早早地离开了人世。

排行第四的汪泰弟,最年轻,也最有活力,他所从事的是金融业,抗战前,他是扬州中国银行行长,抗战后,他和他的银行迁至上海。1942年,由黑道中人吴四宝出面,逼他迁银行去重庆,汪泰弟不从,没几天,他即遭人绑架,并遭绑匪撕票。他的死,一直是一个谜……就这样,汪家从一穷二白到兴盛,又从兴盛到衰败,也只是100年的时间。这100年就是一个圆,它让汪家从起点又回到了终点,只剩下昔日曾瑰丽今天已破败的汪氏小苑,昭示着那一段峥嵘岁月。

汪家老太太在给我们讲自己的家世时,平淡得像是在叙述跟自己无关的人似的。也的确,汪家命运多舛,在变幻莫测的命运面前,所有的徽商既是成功者,又都是失败者。财富没有给他们赢得足够的底气,相反,倒是让他们显得更加无助,更感苍凉无常。

汪家的事例很有典型性,这个典型性是什么,就是"富也不过三代"。为什么会这样?有个人原因,也有社会原因。从大环境看,这100多年,从鸦片战争到中华人民共和国成立,当中经历了多少事啊。在动荡的社会中,个人的命运,实在是微不足道。在这样的情形下,可以想象的是,财富本身就像是沙漠里的植物一样,只是偶尔地生长出来,在战乱与动荡面前,这种商业活动本身以及商业从业人员就像柔弱无比的羔羊一样,任人宰割。

思想的不支持

我在前面已经说过了,中国历史上,对商业影响和限制最大的是什么?是观念。的确是这样,在中国数千年专制制度的背景下,中国社会的主流思想是"修身、齐家、治国、平天下",是"学而优则仕",是读书和做官,实质是做官,读书也是为了做官,读书是通向做官的途径,仍然是"官本位"。所以说,中国人的读书是假,做官才是真的。读的那些书,其实都是工具,都是敲门砖。这也难怪,在中国社会,只要做上了官,就什么都有了,不仅物质极大丰富,连书也不要读了。所以说,中国不是"好儒",而是"好官","好儒"只是表面的,"好官"才是实质。

刚才说的是儒家对于社会思潮的影响,我们再来看看道家的,中国人的思想一直是"明儒暗道",或者是"明儒暗法"。这个儒和道、儒和法,一个是表面的,一个是骨子里的。道家的思想,对商业也是不认同的。老子主张"天下大治到达极致的时候,邻近的国家遥遥相望,鸡叫狗吠声隐约相闻,人们都认为自家的饮食最甘美,认为自家的服饰最漂亮,安于乡里的习俗,乐于自己的行业,直至年老死亡也不相互往来"。国与国之间,乡与乡之间,连往来都没有,哪里会有商业呢?所以说道家对于商业交换,也是不赞成的。我们说到了朱元璋的思想和认识,实际上朱元璋的思想和认识,也是来自老子对于国家和商业的认识。朱元璋最推崇的,就是老子关于社会构建方式的思想,不事生产,重农轻商,小国寡民。明朝政治的整个构建,都是按照朱元璋所理解的老子的方式来的。所以说,中国社会一直是"明儒暗道"啊,朱元璋和明朝就是典型的"明儒暗道""明儒暗法",表面上尊重孔孟朱熹,实际上却是暴力专制,还有阴谋诡计。

实际上,中国历史上也有一些发展生产的好榜样,比如管仲在齐国所做的事情。春秋时期的齐国,是现在山东、江苏一带靠海的一边。现在山东、江苏一带,在春秋战国时期,靠内陆的那一边,叫鲁国,也就是曲阜一带,是孔子的家乡,而靠海的那一块呢,叫齐国。齐国一直有从商传统,因为他们有一位特别智慧的开国国王——姜太公。姜太公本名吕尚,后来被尊称为太公望。周朝取代商朝之后,分封全国,好地方都被姬姓的儿孙们抢去了,姜太公就被封到了齐国。在当时来说,齐国这个地方自然条件并不是太好,有很多盐碱地,种粮食不行啊,怎么办呢?姜太公就鼓励自己国家的女子进行纺织,发展纺织业,在女红技巧上精益求精,另外,又进行渔产品和海盐的贸易。也就是说,姜太公没办法了,就搞商业流通,于是齐国慢慢地就富起来了,老百姓也来了,财富也来了,所以齐国逐渐成为一个大国。到了春秋时期,齐国也很幸运,有丞相管仲,管仲是安徽颍上人,辅助公子小白。管仲很了不起,可以说他最大的特点就是实事求是,一切从实际出发。他从不摆谱,他自己说,我就是一个俗人,要按俗人的想法办事。管仲在中国历史上的地位一直不是太高,人们对他的评价,总是集中在他会打仗、辅助齐桓公称霸这方面,对他发展商业,做事实事求是等方面,没有从根本上认清。按照古代人的说法,管仲这个人会打仗,有本事,但人品不行,不算君子。因此人们对于管仲的思想,一直不那么推崇。只有司马迁对管仲还比较认可。司马迁不仅认可管仲,还很认可商业。他就在《史记》中专门写了《货殖列传》,给商人正名。司马迁这个人,很了不起,也很有个性,按照现在的说法,这是一位"公共知识分子",具有"独立之意志,自由之思想",是个硬骨头。你看他,项羽是本朝的敌人,但他就给项羽写了一个"本纪",皇帝才能写"本纪"啊,项羽又没有当上皇帝,但司马迁就是给项羽写了"本纪",而且大加赞美,写得比汉高祖刘邦的形象高大多了。商人在历史上一直没有地位,但司马迁就给了商人地位,专门写了一个《货殖列传》,把"货殖"也就是商人的地位,跟那些王公大臣们并列,都是"列传"。

司马迁毕竟是一个例外,这位"公共知识分子"在当时是吃不开的,所以司马迁惨遭腐刑。在中国历史上,从总体上来说,商人的地位还是很低,我在前面已经说了,政客们是"一号人物",文化人是"二号人物",商人和企业家呢,只能是"三号以下的人物"。中国的商业,一直不是正途。存在决定意识,有这样的存在,也就有这样的意识。所以中国人对财富的认识,对商业的认识,一直缺乏一个正确的思想。所以,在中国人的心中,还是想走"学而优则仕"的道路。也就是说,就中国的社会思想而言,儒家的价值观与理念承载不了财富的积累了,它就会让人在面对大量的财富时缺乏坚定的内心力量,从而在面对巨大的财富时发生恐慌,产生退缩。徽州人原来是没有钱的,就去下新安,等到发财了,有钱了,很多徽州人就不再想着怎样去扩大再生产,怎样把生意做大,而是想着,买一块地,造一个大房子,让儿子不要像自己这样,要好好读书,将来考个举人进士,就好当官了。做生意虽然能赚钱,但社会地位低啊,风险大啊,毕竟不是正途,所以还是要选择仕途这个"金饭碗"。因为徽州人都这么想,所以,徽商"贾而好儒"的负面效应也表现出来了。"好儒"使得儒商在经营过程中无法专注,无法一心一意。徽商大批回乡购田置业,由商人转化为地主是一种方式。在这种方式中,商业资本不再向产业、金融方面发展,而是"倒流"回土地。

按照历史教科书的说法,中国到明朝中后期,在东南一带,出现了资本主义萌芽。其特征表现在:机户出资,机工出力。这种方式,由于资本和雇佣关系,可以看作资本主义性质的苗头,对当时经济发展尤其是商品经济的发展起到了推动作用,丰富了人们的市场选择,活跃了市场,推动了相应部门生产力的提高,还在一定程度上推动了城市的发展，但总的来说这些作用在封建自然经济下的效果是有限的。我个人认为，如果以此来推断这个阶段有资本主义萌芽的话，是不对的，因为资本主义不只是表现为一种现象，还应表现为一种精神力量。按照西方马克斯·韦伯的理论，欧洲资本主义的种种特征其实早就存在，而直接导致现代资本主义产生的，则是一种强大的精神力量的出现。韦伯在分析了中国18世纪的经济状况时指出，其实当时在中国，完全有着发展资本主义的经济基础了，但中国却未能进入资本主义，这当中有着诸多的原因，例如，没有官职保障的财富无法成为社会荣誉的基础，没有法律地位的企业难以成为城市的主角，没有宪章契约的同业行会不敢进入自由的竞争，等等。

我一直对部分史书上所说的中国"明朝中叶出现资本主义的萌芽"的说法持异议态度。原因在于，我一直觉得资本主义萌芽的实质不应完全表现为现象和苗头，而在于整个社会是否有着支持生长这种东西的思想、力量、制度和规则，在于是否有"资本主义的精神"，即韦伯所说的普遍的社会思潮中认为赚钱不是坏事，而是好事，是人生的目的，而不是谋生的手段。并且，这样的"精神"是与科学兴起、社会进步以及人文思想相配套的。明朝中叶虽然在商品经济的交换中出现了一些新的现象，但在当时，社会的意识形态以及上层建筑完全不具备支撑这种新兴事物生长的环境和土壤。从制度上说，明王朝只是一个尚未开放的农业社会，连最基本的现代组织都未完成；从意识形态上，包括徽商在内的所有人,都缺乏普遍的商品经济意识,都是把财富积累当作谋生的一种手段而不是人生的最终的目的,只是考虑有朝一日通过财富来改变自己的人生。编撰于万历年间的《歙志》就这样评论徽商现象:"成弘之前,民间椎朴少文,甘恬退,重土著,勤穑事,敦愿让,崇节俭。而今则家弦户诵,贪缘进取,流寓五方,轻本重末,舞文珥笔,乘坚策肥。世变江河莫测底止。"显然,这本志书体现的是一种正统立场上的价值观。

韦伯还说,直接导致现代资本主义产生的,是一种强大的精神力量的出现,那就是基督新教的伦理道德、行为准则。他说,以前的天主教靠的是神秘主义的拯救、赎罪、忏悔理论,通过祈祷让人们相信可以在天堂得救,因此与商业经济长期对立,而改革后的新教则让灵魂的得救不是要依靠教会和仪式,而是有赖于内心的纯净和工作的勤勉。而这种积极入世的态度,有力地支持了商人以资本流通、会计核算而获得利润的正派行为,推动了工商企业的发展。这也证明,新教伦理也就是一种资本主义精神。韦伯的这些论述,既是对欧洲宗教改革的最高评价,也是对西方文明的准确揭示。

钱穆曾经说过一句非常深刻的话:"国家本是精神产物。"这也就是说,任何政权都是需要建立在若干理论的基础之上的。这句话怎么理解呢?比如说像美国,美国人来自四面八方,来自很多国家、很多民族,但它从不强调民族性和国家性;它是以法制治国,大家只要生活在新大陆,就得遵循同样的游戏规则,就得遵循民主、自由、法制,不能搞例外。我才不管你是来自哪个国家和哪个民族呢,或者什么文化差异,在我这里,就是法制社会,就是民主社会,就是自由社会。另外,美国也培育着共同的价值观,是培育,而不是统一思想,让你自己知道什么是好的什么是坏的,不强求。美国就是"精神的产物"。而对于明王朝来说,由于在上层建筑、经济基础上的全面落后,使得那种貌似的强大只能建立在对话语权的控制上,建立在对人们意识的践踏、对事实的歪曲之上。历史就是在这样的摇摆中变得模糊不清的,那些貌似金碧辉煌的历史标签,看起来似乎不可一世,但实际上,在它的内部,却是那样的虚弱,甚至那样的卑劣。没有什么东西是可以万寿无疆的,有时候,一阵秋风掠过,它就可以土崩瓦解。

实际上对商人的蔑视,对工商从业者的蔑视,在相当长的历史时期,曾经是东西方世界的共识。这一点,可能是人类社会童年阶段的共同特征,因为人类社会的童年阶段,比较依赖土地,所以一切试图远离土地的行为都被看作背叛的不道德行为。哈耶克在《致命的自负》一书中也描述说:"对商业现象的鄙视,对市场秩序的厌恶,并非全都来自认识论、方法论、理性和科学的问题,还有一种更晦暗不明的反感,一个贱买贵卖的人本质上是不诚实的,财富的增加散发着一股子妖邪之气,对生意人的仇视,尤其是史官的仇视,就像有记录的历史一样古老。"不过在此之后,西方众多的哲学思想家解决了这个问题。尽管中世纪之前的欧洲存在着与中国一样的问题,但自工业革命之后,西方世界开始正视商业的力量,也有很多人对资本主义的正当性进行了理论上的澄清,更有人将之看成"一个国家的事业"。所以,这个问题在西方到了后来,基本不存在了。而中国,因为一直没能正确认识财富,所以,在很长时间里,从思想上看,中国一直缺乏对商业行为的支持。这也是中国商业不能健康发展的重要原因。

所以我觉得,中国商业的落后,在很大程度上,是观念和思想的落后。你别看中国有着辉煌文明,看起来博大精深,其实中国人和中国文化,一直还缺很多东西,缺乏很多深层次的理解,或者说,对很多东西的认识还不成熟。不要以为我们历史长,动不动就说,我们有五千年的文明史,我们历史悠久,地大物博。其实,一个老人要是不学习、不反省,不一定会比年轻人有智慧、有知识,所以时间长并不一定是优势。中国也是这样,那么长的封建社会,经常性地改朝换代,却没有实质性的进步。我们缺少宗教背景,多的只是迷信;我们缺少哲学思辨和逻辑推理,哲学和逻辑思想很少能深入人心;我们缺乏一种普世的彼岸意识,缺乏生命的高度,缺乏宽容的精神;缺乏很多简单的常识,也缺乏多维辩证的思想;缺乏理性的态度以及平和的心态;缺乏对历史人物内心的重视;缺乏对历史多元性的认同;缺乏对观察者自己的反省……也正是在这样的"贫血"中,我们孱弱地生长并存在着,疑神疑鬼,神经过敏,极端自大而又极端自卑——所以在很多时候,我们是既缺少思想底气和文化底气,也缺乏一种公正坦荡、一览众山小的情怀。这些,都应该是值得我们思考和注意的。

制度的不支持

我先介绍一种历史观。不知道大家是否知道黄仁宇这个人。他在历史研究上很有一套,关于中国历史,他写了很多书。其中《中国大历史》是站在世界的平台上来看待中国历史的,这本书的视角具有一种世界性的高度。另外,在这本书当中,黄仁宇还有一个独特的视角,那就是以经济为出发点,从经济基础、生产力的角度去研究中国历史,研究中国历史的兴亡和更替。对于黄仁宇来说,农民战争以及动乱实际上都是经济濒临崩溃的一种表现。在《中国大历史》的第17章,黄仁宇在分析中国经济长期停滞不前的状态时,提出了一个重要的观点,那就是:中国历史上的法律与组织形式是对资本积累的最大限制。

应该说,黄仁宇的观点一针见血地揭示了中国社会的本质。从秦始皇开始,中国就是高度集权的封建社会,这个社会的初衷,就是追求一种超稳定,追求家天下的千秋万代,而不是追求财富的增长、生产力的发展以及人民生活水平的提高。政治制度不是为经济发展和提高人民生活水平而设立的,并且,这种僵化和顽固的制度对商品经济发展的压制可以说是全面的,无所不在的。当然,令商品经济发展感到窒息的还有无所不在的"主流思想和意识"。在中国封建时代占绝对主导地位的"王圣思想",绝对不会给商品经济的发展带来自由的空间,虽然可能在短时间里使某一种经济现象繁荣昌盛。当政府为了政权稳定,全面控制了重要的生产资料之后,它实际上已经成为一个经济组织,它必然有自己的利益需求,用后来的话说,就是"保证国有资产的保值增值",必然会制度性地压抑民间工商业。由此,在中国历史上,这种组成关系必定会出现四个非常具备中国特色的"经典困境"。一是国有资本和民营资本的"楚河汉界",前者垄断上游的资源型产业,后者则控制中下游的消费生产领域,中国的市场经济往往会出现"只有底层,没有顶层"的奇特景象。法国年鉴学派的费尔南·布罗代尔是这一规律的提出者之一。他把市场分为两类:一类是低级市场,包括集市、店铺和商贩;另一类是高级市场,包括资源性产业、交易所和交易会。在他看来,综观各国历史,"在初级市场这个阶梯上,最完善的经济组织当属中国,那里几乎可以根据确定的地理位置量出市场的数量"。可是,在高级市场上,中国从来实行严格的政府管制,不允许自由贸易的存在,"在中国,商人和银行家不能在受法律保护和受国家鼓励的公共事业中进行投资……政治等级能够压倒一切等级,每当资本主义利用机遇有所发展时,总是要被极权主义拉回原地"。这个抑制政策,与其说是竞争需要,不如说是政治需要。钱穆也观察到,"中国传统政治向来就注意节制资本,封建势力打倒了,没有资本集中,于是社会就成了一种平铺的社会"。当社会被打成散沙后,就不能有民间的力量了,专制的权威也不会受到挑战了,就变得安全了。

二是法律的不健全,政府和民间没有形成对等的契约关系。国家机器对于工商阶层及其拥有的一切财产,拥有不受契约精神约束的处置权,国家常常通过政治运动的方式重新分配社会财富,分配的目的和结果,就是为了增加财政收入,并最终保持稳固。而产权不分明,契约不健全,会导致生成权贵经济,当权者以国家的名义获取资源,以市场的名义瓜分财富。这样往往会出现"双首现象"——国家的首相同时也是国家的首富。2001年,美国《亚洲华尔街日报》评选1000年以来世界上最富有的50人当中,中国入选的有6个人,他们分别是成吉思汗、忽必烈、和珅、刘瑾、伍秉鉴和宋子文。除广东商人伍秉鉴外,其余都是政治人物。这个伍秉鉴,是鸦片战争之前与外国人做外贸生意的,他表面在做茶叶和生丝生意,其实也参与了鸦片的走私,可以说他是中国贸易顺差的最大执行者,当时西方人都认为他是世界上最有钱的人。在这里,对于这个人,我就不说了。其他几位富人大权在手,想富甲天下,那是太容易的事了,他们的最后手段就是攫取。你比我有钱,找个理由,把你关了杀了,把你的钱正儿八经地拿过来。我在后面还要说沈万三事件、黄山大狱事件,其实本质,就是朝廷和权贵对民间财富的攫取。

我在这里再说一说汪直事件。汪直为什么在中国无法做大？而在同期，为什么英国招降了当时最有实力的海盗，葡萄牙、西班牙等国成为航海大发现的赢家，那是因为这些国家的目的是为了强大，而他们也认识到，只有财富，才能保证他们强大。而中国的统治者呢，显然没有意识到这一点。中国的专制统治者，想到的是稳定，他们眼里的稳定不是通过财富积累和称霸来实现，而是从愚民的角度去实现，他们认为只有愚民，才能达到稳定。所以中国的文化思想，不可否认的，带有很多愚民成分，有很大的欺骗性，中心是让人民变成顺民。也因此，在此思想基础上形成的制度也是僵化的，具有强大的惰性，缺乏强劲的动力。时间一长，这一制度就变得僵化，变得腐朽，变得不具有合理性和科学性，最终只能让一切停滞不前，包括经济、文化、思想、社会，等等。所以，你看中国的封建社会，表面上看是一个朝代取代另一个朝代，但实际上没有什么实质性的进步，无论是人、经济的进步，还是整个社会的进步，都停滞不前，或者极度缓慢。这一点是由封建专制制度的特点所决定的。

汪直事件无疑是明朝历史上的一次重大事件。而徽商，在汪直被处死之后，可以说大伤元气，这不仅仅指的是财富的消耗，更重要的是好不容易培养出来的一种观念和价值取向也从根本上被颠覆，一种自信和荣光也随之毁灭。从某种程度上，它甚至引起了在此之后的徽商在行为以及性格上的巨大改变，一股巨大的看不见的阴影让徽州人总是心存战栗。汪直之后,徽州甚至没有出现一个大叛逆者,也缺乏真正意义上的"卧虎藏龙"。在此之后,徽州人变得越来越小心翼翼、勤俭节约,变得知书达理、精于算计,变得韬光养晦、沉默低调。他们夹着尾巴做人,甚至一部分人最终成为敛财成癖的奸商。而徽商的困境——同样也是所有中国新兴资本的困境,大量财富只能用于挥霍和浪费,用于雕梁筑舫,娶越来越多房的姨太太——财富在积累之后的走投无路,可以说是汪直事件留给这个东方大国的黑色叹息。

黄仁宇在写作《中国大历史》时曾经说过这样一句话:"我认为近代中国所面临的最大的问题乃是传统社会不容现代型的经济体制,在综述背景时我称唐宋帝国带扩展性,明清帝国带收敛性。"他还写道,"明代阶级既将他们心目中的政府当作一种文化上的凝聚力作用,其目光又离不开小自耕作的方式去维持生计,自是不能欣赏现代经济的蓬勃力量。后者从不平衡的局面,使各地区勉强地凑合一致,因此他们背世界的潮流而行,与宋朝变化的人士立场相左,而整个地表现内向。"似乎的确是这样,正是因为明清时代在理念、思想以及文化上的收敛,才使得中国逐渐落后于欧洲了,也使我们在明朝建国的400多年后的鸦片战争中付出了惨重的代价。

专制的摧残

我们现在说我们的文化传统,总是说我们的思想是以儒学为主。这是不对的,从表面上看起来,我们是儒家思想占据统治地位,从汉武帝听从董仲舒的建议开始,"罢黜百家,独尊儒术",看起来统治者格外地尊崇儒家思想,把它放到了国家指导思想的地位。但实际上,中国数千年政治统治的核心不是什么儒家思想,也不是什么道家,而是专制,是中央集权旗帜之下的专制,是家天下。经过"文景之治"之后,汉朝各方面的发展达到一个高峰。到了汉武帝手上,他想的是,把权力全部集中在自己一身。因为汉朝的时候,一开始,还是实行分封制的,很多刘姓,都封了王,到了汉武帝时,他就想把这些个王能杀的杀、能撤的撤。所以,他就要从思想上找到依据,结果他发现儒家学说很有用,儒家讲秩序,讲规矩,讲大一统,讲仁义,讲"君君、臣臣、父父、子子"啊,这些都对专制制度有用。汉武帝决定将这套理论拿过来,拿过来干什么?

"挂羊头卖狗肉",比如说大一统思想,正好可以用来否定这个地方诸侯制度,你这个地方诸侯制度,搞割据和分封,是不符合"大一统"的。董仲舒趁机也向刘家皇帝推销:你不是要实现专制吗,我们儒家来帮你实现专制。双方就做起"买卖"来,结果一拍即合。于是,政治上实行专制并找到了理论根据,说皇帝就是天,就是天命的体现,谁反对皇帝,谁就是违反"天命";而皇帝呢,则要强调,在所有的学说中,儒家是最好的,是主流思想,必须拿儒家的思想来统一思想,统一意志。所以,在汉武帝时代,这个"买卖"做得不错,双方都得利了,合奏了一首极佳的"二重唱"。"罢黜百家,独尊儒术",说到底,就是文化上的专制。

在政治上实行专制,在文化上也实行专制。自此之后,中国的政治和文化都走上了专制的道路。什么是专制?就是强权意志,就是权力大于一切,权力大于法制。中国五千年的历史,应该说,基本上都是专制制度的历史。尤其是秦始皇建立秦朝之后,采取中央集权制度,更是将专制制度推到一个登峰造极的程度,皇权变得高于一切,掌握着人民的生死及一切权力。在这个制度下,没有人民,也没有公民,只有"草民"。"草民"的意思就是人像草一样微不足道,枯荣自便。专制制度对一切具有生命力的东西都是摧残,自然也包括商业在内。

我们再来看看明朝,应该说,明朝的制度就是秦始皇、汉武帝制度的翻版,明朝是专制制度登峰造极的一个王朝。这种专制制度,对社会文化的摧残是全方位的,对文化的摧残,对商业的摧残,都是巨大的。这里,可以援用一下明初的沈万三事件。今天的上海边上的周庄镇,有一样东西很出名——万三蹄,就是红烧蹄膀,烧得非常软、柔、嫩,这个"万三",就是沈万三。沈万三是当时东南一带最有钱的人。朱元璋取得天下以后,在他眼中,天下都是他的,天下的财富都是他的,所以他是不允许别人有巨大财富的。如果有了,怎么办,就要没收,就要惩罚。这个沈万三是一位富甲江南的大商人,生意做得非常好,也非常大。朱元璋定都南京后,筹募资金要修筑城墙,沈万三为了拍马屁,主动提出来要承担城墙的三分之一费用,同时还主动要拿一笔钱来犒赏三军。没想到朱元璋不高兴了,你不就是有几个钱吗?你修城墙,不就是想炫耀自己富可敌国吗?杀了!朱元璋立即下令要将沈万三斩首。很多人都出来求情啊,说沈万三也是好意啊,帮您修城墙,怎么就要杀了他呢?朱元璋气不打一处来,说,我就是要杀了,他有钱,钱从哪来,我是皇帝,钱也是我的钱。众人好说歹说,沈万三总算保住了性命,但沈万三不仅全部家产被没收,而且遭受被流放到云南的厄运。其实沈万三事件,不是个例,遭遇沈万三一样命运的类似人物,在那时,比比皆是。

在古代中国,所有的富人几乎都是权力的所有者,也就是说,那时中国人的财富积累主要靠权力来强夺。中国的专制是超经济的,经济永远屈居于政治之下,也就是说,财富永远受权力的支配,一旦没有权力做靠山,财富也很快化为乌有了。所以,对于中国人来说,"做官便是他的宗教"。而且,在中国法律中,个人财产不像西方那样,神圣不可侵犯,而是屈居于政治权力之下。我们再说说马戛尔尼访问团对于中国的看法,因为他们是旁观者,所以尽管有偏见,但在很多问题上是看得很清楚的。随同马戛尔尼来中国的巴罗在研究了中国的法律后得出结论:"中国所有的有关财产的法律都不足以给人们那种安全感和稳定感,而恰恰只有安全感和稳定感才能使人乐于聚积财产。对权势的忧惧也许使他们对那些小康视而不见,但是那些大富却实难逃脱他人的巧取豪夺……执法机构和执法方式如此不合理,以至于执法官员有权凌驾于法律之上,使得对善与恶的评判在很大程度上取决于执法官员的个人道德品质。"

马戛尔尼的结论与巴罗相似。马戛尔尼指出是专制摧毁了中国人的财产安全,从而摧毁了所有刺激中国进步的因素。"只有当一个人确信不受干扰地享有自己的劳动果实时,个人才能发展"。但是,在中国"首先考虑的是皇帝的利益",因为"任何财产违反了他的主张是得不到保障的"。马戛尔尼不否认中国存在着大土地产业,但他认为它们是通过不正当的手段如"高利盘剥和官职馈礼"所获取的。它们是贸易或侵吞的短暂的积聚,而不是土地贵族或绅士的产业。马戛尔尼写道:"在中国确切地讲没有世袭贵族。"

所以这种专制制度追求的是超稳定,结果呢,反而是超不稳定。这个可以从历史上看得出来,秦朝是极端专制的朝代,开天辟地,想要千秋万代,秦始皇自认一世,后面是二世、三世……结果呢，人们揭竿而起，烽火四起，秦朝一下子就垮台了。明朝算是有经验了吧，朱元璋自己就是造反出身，对待造反，应该说也有心得。但那么大的一个集权国家，近亿人口，竟被只有几百万人口的满族给灭了，清军入得关来，一马平川，没得阻挡。明朝那么多军队，那么多人，挡也挡不住，为什么？因为明朝的人思想散了，对于这种僵化腐朽严酷的政治制度感到反感，结果，全帮清军南下了。你看清朝初期朝廷里面的重要分子，像洪承畴、范文程、吴三桂等，全是明朝人，都是饱读史书，运筹帷幄，能力很强的。

清朝的情况也一样。清朝的政治制度，是全盘接受明朝，明朝时制定的各方面的制度，到了清朝时，几百年过去了，就变得更加落后了，但清朝一直不改，不仅在政治上不改，在文化和观念上也没有丝毫的进步。清朝还对新思想、新观念持否定态度，搞文字狱，结果稍微优秀一点的知识分子，全不敢讲真话，全去搞训诂，去研究那些无聊问题去了。这样下去哪行啊，才两三百年，中国与世界的距离越来越远了，变得更落后了。所以鸦片战争，对方轻而易举地就打进来了，太轻松了。你看我们当时的观念落后到什么程度，对方是火药炮弹，我们这里刀剑打不过，鸦片战争之前，清朝曾经进口过一艘军舰，但不知道怎么用，最后把它搞沉了，堵在珠江口，想让对方炮舰进不来。鸦片战争后，清军打不过，就搞一些裸体女人，站在炮台上，用阴户对着人家，又搞一些女人经血、屎尿什么的，倒在阵地上，以为这样对方炮弹就打不响了，炮膛会爆炸。你说人的认识才到这个阶段，怎么打仗？这分明还是原始的巫术阶段,把人家看作"妖魔",可人家已是现代科学阶段了。后来的义和团,也是采取这种落后上千年的老办法。你说这个仗还会打得赢吗?不可能打赢的。所以落后是全方位的,但主要是观念的落后,跟人家不在一个发展阶段上。这也是闭关锁国所造成的。因为追求超稳定啊,所以闭关锁国。一下子落后这么多,当然要倒掉了。最后清廷真是树倒猢狲散,入关时那真是威风啊,可到了后来呢,就像一阵风吹过就垮掉似的。那么多满人,后来连影子都没有了。说起来,真是怪。

黄山大狱

我在前面说到了沈万三案。沈万三是江苏人,是苏商,不是徽商。可在那个时代,不管苏商也好,徽商也好,遇到的情况是一样的,危险也是一样的,都是朝廷的"盘中餐",朝廷想吃一顿就吃一顿。朝廷对于民间资本的掠夺毫不手软,明清两朝,动辄就以"佐国之急"的名义勒索徽商,万历间,"师征关西,徽盐商吴仰春输银三十万两"。徽商在各种"捐输"上所费厘金,多者一次达几百万,少者达数十万。明朝时,歙县商人江春的"百万之资"被征到了"家屡空"的境地。万历年间,徽商程思山"挟资重洛阳,为汝宁王所吞噬"。以明朝中叶至清朝建立这段时间为例,明朝自万历年开始实行的矿监税,加剧了对民间资本的掠夺。徽商成了封建政权勒索的主要对象。而且,明王朝是这样一种体制,皇帝为了稳定自己的统治,会采取一些措施,比如对自己的大臣的腐败实行监督,明朝皇帝是最恨官员腐败的,为什么恨?因为明朝是

"家天下"啊,你腐败,就等于偷我朱家的东西。所以朱元璋从一开始,对这方面就抓得非常严,监督的方式是什么呢?那时没有司法独立,也不会让司法独立,就是既鼓励官与官之间互相监督,互相举报,也鼓励老百姓举报各级官僚。秦始皇设立中央集权时,就专门有一个御史大夫,掌管一个御史台,专门监督百官。到了明清时期,改前代所设御史台为都察院,长官为左、右都御史,下设副都御史、佥都御史;又依十三道,分设监察御史,巡按州县,专事官吏的考察、举劾。即便这样,朱元璋觉得效果还是不大,明太祖又开始设立锦衣卫和东厂,让身边的人,直接查官员的腐败。朱元璋亲自制定《大诰》和《皇明祖训》,印行数千万册,"一切官民诸色人等,户户有此一本",将道德教化和血淋淋的案例结合起来,向全民宣讲。在《大诰·武臣》中,朱元璋讲了自己如何以奇特的方式处置一名违法的武官:有一个受了冤屈的人,进京控告指挥李源。平阳的梅镇抚,受李源的委托,在半路上拦住这个人,不让他去告。事发,万岁爷我判把这个梅镇抚阉割了,发与李源家为奴。

你看这个朱元璋狠不狠,他就是用这样一种方式惩罚人。所以明清时期,有一个现象就是,官与官之间,经常明争暗斗,互相争宠,置对方于死地。今天我给皇帝写信,告你贪污腐败;明天你给皇帝写信,告我贪污。这不是监督,而是狗咬狗,一嘴毛,弄得人人自危,要么就同流合污,要么就同归于尽。所以,这些制度设计上的不科学,又夹杂着阴暗心理,导致社会和机制变得极不正常。明白了这种体制和状态,也就会明白为什么明朝会出现像海瑞这样的官吏了,海瑞可以惩治贪官,但他绝不反皇帝,说到底,海瑞就是皇帝的一条非常忠诚的"猛狗",而皇帝也是需要这样的"猛狗"来看管自己的"家天下"的。因此,海瑞能从一个县官,淳安县令,直接提拔到副省级的右佥都御史。皇帝会根据情况,选择打击对象,一会打击这个大臣,一会打击那个大臣,以示自己的绝对权威,也给官吏们示以震慑。明朝中期以后,也可能是明朝的财政发生危机了,就多打击一些所谓的"贪官",没收其家产充公,顺带也打击一些被牵扯出来的商人。于是,朝廷授意在大江南北尤其浙江一带"大作奸弊",多次制造冤假错案,许多徽商倾家荡产。天启时,魏忠贤专门派人驻扎歙县,"搜通邑实之户毒而刑之",黄山大狱一案,就是发生在这种背景之下的。

明万历年间,日本侵略朝鲜,朝廷准备出兵援助。消息一公布,按照惯例,朝廷要打仗了,有钱的出钱,有人的出人。这时候有一个徽州商人自愿为朝廷捐白银30万两,对于个人来说,这是一笔很大的数字了。当时的万历皇帝非常高兴,不仅对他,还对他兄弟几人进行了表彰。出巨资的人是谁呢?叫吴养春,世居歙县丰南村,也就是今天徽州区的西溪南。吴养春一家,既是闻名乡间的书香门第,刻书、藏书不计其数,又是万历、泰昌、天启年间称雄两淮的大贾,"盐、典、钱庄、珠宝、丝绸、木材"无所不备,家资累万。吴家不仅很有钱,还拥有2400亩的黄山林场。许承尧在《歙事闲谭》第十卷中追记:"吴养春上疏愿输白银,万历帝笑纳,特赐守礼为'徽仕郎光禄署正',时佐为'文化殿中书舍人',吴养春、吴养京、吴养都、吴继志、吴希元兄弟也同时被受殊荣。"

钱多也不是好事,树大招风,不久,吴家家族内部发生争斗,吴家用人吴荣罗向朝廷告密,罗列了吴养春的"罪状":一是为富不仁,霸占山场;二是朝廷大工伊始,采取黄山生材应急,胆敢派遣家丁入京打点,停伐生材;三是私立书院,招朋纳党,结党营私……消息传到朝廷那里,正中了魏忠贤下怀,当时朝廷正在建"皇极、中极、建极"三殿工程,正缺钱呢,早就看中黄山脚下这一块"肥肉"了。天启六年(1626年)八月,朝廷决定对2400亩的黄山山场经管人吴养春罚赃银60万两并对山场木值银32万两一并没收,还把吴氏家族中的8个人打入监狱。吴养春这时候急了,不过他自以为继承祖业未曾犯法,无非朝廷敲诈钱财而已,于是不惜代价找人疏通关系,以挽救当前之危难。没想到同年十二月,工部营膳司主事吕下问奉旨来徽州"办案",下令通邑富户清查承买山地、山木之数,限期缴纳银两;并宣布吴养春兄弟被钦点为"罪犯",由锦衣卫捉拿关进北镇司大狱。这一下,吴养春变得人财两空。自此吴养春兄弟不仅万贯家财丧尽,而且被关狱中的亲族8人,仅剩3人生还;其妻汪氏投河自尽,儿女自缢而死,老母气绝身亡。

除此之外,吕下问还刻意株连吴氏宗族的其他人,以便进一步进行勒索。吕下问勒令当地商人吴献吉缴银1万两,吓得吴献吉连忙逃跑。吴献吉的家人经不起追问,供出了吴献吉的一位亲戚监生潘谟。吕下问便命人去抓潘谟,哪知潘谟并不在家。捕役得知潘谟的邻居潘家彦也是一位有钱的人,便打起了潘家彦的主意,强行闯入潘家彦家搜查。谁知潘家彦不在家,家里只有妇女和小孩,见到有人气势汹汹强行闯入,大叫救命。隔壁邻居也不知怎回事,持着棍棒就去救助。吴氏家族的人本来就淤积了很多怨气,见官府的人如此不近人情,连妇女小孩都不放过,一时气愤起来,去的人多,你一棍我一棍的,就把两个捕役给打死了。这是天启七年(1627年)二月末的事。这事闹得越来越大,结果村民们一不做二不休,干脆集结起来,一共去了上万人,冲到歙县城内的徽州府,把吕下问的驻地包围起来,吕下问只好仓皇从后墙逃跑。百姓们气极之下,把吕下问的大门给撞开了,又烧了他的屋子这才退回。事情一下子就闹大了。在这种情况下,朝廷被迫罢了吕下问和歙县县令倪元珙的官。

黄山大狱案一直到魏忠贤被崇祯皇帝赐死之后,才算是冤情大白,不过对于吴家来说,钱也没了,人也没有了,只是平反昭雪,又有什么用呢?黄山大狱可以说对徽州影响特别大,对徽州商人的震慑也特别大。徽州商人一下子意识到,原来我们是养在猪圈里的猪啊,养得肥肥的,说不定什么时候就提出去一刀宰了。怎么办呢?只有逢迎、依附、仰攀封建政治势力,把那些官老爷伺候好,并且千千万万不能露富,才能在忍气吞声中求得发展。

数字概念的模糊

在这里我又要提下黄仁宇了,黄仁宇在阐述中国历史发展时,曾经指出中国历史发展,一直没有出现资本主义元素的一个重要原因,是数字概念的模糊。当然,这一点,是从技术范畴来说的。这的确是说到了中国文化的一个问题,那就是中国文化本身的模糊性比较强,表现在数字上,那就是绝大多数中国人,对于数字既不敏感,也不关心数字的准确性,大差不差就行了。比如说一串钱,应该是 100 枚,但很少有 100 枚的,有的只是 90 枚,甚至只有 80 枚。《水浒》说林冲是 80 万禁军的总教头,其实哪有 80 万呢,宋朝的军队加起来,怕也不到 80 万。曹操带领 83 万军马下江南,这个 83 万,恐怕也是乱指。

清朝初年,外国人来中国做生意,最头疼的一件事是什么呢?就是发现这个国家的度量衡不一致,虽然度量衡在秦始皇时代就已经统一了,但在民间的运用上,似乎从不精确。比如说斗不一样大,亩不一样大,里不一样长;至于金与银的纯度,那就更不一样了。只要牵涉数字概念,在那时的中国,都是很难精确的,都是一个模糊概念。比如说在乡下问路,你问一个地方还有多远,一个乡下农民会这样说:"你翻过一座山头就到了。"或者,"你走到黄昏时分就到了。"他一般不会告诉你到底有多远,大约要走多少分钟。有时候乡下人也会告诉你有多少里,但那个里到底是多少,只有天知道。有时候一里地,你得走上半天才行。大家都学过古代汉语,在古代汉语中,有很多数字,都是虚指的,不是实指,比如说"三、六、九"都是虚指,像三里屯,很明显就不是三里屯,三里,是一个虚指,所以千万不要当真。

中国人对数字概念模糊的根本原因,在于中国是一个自给自足的农业社会。因为不牵涉很多复杂问题,对于事物的精确性要求不是太高,也因此对数字的要求不是太高。另外,在思维方式上,中国人也缺乏一种"数字化",宁愿去讲一些大而化之的道理。另外,在中国的科举教育中,本来就没有这一块课程,缺乏专门的教育和训练,所以长此以往,中国人数字的概念缺乏,就变得见怪不怪了。黄仁宇说中国社会的数字化管理能力太弱,这是中国社会一直停滞不前的一个重要因素。对于商业来说,同样也是如此,中国文化对数字不敏感、不精确,的确也是影响商业发展的。因为那种原始的商业,到了一定程度,就会变成一大堆数字难题,而数字问题的不清晰,也是影响商业进一步发展壮大,并上一个层次的重要原因。这一个问题,细细说来就很复杂,暂时就说到这里吧。

中国人对数字概念的不重视,还有一个原因,是世界观的问题,也是社会特征决定的。处于农业社会的人,春耕秋种,有一个大致的时间观念就行了,不需要很精确的数字概念,因为用不着。在日常生活中,中国人一向不太重视时间概念,什么叫"晌午",那是很长一段时间。两个人约会,说晌午见,结果一个人上午十一点到了,另一个人下午一点才到,都可以,都是晌午。中国计算时间的概念子丑寅卯什么的,每一个可以管两个小时,没有继续细分时间,更没有分钟和秒的概念。这也是不太重视时间的表现。这一点,我在前面也讲过。不仅如此,中国人的时间观还不是直线的,是圆的,跟季节一样,是循环的,一年分为四季,春夏秋冬一个循环,周而复始,走了还会再来,因此不用着急。中国人认为"天圆地方",天是圆的,地是方的。因为天是圆的,所以,时间也是圆的。所以中国人计算时间,既不是按数字来计算的,也没有公元纪年什么的,而是按照天干地支来计算,一个天干地支六十年,然后又循环算起。中国人的时间观念,不是设定一个起点,比如公元什么的,而是以某个皇帝执政时间计算,比如乾隆多少年。换了一个皇帝,便换一种纪年名称,比如道光多少年。在数子上,这些计年很难延续,也很难综合计算。这些,既是中国人的数字概念,也是他们的世界观。

战争的摧残

对于商业来说,最大的危险来自什么?可以肯定的是,来自社会的不稳定,来自暴力和战争。因为商业是交换,是平等的关系,是正常的状态;而暴力和战争则是一种不平等的关系,是非正常的状态。战争和暴力,对于商业的影响是巨大的。在这样的情形下,谁拥有财富,谁就拥有危险,从商变成一个高危行业。除了明目张胆的掠夺,历史上每一次暴力撞击,首当其冲的,是那些财富堆积的地方。李自成攻克北京之后,"谓徽人多挟重赀,掠之尤酷,死者千人"。李自成是流寇啊,什么是流寇,就是打了就抢,抢了就跑,让官兵们调兵都来不及。明末的李自成、张献忠都是这样的人。张献忠还曾经打下了庐州(今合肥)城。打下之后,一般都是屠城,因为士兵们打仗牺牲,要发泄。所以中国古代,也不完全是中国古代,似乎打仗都有这样的"潜规则",那就是打下一个城市后,放士兵假,让他们到处抢劫、奸淫、杀戮,让他们发泄一下。张献忠打下庐州后,也是如此,让手下士兵"三光"庐州城,杀了很多人。合肥曾有一个"赵千户巷",名称的由来,也跟这一段屠城历史有关。张献忠在庐州屠杀之际,满城百姓无不惊慌失措。城中一赵姓秀才曾与张献忠有过一面之交,危急之际,拿出张献忠先前所赠的两面令旗,插在其居所的街头巷尾。张献忠部下士兵见令旗后,无人敢越雷池一步。慌乱中百姓见此情状,纷纷跑进巷中避难。一时间,巷内人山人海。张献忠闻报后,带人来到赵秀才门前,问赵:"族下为何如此众多?"赵秀才回答说:"吾无大能,唯族下人丁兴旺,算来有千户人家。"张献忠哈哈一笑,扬长而去,巷内数千百姓得以保全。从此,赵秀才居住的巷陌就被称为"赵千户巷"。《庐州府志》载,该巷址在昔刘公祠旁。据《城郭图》示,昔刘公祠位于今三孝口西北侧。我曾在合肥三孝口一带住过一阵,从未注意过赵千户巷,想必这一条巷子,早已是不存在了。

当然,就这些"流寇"而言,张献忠部队的纪律算差的,李自成部队的纪律算好的。但算好的也不行啊,部队的粮饷、士兵的军饷得要钱啊。所以,逢到有钱的不识时务的大户,还得杀抢一番。徽州巨商汪箕就丧命于大顺军的铁蹄之下。

清兵南下,铁蹄之下,苏浙、湖广惨遭蹂躏,而这些地区又恰恰是徽商最为集中的地区。多铎率兵攻打扬州时,史可法坚守,扬州城攻破之后,祁门籍的徽商汪文德拿出白银 30 万两,妄图以钱使清兵"勿杀无辜",杀红了眼的清兵哪里会听他的呢?不过,多尔衮对汪文德还是很赞许,准备授他官位,但汪文德坚决不要,要求回老家。结果多尔衮给了汪文德一个木符,大约是保平安的吧,让他回老家了。而扬州呢,在经历了"十日屠城"后,一个开放的城市一下子回到了数百前年,变得穷困潦倒,不复从前,当时有人评价说:"明末徽最富厚,遭兵火之余,渐遂萧条,今乃不及前之十一矣!"徽商遭受的毁灭性打击由此可见。徽商当时虽然富可敌国,但在暴力的铁蹄之下,他们就如同羔羊一样,任人宰杀,只能痛苦而无望地呻吟。

这样的情景,正是当时社会以及徽商状况的真实写照。在这样的情形下,徽商只好无奈地踏上了回故乡之路。也许只有在偏僻的老家,并且将黄澄澄白花花的资本转移成黑色的土地时,才会感到安全和踏实。人,有时对土地的依附,真是显得无可奈何。但,家乡就一定安全吗?到了清咸丰年间,太平天国运动在广西金田地区爆发,战场一路北上,两年之后,太平军攻克武汉三镇,其后主战场又折而东移,太平军占领了有"虎踞龙盘"之称的六朝古都南京,改名天京,洪秀全称帝。此后,在西至武汉、东到上海的长江一线及其腹地,太平军与清军展开了你死我活的拉锯战斗。因此,包括鄂、赣、皖、苏、浙在内的长江中下游地区,成为19世纪50年代至60年代中国战乱最严重的地区。因为徽州是南京的腹地,战略位置极其重要,清军和湘军都投入重兵,都想占领这个地方。当时,曾国藩驻军祁门县城的洪家大屋,亲自指挥湘军的攻与防。自咸丰四年(1854年)到同治二年(1863年),清军与

思想徽州·徽商六讲 | 489

太平军在徽州地区的激战就有 40 多次。像歙县、绩溪、旌德等地,一度在清军和太平军之间易手几次,每次被占领,都是一番烧杀抢掠。可以说,在这个时期,徽商们遭到了致命的打击。

扬州一度被太平军占领,也是一番暴虐清洗。此后,清军屯兵扬州城外,设江北大营,扬州也成为战场。扬州在经历了明末清初的"十日屠城",好不容易又变得繁华之后,哪里又经受得了这样的变故呢?战局之中,几番拉锯,扬州的破坏由此可见。在战争期间,扬州变得草木不生,更何况是商业了。

徽州木商最重要的贸易基地是长江重镇南京。该城被太平军攻克后,即成为太平天国的都城——天京。太平天国实行"禁商"的政策:"天下农民米谷,商贾资本,皆天父所有,全应解归圣库。"因此,南京的商贸活动几乎停止,徽州木商首当其冲。

徽州茶商和典当商是以长江中下游地区的城市为主要活动场所的。太平天国战争时,这些城市的商业环境已经恶劣到令徽州茶商和典当商频频遭到抢掠,没办法经商的地步,所以这些徽商只好回到了徽州老家,而有些连命都没有保住。

苛捐杂税

我在前面已经讲过了,乾隆六次下江南,都是由盐商接待,其中最重要的一支力量,就是徽商。乾隆多精明的人啊,岂能不知道这些盐商富可敌国,他难道没有考虑?不是没考虑,乾隆是想把这些商人像猪马牛羊一样,养得肥肥的,不时地,还是要牵出一头杀一下,补贴一下家用。这个家,就是朝廷。所以随着盐商资本的发达,清王朝对盐业的正杂课税也日益加重,除正常的税收外,以赈济、助饷、捐输、报效为名义的勒索,更是层出不穷。这当中包括军饷、赈济、河工等。

乾隆在第四次下扬州后,看到盐商这样有钱,富甲天下,比朕还有钱,怎么行呢?便动歪点子开始对盐商下手了——正好江苏巡抚彰宝上书朝廷称:从乾隆十一年(1746年)到三十二年(1767年),两淮盐商共多引了纲盐442万余道,除了正常的纳税和获利之外,另得"余利"1092万两,这部分利润应全数上缴朝廷。乾隆接到这个折子之后，批复以查贪赃枉法的官吏为名，要求扬州的盐商补缴1000万两银子。这就是历史上有名的"两淮提引案"。这实际上是一起公开的政府勒索事件，古代中国的官商之间从来缺乏平等契约，以此案最为典型。这真是个悲剧啊，徽商竭尽全力接待了皇帝，却落得了这个下场。当然，这也很正常，我在前面已经讲过，在皇帝的眼中，天下的财富都是他的，商人就像圈里的牲畜一样，养得肥肥的是为了随时宰杀。消息传到扬州，商人们都蒙了，他们叫苦连天，联名上书乞求减免，他们也算了一笔账，在过去的20多年间，商人交纳的辛力、膏火银、盐政购买器物银、各商办差用银总计927万两，其余替历任盐政官员代购的物品费用近百万两。合计下来，与朝廷计算的"余利"相当。盐商的陈请当然不被采纳，多位总商甚至被革职，有人还被逮到京城审讯。当时的首总黄源德"老而不能言"，江春没办法，只好站出来，一方面承认错误，另一方面只能想尽一切办法把这个钱给补交上。江春知道皇帝的意愿不能违背啊，一违背，就是抗旨，不仅财产保不住，还要掉脑袋，所以只能从长计议，哪怕是倾家荡产也要先把钱交上，对付过这一波，然后伺机东山再起。不过，这个数目的确太大了，很多盐商都被弄得破产，江春本人，也几乎快破产了。乾隆也有耳目在当地啊，一看这个结果，便采取了一些措施来弥补，比如延长上缴的周期，从原来的10年，逐步放宽到21年，后来，又把盐商没有补缴的银子给免了，计有300多万两。

嘉庆年间，以徽州盐商居主导地位的两淮盐场，苛捐杂税达

92 种之多。据嘉庆《两淮盐法志》统计，从康熙十年(1671年)到嘉庆九年(1804年)的100多年中，两淮盐商前后所捐输的财物共有：白银3930余万两，米2万余石，谷33万石。商人每次捐输，多则数百万两，少则十数万两，其余寻常捐输则难以枚举。两淮盐商中，徽州盐商占据优势，因此，捐输的负担大多落在了徽商头上。曾任两淮总商之一的歙县大盐商江春，每遇捐输，"百万之费，指顾立办"，江春也因此经常陷入"家屡空"的困境。

鲍漱芳，徽州大盐商，在他的家乡棠樾有7座气势庞大的牌坊，其中"乐善好施坊"尤为引人注目。这座牌坊是表彰鲍漱芳在捐输、赈济时的突出表现的。嘉庆十年(1805年)夏，洪泽湖涨水决堤之时，鲍漱芳捐米6万石助赈；淮河、黄河大水，鲍漱芳设厂赈济，捐麦4万石，救济灾民不下数十万人；抢修坝堰，鲍漱芳"集众输银三百万两以佐公需"。鲍漱芳因此赢得了"乐善好施"的圣谕，不过牌坊立下了，家底却空了。

汪应庚，徽州潜口盐商。他捐资的有"江淮第一观"之称的大明寺，还有半山堂以及蜀冈之上万松岭。雍正九年(1731年)，海啸、洪灾不断，灾后又流行疫病，汪应庚设药局施医药，救治灾民9万余人；乾隆三年(1738年)，两淮大旱，汪应庚捐赈银4万余两，又设8个粥厂，救济1个月，接济灾民10万余人。乾隆五年(1740年)，淮南水灾，汪应庚赈银6万两，再设粥厂，救济灾民10万余人。这些都是花钱的事，虽然赢得了很多名声，但也把家当捐得差不多了。

助赈之外是助饷。所谓助饷,是指商人捐款以助朝廷军费的活动。如果商人不能"急公好义"慷慨捐输,那么,他们不仅无法获取经营特权,而且连正常的商业活动也往往会遭到各种刁难,甚至倾家荡产。也就是说,朝廷和官府,是按照你的"思想觉悟"来决定是否让你赚钱的,在这种情况下,徽商只能咬紧牙关,争当"红色商人",为朝廷"分忧解难"了:乾隆三十八年(1773年),因平定大小金川,以徽商为首的两淮盐商一次就助饷银400万两;乾隆五十三年(1788年),又因用兵台湾,徽商捐银200万两以备犒赏之需;乾隆六十年(1795年),协助朝廷镇压湖南石三保苗民起义,徽商捐银200万两;嘉庆元年(1796年)爆发了波及5省、历时9年的白莲教起义,在清政府镇压这次起义过程中,以徽商为中坚的两淮盐商连续6次捐输,共计耗银700万两……

如此巨额的助饷,即使是挟资千万的徽州盐商也难以应付啊。盐商虽然很有钱,但也有一个底线啊,征得太多了,家底也就空了。更何况有很多盐商的资金靠的是借贷,一旦经营出了问题,资金链就出了问题,债主们立即会上门追讨,所以很容易破产。到了清朝末年,经营盐业已成为高危行业,稍有风吹草动,就赚不了钱甚至可能亏本破产。所以清末的两淮盐商,尽管盐业利润较高,不过他们面临的风险也随之增大,税收以及层层的盘夺,包括盐引制度过于复杂繁难,让盐业的经营变得非常艰难:盐商到盐场运盐,银两要分四次完纳,又要办窝单、请单、照票、引目、护照、桅封、水程、院司监掣批验子盐等公文;及盐船到岸,又有各衙门投文之费、查河烙印编号之费等例行公事；守候经年，然后开封，又有南北两局官员换给水程之费、三关委员截票放行之费等例行公事——总而言之，"各色百出，不可胜胪"，到处都是伸手要钱的。这一切烦琐的公事，给大小盐蠹们中饱私囊提供了绝好的机会。当时盐商中流行着"六大苦""三大弊"的说法，所谓"六大苦"就是：输纳之苦、过桥之苦、过所之苦、开江之苦、关津之苦、口岸之苦……这当中还有一部分支出没有收录，那就是与朝廷、与官府打点的"黑金"，这一笔钱，恐怕也不比捐出去的少。这么多苦，自然让盐商们苦不堪言，这哪里还能赚得到钱啊，他们很快就败下阵来。

从这些现象来看，商人们赚钱也可谓极不容易。也正因为感受到赚钱的不易，所以商人们更有感慨，还是让儿孙们走仕途好！当官多威风啊，还能发大财，哪像做生意，时时都得当孙子。也是为什么商人在有钱之后，都会让儿孙们读书走仕途的潜在原因之一。这也不能怪商人们没志气，这是存在决定意识。由社会的普遍意识，可以看出社会的本质。

外国资本的冲击

新兴资本主义的商业兴起，特别是上海开埠以后，上海产生了中国式的新的资本主义的商业，比如说原来是小铺子卖些杂货，现在有大百货店出来了，一进百货店，什么都有，而且比小铺子卖的便宜多了。你说小铺子的东西怎么卖？原来经营的主要是土特产，或者是农业加工的一些手工艺品，现在由机器制造出来了，比如说洋布、洋油，那些靠工业化生产的洋布又细又密、又好看又便宜，你说你靠土作坊生产出来的土布怎么卖？这样一来，原来整个生产商品的架构就改变了，那些徽商啊、苏商啊、浙商啊，根本无法跟洋商竞争，不在一个层次上啊！所以说，原先的手工业的作坊式的生产和经营，与机器大规模的生产和经营竞争，是没法竞争的。所以只要是洋商涉足的领域，这些民族商人必然会败下阵来。

上面说的是产品，下面还要说的是方式。不管徽商也好，还是其他地方的商人也好,他们的生产方式都是中世纪的,销售方式和运作方式同样也是中世纪的。徽商一般都是单干,是独家经营,实力再强,也就是一家吧。你看洋商,已经公司化了、股份化了,变成"托拉斯"了,人家的经营多厉害啊,是跨国公司,是全球公司。这一点,就像一只小木船,跟人家的航母在比拼,当然搞不过。就拿徽商的翘楚胡雪岩与外国资本的竞争来举例说明吧——1881年,由于洋人在东南一带销售棉布,生丝的价格下跌,洋人便压低价格,从各地收购生丝出口。胡雪岩不服气啊,集所有资金,也大量收购生丝。他动用了白银2000万两,囤积生丝14000多包,超过上海生丝全年交易量的三分之二。当生丝市场价格上涨后,胡雪岩不仅不抛,反而继续囤积,想逼迫以美国人为代表的生丝外商继续提高收购价格。结果洋人不买账,一下子不买了,而且,不从中国进口生丝了。洋商的实力强啊,结果一段时间之后,胡雪岩扛不住了,不得不低价抛售。结果光绪九年(1883年)的时候,胡雪岩光是在贱卖生丝上,就亏损白银1000多万两,实力损失了一半。

屋漏又逢连夜雨。正在这个时候,胡雪岩又遇到了麻烦,什么麻烦呢?中法战争爆发了,朝廷认为左宗棠在与外国人打仗上有一套,便将左宗棠招至军机处。打仗得要钱啊,我在前面说了,清廷向外国银行借钱打外国人,外国银行肯定不同意,左宗棠就跟胡雪岩商量,由胡雪岩出面,跟外国银行借钱。这个时候,刚好以前以胡雪岩名义向外国银行借的平定回民暴乱的那一笔款子,正好80万银子已经到了还款日期,胡雪岩就准备还钱。这个钱,原来商定好的,是由胡雪岩借,由政府还。程序是各省把这个钱交给上海道台,然后由上海道台交给胡雪岩,再由胡雪岩来还给外国银行。结果,这时候李鸿章的手下,负责上海洋务活动的盛宣怀找到上海道台,转达了李鸿章的意思,说这笔钱到了之后,暂时不要交给胡雪岩。上海道台一听李中堂是这个意思,只好照办。结果到了还款日期,外国银行向胡雪岩催款,胡雪岩忙找上海道台,上海道台就说钱还没有凑齐。胡雪岩一看钱没凑齐,洋人又催得紧,怎么办呢,只好从自己的钱庄里拿出80万银子的流动资金,先得把外国银行的钱给还了,否则外国银行不再借钱给他了啊。哪晓得这个事,不知怎么就传出去了。在胡雪岩钱庄里存钱的人,听说胡雪岩的钱庄空掉了,一起要来提钱。这一下,胡雪岩急了,赶忙找上海道台,上海道台避而不见。胡雪岩只好赶快给在北京的左宗棠拍电报,左宗棠也不知怎么回事,一直迟迟不表态。这当中是不是盛宣怀把电报扣下了,现在也不知道,盛宣怀是邮传部的嘛,所有的电报局都归他管。反正不久,左宗棠生病了,不理世事,回到福州后不久去世了。胡雪岩的后台倒了。胡雪岩只好到处挪用自己的资金,没想到的是,墙倒众人推,那些民众提款更急了,胡雪岩事业的基础——杭州泰来钱庄先行倒闭。随后,建立在上海、北京、杭州、宁波、福州、镇江以及湖北、湖南等地的阜康字号相继倒闭,宣告破产。这一破产,民愤变得更大,朝廷为了平息民愤,也只好来查办胡雪岩了,直接从京城派人来逮胡雪岩,胡雪石又恨又伤心,与官府打交道就是这样,利益多,危险也多。1885年11月,胡雪岩散尽钱财后去世。胡庆余堂归文煜所有,"胡雪记"字号沿用至今。所以说,由于当时的中国商业基础薄弱,中国的民族商业,在外国商业的入侵下,一个个倒闭,徽商也不例外。

民族商业变得不具有竞争力,还有一个因素,就是交通路线的改变。原来徽商所经营的商品的运输,都是通过水路,走河运,水路运载能力弱,也慢;而洋人在中国掌握了铁路的经营权后,铁路运输成为主要的交通,运东西不仅快,而且便宜,可以使洋人的商品很快到达全国各地,并把全国各地的好东西收购过来,直接运到上海销售。比如长江上游、中游,四川、湖北等地产的猪鬃、桐油,这些大众商品都集中到上海来了,然后卖给外国人,在这种情况下,徽商不可避免衰落了,逐渐在很多领域中退出历史舞台。所以从总体上来说,民族商业怎么能搞得过外国资本呢,相差得太多,所以中国那些商帮,到了民国年间,几乎都不再风生水起了,只能小打小闹做一点辅助的生意。当然,也出现了一些民族资本主义的巨头,比如南通的状元企业家张謇、无锡的荣家兄弟以及范旭东、虞洽卿、陈光甫,还有船王卢作孚等。但从总体上来说,这只是一小股力量。

当然,民族商业失败的主要原因,还是全面的落后,包括商业操作模式的落后、金融操作模式的落后。你想想看,西方在18世纪末19世纪初的时候,就有了正儿八经的股份制了,这个股份制,对于募集资金,做大做强,明确责任,起到多么关键的作用啊。像当时和中国做生意的东印度公司,就是股份制,他们的生意做得好不好,都跟国内的股民有关,所以,也就逼着它想方设法,把贸易做好,做不好,国家也得支持啊,因为牵涉到股民。所以英国发动鸦片战争,股民们都很支持。而当时中国的商业呢,还在单打独斗。人家是全球性的"托拉斯",我们只是小作坊。这哪里敌得过他们呢?当然,像股份制这样的商业模式,必须有健全的法律体系保障,而我们的法律体系呢?根本谈不上。像晋商,在1823年盐业不景气之后,曾经也联合起来做钱庄,有一个叫雷履泰的,本来是做颜料生意的,染布的,后来看钱带起来不方便,就想起来做钱庄了,发行银票,吸引存款,然后贷出银子。有一段时间做得很大,在全国开了几十家。但后来发生了战乱,有人抢劫,不仅抢钱,而且把他的账本也烧掉了。结果大家都来兑钱,军阀们也来抢钱。这样钱庄还能不垮掉吗?所以当时中国的落后,是全面的落后。在这种情况下,我们也就不难解释为什么徽商那么"克己复礼",那么低调,不难理解为什么徽州的商人那么有钱,但回到家乡之后,一个个弄得像做贼似的,把大门紧闭,一个个把财富深藏起来。那是因为他们恐惧啊,都有着不安全感和对于这个非法制社会以及强权政治的恐惧。在这样的社会里,商人像什么,像一只肥肥的老母鸡,一不小心,就会被人逮起来炖汤,连皮带肉地吃了。

历史是不可以假设的,在那样的情形下,金钱的力量一直被压抑着,它作为一种辅助的动力,或者只能作为消费的奢侈品,而不能成为社会的主导。当金钱长不成参天大树时,它只能掉转过去,无奈地被带回到徽州。带回到徽州后干什么呢?买地、造房子,都要钱啊。但明清的时候,造房子是有规矩的,一般的人家,只能造"三进五架",只能是前、中、后三个院子,多了就是违法。也就是说,你想造大屋,也不给你造,那怎么办呢?钱花不出去怎么办呢,只好精雕细琢,在室内装饰上极尽奢华之能事,把房子里面的木头都雕一雕,把石头也雕一雕,把砖头也雕一雕。所以说,徽州的"三雕"文化很发达。还因为有经济实力,有钱花不掉,也不敢明里花,怕惹人嫉妒,怕露富,所以就在家里面花,很多人家收藏金银玉器、古董字画什么的。大家现在看徽州的那些大屋,一个个在外面看,就像一座黑白的城堡一样,但从里面看,雕刻得非常漂亮。像黟县汪定贵的那个木雕楼,是要花很多钱的,把钱全用来雕连环画上了,阁楼的木版上雕的全是戏文,一出接着一出的。这真是位戏痴啊,铁杆粉丝。我们可以想象汪定贵没事就躺在堂前的椅子上,泡上一壶好茶,然后晃晃悠悠地,像看电影一样观看着那些戏文木雕,这是一种惬意的生活吗?没什么事情做,也只能这样了。

所以徽州在我眼中,还有另外一种意味,就是坟场的意味。每次到徽州,想到那些苍凉的徽商们,看到那一幢幢的大屋正在慢慢变得朽烂,我总是能嗅到一股墓穴的味道。徽州的确有这样的意味,当年有一句谚语非常有名:"生在杭州,玩在苏州,葬在徽州。"这是说徽州是一处好的坟场啊！青山绿水，安安静静，葬在这里好啊！实际上徽商的大批返乡，从本质意义上来说，正是把徽州当成"墓地"来看待的。从繁华的都市来到偏僻的徽州，实际上也是一种安葬啊，是财富的安葬，也是个人生命的安葬。在这里，是聆听不到世间的脚步的，也感受不到时代的脉搏，更无法呼吸到海洋的气息。安静的徽州就像是一座巨大的坟场，在这里，活着的徽商回到这里，白天呼吸着新鲜空气，夜晚则透过头顶上的天井，一睹满天星光灿烂，让自己曾经的辉煌与思维一道凝固，这也是一种"安乐死"。

再后来呢，再后来的事，就更是对徽商的摧残了。进入20世纪后，先是内战，然后，8年抗战，然后，又是解放战争，不管谁赢谁输，"每一颗炮弹，都是落在这个国家"，不管是对外也好，还是内战也好，结果都是这样。半个多世纪的战争打下来，这个国家已是处处焦土。这样的环境下，徽商自然就不存在，不仅徽商不存在，其他商帮也不存在了，一切都归于沉寂。如果说明清时期对商业资本的发展大多采取严厉打击的政策，那么只有在重视经济、重视生产、重视人本的时候，商业资本才会大发展，比如我们现在生活的时代。当然，现在与以前相比时局已不一样了。从理念上来说，徽商已不占优势了，比较占优势的，是浙商、闽商、苏商、粤商、鲁商等沿海地区的商帮。他们无论是在积累财富的速度上、理念上、规模上，都超过了徽商很多。并且，徽商的概念本身，也在变化，先前徽州的商帮，也转为安徽省的商帮了。

历史的经验和总结

总而言之,我想说的是,徽商的兴衰,以及徽商本身的历史,是一个窗口,从这个窗口中,我们不只是看到徽商,而且可以看到商业、历史、思想、文化、世事的更替等许许多多的内容。不管人也好、国家也好,一段带有经验性的记忆,一定要上升,形成思想,否则的话,对于历史的进步,实质意义并不大。

对徽商的历史,一定要有一个清醒的认识,从而形成可以借鉴的,或者教训,或者财富,或者商业思想,或者文化财富。否则的话,这一段已过去的历史,就没有太大的价值。所以我们说,一切历史经验都应该是窗口,通过窗口,我们要看清楚未来的道路。就比如我们回望历史,是为了看清楚未来,所以说,真正的历史学家,对过去很清晰,对现在很清晰,对未来也很清晰。因为他能总结出历史的规律,能看清楚现实的本质,对历史的走向有一个清醒的认识,所以他能看清楚未来。比如唐德刚,这个合肥人,是肥西唐老圩的,是胡适的学生,1948年赴美留学,获哥伦比亚大学博士学位后,担任过哥伦比亚大学中文图书馆馆长,也受聘为纽约市立大学教授。这位唐先生平时讲一口合肥话,有着合肥人的精明和狡黠,他写过胡适口述历史,也写过张学良口述历史。在采访张学良时,张学良告诉他,自己为什么要发动"西安事变",就是因为自己的少爷脾气。蒋介石骂他,他自尊心受不了,十分生气,就想着要把蒋介石抓起来。就这么简单,哪晓得这么一抓,改变历史了。所以历史从整体上来说,是必然性,但牵涉到某些变故,也有些偶然性,是偶然性和必然性共同作用的结果。

唐德刚看中国的变化,有一个"历史三峡论",概言之便是,中国历史在秦朝出现了第一次"大转型",由分封制转到郡县制,由公元前4世纪中叶商鞅变法开始,一直到汉武帝与汉昭帝之间(约公元前86年)才大致安定下来,自此这一秦汉模式的中国政治、经济、文化制度,便一成不变地延续下来,亦即毛泽东所谓"千古犹行秦法政"。及至清末,中国出现了第二次大转型,由帝国转为民国,用唐先生的话说便是:"这第二次大转型是被迫的,也是死人如麻,极其痛苦的。这次惊涛骇浪的大转型,笔者试名之曰'历史三峡'。我们要通过这个可怕的三峡,大致也要历时200年,自1840年开始,我们能在2040年通过三峡,享受点风平浪静的清福,就算是很幸运的了。如果历史出了偏差,政治军事走火入魔,则这条'历史三峡'还会无限期地延长下去,那我民族的苦日子就过不尽了。不过不论时间长短,历史三峡终必有通过的一日,这是个历史的必然。到那时'晴川历历汉阳树,芳草萋萋鹦鹉洲',我们在喝彩声中,就可扬帆直下,随大江东去,进入海阔天空的太平之洋了。"

唐德刚先生这一段话,还是有道理的。因为欧洲算起来,从中世纪进入到工业化的时间,也有 200 多年的动荡。而我们呢,从 1840 年算起,才 170 多年,所以还有一段时间的路要走。所以很多事情我们不要急,慢慢来,慢慢地解决。以历史的观点来看,我说改革开放后,尤其是新世纪后,是中国最好的时期。当然,我们的问题很多,不能因为好,就不解决问题,还是要从根本上去解决问题。不解决问题,问题越积越多,就极容易变成最坏的时期。

对于徽商现象,我觉得同样要反思,不能一提徽商,就觉得我们的老祖宗厉害啊,荣光啊,他们诚信啊!这都是浅层次的,还要反思徽商之所以形成、发展、衰败的内在原因。反思社会环境对于它的影响,为什么中国在这 1000 多年的时间里,始终没有找到一个与"唯我独尊"大一统中央集权政体相适应的,能够维持长久持续发展的经济发展的模式。这是制度的原因,是操作上的原因,是文化和传统的原因,还是其他原因?总而言之,向后看一定是为了向前看,如果不能向前看,你索性不要向后看,就像人走路一样,老是向后看,你就会掉到水沟里去了。

从中国经济发展的长期过程来看,我们也可以进行深刻的反思,中国各个时期都有先开放后闭关的规律,汉唐明清莫不如此:一开放就搞活,一搞活就失衡,一失衡就内乱,一内乱就闭关,一闭关就落后,一落后再开放……朝代更迭,轴心不变,循环往复,没有实质性的进步。中国应该说是充满活力的,中国人也是很勤劳、很聪明的,最起码,是很精明的。虽然在很多时候缺乏大局观,聪明得让人厌,但毕竟还算是脑子活的。中国这个国家,以历史的经验来看,只要没有内乱外患,放纵民间,允许自由从商,30年就可以出现盛世,50年就可以成为最强的国家。可是中国的历史走向是什么呢?一强盛之后,就会出现国家主义,就会再度回到中央高度集权的逻辑当中去,又会重新闭关自守,加大控制,国有经济空前繁荣,民间资本慢慢衰败。然后,便开始走下坡路。这样的现象,一直轮回。这是什么原因,关键应该还是制度,等经济发展到了一定程度,经济基础与上层建筑的矛盾凸显。也因此,我们可以得出一个重要结论,2000余年来,国家机器对商业的控制、干扰和盘剥,是阻碍工商文明发展的最重要因素。所以,政府如何在经济活动中端正自己的立场和角色,工商业者如何与政府平等相处,如何建立健全一个法制社会,这些都是目前最值得研究的问题。

因为时间关系,关于徽商,就讲这么多了,总而言之,我们要学会反思,并且要学会举一反三,我希望大家能借助于这个窗口,看到很多很多的东西。不要拘泥于我讲课的内容,也不要拘泥于我的思想,佛经讲"指月",也就是用手指指月,大家不要看我的手指,而是要看我手指方向的月亮。大家一定要学会看"月亮"。如果能看到"月亮",那么我今天"手指"指了一下,就有功劳了,也就善莫大焉！最后送大家一句话：学习的目的，不是学习，而是生活。这句话怎么解释呢，学习目的不是搞一个文凭，找一个好工作，得到一份高薪，不是这些太现实的成分的，虽然这些也很重要。学习的目的，是要冶炼出你的眼光、你的内心、你的标准、你的体验、你的感觉、你的视野，这样你看世界的方式就会改变，人生的意义就会得到提升，生活也会因此变得更加充实，更加有意义。总而言之，学习会使人生出"隐形的翅膀"，有了这双"隐形的翅膀"，人们就会轻盈地飞起来，就会生活得更美好，也更加丰富多彩。所以祝愿在座的大家，都有一双"隐形的翅膀"。

谢谢大家！